[塔台管制] 檀野：
"京CA19，我谨代表京都空管分局，同全体机组人员和支援临南的医护人员，致以最崇高的敬意。
有幸为你们保驾护航，是我们的责任更是荣光。不畏艰险，大爱无疆，愿所有医护人员早日凯旋。
祝你们飞行顺利，平安归来！"

[飞行员] 耿岁：
"收到，非常感谢！我们会将此信息转达给所有机组和医护人员。临南加油！京CA19。"

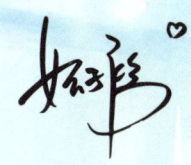

步步惊

妘子衿 著

青岛出版集团 | 青岛出版社

图书在版编目（CIP）数据

岁岁野 / 妘子衿著. — 青岛：青岛出版社，2025.
ISBN 978-7-5736-3531-0

Ⅰ．I247.5

中国国家版本馆CIP数据核字第2025SD5231号

SUISUI YE
岁岁野
妘子衿 著

策　　划	侯晓辉
责任编辑	李文峰
特约编辑	侯晓辉
责任校对	郭金乔
插　　图	Dear 寻
装帧设计	蒋　晴
出版发行	青岛出版社（青岛市崂山区海尔路182号）
本社网址	http://www.qdpub.com
邮购电话	18613853563
照　　排	梁　霞
印　　刷	三河市良远印务有限公司
出版日期	2025年9月第1版　2025年9月第1次印刷
开　　本	32开 (880mm×1230mm)
印　　张	10.25
字　　数	325千
书　　号	ISBN 978-7-5736-3531-0
定　　价	49.80元

编校印装质量服务电话　4006532017　0532-68068050

编校印装质量服务

目 录 CONTENTS

第一章
拉近关系 …… 1

第二章
决心复读 …… 20

第三章
学霸同桌 …… 34

第四章
放弃保送 …… 53

第五章
上台演讲 …… 71

第六章
见义勇为 …… 84

第七章
生日惊喜 …… 97

第八章
成绩飞跃 …… 116

第九章
飞行员梦 …… 129

第十章
假期同游 …… 142

第十一章
初雪愿望 …… 161

第十二章
你是我的 …… 175

第十三章
学霸演唱 …… 194

第十四章
冲刺高考 …… 207

第十五章
久别重逢 …… 219

第十六章
你还喜欢我吗 …… 233

第十七章
紧急迫降 …… 251

第十八章
一触即燃 …… 271

第十九章
收留过夜 …… 282

第二十章
所向披靡 …… 315

番 外
余生皆欢喜 …… 317

第一章 拉近关系

临南市七月份的天气燥热,却瞬息万变。原本晴朗的天空,突然落下豆大的雨点,没几秒钟,就下起了倾盆大雨。

梨岁盯着路边的"手机维修"四个大字,飞快地冲到屋檐下。

她还没来得及喘口气,一道黑影骤然向她逼近,伴随着一道森冷的声音:"闪开。"

空气中的泥土味混杂着丝丝檀木香,侵入梨岁的鼻腔。

梨岁回过身,被一团阴影笼罩。黑色鸭舌帽下的双眸明亮,下颌线条流畅,皮肤白皙,这形象在昏暗的环境中显得诡异阴郁。

"啊!"

梨岁被吓得退后一步,正好堵住了身后的门。

妖风四起,梨岁额前被打湿的碎发贴在脸上。狭窄的屋檐下,雨水纷纷打在少年的肩背上。

梨岁隐约听见一声轻轻的、不耐烦的"啧"。男生皱着眉,单手提着她的书包,将她连人带包拎了进去。

梨岁眩晕的瞬间,已经脑补出明天的新闻头条——《女高中生修手机被害》。

她张嘴就要呼救,身后的手一松,冷淡的声音在她的耳边响起:"再叫丢你出去淋雨。"

玻璃门外风雨呼啸,梨岁的脑袋也嗡嗡作响。

"啪"的一声,灯的开关被少年按下,店内瞬间亮起来。

梨岁抬眼撞上少年失落、迷离的视线。他的眼皮耷拉着,帽檐下的碎发被雨水打湿,他嘴角破了,渗出血丝。

檀野压下心中的烦乱,抬起眼帘冷漠地扫过她,问道:"修手机?"

梨岁有些跟不上他说话的思路,想起自己打过预约电话,连忙点头应声:"是,是要修……"

"等着。"檀野丢下两个字就没管她,绕过她就要往里走。

"喂。"梨岁心里压着一股怨气,出声喊他,"你们店就这服务态度啊?"

本在父亲开的手机维修店里帮忙的檀野停下脚步,回过身,在她面前站定,双手插在裤兜里,逼近她,语气平淡,不疾不徐地回答:"这位顾客,你是要我全身湿着给你修手机?"

梨岁这才注意到,因为没躲开雨,檀野身上的白色T恤一块块洇湿了。他的侧腰处晕染出一道分割线,很明显,他的后背被雨淋得更厉害。

檀野见她不语,扯了扯嘴角,说道:"没记错的话,好像……是拜你所赐?"

要不是梨岁挡在门口,磨磨蹭蹭的,他至于淋成这样?反观梨岁,被他挡得严严实实,根本没淋到几滴雨。

梨岁应道:"我说的是态度问题。"

梨岁的声音明显降低,白皙精致的脸因心虚而泛起绯红,她的样子被檀野尽收眼底。

檀野倒是不急,居高临下地看着她,话语间夹杂着若有似无的笑意:"同学,等哥哥洗个澡可以吗?"

梨岁听着他故意换成柔和又轻浮的语气,捏着拳头暗自蓄力,抬头露出一个过于礼貌的微笑,回答道:"行,您请便。"

檀野抬手拨开音响,放了一张专辑,治愈柔和的音乐慢慢响起,和

雨声交织着。接着他转向梨岁："你等我十分钟。"

"哦。"梨岁应声。

檀野径直走到最里面，被雨水打湿了大半的白色T恤贴在后背上，勾勒出他精瘦的身体轮廓。

梨岁不知所措地怔在原地，双手攥紧手机，看着檀野消失在楼梯转角。

他，真是这家店的人？

梨岁环顾了一圈，店内是复式楼格局，老城区的房子隔音效果不好，透过雨声和音乐声，都能隐约听到楼上传来的淋浴声。

她瞥见角落的书桌上成堆的数学教辅书，停下脚步。

看来他和她一样，也是个数学差生。

难不成他也没考上？

木制的台阶传来声响，檀野换了件黑衬衫，领口敞开着，一只手拿着毛巾在头上随意地揉搓了两下，不紧不慢地走下楼。他还顺带着焚了一支香，眉眼张扬地朝她走来。

梨岁退了两步，用手拽紧书包带，刻意避开他。

突然，她面前多了一只白皙匀称的手。修长的手掌在梨岁眼前摊开，手腕处缠绕着一串青色菩提，隐约可见血管的颜色和小臂上分布的两颗细小的黑痣。

檀野懒散地抬了抬手："手机。"

梨岁赶紧用双手将坏掉的手机放在他的手掌上。

少年的手掌宽大。她用一只手握着都会砸脸上的手机，在对方的掌中竟感觉变小了。

檀野捏着手机在指间转了一圈，将手机调正。

他拉过椅子坐到工位上，薄唇轻启："坐。"

梨岁坐到旁边的椅子上，板正得不像话。她碰到自己不擅长的领域总是沉默不语。

梨岁看着檀野垂眸观察手机的样子，思绪集中了许多。她嘀咕：所以……这位像是刚跟人打完架回来的男生就是修手机的师傅？梨岁的眼皮跳了跳。

檀野放下手机，长腿一伸，转动椅子面向她："怎么坏的？"

梨岁想起那段不堪的回忆，说了下大概情况："手机就……从书桌上摔到了地上。能开机，触屏没反应。"

檀野看着手中外观完好无损却失灵的手机，低低地笑了一声："你还挺会找角度摔的，外屏没碎，内屏开裂了。"

"那……那修的话，多少钱啊？"梨岁问道。

檀野看了看手机型号："原装屏700元，组装屏500元。"

光是听这价格，梨岁的心已经凉了半截，梨岁紧抿着唇，有些纠结，可是实在不会讨价还价。

檀野挽起衬衫的袖口，翻找着工具。他的左脸对着梨岁，嘴角的伤被冲洗过，但依稀能看见血丝。

梨岁探着头问："你这是怎么伤的？"

檀野身子前倾，预热机器，移动的靠椅将两个人的距离骤然拉近。

檀野的侧颜瞬间在梨岁眼前放大，让她忘了呼吸。

檀野用带着玩味笑意的眼睛一瞥，目光灼灼地问道："怎么？套近乎？"

梨岁咬牙切齿地说："你想多了，谁知道你是不是犯什么事了？"毕竟眼前的这个人长着一张痞气十足的脸，没准儿还是个混混头子。

檀野低笑，嗓音很沉地说道："又不是不让你套。"

檀野好似瞥见什么，冲她扬了扬下巴，莫名其妙地开口："哎，你拉链开了。"

"什么拉链？！"梨岁慌乱地低头看向身上的牛仔裤——裤子拉链好好的。

她正想怒斥檀野的流氓言语，就见檀野瞥了一眼她身侧的包。梨岁心中有一股不祥的预感悄然升起。她取下包，发现拉链赫然敞开大半。

梨岁赶紧翻了翻，包里面装着500元的信封不翼而飞！

梨岁脸色发白，摸遍了书包的每个角落，也没有找到那500元。

公交车上的记忆浮现在梨岁的脑海中：她起身让座，挤在人群里，车身微晃，她被人磕碰了两次……

她攒了近两个月的钱,该不会是被偷了吧?此时,一股揪心的酸楚之意瞬间涌上梨岁的心头。她垂着脑袋,紧拽着包的手变得惨白。

还有一种可能——她刚才跑得太急了,没准儿钱就丢在附近。

这么想着,梨岁起身往外跑。

檀野身影如风,三两步追上她,侧身挡在玻璃门前问道:"雨这么大,你跑哪儿去?"

梨岁低着头,比她高出一大截的檀野只能看见女孩儿乌黑的发顶。

檀野看着她说道:"哎,我和你说话呢?你看我一眼是最基本的礼貌吧?"

梨岁突然抬脸,她的眼眶红了一圈,漆黑的眸子透亮,睫毛微颤,落下一颗泪珠:"我……我的钱……在外面……我的钱没了……"

这一哭,梨岁彻底撑不下去了,她的表情越发不受控制。

她眼里充满了泪水,什么也看不清,只觉得辛酸委屈。

高考失利;手机摔坏;让个座,钱都能被偷,她怎么这么倒霉?就算钱丢在外面,现在下着暴雨,风还这么大,钱早就不知道被吹哪儿去了。

梨岁蜷缩在地上,浑身发抖,泪水不停地流,却没有哭声,死守着内心最后的防线。

檀野看着蹲在他的腿边濒临崩溃还依旧强撑着的梨岁,眉心紧蹙。

檀野伸手把桌上的抽纸拿过来,塞到梨岁的手中。

梨岁愣怔了一瞬,捂着抽纸哽咽了两下,更觉得委屈了。

檀野瞥了一眼玻璃门外:"哭吧,我看你和这雨谁先停。"

梨岁反应过来对方根本不是在安慰她,顿时忍不住了。

梨岁直接抱住眼前的一条长腿放声大哭,一边哭一边上气不接下气地捶打着檀野的腿肚。她声嘶力竭地哭着,声响甚至盖过了门外猛烈的风雨声。

梨岁无力的拳头就像捶在棉花上。她边哭边说:"呜呜呜……你不会安慰人可以……可以闭嘴……呜呜……"檀野的右腿就像是绑了一个沙袋,他只能立在原地。

梨岁仿佛要把自己给哭晕过去。

女孩儿哪里像是丢了钱？分明是全世界都欠她的。

檀野原本干爽的运动裤被泪水浸湿了一大片，贴在腿上。他很讨厌这种湿漉漉的感觉。

梨岁哭得昏天黑地，她抱着他的腿的手一松开，整个人重心不稳，直直地往后倒。

檀野快速地把脚往后一抵，梨岁直接跌坐在檀野的脚上，人都是恍惚的。

梨岁撑着地面站起身，又跌坐了回去，最后，她直接被檀野一只手拎了起来。

"得了，谁说修手机就一定要钱？"檀野说道。

梨岁抽泣着，怔怔地看着檀野。

"你当这家店的老板娘，我免费给你修。"

梨岁脸上还挂着泪，突然笑了出来，哭笑不得的样子别扭极了。"你想得美。"她说道。

"你还知道说我'想得美'就好。"檀野说道，"眼泪收收，你哭起来怪吓人的。"

哭过之后，梨岁的眼眶和鼻尖依旧泛红，睫毛湿润，发丝粘得脸上到处都是。

梨岁留着乖巧的平刘海儿学生短发，不施粉黛的五官端正耐看，皮肤白皙。她哭过之后，脸上带点儿红色，动人不少。

檀野转身大步走回工位旁，开始修理那部坏掉的手机。

梨岁吸了吸鼻子，不管是面对高考看不懂的数学，还是查成绩时的巨大落差，她都没崩溃成这样。能让她哭的，除了数理化，又多了檀野。

梨岁哭累了，心里好像也释怀许多。

梨岁小步挪了过去，只见檀野专注地拆着手机屏。檀野那短而零碎的发丝有些未干，还有几根不听话地翘着。

檀野修长的脖子到下颌线的弧度流畅，手上的动作娴熟精准，他看着还有些随性。

梨岁刚哭过的嗓子还有些沙哑："那……我可以赊个账吗？"

"嗯。"檀野应声,丝毫不影响手上的动作。

梨岁没干过赊账这种事,脸皮也挺薄的,小声说:"谢谢。"

梨岁突然想到什么,盯着檀野,小心翼翼地开口:"你也没考上大学,才在这里修手机?"

檀野侧过脸看她,眉尾上扬:"也?"

梨岁有些不好意思地说:"我刚看到你那边都是些高考资料……我没考上……"

她的高考成绩连三本分数线都没达到,可以说是"惨烈"。

"哦。"檀野继续拨弄着手机配件。

梨岁心想:看来不只是我自己倒霉。

她还沉浸在自己的想法中,少年漫不经心的声音传来:"我被保送了。"

他们的悲喜好像并不相通。

梨岁好像听说过,今年学校有位高二就通过竞赛被保送至京北航空航天大学的男生,难道是他?

檀野专注起来几乎不说话,用手捏着镊子,指腹摁着旁边,骨节分明的手指有点儿红。

梨岁想到之前班级里的学霸,手上怎么也得磨出两个茧子,有的甚至因为写字手指都轻微变了形。

而眼前的男生没有厚重的眼镜和板寸头发,眼睛明亮,隐约可见红血丝;手修长而匀称,很好看。

窗外的雨小了些,梨岁的心出奇地静。店内的老式灯泡发出的光有些黄,衬得少年脸部的棱角柔和许多。

店内播放着专辑《八度空间》中的《回到过去》这首歌。

梨岁看着檀野慢慢把手机安好,忽然想起什么:"等等,你换的是什么屏?"

对于梨岁这个没什么零花钱的学生来说,200元的差价简直太重要了。

檀野用酒精消毒液仔细地擦着屏幕,头也没抬:"组装屏。"

梨岁松了一口气。

手机屏幕重新亮了起来,檀野抬头看向她:"密码?"

梨岁说道:"123456。"

檀野冷不丁地说道:"你是懂得设置密码的。"

梨岁无语。她看着手机在檀野手里被解锁,里面只有几个 App(应用程序,Application 的缩写)。

檀野用指腹拖动着社交账号的图标在屏幕上滑了滑,来测试屏幕的灵敏度。确认没问题后,檀野拿过黄色透明胶带将手机缠了几圈,嘱咐道:"胶还没干,三个小时后拆掉。"

梨岁接过焕然一新的手机:"哦。"

没准儿过一会儿雨又要下大了,梨岁想着她得赶紧回家。

店内合适的温度和好听的音乐,让外面的雨声也变得动听起来。梨岁或许是在店内待得太过惬意,起身离开的时候竟有些不自在。

她把在包里躺了许久的学校名牌拿出来,递到檀野面前:"这个就先抵押在你这里。"

檀野捏着刻着"梨岁"两个字的名牌,上面印有临南一中的校徽,他扫了一眼就收进口袋。

转眼,梨岁又翻出纸笔,将自己家的联系方式和住址全部写了上去。

她递给檀野字条时说:"我一定会把钱还你的!"

檀野接过她递来的字条,轻佻地扬了扬眉,视线落到她的宝贝手机上:"虽然手机捆着胶带,但不影响使用。"

梨岁疑惑:"嗯?"

梨岁打开手机屏幕,随手翻了翻手机页面。

没等梨岁彻底反应过来,檀野就已经调出了自己的二维码。他修长的手握着手机两侧,伸到她的面前:"不影响你加我好友。"

梨岁回过神儿,眉心一跳,顿时感觉被自己蠢到了——她还以为手机要过三个小时才能使用。

梨岁赶紧点开手机,说道:"我……我扫你。"

这是梨岁活了快十八年,第一次面对面加男生好友。刚修好的手机,她似乎还用不顺手,她的手莫名其妙地颤抖,她扫二维码的时间好似都被拉长了许多。

梨岁的手机页面跳转出来的名字是繁体字"無",头像是只黑猫的眼睛。梨岁点了"添加好友"。

消息提示音很快在檀野的手机上响了起来,他点进屏幕上方弹出的验证消息:"'一生之敌数理化'请求添加您为好友。"

就连梨岁的头像都是为"数理化"而头秃的表情包。

梨岁敏锐地察觉到檀野眼中一闪而过的笑意,瞬间觉得自己被嘲笑了。她被数学难哭的感受,檀野这种保送生根本不会理解。

两个人成为好友后,梨岁收到一条消息:

無:"檀野。"

她还是第一次在手机上打"檀"这个字,在输入法里找了好一会儿。檀野看着眼前连圆滚滚的脑袋都透着一股认真劲儿的梨岁,嘴角微扬。他放弃了提醒她,刚才发过去的名字是可以直接复制的。

梨岁认真改好备注,才抬头说道:"那我先走了。"

她收好手机,虽然心里有些别扭,但还是站起身向檀野微微颔首,说:"谢谢。"

梨岁背上书包,往门口走。

外面的雨已经停了,天色也亮了许多。她从口袋里摸出两枚硬币,站在路边等公交车。

公交站台就在手机维修店的斜前方,梨岁用手勾着双肩包带,低头看着地面发呆。

好似听见有人叫她,梨岁回过身,只见檀野站在店门口,两手插在裤子口袋里。他的双腿笔直修长,明亮的眸子一眨不眨地盯着她。

梨岁疑惑地看着他。

少年的声音悦耳:"梨岁,你填志愿了吗?"

梨岁摇了摇头。她没想好,对于偏远城市中的少数几个可供选择的本科学校,她是迷茫的。可除了这些,她就只能退而求其次,报个热门些的专科学校,最后可能会听从家人安排,步入一所她完全不了解也不感兴趣的大学,浑浑噩噩地消耗几年青春。

即将到站的公交车停在红绿灯路口。这时,檀野朝梨岁跑了过来，顶着一头被风吹得凌乱的短发，他的声音不大却清晰："你会复读吗？"

梨岁没想到他会问这个问题，一时不知道怎么回答。

公交车停在站台前，梨岁来不及思考。

"不知道。"梨岁丢下话就先上了车。

梨岁坐在公交车上，翻出手机，发现班级群里的消息数量已经是"99+"，同学们都在分享各自的成绩，讨论理想的大学生活。

"晓涵真的考上京北电影学院了啊！没准儿以后就是大明星了呢！"

"我们班的人好像都过三本线了吧？！撒花！"

"梨岁呢？怎么没听说她的消息？这次的理科试卷难得很，梨岁估计有点儿悬啊。"

……

梨岁看着聊天页面不断弹出的消息，想解释些什么，可打了几个字，又删得一干二净。

梨岁的脑海里全是刚才檀野跑到车门口，问她会不会复读的画面。

重来一次，她会考得更好吗？

梨岁回到家，还在玄关处脱鞋，就听见客厅传来长辈的交谈声。

"我家涵涵为了考这个电影学院啊可真是不容易，每天学到半夜……哎，岁岁回来啦！"

说话的人是梨岁的表姑张梅，两家人住在同一个小区，时不时会串串门。这几天孩子出成绩，填志愿，两家人自然少不了坐到一起交流。

梨岁没有过去，站着打了个招呼："妈，姑姑。"

她刚准备回房间，就被母亲杨柳叫住了："岁岁啊，过来一下。这高考尘埃落定，你到底是怎么想的？你姑姑帮你联系了几所省里面比较好的专科学校，我觉得还不错。"

表姑张梅也附和道："岁岁，这专科学校虽然不如本科学校，但是离家近啊。另外，你与其读个不知名的三本学校，不如学门手艺，以后也不愁。"

梨岁知道姑姑是好意，可心里还是不由得一酸，揪着身侧的衣服布料："我还没想好要不要继续读书。"

"什么？"杨柳听到这话，眉头紧皱，"你不会是想出去打工吧？！"

梨岁沉默着，现在显然不是说这话的时候。

杨柳赶紧起身把女儿拉到自己身边："岁岁，你是不是受什么刺激了？妈妈不怪你，我们都知道你尽力了，混社会可没那么简单，你年纪还小，别一时冲动。"

表姑张梅也关心地看过来："是啊，小姑娘还是要多读书，你看我们家涵涵的未来……"

梨岁应付道："离填志愿还有一个月，我再想想。"说完，梨岁躲回房间，拉开椅子，坐到书桌前，打开手机，点进和檀野的对话框。她盯着手机想该怎么还上欠檀野的 500 元。

高考失利的梨岁不想再找父母要钱。父母供她读书，高中帮她报各种补习班，已经竭尽全力，更何况她还有个在读初中的弟弟。弟弟梨隽才十几岁，因为是早产儿，从小就体弱多病，是"药罐子"，也是"钱罐子"。

隔天，梨岁起了个大早，准备去找兼职，赚钱还债。

梨岁出门找了一上午，因为年龄小，四处碰壁。

梨岁走到梧桐路边的老城巷子里，在一家老式民房改造的店铺前停下。店里面传来台球碰撞的声音和少年们大大咧咧的话语。

"瘦子，你期末成绩出来了吗？"

"别提了，这不就被我妈赶出来了。"

"野哥这成绩是怎么考的？也没见他学啊！"

"外面那姑娘是来看咱们野哥的吧？"

突然听见对方提到自己，梨岁像是上课被点名般，顿时绷紧了神经。

梨岁攥紧了黑白校服外套下的手。她面前的古棕色的木门敞开着，门框顶部垂下几缕装饰用的流苏，上两级小台阶就能直接进到店内。

她的手边是种在墙边的一片玫瑰花，墙上挂着的深褐色木板上面歪歪扭扭地刻着四个字母——Wild（狂野）。

她从外面往店里看去，布置随意又带着些典雅感觉的店铺内摆放着一张台球桌，每面墙上随处可见各式各样的文身作品。

看来这是一家文身店，也不知道需不需要人打杂儿或者招不招学徒。

梨岁走进去，刚才还在打着台球聊天儿的两位少年顿时往这边看过来。

比较瘦的男生被推上前，见怪不怪地看着梨岁说道："不好意思啊，妹妹，野哥现在不方便被看，他……他在屋里洗澡呢！"

梨岁疑惑地看着瘦瘦的男生："什么野哥？"

张瑞拎着台球杆："你不是来看野哥，要他的联系方式的吗？"

进店里的女生多半都是来找檀野的，穿着学生校服的女生的概率更是高达100%！更何况这个姑娘还是他们一中的，肯定没少听说檀野。只不过，她怎么看着有点儿眼熟呢？

下一秒，梨岁认真地摇头："不认识。"

两位男生面面相觑，难以置信地瞪大眼睛——什么？！方圆十里竟然有不认识檀野的姑娘？！那他们的机会岂不是来了？！

张瑞赶紧掏出自己的手机："来来来，妹妹，加个好友。"

"你是老板？"梨岁看着他，"这里还招人吗？"

"吱"的一声，斜前方通往二楼的楼梯下的木门被从里面拉开了。

梨岁循声望去。

木门后出现一道颀长的身影。少年很高，穿着一身黑，露出白皙结实的手臂，正拿着一块白毛巾在擦头发。他修长的手指插进半湿的短发里，微微低头，随意地拨弄了两下，举手投足痞帅张扬，同他英气的眉眼很是相称。

张瑞小跑着过去，说道："野哥，你出来得正好，这个姑娘要找工作。"

梨岁看清人后，愣住："是你？"

檀野怎么会出现在这里？

梨岁愣在原地，只见少年放下了手中的毛巾，目光扫过她："找工作？"他的声音在这个年龄段少见地富有质感。

檀野走过来，低眸看着眼前身高只到他的肩膀的女生——短发平刘海儿，不施粉黛，但五官端正耐看，眼睛大而透亮，看起来乖极了。

檀野将梨岁身上的校服尽收眼底，大片白色中夹杂着黑色的线条，左心口处绣着校徽和"临南一中"四个小字。

"你成年了吗？"

梨岁避而不谈："我就是想找个打杂儿的兼职，学徒也可以，有钱就行。"

"所以……"檀野又重复了一遍，"成年了吗？"

梨岁有些心虚："没……"

檀野说话的声音不大，有些慵懒："不好意思啊，这家店是我妈妈开的，我是来帮忙的，我们这里不收童工。"

旁边两个男生各自捧着手机，在旁边等着加梨岁好友，二人听到这句话，捂嘴偷笑。

梨岁听到他这么说，有些着急："我要的工资很低的！"

檀野看她急切的样子，垂眸失笑，走到饮水机旁倒了两杯水。梨岁紧跟着他，生怕人跑了似的。

檀野转身将其中一杯水递到她面前，梨岁双手接过水杯，跟着他走到沙发旁。檀野自顾自地坐下，睨了她一眼："坐。"

梨岁有些局促地坐下。檀野靠在沙发上，手闲散地搭在扶手处，干净的指尖轻点了两下。

"你为什么找工作？"

"还债。"

"还有呢？"

"高……高考落榜了……"梨岁说着，低下头，声音越来越小，"想学点儿东西……"

梨岁觉得这种感觉很熟悉——像是在被教导主任训话。

说完，梨岁半天没听到声音，缓缓抬起脸，只见面前的檀野盯着她，似乎陷入了短暂的沉思。

梨岁一脸诚恳地说道："我想留下来工作，学手艺也行。我很听话的，一定认真学，也不要什么钱，你就教教我吧，小师傅！"

听到这声"小师傅"，檀野笑得肩膀轻颤。

"可惜哥哥的手艺只传男，不传女。"

梨岁心想：这是什么道理？

张瑞凑过来说道："野哥，你准备办展，不是正好缺个看店的助理吗？要不你就收下这个小姑娘吧，她年纪那么小，找不到工作也挺可怜的。"

梨岁又燃起了希望，眼巴巴地盯着檀野。檀野凌厉的目光扫过帮梨岁说话的那位男生，对方立马闭上嘴，灰溜溜地跑去继续打台球。

檀野喝了口水，起身："你乖乖回去读书，别想着出来打工的事，钱什么时候还都行。"

过重的话，檀野还是没说出口——否则你以后的优势只有"我要的工资很低"。但他也没有再理会梨岁。

再次碰壁的梨岁走出店，很是执拗地想：他不要我，我就不信全临南市没有一个肯雇用我的店。

檀野看着门口沮丧离开的梨岁，她在烈日下穿着洗得发白的黑白色校服，站在路边左顾右盼，迷茫得不知道该去哪儿。

张瑞俯身瞄准桌上的台球，说道："我总觉得那个姑娘在哪儿见过。"

另外一位叫刘义俊的男生也说："好像是上次校运动会吧，当时大半个体育场的妹子都是冲着野哥去的。结果野哥一拿就是双冠，声名远扬啊，真是给咱一中长脸了。"

"野哥上场前不是还躲去图书馆吹空调，就她一个人在自习，野哥还被她嫌弃了。"

檀野提着球杆，拿着巧克粉不紧不慢地擦着，似乎想到了什么，嘴角微扬。

不久前，临南高中举办校运动会，檀野在比赛开始前跑到图书馆躲清静。烈日炎炎的夏天，开着空调的图书馆温度舒适，简直像是天堂。

刘义俊和张瑞跑来找檀野去准备比赛，刚到图书馆就见檀野盯着一处看——几个女生激动地拽着还在图书馆里刷题的梨岁。

"岁岁！这都什么时候了，还泡图书馆呢？！这次校运动会有檀野啊，他还报了两个项目，别人都提前几小时去抢位子了。快！待会儿去晚了就没位子了，我一定要抢到前排看男神打球！"

梨岁正琢磨着数学题，头也没抬："不去。"

"为什么不去啊？今年檀野参加竞赛，被保送京航了，也不知道他高三还读不读，要是直接去京北，我们可就见不到他了。"

"对啊！就算他高三会来学校上课，可我们马上就毕业了啊，还不知道会考到哪里去呢！"

关于学校风云人物的风吹草动总是传得很快，可梨岁"两耳不闻窗外事，一心只有数学题"。

正在冲刺高考的梨岁丝毫不敢松懈，提着笔，目光坚定地咬牙："男人只会影响我刷题的速度！"

女生们一个拉着一个："别管她了，我们快走吧！男神，我来啦！"

隔着一段距离，张瑞不由得笑出声，碰了碰刘义俊的胳膊，说道："我还是第一次听到有妹子用这么嫌弃的语气说野哥。"

几人的笑声甚至都没引来刷题女生的目光。檀野把手中的书放回书架，转身离开。

张瑞调侃道："檀野，你小子也不过如此嘛！"

檀野回过神儿，夺过张瑞手上的台球杆："去把人叫回来！"

张瑞愣了一下："你说那姑娘啊？不是你把人赶走的吗？"

檀野目光幽幽地看着他，张瑞赶紧跑出去，追上已经快走到街角的梨岁："等……等等！"

梨岁疑惑地转身，只见他喘着气说道："招……招人！野哥说要看店打杂儿的，你行吗？"

"真的吗？！"梨岁的眼睛瞬间亮了起来，"可以，我可以啊！"

她激动地看着张瑞："谢谢你！你叫什么啊？等我有钱了，请你吃饭！"

没怎么和女孩子打过交道的张瑞有些羞涩地挠挠头："我叫张瑞，他们都叫我瘦子。"

梨岁跟着他往回走，侧过脸，十分感激地看着他："那我叫你张瑞哥吧！"

梨岁到了店门口。檀野就站在门边，骨节分明的长指往敲开的木门上敲了敲，显然是听到了她刚才对张瑞的称呼，嗤笑道："你貌似比他年长吧？"

梨岁捏着手心："那我也才17岁！"

梨岁心想：檀野不就比我低一届……不就是高二保送……不就是全校第一，有什么了不起的！

张瑞受宠若惊地说道："没事没事，你还是叫我张瑞吧。"

檀野看着正在自我催眠的梨岁，问道："还学不学了？"

"学学学！"

梨岁三步并作两步地走到檀野身边。檀野把她带到收银台，简单地介绍道："来店内打台球的客人，认识我的免费，不认识的10元1小时。文身不接未成年，不给女生文，不太方便。有想法的客人先预约，不一定都接，我会综合风格考虑，其他的看我心情。用这台电脑收费，那台是我打游戏的。"

梨岁顺着他的视线看去，发现收费的电脑旁边还有一台崭新的电脑，充满科技感。

梨岁听檀野说完，小心翼翼地问道："那……学徒有工资吗？"

毕竟她还欠着檀野500元呢，有工资当然最好，这样她就能一边学手艺，一边还债。等她学会之后，没准儿还能留下来工作。

"学费3000元。"檀野说道。

"啊？"梨岁愣住，心想：早知道就不问了。

3000元学费，她拿什么交啊？梨岁如果和爸妈说的话，他们肯定还是希望她去上个大专，进正规的学校里读书，而不是在小店当学徒。

檀野从书架上抽出一本高考教辅书："把这本书做完，不收你学费，另外那500元也不用你还了。"

梨岁看到熟悉的教辅书，曾经的记忆冒了出来。

梨岁的内心是非常抗拒的，现在对于她来说，只要不学习，让她干什么都行。

可是她在外面转了半天，现实就是她这个年纪的孩子根本找不到什么工作，学技术也需要大把学费。她留在檀野的店里，好歹只需要做题，还能学到手艺，她回家和爸妈也好交代。

梨岁硬着头皮答应下来："行！"

她盯着桌上的复习资料，有些头大："为什么是数学？……"

理科简直是她的噩梦。

檀野瞥了一眼书架："你自己选。"

梨岁充满希望地望过去，满眼的数理化教辅书，只有更难、更厚的，这让她嘴角抽了抽。

"就……就这个吧。"

这个好歹还是她学过的，其他的教辅书让梨岁更痛苦。

她把教辅书拿到手上，翻了翻，几乎和全新的没有区别。她看向书架上的其他教辅书，也是如此。

"你买这么多教辅书，为什么不用？"

檀野随口答道："学完了。"

作为檀野迷弟的张瑞笑道："野哥学过的书都跟新的似的，他都在心里把题做了。"

听到答案的梨岁已经开始后悔问这个自取其辱的问题，难道这就是她和尖子生的差距吗？

梨岁在店内四处转了转，熟悉着环境，忽然想到上次在手机店里发生的事情，看向檀野："你上次怎么会在那家店里修手机？"

檀野正俯身神情专注地观察着台球方位，他的薄唇动了动："家里的店，我没事就去帮忙看着点儿。"

其实梨岁心里还有个问题，但看着檀野的嘴角还未痊愈的伤口，终究没多问。

"砰"的一声，台球撞击的声音响起，黑色的台球快速滚进网洞。檀野收杆起身，从口袋里摸出一把钥匙，往梨岁这边丢过来。

梨岁慌乱地接住，听见他说："明早 10 点钟来开店门。"

梨岁有些惊讶："这么晚营业吗？"

一般她看街上的店都是七八点钟就开了，哪怕是比较晚的店，9 点钟也开门了，他开这么晚，不会错过很多生意吗？

檀野回答道："我起不来。"

檀野扬了扬下巴，示意她手上的钥匙："反正钥匙在你手上，你愿意早点儿来也行。"

梨岁把钥匙收好。她看店里都没什么客人，决定明天还是早点儿来营业，万一檀野的店倒闭了，她可就没地方待了。

梨岁大致了解完店里的情况后，就回家吃晚饭。她边走边想着该怎么和爸妈说这件事情，这时口袋里的手机响了一声。

她拿出手机，是檀野发来的消息。

檀野："梨岁，你要是打算填志愿，记得和我说。"

梨岁看着屏幕上的字，喃喃自语："该不会是怕我干一半跑路吧？"

不过如果她有其他打算，确实该和檀野提前说一声，至少不应该给檀野造成麻烦。

梨岁："好。"

梨岁回到家，表姐张晓涵从她的房间里跑了出来："岁岁，你去哪儿了？"

张晓涵比梨岁大几个月，从小就开始学舞蹈，在同龄人中显得高挑儿又出色。她考上了京北电影学院，更加自信逼人。

"随便逛了逛。"梨岁眉眼弯弯，"姐，恭喜你啊，金榜题名！"

梨岁妈妈从厨房出来："晓涵啊，你正好劝劝你妹妹，让她不要老想着工作的事情，还是要多读书，以后才不会后悔，打工什么时候都可以，读书的话，过了这个年纪可就难多了。"

张晓涵甜甜地答应道："舅妈你放心，我肯定和岁岁好好说说。"

梨岁听着头都要大了。张晓涵把梨岁拉到房间，十分理解她的心情："多读书固然没错，可咱们俩高三是一个班的，我还不了解你吗？你在学习上没少花心思和时间，可结果不尽如人意。不管怎么样，高中就出来工作还是太早了些，念专科也能学点儿东西，后面再专升本也行，你要想清楚啊！"

梨岁点点头，高中时期的打击，让她总觉得自己不是读书的料。

其实梨岁小学、初中成绩都很优异，甚至比张晓涵的好，家里人都非常看好她。可一到高中，梨岁就完全跟不上了，理科成绩排名更是倒数。

她开始拼命地刷题、补习，本以为考个普通三本应该没问题，可造化弄人，临南市这届的理科卷被称为近十年来全国最难考卷。

这对于梨岁这种偏科生来说，简直是致命打击。那天的数学卷，她几乎是流着泪做完的。考试铃响的瞬间，梨岁就崩溃了。

6月23日，没有惊喜，梨岁高考失利，和向往的大学彻底无缘。

张晓涵满脸笑容地凑了过来，悄悄地说："岁岁，你吃完晚饭，陪我去做件事情呗？"

梨岁不确定地看着她，张晓涵的脸上好像还有几分少女的娇羞。

紧接着，梨岁就听见张晓涵开口："还记得我之前跟你提过的那个长得又痞又帅的男生吗？檀野。你当时总是不愿听，说什么男人只会影响你刷题的速度。"

梨岁回想了一下，"哦"了一声。

梨岁当然记得，甚至不久前才见过他。只不过之前在学校读书时，她刷题、补习，忙都忙不过来，更别说聊八卦了。

梨岁问道："他怎么了？"

张晓涵提到檀野，脸都红了起来："他被保送京航了，我们的大学都在京北市，但是他比我小一届，可能明年才去京北，大城市美女肯定很多，所以我打算先下手为强。我已经打听到他暑假在哪儿了，你陪我去要个他的联系方式。"

梨岁花了两秒钟消化这些信息，最后得出结论："你，喜欢他？"

第二章 决心复读

张晓涵被梨岁问得更害羞了，拉着她的胳膊，撒娇道："你就陪我去吧，我一个人不敢。"

梨岁尴尬地张了张嘴，刚想说自己有檀野的联系方式，张晓涵抢先说道："岁岁，咱们俩可是一起长大的，你不帮我谁帮我？就这么说定了！"

一个小时后，梨岁成功地被张晓涵拖到了公交站，她看着张晓涵说道："你确定你打听对了？"

檀野的店不是就在对面那条街吗？张晓涵怎么拉着她坐公交车？

张晓涵又确认了一下手机地图："对啊，就是这家手机维修店。"

张晓涵把手机屏幕递给梨岁看，手机上的地址确实是檀野家的店，只不过他现在应该不在那里。

张晓涵眼尖地瞥见对面巷子里的身影，赶紧拽了拽梨岁的衣袖："你看那是不是檀野？"

远处的巷子里，傍晚微黄的夕阳光打在少年身上，少年穿着一身简单的黑色衣服，剪影修长。檀野低着头站在门口，手上拿着黑色铁制的浇花壶，正在给种在墙边的玫瑰花浇水。

张晓涵举着手机偷偷拍下檀野，激动地握着手机："好巧啊，趁着没什么人，我们赶快过去。"

梨岁被张晓涵拖着往对面的街道走去，张晓涵紧张兮兮地挽着梨岁的胳膊。

正在心中想着如何开口的张晓涵，发现少年往她这边看过来，她害羞地躲到梨岁的身后。

梨岁无奈地笑了笑，她这小身板哪儿挡得住人？

不过檀野似乎没注意到她们，他的视线又回到窗下的玫瑰花上。

张晓涵抓着梨岁的胳膊晃了两下，声音很小，内心却激动万分："太帅了！怎么办？"

张晓涵把手机塞到梨岁的手中："拜托拜托，岁岁，你去帮我管他要个联系方式。事成之后，我请你吃大餐！"

被张晓涵往前推的梨岁睾着不走："这……我这……"

梨岁踌躇之际，张晓涵突然朝着对面喊道："檀野！"

等梨岁回过身的时候，张晓涵已经躲得远远的，装作一副陌生人模样。梨岁轻叹一口气，抬眼就对上了檀野的目光。

梨岁紧握着张晓涵的手机，尴尬地朝檀野走了过去。

檀野放下手中的水壶，微微侧过脸瞥了她一眼："有事？"

躲在树后的张晓涵探着脑袋，看着两个人越来越近，可是什么都听不清，只能干着急。

梨岁往张晓涵的方向看了看，向檀野走近了一些，心一横，说道："我有个朋友，她想加你好友。"

"见一见？"檀野不紧不慢地吐出两个字，脸上看不出任何情绪波动。

梨岁一听檀野这话，心想：那就是有戏？她赶紧转身冲张晓涵招了招手，示意张晓涵过来。

张晓涵小步挪过来，站在檀野的面前，整个人紧张得抓手指，这还是她第一次离自己崇拜的男生如此之近。

"檀同学你好！我是本届高三（6）班的张晓涵，我考到京北电影学院了，听说你的大学也在京北市，我们可以加个好友，认识一下吗？"

梨岁难得见到张晓涵如此模样，一脸看好戏地看着眼前郎才女貌的两个人。

尖子生之间肯定都是相互吸引的，更何况张晓涵还长得这么漂亮。

梨岁转眼一看才发现，檀野那幽幽的目光正停在自己的脸上。梨岁嘴角的笑容还没来得及收起，檀野的眼扫过梨岁，他对张晓涵说道："她不是有我的联系方式吗？"

"真的？！"张晓涵不可思议地看着梨岁，"岁岁，你怎么会有我男神的联系方式？"

"我手机不是坏了嘛，就是在你看的那家店里修的，然后我们就加上好友了。"梨岁赶忙解释道。

张晓涵吃惊地张着嘴："就……就……这么简单？"

不是都说全临南市的高中生，檀野的好友最难加吗？多少人跑去加檀野好友都被拒绝了，张晓涵这次也只是抱着试试的心态。

梨岁看向檀野，征求他的意见："那我把你的社交账号发给她了啊？"

"随你。"檀野丢下话，转身进店。张晓涵看着檀野高大的背影又是一阵激动。

"岁岁，你快把檀野的账号发给我！"

梨岁把檀野的账号发过去后，张晓涵立马点了"添加好友"，守着手机屏幕等了几分钟，都没有收到通过验证的消息。

梨岁往店里面看了一眼，檀野正坐在电脑前，不知道在干什么，压根儿没看手机。

梨岁对张晓涵说道："他可能在忙吧。"

而后，梨岁和张晓涵两个人各自回家。

梨岁刚躺到床上，旁边的手机就一直响个不停，她打开一看，全是张晓涵发来的消息。

张晓涵："岁岁，他怎么还不同意好友验证啊？"

张晓涵："他是不是忘记了？"

张晓涵："你快帮我问问。拜托拜托！"

梨岁只好坐起身，点开和檀野的聊天框，编辑了一条消息过去。

梨岁："在忙吗？"
檀野："不忙。"

梨岁没想到，檀野竟然秒回消息。
梨岁心想：他不忙的话，通过验证就是随手点一下的事情吧。于是梨岁继续打字：
"你是不是……忘了通过好友验证？"
檀野："我说要通过了吗？"

梨岁竟然找不到理由反驳。檀野好像确实没说，只是同意她推送账号过去而已。
梨岁挠了挠头："这我怎么解释啊？"她不知道怎么和张晓涵说，干脆直接截了张自己和檀野的聊天图片发过去。
张晓涵发了一堆大哭的表情过来。
梨岁："我尽力了，檀野太难搞了。"
张晓涵："那他怎么同意加你好友了？！赶紧从实招来！"
梨岁："那是因为我欠他500元！"
张晓涵又发了一堆问号过来。
张晓涵："他还借钱给你？！"

很快，张晓涵的电话就打了过来。
"快说快说！到底是怎么回事啊？"
梨岁把那天的事情大概说了一遍，补充道："可能是我哭得太吓人了吧，万一出什么事情，他店里也麻烦，就同意我先赊账了。"
"这事你别和我妈说啊，我不想让她知道我的钱丢了，还欠人家钱。"
梨岁妈妈是家庭主妇，家里所有的开支都是靠梨岁爸爸一个人上班承担。500元对于梨岁的家庭来说，已经是一笔不小的钱，她不想让妈妈为此伤心，还要另外帮她补上这笔钱。
张晓涵叹了口气："你命可真好啊，你是不知道檀野的好友有多难加，我还没听说过有哪个女生成功了呢。"

梨岁对这事没什么概念，打趣道："要不……你也去修个手机？"

张晓涵说："你以为没人试过这办法啊，听说檀野都是让她们加店里的客服号，根本就不是他自己的私人账号。那个客服号的运营者是他爸爸，我们哪敢造次？"

梨岁想了想，说道："估计他也不想让他家人知道有人赊账吧，所以才让我加他好友。"

最后，加好友这件事情就不了了之了。

第二天，梨岁早早地去店里开门。屋内一片昏暗，只有墙壁上的几盏昏黄的小灯亮着。梨岁打开主灯，往收银台走，被桌上的一团大黑毛球吓了一跳。

"啊！"

梨岁退了小半步，定睛一看，原本趴在桌子上用后脑勺儿对着她的少年微微侧过脸，顶着蓬乱的短发，眼睛睁开一条缝，声音格外哑。

"别叫。"

梨岁拍了拍心口处："是你啊，怎么不去房间睡？"

檀野不答反问："几点了？"

"七点半。"

檀野抹了把脸："你疯了吧！梨岁，我是给你钱了还是怎么样，这么卖命？"

这家店从开店以来，就没有这么早开门的时候，今天是头一回。

梨岁不敢说她是怕店倒闭了才早来的。

梨岁瞥见电脑前摆放得歪七扭八的键盘和耳机，看来檀野打了一晚上游戏。

"没事，你继续睡，我干我的活儿。"

檀野打着哈欠起身，细碎的短发凌乱无比，更显出少年身上那股子痞劲儿。

他把桌上的那本高考复习书放到梨岁面前，用指尖在上面点了点："来都来了，多刷些题。"

檀野拖着没睡醒的身体往楼上的房间走去："十点钟之前别叫我。"

梨岁把收银区收拾好，又忙前忙后地把店内打扫了一遍。隔壁几家店的老板都不由得往这边看，大概是真没见过这家店开得如此早过。梨岁不认识他们，只好笑笑："早啊。"

一位路过的老阿姨往店里看了一眼，笑眯眯地看着梨岁，问道："你是他的女朋友啊？"

梨岁急忙摆手："不不不，我就是来学手艺的。"

九点钟后，梨岁才坐下面对那本数学复习书。她面前的已经不是一本书了，而是3500块人民币啊！

梨岁翻开书就开始犯愁，怀疑人生地想着：这真的是人能学会的吗？

没过多久，店里走进来几位男生。

"嚯！檀野也知道赚钱了啊？今天店开得这么早。"

梨岁连忙起身热情地说道："欢迎光临！"

"天哪！"带头的男生被吓到，"这位妹妹哪儿来的？"

梨岁解释道："来帮忙的。你们是要文身吗？"

男生拉过朋友："他要文身。"

梨岁看着另外那个比较瘦小的人，问道："你成年了吗？身份证出示一下。"

领头的男生不太高兴，提高音量说道："问那么多干什么？这不是你该管的事，给我朋友预约就完了！"

"这……"梨岁很是为难。

"吵死了！"突然，梨岁身后传来一道烦躁的男声。

几个人循着声音看过去，檀野烦躁地从楼梯上走下来，看了一眼那几个很像是未成年人的男生："说了多少遍了，不给未成年文身。"

男生高傲地说道："檀野，这钱你不赚，多的是人赚，要不是看你店里便宜，谁想来你这儿文身？我们走！"

梨岁看着气冲冲走掉的几个人，担心地问道："这样没事吧？他们不会报复你吧？"

檀野满不在乎地说道："刷你的题。"

梨岁撇撇嘴，看到眼下的题，很是头疼。檀野扫了她一眼，没说什么，回房间换衣服。檀野出来后，坐到梨岁旁边的电竞椅上，往旁边一瞥，看见她还在做那道题。

檀野看不下去了，抽过梨岁的手中的笔，她惊讶地抬头看过去。

"看我干什么？看题。"

梨岁又低下头。

檀野握着笔的手"唰唰"几下就把题目公式在白纸上列了出来，还附带口头解析。

"因为函数是偶函数，所以$f(|ax-1|)=$……"

梨岁盯着书上的题目看了好几秒才恍然大悟，指了指下面的题目："那这个呢？"

她甚至感觉檀野没看几眼题，就已经在白纸上写出了答案。檀野把答案写出来后，才开始给她讲解。

梨岁算是见识到了什么叫"做题的速度比她看题的速度还快"。

"这道题，这道题！"梨岁感觉像是遇到了真人版点读机，指哪道题，檀野就讲哪道题。梨岁看着一整页的题被他做完，有些兴奋。

檀野看向她："是你做题还是我做题？"

梨岁讪讪地笑。在檀野的指导下，她感觉自己又会了。

直到下午，檀野才开始工作，来的顾客是两位青年，图案是之前就定下来的一幅江南水墨画，那是青年的故乡和对奶奶的回忆。

青年坐在凳子上，把短袖挽上去，露出一整只手臂。檀野戴着黑色口罩和黑色皮质手套坐在青年旁边，一点点地在青年的手臂上描绘着，时不时看一眼旁边的绘制模板。

"小野，她是你女朋友啊？"青年问道。每个人见到新来的梨岁都要问一下。

檀野专注地盯着图案，声音没有任何起伏："不是。"

另外一位陪同而来的青年笑道："别瞎猜，你忘了檀野之前拒绝那些女生时是怎么说的？他说他不喜欢学习差的。"

话音刚落，青年忽然意识到梨岁就在旁边听着，慌张找补："妹妹，我没有影射你的意思啊！"

梨岁摇摇头："没事。"

梨岁本来就学习差，更何况她又不喜欢檀野。但不得不说，对方不说出来还好，一说出来，梨岁心里莫名其妙地有些难过。她也不想学习差啊！

梨岁坐回收银台的椅子上，和那些高考复习题开始较劲。她就不信了，自己努力学，还能学不会？

等檀野忙完，已经是傍晚，他走过来好笑地看着她："你这是准备发愤图强了？"

梨岁握着笔，两眼发光地仰头看着檀野："学霸！求带！"

梨岁心想：靠我一个人刷题，还不知道要磨到什么时候。如果能有檀野帮她补习，她信心满满地觉得，数学也不过如此。

檀野懒懒散散地将手肘搭在收银台上，说道："我怕影响梨岁同学的刷题速度。"

梨岁顿了顿，这话怎么听着这么耳熟？

她反应了好一会儿才想起来，这句话出自她的口中："你怎么……知道？"

檀野笑而不语。

当时梨岁说出这句话的时候，檀野就在图书馆的另一侧，不仅他听到了，和他一起的几个同学也全听到了。

"没想到啊，檀野，你也有今天？终于有个女生不稀罕看你一眼了，你在她眼里恐怕还没一道数学题让人赏心悦目。"

当时梨岁眼里只有一堆数学题，根本没抬头。张瑞把事情传出去之后，檀野还因此被调侃了大半年。

梨岁想起自己说过的话，闭了下眼，随后露出微笑，讨好地说道："学霸，那都是我年少无知，有眼不识泰山。你长得这么帅，学习又好，不介意再乐于助人一点点吧？"

有檀野在，梨岁还怕刷题的速度上不去？

檀野笑了声："不打工了？"

梨岁咬咬牙，坚定地说道："我——爱——学——习！学习使我进步！学习使我快乐！"

她刚才只是简单地想象了一下不读书之后的生活——会有人不断地

和她提起读书这件事；她会无数次难过和后悔；若是遇到自己喜欢的人，对方又看重学历，她恐怕连表白的勇气都没有。

梨岁觉得自己应该变得更优秀才对。

梨岁真诚地看着檀野："学霸，我以后免费到你店里干活儿，你有空教教我数学怎么样？"

她生怕檀野觉得吃亏，一鼓作气地说道："你放心，我发你工资，我的零花钱都给你，虽然没有很多……但我保证，只要你一个眼神，我绝对不烦你！您看心情教我可以吗？"

檀野听着她这最后突如其来的一个"您"字，扬了扬嘴角，不紧不慢地吐出几个字：

"高四学姐，梨岁。"

梨岁被他口中的称呼逗笑，但不知为何，一滴眼泪掉了下来。

檀野微微蹙眉："不许哭！上次你哭就被你赊了500元的账，现在你该不会是不想发我工资才哭哭啼啼的吧？"

梨岁哭笑不得地拿纸巾擦了擦眼泪："我才不是那样的人！等我以后赚了钱，一定好好报答你！"

"我记下了。"檀野说道，"学不会可别说是我教的，丢人。"

梨岁暗自下了决心："再来一次，不成功便成仁！我一定要考上大学！"

复读一年，如果暑假另外请长期家教的话，家里的负担又加重了。可是让梨岁自己在家闷头学，她的思维完全混乱，根本没有效果。

檀野看了眼时间："不早了，你回去吧。"

梨岁收拾好东西，准备回家，还不忘关心檀野一句："通宵打游戏对身体不好，不建议。"

檀野英眉微挑："你这是怕我明天没精神教你吧。"

梨岁没想到她的小心思被檀野一眼看穿，她不好意思地低下头，挥了挥手："那我走了。"

梨岁刚走出店，就被旁边的人拽了过去，还没来得及做出反应，张晓涵就做出一个嘘声的手势。

"岁岁，你怎么从里面出来？"张晓涵打量着梨岁，"你去文……？！"

梨岁拉着张晓涵往回家的路上走："怎么可能？我是过来帮忙的，还能顺便把欠他的钱还上。"

张晓涵半信半疑地看着她:"真的?舅妈可让我多看着你,不能让你学坏了。"

"对啊!"梨岁荡着手臂大步走,"我都打算复读了。"

张晓涵一脸震惊:"你是认真的?复读可比你上专科什么的压力大多了。不是我打击你啊,你真能学会吗?"

"我不试试怎么知道?"梨岁说道。

现在有这么好的机遇,临南高中的数学天才檀野愿意教她,梨岁不想留下遗憾,无论结果如何,她都要再试一次。

梨岁和张晓涵刚到家,张晓涵便跑去厨房:"舅妈!岁岁要复读了!"

听到消息的杨柳怔了一下,赶紧丢下手里洗着的菜,从厨房跑出来,难以置信地看着自家孩子。

她将湿着的手往身上的围裙上擦了擦,将女儿拉到自己身边:"岁岁,你是不是受什么刺激了?妈妈不怪你,家里人都知道你尽力了,复读可没那么简单,压力得多大啊,你别冲动。"

杨柳怕女儿复读的结果再像这次一样……比起成绩,她还是更担心女儿的心理健康。

梨岁认真地看着妈妈:"妈,我想清楚了,我要复读。我这个暑假就开始学,再给我一次机会,我一定可以的!"

杨柳激动地含着泪,哽咽得说不出话来,两只手紧紧地握着梨岁的右手,晃了晃:"好样的,妈妈支持你。只要你能考上,爸妈说什么都要供你读下去。"

梨岁抱了抱妈妈:"我一定加油。"

杨柳感激地看着张晓涵:"哎呀,晓涵,真是谢谢你,岁岁肯定是受到了你的影响,留下来吃顿饭吧,舅妈再去多炒几个菜。"

"是岁岁自己上进。"张晓涵摇着头,"不用麻烦了,舅妈,我妈叫我回去吃呢。"

餐桌上,杨柳迫不及待地给正在外地出差的老公梨远打了个视频电话。

"老梨啊,你女儿要复读了!"杨柳说道。

忙了一天工作的梨父听到这个消息，连连点头，亢奋地说道："岁岁，爸爸支持你！你尽管努力，钱不是问题。该报什么补习班就让你妈给你报，咱们家就俩孩子，钱没了可以再挣，不要有压力，你有这个骨气，爸妈都为你感到骄傲。"

梨岁红着眼睛点头答应。

坐在旁边的弟弟梨隽看着她："加油！不要让别人以为父母的高智商都遗传给我了。"

梨岁又哭又笑，气得打了梨隽一拳。

梨岁吃完饭，回到房间，开始制订自己的学习计划。此时，她放在书桌上充电的手机却不停地响。

梨岁打开手机看了一眼，高三班级群里的同学都在询问她复读的事情，梨岁翻了翻聊天记录，原来是张晓涵把事情说出去了。

张晓涵："大家别再向我打听岁岁的事情了，统一回复一下，她准备复读了。"

梨岁微微皱眉，她在班上的人缘算不上好，大家打听她考没考上，无非是想八卦而已，她根本不打算回应。

她这么久没消息，同学们大概也都猜得到她没考上。毕竟之前她在临南的外号可是"学神"——怎么学都学不会，真是神了。不知道这个外号是班里的谁传到校园论坛上去的，还引起了不小的讨论度。

梨岁这个默默无闻的差生也成了学校中备受讨论的风云人物之一。有关于天赋与努力的辩论，拿她来举例子的不在少数。

她不喜欢变成别人口中的八卦和谈资，可现在还是站在了风口浪尖。这也给刚准备复读的梨岁带来了一种无形的压力。

但梨岁也了解表姐张晓涵，她没什么坏心思，有时候就是"缺根筋"，什么事都藏不住。

梨岁在班级微信群里发了条消息：

"祝大家前程似锦。"

接着，班级微信群里便有人跟着发消息：

"高四？！"

"梨岁，你真要复读了？"

"天哪！换我是没勇气再来一遍的，梨岁加油！"
"专科也没考上吗？"
…………

原本安静的班级群气氛瞬间活跃起来。梨岁看着满屏的文字，并没有回复。

而后一连几天，梨岁都是清早就去店里开门，已经养成了习惯。

今天梨岁起晚了，洗漱好，拎起沙发上的书包，连早餐都来不及吃。

"妈，我出门了！"

杨柳只当她是去图书馆自习，冲着门口大声嘱咐道："别舍不得用零花钱啊！你记得在路上买早点吃！"

"知道啦！"

梨岁赶紧往店里跑，旁边花店的阿姨看她急匆匆的，笑道："岁岁，今天起晚了？"

梨岁不好意思地抓了抓耳边的头发："睡过头了。"

梨岁这几天学习强度比较大，闹钟响了的时候，她想再眯一会儿，谁知道再次睁眼已经是半个小时后了。

阿姨和蔼地笑着说道："不着急的，有你在的这几天，小野多赚了不少钱。那些男孩子是冲着你来的吧？他们买瓶水都跑到店里买。"

梨岁笑着点了点头，然后进店，熟练地开灯，挂好帘子。每次她来的时候，檀野都没有醒。

她像往常一样，走到收银台放下书包，帮檀野把游戏电脑关掉，然后将桌面收拾整洁。

梨岁打扫完卫生，就坐着刷题，眼睛累了就起来走走，浇浇花。

有人预约服务，她一律按要求登记。来店里打台球的基本都是檀野的朋友，很少有需要收钱的时候。不过那些男生偶尔也会给钱，或者在店里买饮料和饰品挂件之类的。

梨岁翻着之前刷完的题，可以说，她做错的题五花八门。

檀野有空的时候会给她讲题，有时候甚至讲一两个小时都停在同一道大题上。梨岁不止一次担心，这样下去，她会不会把学霸逼疯了？

梨岁看快到十点了,想到从来没见檀野吃过早餐,于是趁着空闲,跑去街上买了碗馄饨和几包零食。

今天她拿到零花钱了,决定承包檀野的早餐。

梨岁提着大袋零食和馄饨回来,兴高采烈地往店里走:"檀野,你看我给你带了什……"

梨岁的话还没说完,就看见前面有个人突然转过身来,梨岁心里一惊。

"妈,你怎么来了?"梨岁惊讶地问道。

杨柳深呼了一口气,看着女儿手上提着的零食和早餐。

杨柳刚才没听错的话,这些吃的还是女儿给别人带的。杨柳尽可能地保持冷静。

"岁岁,你和妈妈解释一下,这是怎么回事?你不是说打算复读吗?既然做了这么重要的决定,妈妈希望你把这件事放在心上,可你竟然天天待在这种地方玩,不学习。你这样像话吗?"

梨岁放下手里的东西,小步走过去,乖乖地站到妈妈旁边:"我没玩……"

檀野拿起桌上梨岁做到一半的试卷,递到杨柳眼前,礼貌地解释道:"不好意思,阿姨,是我让梨岁帮忙去买早餐的,她刚才是在学习。"

杨柳接过试卷看了看,试卷上半部分写得满满当当,也确实是自家女儿的鬼画符一样的字迹。只是上面还有许多用红笔写的字,字迹张弛有度,毫无疑问是出自其他人之手。

檀野又拿来之前的许多习题:"这些也都是梨岁这几天做的题,我帮忙做了修正。"

杨柳看着这些题,又看向女儿和旁边这位高高的少年,心想:这……真是来学习的?

杨柳对檀野笑了一下,然后把梨岁拉过来,小声说道:"岁岁,不是妈说你,你在哪儿学习不好,非得跑到这种店里?这种看起来像专骗单纯小姑娘的帅气男生,你要离远点儿,近朱者赤,近墨者黑,你要明白这个道理!"

梨岁看向檀野,点点头,他确实帅气。

梨岁意识到什么之后,不解地看向妈妈:"可是……妈……我好像才是那个'墨'吧……"比起学习,檀野比她强太多了。

"你瞎说什么呢？"杨柳说道。

梨岁："人家檀野是保送生，高考都不用参加，直接去京北上大学了。他不仅会修手机，还愿意免费给我补习。"

杨柳听完一愣，认真地回想着"檀野"这个名字。她和小区邻居聊天儿的时候没少听到这个名字。檀野保送的事情还上过新闻呢，他可是临南市引以为傲的天才学子。

学霸檀野就站在她面前，还帮她女儿补习？！

杨柳再次抬头仔细地看了看檀野，尴尬地笑着，随后脸色严肃地看向梨岁："妈妈说的是你不要影响到人家小野同学。"

梨岁因妈妈突然转变的态度感觉莫名其妙。檀野被眼前这对母女的交谈逗笑了。

杨柳为自己刚才的话感到很抱歉，真诚地对檀野说道："小野，实在抱歉，刚才阿姨误会你了，谢谢你帮助我女儿学习。

"听孩子表姐说，梨岁大清早跑去文身店，我不放心，就跑过来看看。"

张扬惯了的檀野这下也收敛了许多，说道："没事的，阿姨。岁岁在店里也帮了我很多忙。"

杨柳悬着的心算是放下了，她说道："小野，你要是有什么需要的，包括补习费用，你就让岁岁和我说，阿姨绝对不是占便宜的人。"

檀野点点头："阿姨的心意我明白，岁岁在店里给我帮忙就已经足够了，不需要另外的费用，能帮到她，我也很开心。"

听完少年这一番话，杨柳看向他的目光中欣赏之意越发明显，她说道："那行，你有需要钱的地方和阿姨说，我先不打扰你们了。"

杨柳走到门口，看见桌上刚买来的早餐，提醒道："小野啊，早餐一会儿凉了，记得趁热吃。"

檀野依旧点头。

檀野看起来不太对劲，一下子变得很沉闷。

等妈妈离开后，梨岁不解地问道："檀野，你怎么了？是不是我妈妈一开始说错什么话，让你不开心了？"

第三章 学霸同桌

　　檀野盯着桌上的早餐出神，记不清自己有多久没吃过早餐了，更没有人提醒他趁热吃早餐。

　　梨岁担忧地看着他，见他不说话，有些着急："如果是我妈妈伤害到你了，我替她向你道歉，对不……"

　　檀野用手里的试卷托住她正要向下垂的脑袋："阿姨没说什么，是我有起床气而已。"

　　梨岁连连点头，说道："那就好，那就好。"

　　梨岁把买来的馄饨拿过来放在桌上打开："哎呀，我让馄饨店的奶奶多加了些汤，馄饨还是坨了。你要是介意的话，我吃这份，再去给你另外买一份。"

　　说着，梨岁起身就要出去。檀野大步流星地走过来，扯住她卫衣的后领，将她拉回来："我哪儿有那么矫情？！"

　　檀野坐到棕色的编织椅上，拿起勺子吃了起来。过了一会儿，他突然抬头，发现梨岁正眼巴巴地看着他面前的馄饨。

　　梨岁对上檀野的视线后，咽了咽口水："我忘了买自己那份了……"

　　梨岁认真地问道："我现在去买馄饨，你会不会觉得我吃的那份比你这份好？"

檀野被她这个离奇的问题逗笑了："你担心的事还挺多。"

"那我去买了！"梨岁说完便走出门，没一会儿又折了回来，"我还是不吃了。"

檀野看着勺子里的馄饨和桌上的零食大礼包，问道："你没钱了？"

被一眼看穿的梨岁尴尬地摸了摸空落落的卫衣口袋："好……好像是……"

"收银台的抽屉里有现金，你直接拿去用。"檀野说道。

梨岁纠结地问道："我用店里的钱不好吧？"

檀野："店里的钱难道不是我的钱？"

"当我没问！"梨岁立马跑过去拿了五元钱去买馄饨。

十分钟后，梨岁成功吃上了香喷喷的小馄饨，连汤都被她喝得一干二净。梨岁打了个饱嗝儿，收到了檀野看过来的嫌弃的眼神。

檀野拿起梨岁今早做的试卷，脸色阴沉："你过来一下。"

梨岁擦了擦嘴，走过去站到檀野的旁边，双手交叠在身前，等着檀野训话。

檀野白皙的手握着红色钢笔，一连在试卷上圈出好几处地方："我们梨同学是有几分学习天赋的。"

梨岁有种不祥的预感，干笑了两声："是吗？"

"是啊。全错。这些都是我这几天反复和你讲过的题型，难道你的记忆和鱼的记忆一样吗？"

梨岁不敢说话。她从没见过檀野这么严肃的样子，现在的她比在学校面对教导主任时还要紧张。

"为什么不说话？"檀野转着指间的钢笔，问道。

梨岁小声说："我再多做几遍。"

檀野又看了看前些天的错题，说道："你不用继续做下去了，把这几个必考题型的解析公式各抄100遍，抄到有肌肉记忆为止，然后再套用到题目里。"

梨岁攥紧手，心里盘算着：100遍？以自己高三抄书的速度，一个晚上应该能搞定。

檀野见她走神，用手指在桌子上轻敲了两下："抄公式的时候，每一遍都按我教的去理解它，你不要只是为了抄而抄。"

梨岁面露难色，说道："我忘记你是怎么教的了。"

但凡她做题的时候能想起来公式，也不至于全做错。

檀野用手捏了捏眉心："你把手机拿来。"

梨岁赶紧从兜里拿出手机递过去。檀野拿过她的手机，轻车熟路地解锁，然后打开视频录像，将手机架到旁边，摄像头对着桌子上的试题。

"从现在起，我教什么，你都用手机录下来，碰到相同题型就拿出来反复看，半开卷做题。你现在认真听，我再讲一遍。"檀野把她的那把椅子拉过来，"坐下。"

梨岁老老实实地坐在旁边听题。檀野讲题的时候语速很快，逻辑清晰，操着一口标准的普通话，发音也别有韵味。

"你慢些说……"梨岁说道。

檀野放慢了语速，讲完题后，他结束录像："今天先讲两道题，你先学会这些，我们再继续往下讲，如果觉得讲太快了，你看的时候调慢速度。"

不远处正在打台球的几个男生打趣道：

"还是会读书好啊！我们望尘莫及。"

"檀野自己上课都没这么认真吧。"

"咱们打个球还能接受一下文化的熏陶，多好，哈哈哈……"

檀野冷冷的眼神扫过去，他说道："你们不想待可以出去。"

张瑞赶紧出面劝道："野哥不喜欢别人拿女孩子来开玩笑，你们就别瞎造谣了。要是开学传到学校里去，野哥被误会为在谈恋爱，可是要被叫去谈话受处分的。"

其他人见状，不再自讨没趣。

梨岁坐在店里抄题，也不知道时间过去多久，再次抬头的时候，天空已经变得灰蒙蒙的，巷子里的行人低头小跑着，好像随时会有一场暴雨。

店内的人已经走完了，檀野正在整理书架上的展品，梨岁想到自己没有带伞，快速收拾了一下笔和本子，拉上书包拉链。

"檀野，我先回去了，等会儿可能要下大雨。"

梨岁的话音刚落，天空传来"轰隆隆"几声，暴雨倾盆。

"你在店里待着吧。"檀野说着，放下手中的相框，去门口将木门关上。

梨岁走到书架旁，看见堆放在地上的箱子，里面是一些裱起来的画。

"这是干什么的？"梨岁问道。

"我办展的展品。"檀野将保鲜膜递给梨岁，然后抱起未满的箱子，"正好，你跟我上楼，帮我一起整理东西，需要把它们用保鲜膜包起来，然后装箱。"

梨岁跟着他去二楼，吃惊地说道："你都要办展啦？好厉害！"

人比人真是气死人，檀野比她年纪还小，不光学习成绩好，在兴趣爱好上也能做到出类拔萃。

梨岁除了读书都不知道该干什么，没有目的地活着，所以为了以后能有更多的选择，还是决定继续读书。

这还是梨岁来店里这么多天以来第一次去二楼。楼上和楼下一样，是老式的木材装修风格，处处透着淡淡的书香气息。

梨岁踏上二楼的最后一级台阶，映入眼帘的是三面墙上整排的书架，小客厅里摆满了文身作品、手办、录音机，她这才知道原来一楼的东西只是冰山一角。

梨岁左手边的小门是通往阳台的，檀野的房间在右手边。房间的门是敞开着的，窗帘半拉着，显得卧室内有些昏暗，床单、被罩都是黑色的。墙上挂着各种海报和文身图样，房间不大，却很整洁。

黑白色的基调搭配着深棕色的木制家具，一看就是檀野喜欢的风格，简约沉静。

梨岁看着二楼琳琅满目的东西，仿佛进了一个极具特色的小型展览馆，每一件东西从质感和新奇程度来看，都显得价值不菲。这就是学霸的世界吗？

檀野将要包装的展品放到茶几上。梨岁拿着一幅画，问道："那我可以去看展吗？"

檀野轻笑道："这里都是没公开过的一手展品，你现在就可以看个够。"

梨岁将画打包，欣赏地说道："那感觉不一样呀！我还想再去现场看一遍，看着它们高高地挂在展会的墙壁上，然后去拍一些照片回来。"

檀野回过身，低头看了看兴致勃勃的梨岁，从书架上抽出一本书，拿出里面夹着的展会门票："9月22日，你记得来。"

那天也是檀野的17岁生日。

梨岁兴奋地收下门票："谢谢！"

梨岁好奇地仰着头问："那你以后就当文身师了吗？可是你身上为什么一个文身图案都没有？"

檀野："那你觉得我考京航是为了什么？"

当文身师从来不是他的梦想，他之所以学文身，是另有原因。

梨岁怔了片刻，才恍然大悟："啊！你想当飞行员？！"

"嗯。"檀野应声。

梨岁瞬间感觉檀野在她心中的形象又高大了不少。

不管是成为文身师还是飞行员，都很符合檀野的风格。这两种职业同他的名字一般，极具挑战性且难以征服。

梨岁想到自己，不由得轻轻叹气："真好啊，不像我，还不知道自己到底喜欢什么。"

檀野挑着眉："你考来京航。"

梨岁生气地说道："你咋不叫我上华清呢！"

不知过了多久，外面的雨依然不见停，但是小了些，茶几上放着整理完的几箱展品。梨岁起来伸了个懒腰，忽然感觉耳边出现了幻听："岁岁！回家啦，岁岁！"

梨岁又仔细听了下，真的是妈妈在叫她！

梨岁跑到阳台上往楼下看去，看见空旷潮湿的巷子里多了一抹大红色。她妈妈骑着电动车，穿着红色雨衣，正朝着店里喊："岁岁！你在吗？"

梨岁连忙答应："妈妈！我马上下来！"

"檀野，我妈来接我了，我先回家了！"梨岁说着，抓起展会门票小跑下楼。

檀野看着她落下的书包，拎起书包跟着她往下走。

店门打开了。杨柳看见檀野手上拎着的书包，柔声责备道："岁岁，你这么着急干什么？书包都忘记了。"

梨岁急忙从檀野手上接过自己的书包，把门票放好。

杨柳笑着和檀野道别："小野，谢谢你啊，阿姨就先带岁岁回去了。"

"阿姨，路上注意安全。"檀野说道。

梨岁坐上电动车，套上雨衣，艰难地挥了挥手："明天见！"

"嗯。"檀野看着电动车逐渐远去，才回到店里，关上门的瞬间，他突然觉得堆满小物品的店里变得空旷。

他心情低落地打开手机，给母亲发了条消息：

"9月22日，市区有我的作品展，票已经给你寄过去了。"

檀野盯着手机屏幕，直到它暗下去，也没有收到任何回信。

消息提示音响起，檀野快速地打开手机，是手机店的邻居阿姨发来的语音：

"小野啊，你爸爸出门喝酒，又忘记关窗了，外面下雨了，你有空赶紧回来关一下吧，要是晚上下暴雨，屋里该湿透了。"

檀野回道："知道了，阿姨，谢谢。"

檀野关掉手机，店内的伞都被朋友拿走了，他也懒得再去找伞，冒着小雨跑出门。

梨岁回到家，放下书包。杨柳边换鞋边念叨："你看人家檀野，小小年纪，不仅学习成绩优异，还能经营一家那么好的店。

"你现在天天和学霸待在一起，什么事情都多学着点儿，知道不？"

梨岁望着天花板，长叹道："唉——"

"说你呢！"杨柳说道，"叹什么气，妈说的话不都是事实吗？"

梨岁扭过头看向母亲："我就是感慨，母亲大人，你拿我跟晓涵姐比较了这么多年，今天总算是换人了。"

杨柳不由得一笑，说道："你啊，这些天学得怎么样了？每天起早贪黑，有效果没？"

女儿学习的决心，杨柳都是看在眼里的，自然也希望能有好结果。

梨岁苦巴巴地说道："'檀老师'很不满意呢，还罚我抄写。"

虽然这么说，但梨岁也没有抱怨，乖乖地回房间继续学习。杨柳也帮不上什么忙，只能去厨房切一些水果给梨岁送进去。

梨岁抄得认真，嘴里还一边背着公式解析，甚至不知道自己是什么时候睡着的。水果她都没吃，在书桌角落依然保持着原来的样子。

次日，梨岁一如往常地去店里。一直到上午11点，她都没见檀野从楼上下来。

她疑惑地又看了一眼时间。预约的人已经到店里了，梨岁让对方先坐一会儿，然后她打电话给檀野。

电话接通，里面的声音很是沙哑，还带着重重的鼻音："喂……"

躺在床上的檀野撑着坐起身来，晃了晃沉重的脑袋。

梨岁义正词严地说道："檀同学！请收起你做作的'低音炮'嗓音！"

檀野的喉咙涌上来一阵痒意，他扭过头，咳了两声："什么事？"

梨岁这才反应过来，这声音好像不是故意的，她问道："你……感冒了？"

檀野头痛地皱着眉。昨天跑回手机店的时候正下着雨，他没怎么当回事，回来洗完澡，头发还湿着就睡着了。

"可能吧。"檀野说道。

梨岁和客人解释了一下原因，让他改天再来，然后在电话里和檀野说道："学霸，你可不能倒下啊！你等一下，我这就去给你买药！"

梨岁跑出去买完药之后，又倒了杯温水，走上楼。她敲了敲门，脸色苍白的檀野从里面把门打开，整个人看上去有气无力。

昨天下雨，梨岁看了，所有窗子分明都是关上的啊，檀野怎么会感冒？

檀野坐到沙发上，将感冒药丢进嘴里，喝了几口温水才缓缓说道："谢谢。"

梨岁打量着檀野今天身上的穿着，浅蓝色破洞裤露出一大块白皙的皮肤，他上身就穿着一件无袖的白色背心，手臂的线条流畅。

梨岁打量完檀野，若有所思地点点头："难道是因为你穿的太潮了，碰到下雨天，就……就感冒了？"

檀野："我该说你是懂感冒还是懂分析？"

梨岁嘿嘿一笑："我是懂穿搭的。"

最后檀野也没说出他感冒的原因，梨岁意识到之后，没再继续问下去。

相处久了，梨岁发现檀野的心事还挺多的，他的性格和桀骜不驯的表现不同，在某些瞬间，他总是透着沉郁之色。有钱、有才、有颜的学霸也会不快乐吗？

"那你多休息吧，我就不打扰你了。"准备下楼的梨岁想到什么，又转身说道，"我跟你说个好消息，昨天你让我抄的公式，我已经抄完并且背熟了！"

对于她来说，这简直就是里程碑式的胜利。

檀野抬眼笑了下，说道："你做套试题，看看实力。"

梨岁到底是真会假会，还是要通过实践检验一下。

梨岁讪讪地笑道："我觉得今天要不就先算了吧？"

这位小老师未免也太敬业了，连生病都不忘关心梨岁学得怎么样。只是梨岁可不想檀野因为她做题情况太糟而病情加重。她觉得自己还是不要给人添堵了，绝对不是她想要偷懒！

檀野好笑地问道："是我生病还是你生病？"

梨岁立马说道："我这就去做题。"

梨岁跑回楼下刷题，手机在旁边放着讲解视频，她认真地研究着檀野教她的解题思路。

梨岁听到门口帘子被拨动的声音，便习惯性地打招呼："你好。"

梨岁起身看见一个女生走了进来。

这家店倒是很少有女顾客，除了陪同朋友来的女生，基本就是一些女生借着买饮品或者打台球的名义偷看檀野，只可惜今天檀野生病了，不方便被看。

这女生进店之后四处张望："檀野呢？"

梨岁看了一眼二楼，说道："他今天生病了，在休息，你找他有什么事吗？"

女生走过来，激动地拉着梨岁的手，小声说道："你是怎么让檀野同意你留在他店里的？你教教我呗？我也想留下来。"

这几天听说檀野的店里有女生帮忙，林欣月还有些不敢相信，这下见到人了，正好询问一下办法。

"这……"梨岁尴尬地想抽回手。她总不能把檀野借她钱并且给她补习的事情到处说吧，这样只会给檀野增添更多类似的麻烦，到时候檀野连她都不教了。

非要让梨岁解释，她也只能说是机缘巧合。

梨岁只好再一次拿出檀野教她的说辞："店里暂时不需要那么多人。"

林欣月当即不乐意地甩开她的手："你唬我呢？你是他什么人，凭什么替他做决定？我妈就是这条街上开服装店的，和檀野认识，他怎么可能不让我留下来？"

辍学在家玩到20岁的林欣月从来没打过工，这次要不是因为檀野，她才不来呢！

梨岁刚张嘴，还没来得及说话，林欣月就打断她："你让檀野亲自下来和我说！"

梨岁无奈地说道："他生病了，在休息。"

女生不依不饶地说道："那我不管，怎么我一来，他就正好生病了？前几天他都没事，谁知道你是不是骗人的！"

梨岁莫名其妙地被冤枉，也不知道哪儿来的胆子，说道："随便你！"

梨岁丢下话，就不管她，然后自顾自地坐回收银台刷题。

"哎！你这个小丫头片子，你……"

林欣月气得跑到梨岁面前，要与她理论，结果看见一个人正从楼梯往下走来。林欣月惊喜地打招呼，丝毫看不出刚才的刁蛮模样。

"檀野，你好！"林欣月看清少年的面孔和脸色，关心地说道，"你真的生病了？"

檀野："你不觉得你太聒噪了吗？"

老式的木房隔音算不上好，平常一群打台球的人叽叽喳喳的声音听得含糊，可女生的尖厉的声音听起来仿佛在跟人吵架，格外刺耳。

林欣月说道："是我妈叫我来这儿上班的，当初你妈替你开这家店的时候，在装修房子方面，我家可帮了不少忙，你别忘恩负义！"

檀野冷着脸说道："谁欠的人情，你让你妈找谁去。"

梨岁感觉气氛不太好，出面对林欣月解释道："你现在知道我没有骗你了吧，店里真的不需要人。我也只是在这里自习，不是员工，也没有工资，你要找工作的话，还是换一家店吧。"

被拒绝的林欣月不甘心，离开时还骂骂咧咧："上哪儿找你妈讲理去？谁不知道你没妈要……"

檀野握紧拳头，原本病得发白的脸色变得更加难看。

梨岁皱着眉，这么多天，她好像的确没见过檀野的父母，甚至都没见过他和父母联系。每次提到家人的话题，檀野都避而不谈，原来事情真的没那么简单。

梨岁出神间，一声玻璃杯落地的清脆声响打破了安静的氛围。

檀野转身时不小心将收银台上的水杯碰了下来。他下意识地蹲下身去捡碎玻璃。在生病和情绪不稳定时，人总是会出差错。梨岁惊慌地想拦住檀野时，锋利的碎玻璃就把他的指尖划出血痕，很快血珠就涌了出来。

"檀野！你没事吧？！"梨岁急忙把纸巾递给他止血，然后去抽屉里找消毒酒精和创可贴，"玻璃杯碎了，扫起来就行了，你为什么要去捡它？再说，飞行员招飞是很严格的，你这样，万一留疤了怎么办？"

檀野拿开纸巾，看了一眼那道已经合上的划痕："没事，不会留疤。"

檀野接过梨岁递来的消毒棉签，擦完伤口后贴上创可贴。

梨岁拿着扫把清扫地上的玻璃，不赞同地说道："就算没事，你也要多注意才行啊。还有，刚才那个女孩儿说的话，你别放在心上。"

檀野眼神阴冷，说道："她算什么人，说的话值得我放在心上？"

梨岁没再接话，生怕勾起檀野不愉快的回忆。不过很显然，檀野的家庭状况非常复杂。

梨岁扫完地，专门用一个袋子将碎玻璃装好。她洗完手回来就看见檀野坐在她的位置上看题。

梨岁心里没底，走上前，刚才她信誓旦旦地和檀野说自己背熟了公式，也不知道效果怎么样，万一她做的题还是像昨天那样全错，那就太尴尬了。

梨岁小心地观察着檀野的表情，他微微蹙眉，她也跟着蹙眉。

到最后，她实在忍不住问道："怎……怎么样？"

"还行。"檀野说道。

檀野嘴上虽这么说，梨岁看他的神情却没有放松下来。梨岁不确定自己做的题是不是真的还行，甚至感觉不是很行的样子。

檀野放下卷子："公式是对了，但是用错题了。"

檀野将手肘撑在桌子上扶额，还真是许久没有碰到过这么有挑战性的事情了。

"学霸，你别着急，实在不行，我们先学别的也行。"梨岁试图安慰他，却不知道眼前的这些题已经算是比较基础的了。

檀野想好该怎么教梨岁后，拿起笔："你把手机录像打开，听着。"

梨岁照做，边录边记。

久而久之，有了檀野给她的补习视频后，梨岁遇到不会的题就翻出视频，按照相似题型的解题方法套用公式，然后再作答。梨岁做题错得逐渐没那么离谱儿了，但是檀野对她的要求也在不断提高。

整个暑假，梨岁都没休息，每天都在店和家之间往返。

经常来店里打台球的张瑞不禁感叹道："这天天耳濡目染的，搞得我也想学习了。"

张瑞就没见过这么喜欢刷题的女生。有野哥这个大帅哥天天在旁边指导，换作是谁都没心情学习，因此高一和高二的时候，老师还故意不给檀野安排同桌。可是梨岁都不认真地看檀野一眼啊！

还在闷头刷题的梨岁听到张瑞说的话，立马提着笔抬头，鼓励张瑞："学！我现在一天不做题，浑身刺挠！"

哪怕她经常出错，被檀野吐槽，但那种纠正错误后终于学会一类题的成就感，梨岁非常享受，甚至有些期待开学。

张瑞摆摆手："算了吧，我可没你那毅力！让我成天面对做不完的数学题，我要愁死了。"

梨岁愣愣地问道："那你不担心考大学的事吗？"

拿着台球杆的檀野平静地解释道："他家有矿。"

张瑞笑着说道："低调，低调。我爸说了，考不上就直接进厂，回家继承家业。读书我不行，继承家产，我应该还是可以的。"

张瑞看向在打台球的檀野："野哥，这都快开学了，你高三还去学校吗？"

沙发旁边戴着眼镜喝饮料的刘义俊抢答道："肯定不去啊！谁保送了还待在学校啊，请假出去玩不香吗？"

梨岁也向檀野投去好奇的目光。檀野收起台球杆，站直身，声音平静但字字清晰："我放弃保送了。"

梨岁瞬间瞪大了眼睛，在场的几个人都惊讶得从沙发上跳起来。

"啊？"

"天哪！野哥你疯了吧？！"

"天哪！那可是京航啊！"

"天哪！保送啊！哥！"

梨岁整个人都蒙了。

檀野烦躁地挠了挠耳朵："安静。"

梨岁也坐不住了，起身问道："檀野，你为什么要放弃保送啊？"

京航不是檀野一直想去的学校吗？现在有直通门票，他没道理放弃啊！

有了京航的保送资格，之后招飞也非常有优势，可是现在檀野却做出了如此令人匪夷所思的决定。

檀野在台球桌边重新瞄准一颗红色的球，语气平淡地说道："没什么挑战性。"

檀野话音一落，整个店里都安静了。

张瑞哀怨地说道："你听听，这是人话吗？没什么挑战性？那是多少人求都求不来的保送资格啊！来人啊，我的刀呢？！"

梨岁一时无语。学霸的态度，她尊重，但不理解。

檀野不紧不慢地说道："听说高考第一名的奖金有一百多万元，不拿白不拿。"

放弃保送的理由这么朴实无华吗？

"檀野，你这是降维打击，也太不厚道了！真是旱的旱死，涝的涝死！"全校成绩排名较好的刘义俊推着眼镜抱怨，"野哥参加考试，那我的排名岂不是又要下降一名？"

"你还真别说，整个暑假，野哥还带着梨岁一块儿补习，开学摸底考试肯定没问题！"张瑞说道。

刘义俊问道："野哥，你这么做，你爸妈会同意吗？"

他说完，张瑞赶紧碰了碰他的胳膊，但等刘义俊反应过来时，已经晚了，檀野已经听到了。

檀野的脸色没什么变化，他说道："他们没资格左右我的决定。"

檀野见梨岁一直盯着他看，便对上她的视线，张扬地说道："怎么？我脸上有题？"

梨岁没有移开视线，问道："你真的要放弃保送吗？"

檀野在球桌上俯身，抬眼睨向她："你这是……不相信哥哥？"

"呸！"梨岁被他口中的称呼恶心到了，"我收回刚才的话！"

梨岁虽然相信檀野的能力，但保送无疑是最稳妥的。

但这是她的想法，毕竟学霸的心性和冲劲是不同的。就像檀野说的，保送没什么挑战性，更何况第一名的奖金也确实让人心动。

檀野瞄准桌上的台球，手疾眼快地击出球，一抹红色迅速闪过，球滚进洞内。

梨岁知道檀野放弃保送的消息之后，回家路上一直想着这件事，觉得不可思议。

檀野也要参加高考了，和她一届。

梨岁今天刷题刷到很晚，现在她回家的时间已经从之前的下午五六点钟逐渐变成晚上八九点钟，今天甚至晚上十一点钟才回家。

之前杨柳有空都会去店里接她，这几天弟弟生病了，杨柳走不开，只好交代梨岁路上小心，实在不行就打车。

从店里回家的路不远，梨岁舍不得打车。她走进通往家的方向的小巷子，连手机的灯都没开，低头在路上走着。

梨岁的手机突然响了一下，她点开一看，是檀野发来一条消息，说她走过头了。

她不明所以地抓了抓头发："什么意思？"

梨岁抬头看了看，才发现她不知什么时候走过了家都没注意，赶紧回过头。此时夜色中多了一道高大的身影，檀野举着手机就站在她身后不远处。

已经年久失修、变得昏暗的老城旧灯映照着少年的轮廓，显得他端正、英气。

"檀野？"梨岁小跑过去，"你怎么在这里？"

檀野收起手机，两手随意地插在裤子口袋里，说道："这么晚了，我怕你走丢了。没想到你还真的差点儿走丢。"

檀野一直跟在她身后，梨岁也不知道想什么去了，全程一点儿都没有发现他。要是跟着梨岁的是个坏人怎么办？

况且，檀野本以为梨岁回家走这么黑的巷子会害怕，没想到她连手机的灯都不打开，闷头走，仿佛已经习惯了这样的环境。

梨岁露出甜甜的笑容，说道："谢谢你送我回来。你快回去吧，一会儿巷子里的灯就全关了。"

梨岁刚说完，巷子里仅剩下的旧灯也关闭了。

两个人面对面站着，甚至很难看清楚对方的脸。

檀野睨了一眼楼道："你先上去。"

等梨岁上楼后，檀野看着漆黑一片的巷子，眉心微蹙。他拿出手机打开灯，忽然又烦躁地关掉，直接戴上黑色卫衣上的帽子，全凭来时的记忆往回跑。

梨岁回到家，从窗台往楼下看了一眼，檀野已经到了巷子口，在红绿灯处停下脚步。梨岁呢喃："他跑那么快做什么？"

翌日。

梨岁在早上6点30分准时起来，现在已经不需要闹钟了。

她坐在餐桌前吃早餐，杨柳忍不住问道："岁岁，你不打算休息一天吗？我们一家人出去吃个饭。"

梨岁摇摇头："妈，快开学了，我再坚持几天，等摸底考成绩出来再说吧。"

在檀野面前，梨岁才知道自己和他人的差距到底有多大，不敢停下脚步。她既然选择复读，就一定要考上！

梨岁来到门外，看到门是开着的，檀野正在门口浇花，她围着檀野转了大半圈，有点儿难以置信："你怎么起这么早？"

现在可是早上 7 点 30 分啊！以往檀野 10 点能起来都算不错了。

檀野幽幽地说道："这不是某人觉得我拿不到高考第一名嘛，我当然得努努力。"

梨岁心想：他还挺记仇！

半小时后，店里已经收拾整洁。梨岁坐到位置上研究昨天的错题，檀野现在已经很少教她做题了，而是让她自己琢磨改正。

梨岁一只手撑着脑袋，另一只手转了转钢笔，目光不由得往旁边的电竞椅上一瞥。檀野正戴着耳机，白皙修长的手指在键盘上跳动着，梨岁仔细一看，檀野正沉浸在电脑游戏当中。

檀野口中的努力……就是大清早起来努力打游戏？

檀野似乎感觉到了梨岁的目光，往梨岁这边看过来："我这叫劳逸结合。"

檀野再次回过头。电脑屏幕一暗，已然变成角色死亡的灰白色。他的角色在即将达成超神成就的关键时刻死了，还因此给了对方反击的机会。

梨岁赶紧撇清关系："我可没打扰你啊！是你自己……"

檀野在游戏角色复活后恶狠狠地说道："我这次输了，你就完蛋了！"

不服气的梨岁也凶狠地龇牙，视线重新回到题目上。

接下来，梨岁的目光都不敢偏移过去，生怕影响到檀野的操作。

"岁岁。"

梨岁听到有人叫她，起身看了看。许久不见的张晓涵站在店门口兴奋地向梨岁招了招手。

梨岁放下笔小跑过去，开心地抱住张晓涵："你旅游回来啦？！"

张晓涵拉着梨岁激动地说："岁岁！你知道吗，这次我去京北影城参观，竟然有剧组看中我了，说要带我进组拍戏！所以！我要提前去京北了！我知道你在这里，特地跑来找你。"

"真的啊？！那太好了！"梨岁惊喜地看着她，"你买的什么时候的车票啊？"

"明天早上！"

提到京北市，张晓涵无比期待。

"我要是一炮而红，可就是大明星了！"

梨岁攥紧拳头："加油！加油！"

张晓涵探着头往里看，檀野正在收银台打游戏，她说道："我去旅游回来，你们的关系都这么好啦？我听舅妈说，檀野天天给你补习，该不会……"

梨岁赶紧捂住张晓涵的嘴巴，害怕被檀野听到："你别乱说话！"

"怕什么？"张晓涵笑道，"这些天我想开了，檀野对我来说就是偶像般的存在，我都不抱希望了。我以后可是要当大明星的，不能随便谈恋爱。"

梨岁点点头。张晓涵在她的耳边说道："我倒是觉得，檀野对你挺不一样的。"

梨岁推了推她："别瞎说，他刚才还嫌我影响他打游戏呢！"

张晓涵意味深长地笑道："好啦！那我回家收拾行李了，你加油补习吧！我在京北等你！"

"嗯！"梨岁应声。

梨岁回到店内的椅子上，一想到张晓涵刚才说的话，又看到檀野现在就在她旁边，有些坐不住。

梨岁晃了晃脑袋，想甩掉那些混乱的想法。檀野不喜欢学习成绩差的女生，这一点就已经完全把她排除在外了。

转眼到了开学季。

梨岁被教导部刘主任带到高三班级门外，站在讲台上的女班主任李兰花向梨岁看过来。

教室内十分嘈杂，李老师拍了拍讲桌："同学们！今年咱们班来了一位插班生，请她进来介绍一下自己吧！"

随着台下的一片掌声，梨岁忐忑地跟着教导部刘主任走进来，她刚想开口介绍自己，教室门口就闯进来一道身影。

少年用清朗的声音说道："大家这么欢迎我啊！"

所有人的目光都被少年吸引了过去，教室内讨论声四起。

"檀野？"

"保送的檀野竟然来上课了？我高三的学习动力来了！"

"你们没听说檀野放弃保送了，要参加高考？！"

"啊？！"

刘主任故作生气地看向开学第一天就迟到的檀野："檀野！你现在已经不是保送生了，给我收敛收敛！"

学校对于檀野放弃保送的事情同样感到震惊，但也无可奈何，只希望檀野真的能考第一名，给他们临南一中长脸。

檀野走到刘主任面前小声说道："主任，您还生气呢？您记得让学校把通报高考第一名的文案拟好。"

刘主任镇定地"喀"了一声，摸了摸头上仅剩的薄薄一层头发："那你也不能太放肆。"

刘主任看向班主任李老师："李老师，我先走了，明天让没穿校服的同学把校服穿上。"

李老师颔首："好的，主任。"

梨岁放眼望去，没穿校服的好像只有檀野……

檀野见梨岁看着自己，走过来打量着梨岁，嬉皮笑脸地说道："新同学啊？"

梨岁没想到檀野还假装跟她不熟！

班主任说道："好了，檀野，快回位子上，让我们的新同学做自我介绍。"

檀野走到最后一排的空位上坐下，一只手撑着半边脸，等梨岁自我介绍。

大家的视线再次转向梨岁。相比刚才，此时梨岁已经没那么紧张："大家好，我叫梨岁，雪梨的梨，岁月的岁，今年17岁，请多多关照。"

在一片掌声中，梨岁看见坐在最后的檀野也动了动他矜贵的手，跟着大家鼓掌。

安排座位时，李老师有些发愁，学生基本都是按照高二时排的座位坐的，也都是固定的学习搭档。原本37个人的班级，李老师在排座位时都是尽可能地避免男女同桌，唯一多出的男生就是檀野。檀野向来都是一个人坐在最后一排，有时候还不来上课，根本不需要同桌。

梨岁来了之后，现在班上有 38 个人，男女比例刚好一样。

李老师指了指檀野身边的空位："梨岁，你就先坐檀野旁边吧。你看得见黑板吗？"

梨岁点点头，在众人的注视下走到位置上坐下，听见班主任和檀野交代："檀野，你现在可是有同桌的人了，要给新同学做个好榜样，为了第一名的奖金，也不能翘课了。"

檀野放弃保送的事情，学校领导非常重视，层层传达，已经把压力给到李老师，让李老师务必盯着檀野学习，绝不能让好苗子在高三出任何问题。

"知道了。"檀野答道。

梨岁端正地坐在座位上，檀野依旧像刚才那般撑着脑袋，脸刚好朝着梨岁这边。

难道檀野落枕了？

班主任说道："高三的班委照旧，为了让新同学更快地融入我们班级，从第一组开始，大家挨个儿做简单的自我介绍。"

"梨岁同学你好，我叫余阳，是班长。"

"我叫程佳，是学习委员。"

梨岁大脑迅速地运转着，尽可能地把同学的名字和脸都记清楚。

终于到了最后一位同学，他只有两个字："檀野。"

班主任从包里拿出密封的试卷："老规矩，我们现在进行开学摸底考试，看看你们这个暑假是不是把学的东西都忘光了。"

话音未落，教室内就响起一片"哀号"。

"啊……"

"老师，别的班都不考……"

"怎么刚开学就考试啊……"

"谁有草稿纸啊？"

"安静！"李老师拿着试卷在讲台上敲了敲，随后把试卷分成三份，给每个组分了一沓，"大家把试卷从第一排依次往后传。"

梨岁翻出书包里的本子和笔，准备把书包推回抽屉时，看向旁边空手来上课的檀野,问道:"你要吗?"

檀野从她的手中抽出那只粉色的笔,下面的草稿纸留在梨岁的手上。梨岁看了一眼,在内心感叹:果然是学霸,连草稿纸都不需要。

梨岁看着发下来的卷子,第一个考的科目竟然是她补习了一个暑假的数学。

快结束时,李老师走到台下监考:"没有草稿纸的同学举手,不要东张西望,发现传答案的,成绩全部作废。"

梨岁充满信心地提笔,专注地答题。

李老师走到最后一排,看见梨岁还在写卷子前面一页,而她旁边的檀野已经趴在桌子上睡着了。

李老师出声提醒道:"最后十五分钟了,没写完的抓紧时间;写完了的同学好好检查一下,不要犯基础错误。"

梨岁紧张地看着试卷后面大片空白的题目,完全做不完。

梨岁有些着急,直到老师说:"全体起立,把笔放下,第一排同学收卷。"

梨岁站起来,手里还握着笔,她低头盯着试卷空白的反面,手越攥越紧。有些题她甚至都知道解题公式,只是已经没有时间了。

梨岁跟着檀野刷了一个暑假的大题,觉得自己的优势都没发挥出来,考试就结束了。

她再一次看着试卷被收走,仿佛回到了高考的时候,无力又遗憾。

檀野拿着粉色笔在她的桌上敲了敲:"又哭?"

眼睛刚有些许酸涩之意的梨岁听到后,把眼泪生生地憋了回去:"你才哭。"

梨岁作势要夺回借给檀野的笔,檀野将手往后一缩:"哎,你这太不厚道了。不就是没写完吗,你写完了才不正常好吗?"

梨岁没理他,趴在桌子上生自己的气,想不通自己答题怎么会那么慢。

坐在前排的张瑞转头看向檀野:"不是吧,野哥,这才第一天就把你的同桌欺负哭了?"

第四章 放弃保送

"你少胡说。"檀野瞪着挑事儿的张瑞,"我有那么讨厌?"

原本趴着的梨岁像是想通了什么,抬起头,用炽热的目光看向檀野。

"学霸!我们接着补习呗?!"梨岁说道,"学习不停!补习不止!你要考第一名,我要考大学,放学后我们一起刷题怎么样?"

本来开学后,檀野给梨岁的补习就算是终止了。但是梨岁发现,以她现在的情况,仅靠她自己是绝对不行的,她已经习惯了檀野的补习方式,也不想再去找另外的家教。

张瑞错愕地看着眼前的姑娘:"梨岁啊,你别是学入魔了吧?"

梨岁伸出一根食指在他面前摇了摇:"No!No!No!姐只是胜负欲上来了。再说,我家也没矿啊!"

檀野转着手中的笔,对梨岁说道:"我考第一名是小菜一碟。教你嘛……"

檀野看向梨岁的眼神意味深长。

梨岁心想:他这是嫌我太笨了?

不过檀野教她好像确实比他刷竞赛题还累,她见识过檀野的刷题速度,似乎找不出什么能让他花太多心思的题。但是梨岁做出来的题,檀野看了都要头痛半天。

为了能蹭补习，梨岁豁出去了，郑重其事地看着檀野说道："野哥，你这么优秀，当然不能只盯着一个临南市高考第一名，要有远见，懂得展望！我觉得，全国高考第一名更契合你的目标！你学习的时候就稍……稍……微带上我一下，你觉得呢？"

张瑞笑道："野哥，你不是觉得没什么挑战性吗？现在有个挑战就在你面前，哈哈！"

檀野从座位上起身往外走去，经过张瑞的时候瞪了他一眼："以后别叫我带你打游戏。"

张瑞赶紧追上去："别啊，哥……哥……有话好好说，哥！"

檀野慢悠悠地答道："不好意思，你哥要给某同学补习，迎接新的挑战。和你打游戏的挑战也就那样，或者说，你的水平还能再差一点儿吗？"

梨岁听到檀野的话，握紧了拳头："搞定！"

一上午的考试结束，梨岁感觉整个人都在飘，只希望自己不要败得太难看。

梨岁收拾完东西，准备回家，檀野已经两手空空地走出教室，她背起书包追上去。

张瑞正在和檀野商量一会儿的活动："野哥，中午一起打游戏不？"

檀野摇摇头。

见到梨岁跑过来，张瑞忍不住说道："梨岁，野哥为了你都放弃了电子竞技事业！"

梨岁认真地思索着："有没有可能是因为你太差了？"

檀野轻笑道："正确，中肯，一针见血。"

张瑞搭上檀野的肩膀："我马上就要参加晋级赛了啊，哥，没你带我打比赛，我的分数上不去啊！这样，等我爸从国外回来，不管给我带了什么好东西，我都分你一半！你就帮我一下吧。"

檀野："算了吧，没准儿叔叔千里迢迢给你带个巴掌回来。"

之前张瑞的爸爸总以为是学校有人带坏他儿子，导致他儿子的学习成绩下滑，于是他爸爸找到老师打听，结果发现自家儿子才是总影响别人学习的人，气得他当场就想给张瑞一巴掌，被檀野拦了下来。

张瑞干笑着，说道："这巴掌我肯定不舍得分你。"

檀野把张瑞的手从自己的肩膀上推下去："你还是把家里的矿分我点儿比较实在。"

梨岁佩服地看着檀野："你小子是真说得出口啊！"

张瑞语重心长地说道："什么都要只会害了你啊！"

张瑞看了一眼时间："我今天有事，先走了。"说完，他飞快地往校门口跑去。

等张瑞走后，檀野看向一直跟在旁边的梨岁："姐姐，你该不会真打算让我没日没夜地给你补习吧？"

梨岁连午休的时间都不打算放过他。

"我怎么会那么丧心病狂？"梨岁勾着书包背带，"我只是想问之前在手机店，我抵押给你的校牌还在吗？现在应该可以还给我了吧，这样我就有两个校牌了，还能把一个放学校备用。"

檀野顿了顿，回答道："不知道丢哪儿去了。"

"啊，好吧。"梨岁有些沮丧。

檀野走着走着，见梨岁还跟着自己："你骑车了？"

梨岁有些疑惑地说道："没啊，我们回家不是走一条路吗？"

檀野的店就比她家远一条街，如果从学校回去的话，檀野是要经过她家楼下的。

过了一会儿，梨岁感觉到周围有不少同学都看向她，瞬间意会："我明白了，你怕被人误会是吧？"

檀野晃了晃手中的车钥匙："我骑车。"

梨岁这才发现她跟着檀野走，已经跟到校外的停车区域来了，和她回家是完全相反的方向。

梨岁连忙掉头："那我先走了！"

梨岁走在回家的路上，檀野骑车从马路边上飞驰而过，她只能看见白日中不可忽视的一道黑影和少年灌了风的黑衣下隐约晃过的白皙后腰。

"嘿，梨岁！"

突然，梨岁的面前冒出一个圆圆的脑袋，女生抬起脸笑着和她打招呼。女生扎着双马尾，笑容甜美可爱。和梨岁标致的鹅蛋脸不同，这位女生的脸圆圆的，有点儿婴儿肥，五官很是柔和，看起来有种无辜的天真感。

在今天的自我介绍中，梨岁对几个女生有些印象，想了一下，和对方异口同声地说道："棠稚！"

棠稚听到梨岁记得自己的名字，很开心："我高二的时候就注意到你啦！没想到我们还有机会成为同班同学。"

梨岁惭愧地笑了笑，自嘲道："看来我'学神'的名号还是挺响亮的。"

"不不不！"棠稚连忙摆手，"我才不是因为那个知道你的，我也走这条路回家，每次碰到你，我都觉得你好好看哪！我人生只有三大爱好，吃饭、睡觉、看美女！"

梨岁笑道："不看帅哥吗？"

"这都被你发现了。"棠稚害羞地低头，"也看，也看。"

棠稚近距离地看了看梨岁，不由得感叹："你的刘海儿和短发真的封印了你90%的颜值。这么完美的脸型，就应该大方地全部露出来啊！"

梨岁摸了摸额前的刘海儿："你对这个还有研究？"

棠稚骄傲地挺直了背："那当然了，我可是美妆博主呢！下次我给你改造改造！"

两个人边聊边走，棠稚忽然面不改色地轻掐着梨岁的胳膊："帅哥帅哥！前面前面，左前方。"

梨岁看过去："没有啊！"

棠稚恨铁不成钢地说道："就是那个穿藏青色棒球服，挎着黑书包，在小卖部门口买烤肠的啊！"

梨岁再认真一看，那人怎么有点儿像她那病秧子弟弟？

"你说他呀？"梨岁错愕地看着棠稚说的那位帅哥，"那是我弟！"

棠稚惊叹道："天哪！你弟也这么好看？！你家的基因太强大了吧！"

梨岁和棠稚走上前。梨隽看见她们过来之后，拿着签子串好刚出炉的烤肠，朝梨岁喊道："姐姐。"

棠稚的心都要被梨隽的可爱融化了，她紧紧地抓着梨岁的手，内心格外紧张："你好，我是岁岁的同学，棠稚。"

男孩儿礼貌地说道："你好，我是梨岁的弟弟，梨隽。"

下一秒，梨隽手上的烤肠直接被姐姐梨岁没收。

梨岁嚼着香喷喷的烤肠，很是关切地说道："你还在长身体，少吃垃圾食品，等下回去又不吃饭，妈妈该骂人了。姐姐不怕骂，替你吃。"

梨隽心想：烤肠可是我排队排了十分钟才买到的！早知道我就不打招呼，直接跑了。

梨岁吃了烤肠，还不忘反馈一句："真香。"

三个人走到分岔路口，梨岁拿出手机和棠稚加了微信好友，挥了挥手："拜拜！下午我们一起上学啊！"

学校离家并不算近，和棠稚分开后，梨岁和弟弟又走了好一会儿才到家。

梨隽嫌梨岁走得慢，自己辛苦排队买来的烤肠又被梨岁抢了，于是大步流星地走在前面。

梨岁追上去拽住梨隽的书包，拖着他："你走那么快干什么？好不容易放学碰见一回，你等等姐。"

最后，梨岁姐弟俩一路慢吞吞地回了家。

"妈，我们回来咯！"梨岁进门大喊。

杨柳正好拿着碗筷从厨房出来："你们姐弟俩还在路上碰到了呀，隽隽学校离家近，怎么也这么晚到家，是和同学聊天儿去了吗？"

梨岁解释道："我想吃他学校门口的烤肠，他替我排队去了。"

梨隽无语，心想：那分明是我买给自己吃的！

梨岁靠在弟弟身边小声地说道："别忘了你小时候说有好吃的东西都给姐姐。我可录了视频呢。"

梨隽咬牙切齿地说道："马上删掉！"

"那是证据，怎么能删呢？"梨岁说道。

杨柳看着他们斗嘴，说道："好啦，快去放下书包，洗手吃饭吧。"

餐桌上。

杨柳打听着上学的情况："岁岁，新班级怎么样？你坐第几排啊？同学好相处吗？"

梨岁点点头："挺好的，坐最后一排，但……"

听她说坐最后一排，杨柳皱眉，说道："你个子也没高到那种程度吧，怎么坐最后面？按成绩排的？"

"妈妈，你别着急，虽然我坐最后一排，但是你知道我同桌是谁吗？"梨岁说道。

"谁啊？"杨柳问道。

"檀野啊！"梨岁说。

杨柳惊喜地说道："那好啊，小野同学平时就很热心，有他帮着你学习，我也放心多了。"

梨岁又讲了许多学校的事，最后说道："我们第一天开学就考试了，下午还要接着考呢。"

杨柳头一回听女儿这么开心地提起学校的事情，感到很欣慰，鼓励女儿："没事，不要有压力，咱们不和别人比，就和自己比。"

梨岁想到一件很重要的事情，那是她每次想到都会惊讶的事："还有……檀野他放弃保送了！"

杨柳震惊地说道："这孩子怎么想的啊，对保送学校不满意吗？他做这个决定需要多大勇气啊！"

梨岁赞同地点头："但他说想考第一名。听说有一百多万元奖金呢。"

杨柳万分感慨地看向儿子梨隽："隽隽，你看看，这都是别人家的孩子啊！你姐姐现在复读了，你更要引以为戒，把成绩稳住，别和你姐一样，一到高中，成绩就下滑了。"

"嗯。"梨隽应声。

其实"檀野"这个名字，梨隽很早就知道，不光暑假的时候常常听姐姐和妈妈提起，学校老师也经常把檀野的名字挂在嘴边。

吃完饭，梨岁去房间午休，刚躺到床上就想起下午还要考试，赶紧爬起来临时抱佛脚。

梨岁的手机响了一下，是棠稚分享给她的学校论坛链接。

她和檀野的照片出现在帖子里。照片中，他们两个人一同出校门，二人旁边依稀可见同行的张瑞被截得只剩手臂。还有一张照片拍的是檀野和她说自己要骑车的画面：在校外的自行车旁，檀野的手指上挂着一把车钥匙，梨岁站在檀野旁边。

帖子下方的评论很多。

"'学神'和'考神'同框，有图！"

"没想到咱们临南一中的两位大神还能聚在一个班啊！"

"梨岁同学：你我本无缘，全靠我复读。"

"梨岁放学追着檀野走干吗？"

"大胆开麦：她复读不会是为了……"

"楼上，小心你的账号，造谣会被记过的！"

"我放学碰到她了，和另一个男生并肩走，还拖着人家的书包！"

评论区再次附上一张图。

梨岁把图点开看，是她和弟弟在回家路上的照片。

棠稚打来语音电话："这些小弟弟、小妹妹不好好学习，天天八卦，我挨个儿举报他们！"

梨岁回答道："捕风捉影而已。"

听见梨岁这么淡然，棠稚笑道："也对，你都是论坛的'常客'了，什么大风大浪没见过？你那句'男人只会影响我刷题的速度'更是成了论坛名言。听说学校老师知道你出名后，还担心呢，想着给你做心理辅导，结果发现你根本不在意，反倒冒出第二句名言——我刷题的速度要是能跟上他们发帖的速度就好了。"

提起这些，梨岁忽然也觉得有些好笑。过了几秒钟，棠稚疑惑地看着帖子："咦？帖子呢？"棠稚讶异地刷着手机，"岁岁，你看论坛，你能点进帖子吗？我点进去怎么显示不存在？"

梨岁又点了下那条链接："也不存在。"

棠稚恍然大悟地说道："肯定是论坛管理员把帖子屏蔽了，管理员可算是知道干活儿了。"

临南一中的论坛里，只要带有造谣或者不良性质的帖子，一律都会被屏蔽，但是管理员并不是随时在线，今天的效率算是非常高了。

"岁岁，你在干吗啊？"棠稚问道。

梨岁疲惫地看着书上的笔记："背书，下午不是还要考试吗？"

她虽然看不进去书，但是主打一个心理安慰。

棠稚真心地说道："你也太努力了，那我不打扰你复习了，我去录个美妆视频。上学路口等你呀！"

"嗯！"梨岁挂断电话，陷入了短暂的沉思。

好像每个人都有自己的兴趣爱好或者人生目标。檀野以后会去当飞行员；张瑞可以回家继承家业；棠稚喜欢美妆，而梨岁除了读书参加高考以外，好像没什么目标了。

复习到最后，梨岁撑着脑袋打瞌睡。她刚闭上眼睛，书桌上的闹钟霎时发出刺耳的声音，把梨岁惊醒。

梨岁紧紧地闭上眼睛，再用力睁开，接着跑去洗手间洗了把脸，清醒一下，然后收拾书包去学校。

梨岁走在江南路主干道的人行路上，边走边看手机。黑色的山地车飞驰而来，身穿黑T恤、黑裤子的少年骑车从她身边驶过去，那是檀野的身影。

梨岁发现，周围许多初、高中生和她一样，目光被檀野吸引了。

还能听到几个小女生的惊叹声："檀野！真的好帅啊……"

梨岁继续往前走，喃喃道："这么热的天，檀野穿一身黑，不热吗？而且……他好像没穿校服。"

等在路口屋檐底下的棠稚撑着遮阳伞跑过来："岁岁，你怎么也不带把伞？现在是中午，太阳还是很毒的，你当心中暑。"

"我懒。"梨岁抱住棠稚的手臂，躲到伞下，"困死我了，我现在完全不记得中午都背了些什么。"

棠稚哈哈大笑，说道："你脑子里多少还是有些记忆的。"

两个人你一言我一语地走到学校，门口站着两个学生会成员，专门负责登记那些没穿校服、迟到的同学。教导主任就站在旁边，被记上名字的同学当场就要受到一番教育。

梨岁觉得檀野已经被记在本子上了。

梨岁走进教室，整个人已经困得不行了，她那"校园风云同桌"已经趴在桌子上睡着了。

梨岁走过去，把凳子拿下来坐下。凳子摩擦地面，发出轻微的动静，等梨岁抬头的时候，侧趴着的檀野睁开眼睛，看见是梨岁之后，他微微蹙眉，把脸转向另一边继续睡。

梨岁看着檀野的后脑勺儿，有些莫名其妙，感觉檀野的情绪好像有点儿低落。梨岁心想：自己刚才好像也没弄出多大动静吧？……

下午开考前，班主任李兰花习惯性地来班上查看，在所有穿着白色短袖校服的学生里，没穿校服的檀野尤其显眼。

"梨岁，把你同桌叫醒，都要考试了，还睡觉呢！要不要搬张床给他放后面睡？！"

接到任务的梨岁不由得想起刚才檀野那看谁都像欠他800万元的眼神。

梨岁小心翼翼地用笔戳了戳他的胳膊："醒醒，马上要考试了。刚才班主任来了，说你要是再睡，就给你搬张床在教室后面睡。"

檀野坐起来，脸上的烦躁没有消失半分，他问道："床呢？"

梨岁呆住，心想：这……这是正常人的回答吗？

看檀野这认真劲儿，梨岁睁大了眼睛："你还真打算在教室里安家了？"

檀野不以为意地说道："不是一直都提倡把学校当家吗？睡个觉怎么了？"

转眼间，檀野把手伸到梨岁眼前。

梨岁愣住："干吗？"

檀野惜字如金，说道："笔。"

很显然，檀野来考试却没带笔。

梨岁赶紧把自己手里的那只笔递给他，顺带着问道："你刚才趴在桌子上那会儿吃炸药了？"

提到这件事情，檀野又往桌子上一趴，脾气阴晴不定的，梨岁也不知道她哪里得罪檀野了。

张瑞转过身附和道："是吧，是吧，看来不是只有我一个人这么觉得。野哥这是怎么了？我打游戏也没坑到你头上去啊！难道你发现我用你的小号带女生打游戏了？"

梨岁懒得去管檀野，准备着自己考试要用的东西，她和张瑞聊着天儿："你这是不打自招啊，张瑞。"

张瑞想到自己看的那篇帖子，说道："梨岁，你中午看论坛没？有人发了你和野哥的同框照，我点开一看，我的照片被截得只剩下胳膊，发帖的那个人礼貌吗？"

"看了啊，棠稚分享给我的，不过很快就没了。"

"我记得还有个男生，那是谁啊？"张瑞好奇地趴到后桌，小声地说道，"你告诉我，我绝对不乱说。"

趴在桌子上的檀野一只手垫着半边脸，另一只手拿着那只粉色的笔在指间打转，不知他听到什么了，手中的笔停了下来，随后又若无其事地把玩着手中的笔。

"我告诉你啊……"梨岁靠近张瑞，也故作神秘地小声说道，"那是……我！弟！啊！"梨岁突然提高音量。

张瑞的耳朵被震了一下，他嫌弃地说道："哎哟，姐姐，你吓死我了！你弟就你弟，说那么大声干什么？"

梨岁挑了挑眉："不然你以为是谁？"

张瑞兴奋地说道："我当然以为是你校外的秘密朋友……"

檀野停下转笔的动作，有些不耐烦地说："你们聊够了没？"

梨岁好奇地看着檀野："学霸，你不睡觉啦？"

刚才檀野还是见人就不爽的冰块脸，谁都不想搭理，现在又主动掺和进来，这起床气还真不是一般的奇怪。

"老师要我们多多照顾新同学，我这是和新同学培养感情呢！野哥，你啥时候还干起纪律委员的活儿了？再说这也没上课啊，你说是吧，梨岁？"张瑞说道。

梨岁不敢苟同，檀野可是她学习上的贵人，把他得罪了，她的成绩就完蛋了。

面对张瑞的控诉，檀野语气平淡地说道："你影响到我们学习了。"

张瑞愣住，他没听错吧？这竟然是从檀野嘴里说出来的话。他知道檀野成绩很好，但是该玩的时候他也没少玩啊。

"这是什么理由？野哥，你说这话着实有点儿杀人诛心了。"张瑞说道。

上课预备铃响起，学习委员程佳第一个点的就是张瑞的名字："张瑞，把头转回来，老师马上就要来了。"

被点名的张瑞只好转过身。梨岁在自己的位置上坐正，身体不动，问旁边的檀野："同桌，你没穿校服是怎么进来的？主任没抓到你吗？"

檀野回想着刚进校门的画面，没什么情绪地说道："我把主任训话的内容背下来了,并且当场给他来了段中英文结合版检讨,还没等我发挥完,他就让我快走,我就进来了。"

梨岁:"既然你不是因为进校门挨训了才不高兴,那你这起床气也太严重了吧?"

檀野:"我都没睡觉,哪儿来的起床气?"

檀野一整个中午都在忙着删除梨岁和"某人"的绯闻帖,连打游戏都不得安宁,他怎么午睡?

"哦……"梨岁应声,"那你就是单纯的脾气不好。"

檀野刚想反驳梨岁,老师见状,立马拍了拍讲台:"好了,后面的同学不要再讲话了。现在我们开始发试卷,马上开始考试。"

梨岁抿着唇,其中暗藏的笑意瞒不过檀野的眼睛。檀野的眼睛眯得狭长,心想:某个"小哭包"真是胆子肥了。

梨岁没有午休,下午看到卷子就开始犯困,哈欠连天地握着笔答题。

对梨岁来说,不管解题思路对不对,先写满再说。写得越满,安全感越足。

梨岁已经数不清自己打了多少个哈欠,停下笔活动了一下写酸了的手,用余光瞥见睡得昏天黑地的檀野。

坐在前排的张瑞时不时地趁着老师不注意,回过头偷瞄檀野压在手底下的试卷。

梨岁也偷偷瞥了一眼,倒不是想抄答案,而是想知道檀野怎么写得那么快。

梨岁怕老师以为她要抄别人的答案,不敢看太久,迅速地扫过檀野的手臂底下露出来的字迹,遒劲有力,很有个人特点。檀野的字虽然好看,但是看着费劲,批改试卷的老师可能要骂人了。

考试结束,试卷刚一被收走,张瑞就开始抱怨了:"野哥,你那写的都是什么字啊?那么潦草,超级加密啊?我都看不懂。我还指望能抄点儿,成绩出来了也好交差呢,结果你一点儿都不给我机会啊!"

檀野懒散地靠在椅背上,夹着笔的手随意地搭在书桌上,他说道:"人不行,别怪路不平。"

"死定了,我爸真得给我千里送巴掌了。"张瑞说道。

考完没多久,放学的音乐铃声就响了起来。梨岁看着檀野,提醒道:"我吃完晚饭大概六点半到店里,你别忘记正事了。"

檀野盘算着说道:"你说,哥哥都已经赔钱教了你一个暑假,现在又得天天带着你刷题,不得有点儿报酬啊?"

"什么哥哥?你明明比我小几个月。"梨岁琢磨着,从书包里翻出一包草莓味水果软糖,"我请你吃零食怎么样?以后你的零食、笔、书本什么的,我全承包了。你有事情尽管交代,我梨岁肯定肝胆相照、义不容辞、两面三刀!"

"呸!两肋插刀!"梨岁纠正道。

檀野拿过那包水果软糖,看了一眼粉色的包装:"这糖一看就不好吃。"

"那我下次给你带别的。"梨岁想把软糖拿回来。檀野手一抬,躲开了她的手。

檀野拽起张瑞的书包:"走了!"

她看着自己捞空了的手,说道:"不是说看着不好吃吗?!"

梨岁拉好书包拉链,把椅子拿到了桌子上。她看见旁边檀野的椅子还在地上,想到值日生不方便打扫卫生,又把檀野的椅子拿到了桌子上。

坐在前排的棠稚小跑过来:"岁岁走咯,走咯!"

梨岁和棠稚刚走出教室就看见檀野正被教导主任叫到走廊的角落里谈话。

张瑞见她们出来,跑过来小声地说道:"刘主任特意放学来堵野哥了,真贼啊!"

梨岁朝那边瞥了一眼:"他又犯什么事了?"

张瑞偷偷说道:"刘主任说他作为学校的重点培养对象,要重视自己,以身作则之类的。还说明天开学典礼迎新生,要他作为高三学长上台演讲,不要大放厥词,好好写稿子。"

"这也没什么啊,檀野的脸色怎么那么难看?"梨岁和棠稚两个人都这么认为。

张瑞继续说道:"因为重点在后面。野哥懒得写演讲稿,最重要的是,演讲完,野哥还要因为不穿校服、考试睡觉,在全校人的面前做检讨。哈哈!节目效果拉满啊!刘主任是懂得策划典礼内容的。"

张瑞说得起劲的时候，还学着刘主任那摸着打蜡大油头的自恋动作，并模仿刘主任说话的语气："那个，檀野同学啊，今天中午我看你那么喜欢表演检讨，正好明天有舞台，你到台上给全校同学好好表演表演。"

梨岁不厚道地笑出了声。

"张瑞！"突然传来一声吼叫，训完话的刘主任不知什么时候走过来了，气愤地说道，"你也给我写800字的检讨，明天上台背出来！"

旁边的檀野"善意"地提醒道："主任，不尊师重道可是大事，800字怎么够？"

听到檀野煽风点火的话，张瑞瞪大了眼睛，梨岁和棠稚两个人则笑得更开心了。

刘主任果断改口："3000字！"

"啊——"张瑞不情不愿地喊道，"分明是野哥挨训，关我什么事啊？"

刘主任接着说道："标点符号不包含在内！听到没有？什么哥不哥的，学校的风气都要被你带坏了！好好给我写检讨！"

梨岁看着眼前要写检讨的两个人，想到檀野还要写双份稿子，笑得合不拢嘴，结果被檀野抓个正着。

梨岁赶紧闭上嘴，连忙拉着棠稚边跑边说："主任好，主任拜拜，我们先回家了！"

刘主任很是欣赏地看着两位女同学，转头看见张瑞和檀野。他们两个没一个让人省心的！一个仗着家里有矿，明目张胆地混日子；一个竟然放弃保送，还敢在考试的时候睡觉！这是要让他操心死啊！

在回家的路上，棠稚热情地给梨岁分享自己的美妆账号和已经录制发布的美妆视频。

"我现在这个账号都有人找我打广告呢，不过我没接，还是等毕业后再说吧。"

梨岁很是赞同地说道："你把粉丝积累起来，以后也不愁发展。现在是最关键的时候，万一你高三成绩下滑，得不偿失。"

棠稚点头，问道："岁岁，你晚上要来我家学习吗？我爸妈都不在家。"

"不用了。"梨岁摇摇头，"我和檀野约好了一起刷题。"

梨岁打算把补习贯彻到底。

"啊？"棠稚讶异地看着她，"等等……等等……这信息量有点儿大。你和檀野关系这么好啊？你们不是才认识吗？他什么时候这么好心了，还带着人一起刷题？之前班上的同学问他习题，他都是看心情回答呢。"

梨岁把暑假发生的事情和棠稚讲了讲："我复读和他关系也挺大的，要不是他愿意教我，就凭我自己学，我哪敢复读啊？"

其实梨岁试过报补习班学习，之前报的补习班都是十几个学生一起上课，她虽然能学到一些东西，但还是跟不上学习进度。另外，补习班是有时间限制的，她也不能耽误其他人的进度。私人家教的话，一节课就要几百元，梨岁的父母实在难以长期负担。而檀野教她，算得上是一对一教学，效果比起那些家教有过之无不及。

棠稚羡慕地说道："你们真有缘分，这么看来，檀野还是个外冷内热的大帅哥，加分加分！我也是数学有点儿拉低总分，岁岁，你要是从檀野那儿获得了学习心得，记得分享给我呀！"

"没问题！"梨岁笑道，"我妈还说呢，以后要是有机会给我举办大学升学宴，檀野肯定坐在主桌！"

两个人聊着聊着，不知不觉就走到了岔路口，互相道别后，梨岁回到了家。

梨岁迅速吃完饭："妈妈，我吃饱了，我去找檀野咯！"

杨柳把打包好的两盒水果递了过来："岁岁，妈妈切了一些水果，你带去和小野一起吃吧。"

梨岁又往书包里装了一堆果冻、巧克力之类的小零食。弟弟梨隽赶紧跑过来护着剩下的零食："你丧心病狂啊？！梨岁，家里的零食都快被你拿完了！"

梨岁又夺了两包零食过来："男孩子吃什么甜食，吃你的辣条去，我保证不和你抢。妈妈，我先走咯！你不用来接我啦，小店离家很近，我没事的。"

杨柳看着她火急火燎地跑出门的身影，无奈地摇头说道："这孩子……"

梨岁蹦蹦跳跳地赶到门店，和周围邻居开心地打了招呼，进门却没看见檀野的身影，心里嘀咕：人呢？

梨岁坐到位子上，把书包挂在椅子后面，然后把带来的水果和零食

拿出来，又翻出纸、笔。忽然，她听见楼上传来动静，便停住翻书包的手，仔细地听着楼上的声音。

"你到底要我怎么样？你没资格左右我的人生！"檀野暴躁的声音从二楼传下来，"如果是说这些事，那么你以后就别再给我打电话了！"

檀野的声音在楼下都能听见，可想而知，他现在的情绪有多差。梨岁感到心惊胆战，心想：他这是和家人闹矛盾了吗？

梨岁不安地坐在椅子上，也看不进去题目。她想着要不要上楼去看看檀野，可这毕竟是檀野的私人空间，没经过他的允许就贸然上去有点儿不太礼貌。

梨岁考虑过后，给檀野发了个消息：

"学霸！我来咯！"

过了一会儿，梨岁还不见檀野下来，有点儿担心，起身跑到楼梯边，往楼上看了一眼，听见檀野下楼的动静后，又急忙跑回收银区，装作什么也不知道。

梨岁看见檀野下来，说道："学霸，我给你的软糖你吃了没？我还给你带了我妈妈切的水果，冰过的，超级甜！"

檀野看向她摆在桌面上的水果，喉结微动，说道："谢谢，也帮我谢谢阿姨。"

梨岁打开水果盒，拿出小叉子叉起一块冰镇甜梨，问檀野："你要不要先尝尝？"梨岁听说吃甜食心情会变好。

檀野手插着兜走过来，盯着梨岁的手上的梨块，俯身咬住。

梨岁松手，梨块连带着叉子被檀野叼进嘴里。

檀野伸手拿下小叉子："你来得正好，今天除了刷题以外，任务艰巨。"

梨岁吃着自己那份水果，问道："考试完，老师不是没留作业吗？还有什么任务啊？"

檀野神秘兮兮地看着她："听说我要写演讲稿还被罚当众检讨的时候，我看你笑得很开心！"

梨岁听着他这语气，往椅子背靠了靠："什……什么意思？"

梨岁有些不敢直视檀野的眼睛，甚至有点儿想逃走。檀野该不会是想让她帮他写检讨吧？

见到梨岁惊恐的表情后，檀野认真地点了点头："就是你想的那样。梨同学之前说义不容辞、两肋插刀，该不会现在打算见死不救吧？"

檀野可没忘记梨岁那刺眼的笑容，她看起来就是很想写检讨的样子。

梨岁咽了咽口水，其实，她也可以两面三刀的……可是她的话已经说出去了，早知道她就不笑话檀野了，没想到现在事情落到了自己头上。

梨岁极力地找借口："我们的字迹也不一样啊！"

何止不一样，梨岁和他的字简直就是天差地别，她可模仿不来檀野那么潇洒的字迹。她要是不认真写，字就像虫子爬似的；但要是认真写，又很像小学生的字。

"谁让你用手写了？"檀野指了指开着的电脑，"你直接用电脑打字，很快的。"

梨岁气愤地说："很快？你怎么不自己打字？再说了，检讨不是要手写吗？我用电脑给你写出来也没用啊！"

檀野揪着字眼儿："那就是答应用电脑帮我写咯？"

见梨岁不语，檀野毫不在意地说道："到时候直接在电脑里换个字体打印出来就行了，主任不会仔细看的。"

整个高中前两年，他都不知道交过多少份检讨上去，教导主任都审得疲劳了，来来回回就那么几个模板，他有时候甚至改都不改就把检讨交上去了。

他积极认错，坚决不改。

梨岁欲哭无泪，看来这个忙她是非帮不可了！

梨岁生无可恋地坐在电脑前，想着检讨该怎么写，旁边的檀野没有刷题，也没有写其他稿子，而是在打游戏。

"你不写演讲稿吗？"梨岁问道。

檀野看向她的瞬间，梨岁意识到不对，赶紧把脸转回来，说道："你别看着我啊！我是不会再帮你写的，待会儿我没时间刷题了。"

檀野轻笑道："没指望你。我到时候随便发挥一下。"

在全校师生面前演讲被檀野看得比家常便饭还轻松，他真是艺高人胆大。

梨岁写完检讨之后，时间已经过去了半小时，檀野的游戏正好结束。

"学霸，我把检讨发给你了，你抓紧背一下，明天别忘词了。"

檀野退出游戏，查看梨岁发来的文件："看起来，你没少写啊？"

檀野要不是亲眼看见梨岁是在他旁边把检讨写完的，真的会以为她套用了什么写作模板。

"我才不会套用模板！我数学差，还不允许我语文好点儿了？我就当你夸我文采好了！"

檀野看着她自恋的样子，嗤笑道："行！哥哥明天就带着你的'文采'出去见世面，让大家都好好感受一下。不过，既然你文科好，为什么选理科？"

梨岁头疼地说道："因为我文科学得也不是都好。当时又受到那句'学好数理化，走遍天下都不怕'的影响，就选理科了，谁知道越学越难？！如果我现在复读再去换文科，文综类全部要重新开始，比继续读理科的压力还要大。"

檀野问道："那你现在还觉得数学难吗？"

"难啊！"梨岁想到今早的测试，"题倒是不像之前那么陌生，但是我的速度你又不是不知道，我交了半张空白卷上去，除了一个'解'字，别的都来不及写。想都不用想，我肯定是来班上垫底来了。"

檀野递给她一张试卷，梨岁接过试卷看了看。

"这不是……"她惊讶地张着嘴，不可思议地看着面前的试卷，"这不是今天的考题吗？你哪儿来的试卷？"

她把试卷的正反面翻了翻，发现竟然跟考试时的试卷一模一样。那些题目现在重新出现在她眼前。

檀野："我把题目背下来后，重新用电脑编辑出来的。"

梨岁非常震惊，不知道该说些什么。

"冒昧地问一句，你考试后不是忙着睡觉去了，怎么还能把试卷全背下来？"梨岁问道。

这种天才一般只有在电视上才能看到，有的甚至是虚构的，这让梨岁难以置信。

一个拿着两瓶饮料来收银台结账的青年插嘴道："小妹妹，你也太小瞧他了，他可是过目不忘的天才。他小时候参加综艺比赛就被记者报道了好几次,每年谈及天才的话题,他的答题视频都会被人翻出来。"

梨岁诧异地看着檀野:"你小时候还上过综艺啊?什么节目?我好想看啊!"

梨岁忽然有种电视里的人物出现在自己面前的神奇感觉,特别想看看檀野小时候的样子,也是这样桀骜不驯吗?

檀野想到自己年幼时上电视的样子——那个有年代感的造型,简直不堪回首。

他恶狠狠地警告梨岁:"不许看!收你的钱!"

青年打趣道:"你在小姑娘面前还挺爱面子的。"

檀野瞪了青年一眼。

梨岁撇撇嘴,在电脑上操作好饮料的收款,对那位青年说道:"您好,请扫一下付款码。"

等她收好钱,檀野说道:"现在给你3分钟时间,想好最快的答题方式,把那张卷子重新做一遍。"

梨岁看着熟悉的试卷:"可是我前面的题已经做过了呀,那我不是知道答案吗?"

檀野拿出另外一张试卷:"前半张先做这张试卷上的,3分钟后开始计时。"

梨岁接过试卷认真地看了看,这次决定先把自己会的题都做了,不一定非要按照题目顺序做下去,那样简直太浪费时间了。

计时开始后,梨岁马上下笔答题,檀野也没再说话,拿起笔刷着面前的竞赛题。

台球桌空着,在安静的环境下,梨岁的耳边只有笔划过纸面的声音,即便有人来也是檀野负责接待。

直到计时器再次响起,梨岁停下手中的笔,深呼了一口气。

梨岁拿起试卷认真地看了看,这次卷子反面除了几道她实在不会的题,她把大部分试题都做完了,加上正面空了许多,整合下来也将近有半张试卷没写完。

檀野拿过她手上的试卷,大致扫了一眼。梨岁紧张地在旁边看着,试探地问道:"怎……怎么样?"

第五章 上台演讲

檀野放下试卷，说道："这次空的题目的分值比你上午没写的题的小多了。"

他拿起红笔开始算分数，梨岁在一旁问道："你什么时候准备的题目啊？"

檀野答道："回来的时候就做好了。"

梨岁心里一阵感动，真诚地对他说道："学霸！如果我真能考上大学，一定请你吃酒席！坐主桌的那种！"

其实梨岁心里很清楚，檀野并没有必要这么帮她。

之前读书的时候，梨岁有不懂的题，也经常会去找学习成绩好的同学问问，或者回家后去表姑家找张晓涵补习，但是久而久之，所有人都隐约流露出不耐烦的情绪，甚至害怕被她影响学习。

直到后来，梨岁即使堆了很多问题，也不敢再去麻烦别人，担心会受到别人的冷眼，她也真的以为这样下去自己会影响到他人，所以才开始闷头刷题。

"如果？"檀野瞥了她一眼，"哥哥我费这么多工夫教你，没有如果，考不上你就死定了！"

梨岁立正站好,敬了个礼,说道:"遵命!"再考不上,她自己都该怀疑自己的智商了。

檀野:"90分。"

梨岁激动地跳了起来:"哇!及格啦!"

梨岁意识到自己声音太大了之后,捂着嘴巴,放低了音量说道:"学霸,你没算错吧?"

她数学之前只能拿40分左右,现在居然可以及格了?!

檀野好笑地看着她:"你这是在质疑我的数学?"

"不,不是。"梨岁慌忙摆手,"我不是那个意思,就是觉得有点儿不可思议。"

梨岁哪里敢质疑檀野的数学啊?没有檀野,她现在还不知道在哪儿哭呢。

"学霸,我是不是很快就能开始补习其他理综类的课了?"

梨岁美滋滋地想着,照这样的速度,两个月补习一门,她在高考前完全还有救啊!

檀野说道:"脚下的路还没走稳就想着跑了,什么时候你的数学成绩能稳定在100分以上,再来考虑补理综的课。你先把数学学好,之后对其他理科内容的理解也会变得不一样,融会贯通才能事半功倍。"

梨岁冲劲十足地点头:"学霸,你也要加油啊!我可等着吃你的酒席呢!"

"嗯。"檀野轻轻应声。

梨岁坐回位置上后,纠结地对檀野说道:"我是不是一个特别没有主见的人?"

檀野的目光从试卷上移开,他瞥向她,问道:"你这是怎么了?"

梨岁沉默了一下,突然想到檀野刚才在楼上打电话的事,他心情本来就受到影响了,但在面对她的时候只字不提,所以她决定还是不要把坏情绪传染给檀野了。

"没什么。"梨岁回答。

"梨岁,你耍我呢?"檀野眯着眼睛,"今天你要是不说个所以然出来,就别指望我给你解析这些题。"

"其实也没什么……"梨岁说道。

"说。"檀野的声音很轻,却坚定得不容置疑。

若是没什么,梨岁就不会显得低落又迷茫,只是檀野不想去猜,希望梨岁亲口告诉他。

梨岁在脑海里组织了一下语言,说道:"我就是觉得我好像除了读书、考大学以外,就没别的目标和规划了。不像大家,早早地就知道自己以后想干什么,并且为之努力,这让我有点儿不知所措。我甚至连以后去哪里读大学、选什么专业都不知道。"

梨岁说得真诚极了,同时热泪盈眶,在旁边听着的檀野低笑出声。

梨岁有些气愤,看着檀野:"喂!是你说要听的!我说得这么认真,你竟然嘲笑我!"

檀野脸上的笑意不减,他说道:"就因为这个难过?"

"什么叫就因为这个啊!这很重要好不好!"梨岁不服气地说道。

檀野没想到梨岁这小脑袋还想得挺多、挺远,他收起笑容,看着她说道:"那现在请梨岁同学告诉我,你说的去哪里读大学、选什么专业,这些的前提是什么?"

梨岁被檀野问得愣住,思考了片刻,有些心虚地说道:"先……考上大学。"

檀野接着问道:"那考上大学的前提是什么?"

"先学习。"

"所以,你现在不是在努力学吗?"檀野轻声说道,"不要内耗自己。如果觉得焦虑,就让自己忙起来,不要钻牛角尖,这样只会消耗你对事物的热情,从而迷失本心。以后你自然会有想做的事情和想实现的梦想,在这之前,请你义无反顾地读好书。"

梨岁低头眨了眨眼,再次抬头时,她的神色特别坚定。

檀野的眼中是她看不懂的复杂情绪,她只听见他在她面前沉声说道:"梨岁,但行此路,莫问前程。"梨岁将这些话牢牢地记在心里。

梨岁心情好转,打趣道:"这不会就是你明天的演讲稿吧?"

檀野打了个响指:"是个好主意啊,为了证明你真的把我说的话听进去了,帮哥哥我写一篇演讲稿。"

梨岁莫名其妙地又被迫接了个活儿。

檀野很是欠扁地挑眉:"写吧,你写完之后,我们开始讲题。"

梨岁幽怨地瞪了他一眼,然后把电脑键盘移过来,开始写演讲稿。

梨岁说服自己,不气不气,就当是练习写作文了。

梨岁写着演讲稿,脑海里一直回响着檀野刚才和她说的那番话,字字清晰深刻。她将那番话一字一句地在键盘上敲出来,知道这些话让她在读书这条路上更加坚定了。

梨岁咬了咬牙,势在必得!

讲完题已经晚上10点多了,梨岁把书本都收好,拉上书包拉链:"我要回去了,你明天还要上台演讲呢,不用跟着送我。记得把稿子背熟,你要是忘词,我会毫不留情地嘲笑你的,谁让你不自己写!"

即便梨岁这么说了,回家路上,梨岁还是能感觉到檀野一直跟在她身后。梨岁转头看去,檀野就在距离她三米开外的地方,身着宽松的黑色运动服,双手插在裤子口袋里,身前荡着白色的耳机线,却只挂了一只耳机在耳朵上,闲散惬意得好似在散步。

檀野见梨岁停下了,也停住脚步。

"不走?"檀野的声音在幽深的巷子荡开,显得更加富有质感。

梨岁回过身,加快了步伐。她早点儿到家,檀野就能早点儿回去了。

梨岁到楼下后,和檀野挥了挥手:"拜拜,你快回去吧,明天见!"

檀野示意她上楼:"明天见。"

梨岁回到家,打开客厅的灯,趴到阳台上往下看了看。

檀野看见她家灯亮了之后才收回视线,将两只耳机都塞进耳朵里,然后戴上运动服外套上的帽子往回跑。

梨岁微微蹙眉:"他跑这么快做什么?难道他回去还有事情?"如果是这样的话,她真的不能让檀野一直送她回家。

次日。

临南一中一年一度的迎新开学典礼开始了,班里格外热闹。

梨岁走到座位上,她的椅子已经被人从书桌上放了下来。

梨岁看着她那无时无刻不在睡觉的同桌,呢喃道:"算你还有点儿良心。"

昨天下午放学，檀野拍拍屁股就走人了，是她帮忙把椅子放上去的。今天檀野来得早，还知道帮她把椅子放下来。

班主任李老师走进教室，大声说道："开学典礼马上开始了，一会儿由班长组织排队，按身高由低到高站好。大家把校服穿好，领口上的扣子扣起来，外套要穿就把拉链拉好，不要吊儿郎当的，觉得自己很有个性？怎么还有个没穿校服的？！檀野！"

被点名的分明是檀野，坐在他旁边的梨岁竟然跟着紧张了起来。

班上同学都向他们看过来，梨岁连忙出声提醒："檀野，老师来了。"

檀野睡眼惺忪，往教室门口看去，有一位其他班的老师出现在李老师身边并说道："李老师，校长找你。"

李老师两边看了看，急忙嘱咐道："檀野，今天可是开学典礼，你怎么又不穿校服？你待会儿还要上台演讲，赶紧去找同学借一件！"

放眼望去，班上的男生都是清一色的短袖校服，连女孩子都没几个穿外套的。

张瑞转过身笑道："野哥，实在不行我把我的脱下来给你，我就和班长说我中暑不舒服，不下去参加开学典礼了。每年开学典礼都被太阳晒得要中暑，还要听各个校领导在台上讲话。"

檀野嫌弃地蹙着眉："你那衣服几天没洗了，还坐我前面，睡觉都要被你熏死！"

张瑞看着有汗渍的短袖："胡说，我妈昨天才洗的，这不是早上怕迟到，一路跑过来才出了一点儿汗！"

"不穿！"檀野直接拒绝。

梨岁想起自己书包里的校服外套，等大家的目光移开后，她才趴在桌子上侧着脸对檀野说道："我带了校服外套，新的，没穿过，可以借你穿穿。"说着，梨岁从书包里拉出校服的一只袖子给檀野看，证明这是全新的。

这件外套和她今天穿在身上的短袖都是去年梨岁高三的时候新发的。而她之前一直都是穿高二或者高一的那几套校服，今天是她复读高三的开学典礼，妈妈就让她穿新校服来。天气预报说今天晚上会降温，而她去檀野店里补习完之后会很晚,所以就把外套也带上了。

梨岁偷偷地把校服外套从桌下塞到檀野的抽屉里:"你好歹套个外套上台吧?不然你上去演讲和检讨,好像一点儿说服力都没有,那可是我辛辛苦苦写的稿子。"

班长余阳起身喊道:"哪位同学有多余的校服啊?借给檀野穿一下。"

许多男生起哄道:"我愿意和野哥换下衣服,让我也感受一下在学校不穿校服的感觉,哈哈哈……"

"我也是,我也是!"

"去你的吧!你都快瘦成竹竿了,野哥穿不进去!"

…………

学生会的人过来通知:"檀野,教导主任让你先去后台准备演讲。"

班上的人看着还没借到校服的檀野,不约而同地安静了下来,只见穿着黑色短袖的少年起身,一只手从抽屉里拿出一件校服外套,边朝外走边把校服往身上套。

大家震惊!

"天哪!我没看错吧?野哥自带校服了?"

"野哥能处朋友!有校服他真穿啊!"

"有生之年系列啊!"

"怎么看着有点儿小?"

梨岁听到有人说外套有点儿小更加紧张了,应该没有人看到她把校服借给檀野吧?

虽然这件事情没什么,但是梨岁的同桌是全校的风云人物啊,她可不想自己的名字又被挂上学校论坛,被人揣测。

很快就有人接着说道:"那不是废话吗,野哥除了高一学校发的校服,就没重新定过,这都到高三了,能不小吗?"

檀野出教室后,班长说道:"大家别聊了,把桌椅摆放好,从第一组开始,排队下去集合。"

梨岁跟着队伍出去。高三学生在五楼,下楼的时候,能听见高二和高一的学生中有不少人都在讨论梨岁的那位风云同桌,连带着她也被一同提及。

"我姐姐在高三，她跟我说檀野今天会上台演讲，啊……好激动啊！"

"可惜不能带手机录像，学校各大官方账号一定要录像啊！"

"前面那个好像是檀野的同桌啊，学姐好漂亮啊！听说她学习成绩有点儿差。"

"小心被她听到。"

"你别一直盯着人家看了，快走快走……"

到了操场，男生站在后面，女生站在前面，分成三列。梨岁身高一米七四，已经算很高了，所以她是所在的那一列女生的最后一个，她身后站的是男生。

在其他女生比较少的班级，梨岁这个位置基本上都站着男生，周围班级的男生都忍不住朝她这边看过来。

高三A班有个叫梨岁的笨蛋"学神"是全校皆知的事情，再加上梨岁昨天又上了论坛，以及"复读""初恋脸"这几个特征，关于她的话题在校园里都是自带传播热度的。

梨岁感觉自己时不时就被几双眼睛盯着，站在台下都有点儿不太自在。上午的天气逐渐热了起来，梨岁微微低着头，听着台上的校领导发表讲话。

这是她第四次听到类似的讲话，梨岁脑袋放空地盯着地面，听见别人鼓掌，就也跟着鼓掌。

"接下来请我校优秀学生代表檀野上台演讲！"

主持人激昂的声音一响起，梨岁就像被触碰到了开关一样，猛地抬起头，炽热的阳光照在她的脸上。梨岁盯着舞台中央的少年，恍惚了一瞬。

檀野五官俊朗，皮肤白皙，穿着黑白色校服外套，拉链拉到锁骨下，黑色笔挺的长裤显得他身形颀长出众。他用修长的手指握着话筒，以充满磁性的声音说道："大家好，我是高三A班的檀野。"

话音刚落，操场上就响起了热烈的掌声，梨岁也赶紧跟着鼓掌。

台下的女生纷纷向梨岁投来羡慕的目光，并且小声议论道：

"学长好帅啊！啊，这么快就高三了，我们明年就看不到他了。"

"我在初中的时候就总是在表白墙上看见学长的照片，他真的超上镜，现在看真人更帅啊！"

"我也好想和他坐同桌啊！学不好我就给自己两巴掌！"

"长得帅还学习好，谁知道他的社交账号啊？想认识一下！"

"梨岁复读，简直太值了！"

随着檀野的声音再次从话筒里传出来，台下瞬间默契地恢复了安静。

"尊敬的领导，敬爱的老师，亲爱的同学们，我很荣幸作为优秀学生代表上台演讲。就是这个开场白写得有点儿老套了。"

台下顿时响起一片笑声。

坐在主席台上的校长和各位主任的脸色瞬间一变，作为班主任的李兰花尴尬得无地自容，咬着牙。

梨岁揉着手指嘀咕：这个檀野到底在干什么？！他竟然敢公开吐槽她写得老套！这是正常的开场白好吗？！

"开个玩笑。"檀野笑了笑，说道。活跃完气氛，所有人的注意力都被吸引后，他接着说，"都说'良好的开端是成功的一半'，新学期的开始，我们迎来了全新的挑战……"

梨岁认真地听着檀野的演讲，让她惊叹的是，除了开头开了个玩笑以外，檀野竟然把她写的稿子一字不落地讲了出来，并且自然流畅。他说话的方式像一个大哥哥和弟弟、妹妹们聊天儿谈心一样，时不时还会加入一些幽默的话语，逗得大家哈哈大笑。

梨岁怔怔地看着台上那个自信、从容的少年，他在阳光的照耀下令人目眩神迷。这是她第一次体会到怦然心动的感觉。

梨岁慌张地低下头，轻晃着脑袋。

整个演讲结束，掌声持续了好长一段时间。檀野在台上还没下去，等大家安静下来，继续说道："与此同时，对于我的高中生涯，我也要向老师、同学们做一份深刻的检讨，希望同学们引以为戒。这证明什么呢？"

哪怕是做检讨，檀野对演讲的掌控能力依旧出色，他卖着关子说道："再优秀的人也有缺点。我们要坦然地面对自己所犯的错误，并且加以改正……"

梨岁心想：并且死性不改。

检讨结束，坐在讲台两侧的老师和领导鼓掌并赞赏道：

"檀野同学这次的检讨很深刻啊！"

"不愧是李老师的学生。"

"哎呀，演讲得真好啊。'但行此路，莫问前程'，给多少迷茫的学子指引方向。回头我得找檀野同学要一份稿子来，张贴在咱们学校的公告栏上！"

"优秀的学生写检讨的水平都是出类拔萃的。"

李兰花表面上波澜不惊，内心却得意又期待。这次檀野的检讨写得这么好，他肯定是知错了，接下来一定会认真改掉坏毛病吧？到时候檀野稳稳地把第一名拿下，她就能迎来事业的巅峰啊！

檀野把话筒关掉，走下台，刚走到幕后就把身上的校服脱掉，让自己凉快凉快。

他刚才穿着黑短袖加校服外套，在太阳底下讲了一刻钟，早已出了一身汗。

开学典礼结束，不少人都热得差点儿中暑，梨岁穿着短袖也热得难以忍受。趁着课余时间，梨岁赶紧拉着棠稚去小卖部买冰饮。

学校虽然有好几个小卖部，但现在都人满为患，梨岁和棠稚在外面排着队。

棠稚低着头躲在她的背后，说道："好热啊，这都九月了，怎么还像夏天一样？我快要热化了。幸好咱们高三不用每天大课间去做广播体操，不然这样晒下去，我又要被晒黑了。"

梨岁拍了拍棠稚的手臂："你去旁边的树荫下待着吧，想喝什么我帮你一起买就是了，不用两个人都站在这里。"

棠稚感激地抱着她："天哪，岁岁你真好……我要一根牛奶雪糕，一瓶冰红茶！"

梨岁记下后就让棠稚去树底下等着。

梨岁见前面还有不少人排队，四处看了看，没见到檀野的身影，也不知道檀野要不要帮忙带东西。等排到梨岁的时候，她给自己买了巧克力雪糕和冰水，又另外给檀野带了瓶冰水。

结完账，梨岁抱着买来的"战利品"小跑过去找棠稚："喏，你的雪糕和饮料。"

"谢谢岁岁！"棠稚开心地从她怀里接过，"下次换我排队请客。"

两个人吃着雪糕，一同走在回教学楼的路上，棠稚看着她塑料袋里提着的两瓶水，笑道："你给檀野带的啊？"

梨岁点点头："他肯定懒得排队，我要是不给他带，他肯定要记仇了。"

两个人才爬到三楼，上课铃就响了起来，她们拔腿就往楼上跑，梨岁还不忘把吃到一半的雪糕往嘴里多送两下。

梨岁跑进教室后，见老师还没来，松了一口气，赶快把手中的雪糕棒丢掉，回到座位上。

梨岁看见自己旁边的座位空空如也，檀野竟然还没回来。正想着，她就看到檀野慢悠悠地走进教室，他一只手拿着搭在肩膀上的校服外套，另一只手插兜走到座位旁。

檀野一眼就看见梨岁的嘴角有还没来得及擦干净的巧克力雪糕印，便说道："小花猫偷吃什么好东西了，也不给我带吃的？"

梨岁急忙翻出纸巾擦了擦嘴："我倒是想给你带，恐怕雪糕化完了也找不到你人。"

檀野坐下，顺势拿起梨岁手边未开的冰水，拧开瓶盖仰头喝了大半瓶，然后把水瓶放在自己书桌的一角。

梨岁睁大眼睛看着檀野，拿出抽屉里的另外一瓶冰水，放到他的桌子上，说："这才是你的！"

檀野漫不经心地说道："都一样。"

"哪里一样了？！"梨岁有些急眼，"万一是我喝过的怎么办？！"

"喝过就喝过呗。"檀野说道。

梨岁小脸紧绷。檀野见状，低声嗤笑："你当我傻？开瓶盖的时候我会感觉不出来？"

梨岁看到班主任的身影，立马给檀野使眼色，只张嘴不出声地提醒道："别笑了，老师来了。"

李兰花抱着批改完的卷子走进教室，看见檀野收起了脸上的笑容，心里有些满意。换作之前，檀野非得笑开心了才成，不被点名他就浑身难受。

李老师走到讲台中央，把怀中的试卷放下："某些同学才做完检讨，改正的决心要坚定啊。班长、学习委员上来帮老师把卷子发下去。"

"檀野和梨岁的试卷留下。"

听到李老师的话，梨岁瞬间紧张了起来。

檀野的试卷被留下可以理解，毕竟老师都喜欢拿学霸的试卷讲题，但是老师留她的试卷干什么啊？

所有人的试卷都发了下去，大家小声地议论着分数。

"哎，你考多少分？"

"这道题你错了没？"

"我怎么才136分啊？……"

只有梨岁和檀野的桌子上空荡荡的。梨岁提心吊胆地等着老师发话。

李老师拍了拍黑板："好了，都高三了，还要我来维持纪律吗？都给我抬起头看向大屏幕，这是本次开学考的成绩单，找找自己排在哪儿。有些人暑假一看就是光顾着玩去了，但凡看了书也考不出这么差的成绩。另外，恭喜檀野同学，以150分满分的成绩荣获开学考试第一名！"

李老师带头鼓了鼓掌，班上所有人都倒吸一口凉气。

学霸这是开学就放大招啊，真是不给人留活路。

梨岁在名单上找着自己的名字，习惯性地从底下往上找。

梨岁不是倒数第一！她是……倒数第二……

梨岁考了63分。

倒数第一是张瑞，考了41分。

梨岁轻轻叹气，檀野的分数抵得上她考两次的成绩。

不过对比以前三四十分的成绩，她已经很满意了。换作是之前，张瑞都不用垫底了。

况且，在檀野的帮助下，梨岁重新考了一遍难度类似的题，相信她的上限不止63分。

李老师推了推鼻梁上的眼镜，说道："考试成绩，我会挨个儿发短信告知你们的家长。"

"啊……"教室里一片哀号声。

李老师把梨岁的卷子放到投影仪下，向班上的同学发问："大家告诉我，梨岁的这份卷子做得怎么样？有什么问题？"

很快就有同学提出："她后半张卷子怎么都没写啊？"

"很好。"李老师接着说道，"问题显而易见，就是她的答题技巧和思路出现了错误。梨岁这张卷子前面整体的正确率不低，虽然后面的大题难度增加，但是如果她正常做完，应该也能考80分以上。"

梨岁坐在位子上认真地听着，不得不说，老师还是很厉害的，竟然能根据她前面做题的正确率估算出她做完整张卷子的大致分数，而且分数和她在檀野手底下拿的分数相差无几。

说完，李老师把卷子拿出来："梨岁，上来拿卷子吧。

"所有同学都记住，考试遇到不会的题先空着，往下做，不要一直钻牛角尖，等做完所有题，要是还有时间再回过头琢磨，特别是像后半张的大题，一题就是一二十分，一定要把握住。"

梨岁起身拿回自己的试卷，然后回到座位上。

"接下来我们开始讲试卷，第一到第三题是送分题，还有不会的吗？要讲的同学举手……"

课程过去大半，李老师见梨岁没有主动回答问题，特地点了她的名字："梨岁，下面这题你理解了吗？可以把你的思路跟大家讲一下。"

突然被点名的梨岁站起来，看着试卷上的题，一点点地把檀野昨天教她的解题思路和解析说出来："因为……由余弦定理得S的平方等于……"

李老师有些惊讶地看着她："很优秀嘛！"

"请坐。"李老师欣慰地示意她坐下，"梨岁回答得很好啊，思路非常清晰！一看就是考完试回家用了功的，她值得大家学习。"

第一次在数学课上被夸奖的梨岁，像是做梦一样。她得到老师的认可了！

"最后这道题，檀野上来讲。"

梨岁刚坐下，同桌檀野就被点名，而此时的他正低头在纸上玩数独。

檀野并不想讲，抬头："老李，我今天上舞台的次数已经够多了。"

李老师催促道："赶紧的，一天天不知道在座位上干什么，你要懂得参与课堂。"

最后檀野还是起身,开始讲解大屏幕上的题。因为檀野坐在最后一排,时不时就会有人回头看向他,于是檀野直接被李老师喊到讲台上去讲。

李老师就站在一边看着他,关键时刻,还是这个学生拿得出手啊!

梨岁看着讲台上的高大少年,两个人隔着大半个教室,这距离就像开学典礼上台上台下隔着的大半个操场,也像成绩单上他们之间相差的分数。

她和檀野之间一直都有着鸿沟,大多数时候,她只能拼命地昂头仰望他。

人人都向往京北市,此刻,梨岁亦是如此。

课后,檀野看向梨岁,说道:"我把校服洗干净了再还你。"

梨岁笑道:"你这个人还怪好的。对了,你演讲完躲去哪儿了?"

檀野继续盯着那页纸上没填完的数独:"吹空调。"

"哪儿有空调?!"听到"空调"两个字,梨岁两眼放光,目前她知道学校有免费空调的地方只有图书馆,但是离教学楼比较远。

檀野停下笔瞥向她:"手机微信转我50元即可解锁。"

第六章 见义勇为

"50元?"梨岁震惊地看着他,"上学暂停,我去抢钱!"

檀野低声笑道:"下次带你去怎么样?"

梨岁半信半疑地看着他,总觉得不会是什么好事情,说道:"你快说!到底是哪里?"

梨岁实在好奇学校里能自由使用空调的地方到底在哪儿?

檀野神色淡然地说道:"校长办公室。"

刚演讲完,檀野就因为肆无忌惮的玩笑话被校长留下谈话,想着有空调可以吹,他索性跟去了校长办公室。校长只简单地说了说,最后示意他可以出去了,但是请神容易送神难,檀野歇够了才离开办公室。

这空调可不是谁都能吹的。

"这种福气还是你独享吧!"梨岁说道。她才不想被叫过去谈话。

放学前,李兰花交代道:"各位同学,我们今年的书本费共计755元,大家可以让家长把钱转到这张卡上,带现金的同学千万注意把钱保管好。3天之内交齐。另外,学校食堂已经正式开放,离家远的同学可以去食堂吃饭,然后回教室或者图书馆看书、休息,不要总想着跑去校外玩!"

众人回道:"好!"

听到这个消息,梨岁打算继续往饭卡上充钱,从明天开始就尽量在学校吃饭,这样她就不用在回家的路上来回折腾,既休息不好,又学不好。

伴随着放学铃声,座位上的同学纷纷起身。

张瑞转头和檀野说道:"我就和我爸说要交 1155 元,多出来的 500 元,我就可以买游戏的冠军皮肤了!"

檀野无奈地纠正他:"多 400 元。"

张瑞的同桌刘义俊惊叹道:"啧啧!瘦子,你也太厉害了,我都只敢报 901 元。"

梨岁背上书包:"你为什么不直接报 900 元?"

刘义俊推了推眼镜:"这你就不懂了吧,数目有零有整才真实。一看你之前就没干过这事儿。"

见檀野不作声,张瑞羡慕地说道:"还是野哥好啊,自己挣钱自己花,都不用伸手管家里要一分钱。"

瞬间,梨岁感觉檀野的气场好像有点儿不对劲儿。

檀野拿出抽屉里那件穿过的校服,一声不吭地从座位上起来。他出教室经过张瑞位子旁边的时候,直接把挡在路中间的椅子踹进去,头也不回地走了。

被踢过来的椅子撞到张瑞的小腿上,张瑞脸色痛苦地捂着腿,愣是没吱声。

看见檀野离开,大家都不敢跟上去,梨岁等人面面相觑。

张瑞有些懊恼地扇了一下自己的脸:"我这张嘴怎么那么不会说话!"

明知道檀野的家人是绝对不能随便提及的存在,张瑞还是忍不住提了,虽然他的本意只是为了夸檀野而已。

跑过来找梨岁结伴回家的棠稚蹦蹦跳跳地过来问道:"怎么了?怎么了?张瑞,你也知道你嘴欠抽啦?!"

刘义俊打了一下张瑞的肩膀,和棠稚解释道:"这家伙哪壶不开提哪壶,没事扯什么野哥的家里,真没有白白挨打。"

梨岁想知道其中的内情,但是既然檀野不希望别人提起,她也就放弃了打听的想法。毕竟拿檀野的痛处当八卦一样聊，同样是对他的伤害。她知道，等什么时候檀野有倾诉的欲望了，自然会告诉她。

回家的路上，梨岁挽着棠稚的手臂说道："棠稚，我明天中午开始就不经常回家吃饭了，在学校食堂吃完就去图书馆自习。"

别人的高三，对于梨岁来说是高四，她再不努力就真的完蛋了。

棠稚有些失落地说道："好吧，我总不能耽误你学习吧，那罪恶感太强了。只不过回家路上没伴儿了，班上的女生都不住这边，我同她们走不了两步路就分开了。"

梨岁正想着怎么安慰棠稚，突然闻到飘来的烤肠香味，她有了某种预感，抬头看过去，果然见梨隽在她们前面不远处排队买烤肠。

梨岁笑道："你可以和我弟做伴儿，哈哈哈……顺便还可以'打劫'他的烤肠！"

这时，买烤肠的梨隽也注意到梨岁她们投来的目光。梨隽和他即将拿到手的烤肠，好像总有一个要遭殃。

梨隽萌生逃跑的念头，说道："师傅，我的那份好了吗？不用刷酱料了。"

烤肠大爷耿直地说："那怎么行？你都排这么久了，我必须让你吃到我家正宗的味道，知道什么叫色香味俱全。吃东西要有追求啊，小伙子。"

看着小跑过来的"劫匪姐姐"，梨隽"万念俱灰"，还谈什么色香味俱全，还谈什么追求，他要先"吃得上"再说其他的啊！

不过幸好，这次梨隽买了两根！他本来是想把昨天没吃到的补上，但现在看来，他只能吃到一根了。

烤肠拿到手之后，梨隽自觉地把其中一根递到梨岁面前："给你买的。"

看到这一幕，棠稚顿时也好想有个弟弟。

梨岁开心地接过烤肠："想不到啊，你今天有先见之明了。"

梨隽松了一口气，不奢求吃两根，能吃上就不错了。

梨隽刚准备吃，姐姐梨岁的声音再次传来："没看见你棠稚姐姐也在吗？你就不打算表示表示？"

梨岁显然是盯上了梨隽另外一只手上的烤肠。

原本没注意这边,而是眼巴巴地看着烤肠店的棠稚听见梨岁这么说,赶紧摆手:"不不不……用了!"

棠稚说不想尝尝绝对是假的,但是人家弟弟就买了两根,她要是再把梨隽的那份吃了,弟弟会不开心吧?

梨隽盯着手中的烤肠看了两秒钟,然后把手伸到了棠稚面前。

梨隽在心里不停地祈祷,他这么主动地把烤肠递过去,这个女生最好识相,快点儿再拒绝一遍,这样他就可以顺理成章而又不失礼貌地吃上烤肠了。

谁知道下一秒,梨隽手中的烤肠就被不好意思的棠稚接过去了。

"谢谢。"棠稚说道。

梨隽笑不出来了,回道:"不客气。"

梨岁拍了拍弟弟的肩膀:"弟弟啊,我这都是为了你好,你说你都咳嗽多少天了,不是这里不舒服就是那里难受,妈妈都说不让你吃这些东西了。不过,你也不用太绝望,明天中午姐就在学校食堂吃饭了,你可以放心排队买烤肠。"

"不信。"梨隽丢下话,加快了回家的脚步。他左肩挎着书包,一个人走在最前面。

棠稚有些担心地问梨岁:"你弟弟该不会是生气了吧?"

"你想多了。"梨岁解释道,"他就这样,以为自己特帅!"

棠稚认真地说道:"以我这个美妆博主的角度看,他确实非常帅啊。"

梨岁看着从小看到大的梨隽,已经产生审美疲劳。

"再帅的弟弟都欠打,你是不知道,他从小就是药罐子,命都是钱买来的,咳嗽还没好就想着吃烤肠,让我撞见了,他肯定别想吃成。等明天他喉咙好得差不多了,可以随便吃。"梨岁说道。

棠稚若有所思地点点头,才注意到梨隽的背影高挑儿又清瘦。

梨岁回家后,洗手准备吃饭时和妈妈说道:"妈,学校要交755元书本费,明天我准备在学校食堂吃饭,饭卡要充钱进去。"

杨柳答应道:"好好好,等下妈妈一起转你1000块,你先用着。"

梨岁坐下,还想问妈妈有没有收到老师发来的成绩单。洗完手的梨隽在她开口之前略带报复性地说道:"姐姐,你开学考试的成绩应该出来了吧?"

梨岁看出了他的小心思,不就是吃了他几根烤肠吗?他还记上仇了。

提起这件事,杨柳也问道:"对啊!岁岁,成绩有没有出来啊?这个暑假也不知道有没有长进。"

梨岁不屑地看了一眼等着看她笑话的弟弟,很是自豪地和妈妈说道:"数学足足有63分!"

这63分,在梨岁的嘴里,说得似乎比她高考考了630分都要骄傲。

梨隽"扑哧"一笑:"姐姐好厉害呀!我还从来都没有考过这么高的分数呢!"

梨岁直接抢走欠揍弟弟的筷子对准的那块排骨:"我当初说复读的时候你可不是那样说的!"

杨柳惊喜地说道:"哎哟,我女儿就是棒,暑假的努力也算是没白费,63分已经很棒了,岁岁,千万不要气馁!"

这暑假一晃已经过去了一段时间,但是对梨岁来说就像是昨天一样。她的成绩从原来的三四十分提高到现在的六十多分,显然是梨岁努力有了效果。

梨隽幽怨地说道:"妈,我考满分的时候你都不是这个态度。"

杨柳很是理直气壮地说道:"儿子,你理解一下,妈妈已经夸你夸了这么多年,实在是累了。"

杨柳想到女儿的进步,高兴地说道:"这还得多多感谢你们班的檀野同学,妈妈待会儿包个红包,你去学校偷偷给他,就说是咱们家的心意,给他买零食吃。"

梨岁想了想,说道:"他应该不会收吧?"

杨柳一边给梨岁夹菜,一边说:"你怎么知道人家不要?让男孩子自己开口要钱,当然不好意思,所以你偷偷塞给他比较合适。你都这么大的人了,也该学学怎么处理人情世故。"

最后梨岁还是把红包带上了,走在去学校的巷子里,准备去找棠稚。还没到路口,她就听见巷子侧边的胡同传来女孩子的哭声。

梨岁皱着眉,背好身上的书包往胡同里走去。转角出现一群男男女女,他们的头发染得五颜六色,衣服是清一色的黑,身上戴着廉价的银色饰品,四五个人将胡同堵得死死的。

哭的人显然不是他们其中之一,而是被挡在死胡同里的女孩子。

看见梨岁出现,几个小无赖转过身来:"哟,又来一个送钱的小妹妹?"

其中有一个女生,梨岁越看她越觉得眼熟。梨岁不确定地多看了那个女生两眼,对方注意到她的目光,有些不爽。

"看什么看?!就是你这个臭丫头在檀野面前说我的坏话了吧?所以他才不让我去文身店打工!"

听她这么一说,梨岁总算想了起来,原来这个女生就是之前檀野感冒的时候非要来店里工作的人。

被堵在胡同里的女孩儿知道有人来了之后大哭着说道:"他们抢了我的钱,那是我交学费的钱,呜呜呜……"

林欣月回过头骂道:"你再吵,打你!"

听到这里,梨岁的眼神变得格外冷,梨岁挡在胡同的出口:"把钱还给她!别人上学的钱,你们也好意思抢,你们还是人吗?这是抢劫!犯罪!"

林欣月哈哈大笑,说道:"这里没有监控,你少吓唬我们了,赶紧给我滚开,别挡道!否则我连你一起打!"

梨岁捏着拳头:"你们把钱还给她!"

梨岁表现得越愤怒,林欣月和其他几个人就笑得越开心。

"小妹妹,别在这儿搞笑了!"

"你是不是欠打啊?!小妹妹,我警告你,赶紧滚,哥哥们打人可不管男女的!"

林欣月拿出刚才从那个女生身上抢来的钱,炫耀地放在面前扇风:"钱就在这儿,有本事你就来拿呀!"

梨岁直接把书包往墙边丢,飞快地冲上去。那些人都没想到她还敢动手,几个人拥上去。梨岁看见挡在面前的人,也不管男女,拳打脚踢地"招呼"上。

交手之后,几个人脏话满天飞,没想到梨岁一个看起来这么瘦弱的女生竟然还会打架。没几分钟,胡同里传来一片哀号声。

梨岁握着拳头，在这些人身上扫了一圈，最后把视线停在林欣月的手上。

梨岁走到林欣月面前，林欣月吓得抱住自己的脑袋："你要是敢打我就死定了！我妈绝对不会放过你的！"

梨岁直接抽过她的手上的钱："你要是再敢欺负别人，我一定不会放过你！"

拿到钱之后，梨岁把钱交给蜷缩在角落的小女生，等她仔细看清对方的样貌后，发现还是和她一个班的学生。

忽然，女生惊慌地看着梨岁身后，大声喊道："小心！"

梨岁没有回头，而是拉着女生往旁边躲。梨岁在地上滚了半圈，起身看向刚才出现在她身后的人。刚才想对她出手的流氓被一个身形高大的人拎住衣领，狠狠地往墙边摔去。

对方发现打不赢之后，跟跟跄跄地落荒而逃，还不忘放狠话："你们给我等着！"

梨岁有些惊讶地看着突然出现的少年，简单的黑衬衫搭配直筒裤，左肩还挎着她刚才丢在地上的淡粉色书包。

"你怎么会在这里？"梨岁问道。

檀野把书包丢回她这边："路过。"

梨岁急忙接住书包，抱了个满怀。檀野想不到第一天步行上学，就见识到他那看起来文静的小同桌的好身手，她小时候肯定没少练散打。

梨岁把坐在地上的女生拉起来："你没受伤吧？"

陈元轻摇摇头："没事，谢谢你……"

陈元轻看着手里失而复得的钱——都是五块、十块的面额凑出来的，用皮筋绑在一起——她就忍不住想哭。这是她奶奶好不容易赚来的钱，因为老人家不会转账，陈元轻只能交现金，可是没想到被那些人给盯上了。

梨岁抱了抱她："没事没事，之后遇到这种事情也不要怕，一定要先保护好自己，正义会惩治那些人！他们要是敢找你麻烦，你就和我说，我帮你想办法，一定不会让他们得逞的！"

檀野拿出自己的手机，打了个响指，梨岁和陈元轻的注意力被吸引过来:"刚才的事情我都录像了,后续直接报警处理,他们一个都跑不了。"

陈元轻有些胆怯地说道:"谢谢你们!事情还是不要闹大了吧。"陈元轻害怕事情会变得更加复杂,惹上更多的麻烦。

梨岁挽着她的手:"你别担心,有我们在呢,就是要让那些人知道这样做是不对的,如果不报警处置他们,只怕会有更多人受他们欺负。"

陈元轻点了点头。檀野站在不远处看着还在原地磨叽的两个人,提醒道:"快迟到了。"

梨岁急忙拉着陈元轻追上檀野的步伐。在路上,梨岁才想起来问:"檀野,你今天怎么不骑车了?"

之前檀野骑车走大道,梨岁没想到今天却在小巷子里碰到他了。

檀野往后瞟了她一眼:"你真当校长办公室的空调是那么好吹的?"

其实昨天檀野被叫过去就是因为这件事情。校长极力劝阻,让他不要骑车上下学,又用心良苦地说了许多,檀野这才答应下来。

梨岁忍不住笑出声:"那你岂不是天天都要走路上学了?没办法耍帅咯!"

要知道檀野之前骑车从学校大道经过的时候,回头率超高,他简直是男女老少通吃!

檀野笑了一声,说道:"这么说,你还知道哥哥帅?"

"呸!"梨岁直接一脚往前踢过去,檀野步子迈得大,梨岁的脚根本就够不着。

檀野毫不留情地笑她:"小短腿。"

梨岁心想:檀野不就是腿长,长得高,有什么了不起的!她想起书包里妈妈让她带来的红包,顿时就想私吞了,不给檀野这个"毒舌男"!

梨岁等人到了之前和棠稚约好的路口,棠稚大老远就跑过来:"岁岁,我还以为你睡过头,要迟到了呢。怎么檀野和元轻也在?"

梨岁边走边把刚才她在小巷子里的威武事迹添枝加叶地说了一遍。

"怎么样,姐帅不帅?酷不酷?厉不厉害?"

棠稚一脸崇拜地看着梨岁,捧场地说道:"太帅了!太酷了!太厉害了!姐姐,我太崇拜你了!"

檀野走在前面,默默地听着梨岁把事情说得天花乱坠,却丝毫没提最后是他救了她这回事,檀野忍不住低声说道:"没良心的。"

梨岁没听清楚,问道:"啊?檀野,你说啥?"

学霸檀野依旧冷酷又痞气十足地说道:"没什么。"

梨岁很是扫兴地抿着唇,没管檀野。

几个人你一言我一语地聊着,不知不觉走到了学校,才发现快迟到了。梨岁拉着棠稚和元轻往教学楼跑去,上课铃准时地响了起来。

梨岁他们在楼道里奔跑,跑到五楼的时候,大家都已经气喘吁吁。本以为手长腿长的檀野已经跑进教室了,没想到他却笔直地站在教室门口。

檀野看见梨岁等人跑上来之后,从教室门口往后退了退,向正准备训他的班主任李兰花做了一个"请看"的手势。

李兰花一边从教室里走出来,一边训斥檀野:"你才做完检讨,今天就迟到,你看看全班同学有几个像你一样的?!"

转眼,李老师就看见檀野旁边并排站着三个女生,她们都心虚地低着头。

梨岁心想:不妙,没想到李老师今天来得这么准时。

"这……这……"李老师推了推眼镜,看着面前站得整整齐齐的三个人,"你们今天是怎么回事?"

梨岁出声解释道:"老师,我们在校外出了点儿状况,所以才迟到了,檀野手机上有视频可以做证。"

李老师看向檀野,见他点头,接着说道:"这件事下课再说,先进教室准备上课吧,正好,檀野把手机交上来!别以为我不知道,你今天交上去的手机是个模型,还想蒙混到什么时候?"

平常都是班长负责收手机,今天李老师一大早坐在教室里,看到檀野人都还没来,他的手机就已经交上去了,这才发现端倪,原来交上去的是个手机模型。

檀野不情不愿地把手机拿出来,放到讲台的手机架子上之后,他的视线落到张瑞的身上,张瑞讪讪地朝他笑了笑。

檀野心想:真是白花了200元雇张瑞帮忙交手机,这小子交的时候能不能动动脑子？班主任在，我还没来，他交那么早干什么？这不是纯属此地无银三百两吗？！

下课之后，几个人被叫到班主任办公室，在老师、学校的帮助下，陈元轻也放心许多。

课间，陈元轻买了几包零食，分别放到梨岁和檀野的桌子上，说道："谢谢你们帮我，我给你们带了些零食。"

梨岁拆开薯片就往嘴里塞："那我就不客气啦！"

檀野看着桌上的零食，把它们全部推到梨岁的桌子上："谢谢，我不吃零食。"

听到檀野这么说，梨岁一头雾水，什么叫他不吃零食？那她补习的时候带去的零食都被谁吃了？每次梨岁刷完题一抬头，就只剩下一堆空包装袋。

陈元轻不知所措地问道："那你喜欢吃什么？我再去买也行。"

檀野直接拒绝道："不用了。"

"他不吃，我们吃！"梨岁把所有的零食都揽到自己这边，然后还给陈元轻一些。

准备上课时，梨岁从书包里拿出笔记本，连带着"啪嗒"一声，夹在书中间的红包被带了出来，掉到地上。

趴着睡觉的檀野顺手把红包捡起来，用修长的手指捏着红包，看向梨岁："梨同学，这么客气？"

红包掉了，梨岁这才反应过来，差点儿把妈妈交代的事情给忘记了。

"不要就还给我。"梨岁说道。

檀野挑了挑眉："还真是给我的？"他掂量着手上的红包，这厚度，里面可不止几张纸币。

梨岁说道："我妈让我给你的红包，说是感谢你帮助我学习。"梨岁也觉得确实应该给檀野红包，因为之前修手机欠檀野500元，他也没有找她要，还帮她补习数学。

檀野目光缱绻，问道："那你怎么不知道感谢我？"

梨岁咬着牙说道："我所有钱都花在你身上了，还要我怎么感谢你？你要我的命得了！"

梨岁基本上只要一拿到零花钱,就想着给檀野买什么好吃的或者买本子和笔。毕竟檀野这位同桌可从来都是不带纸、笔上学的,要用的时候就十分自觉地从梨岁这边拿。

檀野把手上的红包递给她:"你看一下里面有多少?"

梨岁疑惑地接过红包,心里想着:檀野连红包都不愿意打开,是太懒还是怕钱太少了?

梨岁只好当着檀野的面,在桌子底下把红包打开,一张一张地数:"800块。"

檀野不紧不慢地说道:"你把钱还给阿姨吧,记着你欠我800块就行了。"

梨岁一头雾水,一时没明白檀野这是什么意思,等着他开口。檀野很是严谨地说道:"我教的人是你,收你的钱才心安理得。"

当梨岁理解了这句话后,意识到自己又背上了800元的债务……

"那个……学霸……"梨岁认真地说道,"这些钱我可能暂时还不上。"

檀野:"那你就欠着。"

梨岁只好把红包装回去,这800元可真是够她还好久了。

放学后,梨岁和檀野两个人走在梨岁家附近的小巷子里,文身店比她家还要远一条街。快到家时,梨岁看向慢悠悠地走在她身后玩手机的檀野,停下脚步,等檀野走近些才问道:"你前两天晚上走这条路,跑那么快干什么?"

梨岁心想:这是老巷子,坑坑洼洼的地方特别多,还有井盖,稍不注意就会踩坑里,檀野跑步更容易摔跤。

檀野怔了怔,随后脸色如常地抬眼说道:"我有夜跑的习惯。"

"哦,是吗?"梨岁没想到会是这样的答案。

看着檀野一本正经的表情,梨岁半信半疑,没再刨根儿问底儿。

二人走到梨岁家楼下,梨岁习惯性地挥了挥手:"我到家了,一会儿见!"

檀野提醒道:"记得带伞,会下雨。"

"知道啦!"梨岁说着,跑上了楼。

梨岁跑上楼没多久,就听到外面传来暴雨声,趴在窗边看了看,心想：也不知道檀野到家了没，便拿出手机发了条消息过去：
"你到家了吗？"

过了好久，檀野都没有回消息，毫无疑问，他正在和暴雨赛跑。
吃饭时，梨岁的手机响了一下，她拿起来看，是檀野回过来的消息："我淋湿了，刚刚在洗澡。"

梨岁想起上次檀野感冒生病，都没什么精神给她讲题，她担心檀野像上次一样，就又发了个消息过去："多喝热水！保重身体！"

檀野擦着头发，看见手机屏幕上的几个大字后，怔了几秒。
檀野："收到。"

梨岁吃完饭，跑去文身店，她人还在门外收伞，就听见里面传来动静——原本坐在沙发上的檀野不知看见什么了，突然从沙发上跳起来。
梨岁把伞放在架子上沥水，背着书包走过去，学着檀野自恋的口吻说道："知道姐姐来了，也不用这么激动地欢迎我。"
檀野面色苍白地站在沙发的几米开外。梨岁拿下书包，不解地看着他，"你不会又生病了吧？"
檀野看见梨岁想把书包往沙发上放，手疾眼快地拽住她的书包："有虫子！"
听着檀野如此激动的语气，梨岁吓了一跳，问道："哪里……哪里？"
檀野半闭着眼指了指沙发的一角。
梨岁凑近看了看："小飞蛾啊！你这么紧张，我还以为是什么呢！"说着，梨岁想把飞蛾捧起来放到外面去。
檀野站在她后面低吼道："不许碰它！"
飞蛾已然落到梨岁的手掌心上，她新奇地看着乖乖在手心不动的小飞蛾。
檀野的脸都白了。
梨岁要笑不笑地看着他："干吗？你怕啊？"

檀野离她远远的，说道："你马上给我把这虫子丢到外面去！不然我就连你一起丢出去！"

　　梨岁没想到看起来嚣张的学霸竟然连只小飞蛾都怕，实在忍不住笑。檀野吼道："不许笑！"

　　为了接下来能够顺利地补习，梨岁把飞蛾带出店外放飞。

　　梨岁回到店里时，看到檀野还是一副惊魂未定的样子，她萌生出一个想法：突然把自己的手往檀野面前一放，大喊一声吓唬他。

　　果不其然，檀野以为她手里还捧着飞蛾，被吓得不自觉地往后退，甚至下意识地说了句脏话。

　　"哈哈哈……"整个店里都回荡着梨岁猖狂的笑声，"哈哈哈……没想到你还怕小虫子。"

　　檀野发现自己被耍了之后，脸色难看得可怕，眯着阴冷的眸子走近梨岁……

第七章 生日惊喜

梨岁害怕地往后退了退,看着檀野变得阴沉的脸色:"你……你干吗?"

檀野在距离她的脸几厘米的地方停下,目光始终没有从她的脸上移开。

"怎么不笑了?梨同学。"

刚才吓唬檀野的时候,梨岁笑得别提有多开心了,那笑声恨不得让街坊邻居都知道:檀野害怕小昆虫。

"笑吧。"檀野抱着手臂,满不在乎地说道,"多笑笑,你的学习就会变好。"

看来是他最近对梨岁太友善了,她现在都学会爬到他头上胡作非为了。

听着檀野这话中的潜台词,梨岁知道她再笑下去,檀野不仅不会带着她学习,还要丢她出去淋雨。

梨岁靠着墙,慢慢地把身体挪开:"我就是开个玩笑,哥哥!"她试图蒙混过关。

梨岁实在没见过男孩子怕虫子的样子,再加上檀野平常都是一副生人勿近的姿态,她便忍不住想捉弄他一下。

梨岁看着檀野失控的表情，觉得真是有趣又难得。但是，梨岁也是要付出代价的，就比如现在，檀野正在找她算账。

檀野倒是没想到她会主动叫"哥哥"，嘴角扬起。原本檀野还没想好该怎么讨回公道，但好像被叫"哥哥"也不错。

梨岁没有捕捉到檀野一闪而过的笑容，只好继续说道："这样吧，下次你欺负我的时候，我也让着你行不行？我们俩就先扯平了。"

檀野轻笑道："听说过赊账的，还没听说过预支'受欺负'的。"

既然檀野说到这里，梨岁就不客气了，说道："你要是选择大发慈悲地放过我，也行。"

檀野："你想得美！"

说完，檀野转身坐到沙发上，拿起刚才没看完的书继续往下看："你把老师布置的作业做完了之后叫我。"

梨岁把书本拿出来，放到收银区的吧台上，看檀野那边的桌子上空空如也，问道："你没带作业回来吗？"

檀野目不转睛地看着书，反问道："我不是和你一起放学的吗？"

梨岁意识到是她多嘴了。放学回家的路上，檀野两只手往兜里一插，他那轻快的步伐走得比谁都潇洒。

要是以前，梨岁肯定以为对方是个不读书的小流氓，毕竟檀野不穿校服又上课睡觉。现实却是檀野不仅学习好，还多才多艺。

梨岁轻轻叹气，然后老老实实地坐下来写作业。檀野就坐在沙发上看书，过了一会儿，预约好来文身的男士赶过来，檀野便放下书，把设计好的图稿给对方看，两个人聊着一些文身的知识。

梨岁埋头写作业，等她写完，檀野的工作也接近尾声。梨岁起身伸了个懒腰，然后朝开放式的文身室走去，想看檀野给对方文身。

听到脚步声的檀野没回头，只出声说道："写你的作业去。"

"我写完了。"梨岁回答道。

檀野坐在小床的旁边，他手边的移动架子上放着一些工具，把梨岁的视线挡得严严实实的。

檀野把对方背上的衣服拉下来些，然后转过身看向满脸好奇的梨岁："这不是你该看的。"

如果说文的是手臂之类的部位,他还不至于拦着,但是今天文的地方是在背上,对方的衣服基本都是掀起来的,梨岁看到难免有些不合适。

梨岁意识到不妥之后就打消了看檀野给男士文身的念头,边往回走边嘟囔:"那应该装个帘子吧?"

文身的男士笑道:"听到没有,檀野,你家小姑娘嫌你没分寸。抓紧时间把帘子装起来,不然她一不小心往我们身上看两眼,你得睡不着了。"

檀野拿着文身针:"看来我还是扎得太轻了。"

说完,檀野手上的针再次落下,明显比刚才下手重了些,对方"嗷嗷"地叫着:"我的祖宗哟,你给我下手轻点儿!我再也不嘴贱了。"

没过多久,檀野就完成了收尾工作,交代完注意事项之后就赶对方离开,不让男士有机会多调侃半句。

檀野收拾好工具,洗完手,回到电脑前。梨岁正在检查自己的作业,看见檀野过来了之后,就把所有的理科作业都放到檀野面前。

檀野看着堆在自己面前的作业本:"你还真是不客气。"

梨岁看着自己手边的作业,笑了笑,说道:"那我还是客气了一点儿的。"

不然梨岁还想把作业都让檀野帮忙提点一下。只是如果真的把学习强度加到这么大,恐怕在檀野倒下之前,她要先崩溃了。

梨岁在旁边盯着檀野翻看自己的作业,顺便根据檀野的脸色来判断自己做题的情况。

结果梨岁发现檀野的段位变高了,根本看不出檀野的脸上有什么表情。只要檀野一直不说话,梨岁就会紧张得忍不住问:"学霸,我这到底是行还是不行啊?"

檀野的视线从作业本上面离开,他说道:"还不错,你可以剑指华清了。"

梨岁无语。

确定这是夸人的话?

檀野拿过红笔,叹了口气,说道:"你过来听着。"

梨岁小心翼翼地把椅子挪近了些,专注地盯着作业本,等着檀野开讲。

檀野瞥了她一眼:"我讲了什么,你记得住吗?"

梨岁不确定地摇了摇头,紧接着听见檀野说:"那你还不快拿笔记下来?"

被檀野这么一说,梨岁又赶紧拿笔和本子过来。之前梨岁有时候会拿本子记录,檀野却让她好好听着。话都让檀野说了,他还真是有当老师的天赋,台词一套一套的。

等檀野检查完作业并解析完题目,已经过去了一个多小时,梨岁受益颇多。明天老师再讲的时候,梨岁相当于听了两遍,她的整体思路也会清晰很多,不至于跟不上课堂的节奏。

梨岁完成作业之后,经过檀野的批准,她可以放松 15 分钟,然后再刷题 1 小时,今天的课外补习就结束了。

梨岁活动了一下筋骨,而给她讲题讲到逐渐暴躁的檀野,现在正在打台球发泄着心中的烦闷。

梨岁看着檀野把一颗颗球全打进洞内,觉得神奇,跃跃欲试地走过去。

檀野分明没有抬头,注意力都在观察台球,却直接预判了梨岁的想法,说道:"别指望我教你打台球。"

檀野想,光是指导梨岁的作业就已经要了他半条命,好不容易放松一会儿,要是再教梨岁打台球,而自己又是个完美主义者,要教就想教会、教好,若是梨岁这方面的悟性不高,他真怕自己崩溃。

梨岁只好大发慈悲地放弃了这个念头。还是别把人逼疯了,檀野的命也是命啊。

檀野在打球,梨岁就坐在沙发上看着他:"你去学校了,岂不是没人看店了,那怎么做生意啊?"

"不急。"檀野回道,"暑假定的那些单子,已经排到 4 个月后了。"

檀野拿起球杆时,突然问道:"有奖问答,我的作品展在什么时候?"

梨岁想都没想就脱口而出:"9 月 22 日!上午 10 点到下午 5 点!"

回答完之后,梨岁就迫不及待地问道:"什么奖励?什么奖励?"

关于作品展的时间,梨岁可是记得清清楚楚,连那天是周几她都算好了。办展那天正好是周六,梨岁想第一时间赶过去,给她的学霸同桌捧场。

檀野往球杆的顶部抹着巧克粉,似笑非笑地说道:"奖励你一个学霸哥哥。"

梨岁翻了个白眼:"奖励得很好,下次别奖励了。你小小年纪还想当别人的哥哥。"

梨岁靠在沙发上闭着眼睛,静静地听着雨和音乐夹杂的声响。

外面下着雨,整个屋内只有台球的碰撞声和他们时不时冒出的几句话语。这让梨岁不由得想起第一次见到檀野的情景。

檀野还是像往常一样,穿着简单整洁的黑衬衫,店里习惯性地用卡带播放着音乐。檀野的衣服好像非黑即白,从来没见过他身上有过多的色彩,但是梨岁看过他的文身设计图,色彩丰富且有些抽象。

这样补习的生活日复一日,时间过得很快。临近展览的那几天,檀野一直都在忙着对接,甚至向学校这边请了两天假。

梨岁虽然还是会去文身店,但是逐渐变成了自习,没打扰檀野。

下午上课前,棠稚跑到她的位子前面坐下:"岁岁,你同桌要办展了,你听说了吗?学校好多人都在抢票呢,我也想去看,咱们俩一起抢票怎么样?"

梨岁很是不好意思地说道:"我有票了。"

"啊?!"棠稚吃惊地看着她,"你哪儿来的票啊?"

周围正在谈论抢票的同学瞬间就往这边看了过来。梨岁急忙把棠稚的嘴巴捂上:"你别这么大声。票是檀野之前给我的。"

棠稚放低了声音:"天哪,他对你这么好啊。"

梨岁看着旁边的空座位,说道:"好歹我也帮他买了这么久的零食,把他当祖宗一样供着,他请假还是我帮忙请的。"

"好吧。"棠稚苦恼地说道,"我试试看能不能抢到第一天的票,要不然我们只能分开看了。"

这时突然有人喊道:"梨岁,门口有人找!"

梨岁疑惑地从座位上起身往外走去,还没出教室就看见几个女生站在门外,眼睛不停地往里看。她向来不跟别的班的同学打交道,谁会找她?

梨岁刚出去就被几个女孩子拉到一边。她不明所以地问道:"你们找我有什么事吗?"

其中一位女生把手里的几个信封塞给她:"麻烦你帮忙把这些放到檀野的课桌抽屉里。"

梨岁低头看着怀里被迫接住的东西——精美的粉色信封包装,显而易见,里面只会是情书之类的东西。

这几天檀野不在学校,他的抽屉里已经有了很多类似的信封,大家都十分默契地挑这个时间送。因为只要檀野在学校,是绝不会允许这种东西出现在他的抽屉里的。

梨岁很为难地看着她们:"不好意思,我没有权力帮他接收这些东西。"

女生依旧不依不饶:"又不是让你收,只是让你帮忙放一下而已,你这么小气,会没朋友的。"

梨岁很无奈,还是打算拒绝,这时上课预备铃响了起来。

"哎呀,你就帮我们放一下,檀野又不知道!"几个女生丢下话就飞快地跑了。信封还留在梨岁的手中,梨岁拿也不是,不拿也不是,最后还是把信封带回了教室。

张瑞见她拿了几封信回来,转过头小声笑道:"野哥这几天请假,抽屉都快被塞满了。"

梨岁把手里的信封塞进旁边被塞得满满当当的抽屉里,问道:"那他会看吗?"

这么多花花绿绿的情书,恐怕任谁都要看花眼吧。

张瑞观察着门外有没有老师,小声应道:"会啊……"

听到这里,梨岁心里"咯噔"一下。

很快,旁边的刘义俊就痛苦地说道:"他都是花钱让我帮他打开看个名字,然后一封一封地还回去。"

梨岁提醒道:"别说了,老师来了。"

檀野处理情书的方式还是让梨岁有些意外,没想到他竟然不是丢掉,也不是当个花花公子,而是想办法把信全部还回去。

檀野没有作践他人的喜欢,也恰到好处地表示了他的拒绝。

看展的前一天,梨岁发消息和檀野说不去店里自习了。因为她要准备一个礼物。

梨岁前两天偷偷买了几束向日葵放家里养着,现在开得正好,她把自己这段时间做的几沓试卷粘贴成包花的纸张,上面有她和檀野的字迹,也有逐渐上升的分数。她希望檀野办展顺利,步步攀升。

梨岁坐在客厅认认真真地扎花。

妈妈一边拖地一边说道:"小野都没收上次的红包,人家免费赠票给你去看展,你送这么几束花也就算了,怎么连包花的纸都舍不得买啊?"

梨岁腹诽:怎么没收?檀野这人不光要收钱,还要收得心安理得呢!

杨柳看着,觉得有点儿过意不去,便又说道:"虽说我这把年纪喜欢实用的东西,但是你这……人家能喜欢吗?"

"我也不知道他喜不喜欢,可是人家什么都不缺啊。"梨岁把花束放在腿上,"我要是送他一套竞赛题,没准儿都是他刷过的呢。咱还是别那么实在,搞点儿花里胡哨的吧!"

杨柳摇摇头,也就随她去了。

第二天,梨岁起了个大早,把花束装进洗干净的淡粉色书包里。她担心花会被闷坏,只好先拉开书包上方的拉链,等到了看展的地方再拉上,给檀野一个惊喜。

去市区需要公交转地铁,一路上,梨岁的书包回头率极高。等梨岁上了地铁,坐下来才发现,她书包里的票不见了。

梨岁慌了,赶紧翻了翻书包,没有找到票,于是着急地打电话给妈妈。

"妈妈,你看见我的票在哪里了吗?就是之前放在书包夹层里的。"

正在挑玉米的杨柳拍了拍自己的脑袋:"哎呀,妈妈给你洗完书包,忘了塞回去了,票还在家里的柜子上。可是我现在在菜市场买菜,等我回家再给你送过去,还要好长一段时间。"

梨岁看了一眼时间,有些着急:"不用了,妈妈,我自己回去拿吧!"

其实只要在规定时间之内检票就可以进去,可梨岁就是想第一个把花送到檀野手上。

梨岁急忙下了地铁往家赶。等她回家拿到票的时候,距离开馆时间

103

只剩半个小时了，梨岁一狠心，直接打了辆略贵的车。

眼看着车子就快到场馆了，却正好是出行高峰期。梨岁看车堵在路上，一直在缓慢地挪动着，最后决定下车跑过去："师傅，你在前面路口把我放下来吧，谢谢！"

梨岁下车后往场馆的方向飞奔。跑步时的剧烈晃动导致书包的拉链又向两边敞开不少，绽放的向日葵充满生机。

堵在路上的人们纷纷看向人行道上在阳光下背着向日葵奔跑的少女，她穿着一身洁白的校服裙，乌黑的短发随风荡起青春肆意的弧度。这一幕让人移不开眼。

不断地有人拿起手机，记录着这忙碌生活中难得的美好瞬间。

梨岁跑到场馆外的时候已经气喘吁吁，发现刚开始检票，这才松了一口气。梨岁把书包拉好，排队将票递给检票员，过了安检之后，在里面寻找着檀野的身影。

终于，在展会的一个角落，梨岁看见了站在展品前的檀野。梨岁见檀野往她这边看过来，激动地招了招手。

梨岁正打算过去，从她后面跑过来的几个人直接冲到她的前面，梨岁的肩膀和胳膊被一连撞了好几下。

梨岁皱着眉，扭头看向身后的书包，担心里面的花。等她回过头的时候，檀野不知道什么时候已经来到她的面前。他伸手帮梨岁挡着过道的另一边，防止她再被撞到。

"碰疼了吗？"

梨岁摇头，很快就恢复了心情，把自己的书包拿到前面来，兴奋又紧张地说道："我给你带礼物了，快打开看看吧！"

檀野眼中闪过一丝讶异之色，修长的手小心地把书包拉链拉开，灿烂的向日葵花束暴露在面前，檀野怔了怔。

梨岁把花束拿出来，放到他的怀里："祝你办展顺利！"

檀野有些无措地接过花束："谢谢。"

这是檀野人生中第一次收到花，在他17岁生日的当天。

"喜欢吧？嘿嘿。"梨岁有些小得意，说道，"是我亲自醒花和包装的呢！"

檀野微微垂着头，神色有些别扭地说道："一般吧，你还不如买点儿实用的东西。"

梨岁笑看檀野嘴硬的样子，他明明就很喜欢。

"那我就不打扰你了，还有很多人想和你交流作品。棠稚等会儿就过来，我去找她一起看画展。"

刚才撞到梨岁的几个女生在旁边干等着，檀野刚才应该是略过那些人，直接向梨岁走了过来。

见梨岁转身走了，檀野低头看着手中的花束。忽然，檀野听见梨岁在不远处叫他，他抬起头看过去——那个站在不远处的女孩儿穿着白色的校服裙，双手略显紧张地勾着书包肩带，脸上洋溢着笑容。

"檀野！生日快乐！"

听到这句话的时候，檀野浑身僵直地怔在原地，他捧着花的手悄然收紧。檀野从来没想过有人会记得这件事情。原本他对妈妈的期待，也在那条没有回复的消息中消散得一干二净。可现在有一个人会送他鲜花，和他说"生日快乐"。

檀野人生的第一个画展，定在他17岁生日的这天。这对于檀野来说有着莫大的意义，而梨岁让这个意义变得圆满。

看完展之后，梨岁和晚来的几个同学一起出去吃饭，张瑞接了个电话出去，回来时，他直接把檀野带来了。

"野哥他中午有空，一起吃饭。"张瑞说道。

梨岁坐在最外面，檀野点了份炒饭就在梨岁的对面坐下。

突然，棠稚一惊一乍地看着手机说道："呀！我好像在网上刷到梨岁了！"

张瑞凑过去问道："哪里？哪里？"

棠稚把她的手机放到桌面上给大家一起看。上面播放着配好音乐的短视频，而画面中，背着向日葵奔跑的少女正是梨岁。

视频的点赞量已经接近50万，并且还在持续增长，下面最高赞的评论写道："我带着鲜花热烈地奔向你。"

其他评论也都是诗意的赞美。

"谁在演我理想的青春？"

"妹妹好漂亮啊！"

"我的眼睛得到了净化！"

"这是临南市一中的校服！天哪！母校的校服裙这么好看吗？我以前还总吐槽，说不如我家的洗碗布……"

"视频里的女生叫梨岁，是临南一中的。她在学校就很出名，同桌檀野更是全市的风云人物！理科天才！梨岁和檀野并称为'南高双神'！"

……………

看着这些评论，梨岁蒙了，不知道自己怎么被人拍下来发到网上去了。

棠稚激动地说道："岁岁，你火了呀！你赶紧开个短视频账号，肯定能涨很多粉丝！"

棠稚又看向檀野："檀野，你也注册一个！"

檀野回道："没什么兴趣。"

檀野不想让自己的生活暴露在互联网上，被人拿来谈论或者揣测。

梨岁慌张地摆了摆手："还是不了吧，我玩不来这些。"

看见隔壁桌的人在看他们，棠稚小声了许多："岁岁，我看别人粉丝多，直播带货很赚钱的。"

棠稚玩互联网，自然知道这样的流量多少人都求之不得。在没有公司包装的前提下，棠稚自己的美妆账号的流量是她花了好长时间才做上去的。

梨岁坚定地摇头："这不是我现在该想的事情，我不想让这些事情影响到我当下的生活。未成年不可直播带货。"

一旦开始被网友关注，就要承受一些压力。而梨岁现在只想考个好大学，之后再来找寻她的阳光大道，而不是过早地进入一个不熟悉的领域，被有限的认知框住。

在关键的人生节点上，学习能够成为支撑梨岁的底气。所有读过的书，到最后都会潜移默化地反馈到梨岁的生活当中。这些都是檀野告诉梨岁的。

梨岁知道棠稚也是为了她着想，解释道："棠棠，我和你的情况不一样，我连学习都顾不上，还怎么去做其他的事？"

棠稚虽然觉得有点儿可惜，但是也慢慢理解了梨岁。棠稚看着手机上的视频，疑惑地问道："对了，岁岁，你的花呢？"

梨岁看向坐在对面的檀野，抿了抿唇："我送给檀野了。"

梨岁害怕大家误会，主动说道："檀野帮了我那么多忙，他办展，我当然要准备点儿礼物，更何况今天还是檀野的生日。"

梨岁一下子就觉得事情顺理成章多了。虽然本来也没什么，但是梨岁总是莫名其妙地想太多。

张瑞惊讶地看着檀野："野哥，今天是你生日啊？你怎么也不说一声，我们都没带礼物。"

"就是啊！你过生日也不和哥们儿说。"刘义俊附和道，"这样吧，你这份炒饭我请了！回头我再把生日礼物给你补上！"

檀野放下勺子："不用了，我不过生日。"

梨岁看着檀野，见檀野没什么表情，不知道会不会怪她把今天是他生日的事情说出来。

"行！哥，你说不过就不过，今天展览结束之后，和我们一起玩玩总行吧？"张瑞抱怨道，"高三这么忙碌，你和梨岁成天没日没夜地刷题，放假也不出去玩，咱们都好久没聚聚了，我的游戏段位都跌了好几级。你们两个人这么一搞，让我把游戏瘾都戒掉了。正好今天庆祝你展览顺利，我们去 K 歌，大家说怎么样？！"

"好啊！好啊！"棠稚第一个举手响应，"去我家吧！我家有 K 歌房！"

梨岁很是心动，试探地问檀野："你去吗？"

从暑假到现在，近 3 个月的时间，梨岁是没有一天娱乐时间的。梨岁每次想要出去玩或者追剧，都会有很强的罪恶感，但是今天不会，因为今天是檀野的生日。

檀野沉默片刻，说道："展览下午 5 点才结束。"

两个男生一听这话，马上起哄："太好了！野哥答应了！"

梨岁跟檀野说："没事，我们下午找个附近的地方玩，你忙完事情之后再过来吧！"

"嗯。"檀野答应道。

听见檀野应声之后，梨岁抑制不住脸上的笑容，仰着头靠在椅背上和棠稚说道："太好了，你是不知道我有多久没接触过学习以外的事情了，托学霸生日的福，我总算是能理直气壮地玩一天了！"

看见梨岁脸上发自内心的轻松笑容，檀野低头看着自己捏着勺柄的手指，眼睛微微闪动了一下。

吃饭完，檀野要回场馆，大家也跟着往那边走，边走边聊天儿。

棠稚："下午我们去抓娃娃怎么样？"

张瑞："那都是你们女孩子喜欢的，我和义俊要去为电子竞技事业奋斗！"

梨岁："你刚不是说戒游戏了吗？"

…………

众人很快就到了场馆的员工通道，透过玻璃往外看去，排队的人比上午多多了。

梨岁乐呵呵地笑着冲檀野扬了扬下巴："檀野！'接客'！"

檀野半眯着眼说道："我看你是几天不见，胆子肥了，笑得这么开心，看来还是题刷少了。"

梨岁连忙装作没听到的样子，一边往外跑，一边说道："学霸拜拜！晚上见！"

等檀野进了场馆之后，刚才还聊得热火朝天的几个人面面相觑。最终，他们统一了战线。

梨岁说道："看来大家的想法都一样，还是要帮檀野好好过个生日！"

张瑞干劲十足地点头："今天咱们要让野哥感动得痛哭流涕！我到时候把视频录下来，哈哈哈……看他还敢不带我打游戏！"

刘义俊一掌拍到张瑞的背上："得了吧，你还整天打游戏呢，都笨成什么样子了。你是给人过生日，还是给人心里添堵啊！"

梨岁说回正事："那等会儿我和棠稚去订蛋糕、买零食，外加回去布置K歌房。你们两个男生就去买礼物什么的。"

梨岁分工完毕，大家开始分头行动。

檀野坐在展会的角落，桌上放着梨岁送的向日葵。檀野盯着手机看了好一会儿，直到快要息屏了才触碰一下，让屏幕亮起来，而上面正是他和备注着"妈妈"的人的聊天页面。消息还是截止在上一次寄票的时候。檀野抹了把脸，把手机关掉。

展览结束后，檀野去了梨岁发来的地址，刚进门就被炫彩的灯光晃到了眼睛，面前还有些模糊的面孔异口同声地说道："生日快乐！"

梨岁捧着点燃蜡烛的蛋糕放到檀野面前，和棠稚几个人一同唱着生日歌。

檀野看着眼前的场景，恍若隔世，视线变得越来越模糊。

梨岁见状，故意逗他："有录像！你倒也不用感动得痛哭流涕。快许个愿吧！"

在微黄的蜡烛光晕下，檀野轻轻地闭上眼睛，原本他的生日愿望是见妈妈，但在这一瞬，檀野改变了自己的愿望——他希望梨岁能考上一所好大学。

在檀野生日这天，大家唱歌、聊天儿到很晚。最后，他们四个人一起回家，走到一半，张瑞和刘义俊就往另一条路去，只剩下檀野和梨岁两个人走在幽深的小巷子里。

檀野的眉心始终紧蹙，他实在忍不住问道："你就不能打开手机上的灯吗？"

梨岁看向他："不是还看得见吗？"

檀野喉结微动："哪里看得见了？！"

"你夜盲？"梨岁眨了眨眼睛，"那你以后还怎么开飞机啊？"

檀野语气很是僵硬地说道："不是。"

梨岁盯着他看了一会儿，忽然说道："哦……你怕黑！"

被说中心事的檀野沉默不语。

梨岁分析道："难怪你之前送我回家之后都跑得那么快，原来你是因为怕黑啊！"

梨岁看着四下的环境，故意用调侃的语气说道："这黑吗？也不黑吧？"

檀野咬着牙："一个字没必要重复这么多遍！"

梨岁明知道他怕黑,还一直揪着"黑"这个字说个没完没了。她"扑哧"一笑,然后打开手机上的灯:"怕黑你就说,还非得说什么你有夜跑的习惯。你听听,这不离谱儿吗?谁夜跑就跑两条小巷子啊?"

檀野凶巴巴地盯着梨岁,说道:"什么都知道只会害了你!"

梨岁嘿嘿一笑,桀骜不驯的檀野竟然怕黑、怕虫,传出去岂不是毁形象?

檀野威胁地蹙着眉:"不许说出去,你要是敢说出去,我不会放过你的!"

梨岁佯装柔弱地说道:"哥哥好凶。"

黑夜中,檀野一脸不爽,梨岁却笑个不停。

两个人斗着嘴往巷子口的方向走去,突然从胡同边上冒出来一个醉酒的男人。那人看到梨岁和檀野,就直接用手中的酒瓶指着他们,同时挪着跟跟跄跄的步伐逼近,嘴里还骂骂咧咧:"好啊!你个兔崽子,还敢回来!看我不打死你!"

梨岁对这个人有点儿印象,从小妈妈就让她躲他远点儿。他是这条巷子尽人皆知的疯子,把孩子和老婆都打跑了,天天不务正业,喝酒、赌钱,到处发疯。

梨岁把开着灯的手机交给檀野,然后告诉他:"我数一二三,你从左边跑,我从右边跑。一、二、三!"

数了三个数之后,梨岁发现檀野也跟她一样站在原地没跑。她还来不及说话,拎着酒瓶的男人已然冲了上来。梨岁撑着檀野的肩膀,跳起身,一个侧踢横扫,直接把对方的手上的酒瓶踢到地上。

梨岁拽住檀野的衣袖,喊道:"跑!"

两个人飞快地跑出这条巷子,到了路口,梨岁撑着膝盖边喘气边问:"刚才让你先走,你干吗不走?"

檀野把手机灯照在地上:"我不在,谁给你搭把手?"

当时巷子那么窄,他们两个人要是一起跑,对方的酒瓶子没准儿就落到谁的头上了,所以檀野早就猜到梨岁没打算跑。

梨岁无法反驳,想到刚才自己的英勇身姿,很得意地说道:"我刚才那一招帅吧?要不要姐姐一路护送你到家啊?"

檀野听着她自称"姐姐",不由得笑了笑,她还真是有样学样。

"不用了。"檀野瞥了一眼不远处的楼房,"今天太晚了,你赶紧回家吧,不要让阿姨担心。"

二人走到楼下,梨岁有些不放心地说道:"那你记得打开手机里的灯。"

"嗯。"檀野应声。

两个人互相交代完才道别。梨岁回到家,第一时间跑去阳台,下面依旧是漆黑一片,檀野没有开灯,也没有跑,独自走在老巷子里。

梨岁小声吐槽:"真是死要面子。"

檀野走在回家的路上,依旧是很黑的老城旧巷,路也坑坑洼洼,但是他好像没那么害怕了。

梨岁给檀野发了条消息:"你到家了和我说一声,不然我就报警啦!"

手机屏幕上面立刻显示"正在输入中",然后一个"好"字回了过来。

梨岁洗完澡,拿起桌上的手机,看到除了有檀野报平安的消息以外,还有他分享的一则新闻。

梨岁点开檀野分享的新闻,是说从明年起,复读方式可能要改变。这也就意味着,今年是她最后的机会了。

梨岁坚定地打出两个字:"收到!"

接着她又收到一条消息。

檀野:"你学过散打?"

梨岁:"我爸以前是散打教练,从小就教我。"

过了一会儿,檀野回过来的却是语音,梨岁把声音调小了些,放在耳边听。

"梨岁,加油考去京北市,我需要你……保护我。"

梨岁怔了一下,回复了两个字:"明白!"

周日,展览已经不需要檀野在场了,梨岁去店里时,顺带着把棠稚也带了过去。

棠稚有些不好意思地和檀野解释:"昨天生日会上,我录视频的时候一不小心把手机屏幕摔碎了,现在没办法用。"

昨天棠稚怕影响到大家,就没说,直到今天才和梨岁聊起。

梨岁拍了拍棠稚:"没事,我们两个的手机型号一样,暑假的时候,我的手机也摔了,是檀野修的,我们等会儿去檀野家的维修店去维修,还比外面的店便宜。"

檀野答应后,三个人一同坐公交车去手机维修店。

到门外的时候,梨岁看着这家店,总觉得好像很久没被认真打扫过了,与檀野之前在的时候相差甚远。

周围的邻居看见檀野回来,忍不住说道:"你爸又好几天不开门营业,人不知道跑哪儿去了,别人找你家修东西都没人。这样做生意怎么行?"

檀野只礼貌地应声,并没有解释什么。梨岁和棠稚心里都有些不是滋味。

几个人进店之后,棠稚把手机交给檀野,梨岁则轻车熟路地去放音乐。她知道檀野做什么事情都喜欢听音乐,在舒适的氛围下放松地工作。梨岁也逐渐养成了这个习惯。

檀野预热着机器,随口问道:"你换组装屏还是原装屏?"

棠稚坐在旁边,问道:"这两个屏幕有什么区别啊?"

梨岁刚想说自己换的组装屏挺好用的,就听见檀野解释:"比较明显的区别就是,原装的有指纹解锁,另外的没有。"

梨岁脑海中蹦出一个问号:"指纹解锁?"

梨岁不由得想到自己的手机屏幕,问道:"啊?那我的怎么有指纹解锁?我当时选的不是组装屏吗?"梨岁记得很清楚,两种屏幕还相差200元呢。

檀野沉默了一瞬,说道:"那就是我换错了。"

梨岁摸着自己的手机,心想:这还能换错?那可是200元啊!

檀野拆着手中的手机,和梨岁说道:"你要是不介意,和800元红包一起还我也行。"

梨岁捂紧自己的小钱包："那不行！"

檀野微微一笑，眉梢眼角带着些许无奈之色，心想：这小财迷还真是不客气。

修完手机之后，几个人从维修店里出来，一位中年女士笑眯眯地走上前，把名片递给梨岁："你好，我们是一家MCN公司（多频道网络运营机构）的，在网上看见你的视频，想签约你来我们公司当博主。"

女士看见旁边的檀野，更是两眼放光："帅哥，你有没有兴趣啊？"

"还有这位小姑娘，怎么有点儿眼熟，是不是做美妆博主的？你们几个要不要一起了解一下我们公司？以你们的外形条件，很好捧红的！"

周围路过的人，有几个认出了梨岁，都在不远处驻足观看，还不忘拿出手机拍照或录像。

众人看见手机上出现在画面中的男生，忍不住发出惊叹：

"你快看那男生，好帅啊！"

"现在的高中生都长这么高了吗？"

"天哪！他们怎么那么白，刷到视频的时候，我还以为是加了滤镜。"

负责招人的女士说着，拿出手机："同学，要不我们先加个联系方式吧！有什么问题，你可以问我，咱们再详谈。"

梨岁、棠稚和檀野都有些尴尬。梨岁说道："不好意思，我们还是未成年的学生，现在读高三，正在备战高考。"

棠稚跟着点头，连她都没什么时间去更新美妆视频了，更别说签合约给人家打工。

女士还是有点儿不甘心地说道："我们可以先加个联系方式。你们万一考不上，以后也有个发展不是？"

这时，檀野站出来挡在梨岁前面，说道："不好意思，我们都考得上。"

说完，檀野抬手拎着梨岁的背包，把人拖走，棠稚也连忙跟着跑路。

路人很快就把视频放到了网上，标题是"偶遇梨岁！她旁边的男孩子是谁？帅疯了！"

视频下面的评论顿时增多：

"他站出来替女生解围的时候帅炸了！"

"'我们都考得上！'好飒！年轻就是好啊！"

"他就是之前网上传的梨岁的学霸同桌，檀野！终于看见会动的了，比他们学校表白墙上的照片帅多了！"

"他最近还开办了自己的作品展！天才少年啊！"

视频的爆火，让檀野和梨岁去学校的时候备受瞩目。

教导部的刘主任站在班级门口喊道："檀野、梨岁，你们两个出来一下！"

梨岁忐忑地看着檀野。本来这次没有檀野的事，但是奈何他太出众，没有逃过网友的火眼金睛。

两个人被叫到校长办公室，梨岁有点儿慌，心想：这件事怎么还惊动校长了？他们走进校长办公室，发现里面还坐着几个人，桌上放着几台摄影机。

略显年迈的校长摸了摸胡子，走过来："今天叫你们过来啊，是因为现在网上都在讨论你们，咱们学校的宣发部决定，趁着这个机会，让你们俩一起出镜给学校拍个宣传片。"

听到是这件事情，梨岁松了口气，还以为要受处分。

摄影师说道："咱们就在学校图书馆、篮球场那些地方拍几个小片段，让更多的人了解和认可咱们学校。"

校长问道："你们觉得怎么样？"

梨岁点了点头："我可以啊。"为母校做贡献，梨岁还是愿意的。

校长转而看向檀野，先前学校就找过檀野拍宣传片，但是他不愿意出镜。这会儿，檀野淡定地说道："我没意见。"

一听这次檀野答应得这么爽快，校长马上说道："好！男女搭配，干活儿不累！"

接着，摄影师说："那明天上体育课的时候就开拍吧，也不耽误你们学习。"

事情说完，两个人就打算回教室。校长嘱咐道："檀野，你明天给我把校服带上，听到没？！"

檀野一边走着，一边很是不情愿地"嗯"了一声。

次日体育课，檀野和梨岁两个人一起去拍宣传片，他们身后还跟着一同上体育课的同学，甚至有许多其他班的同学。还没开始拍摄，梨岁就已经很尴尬了。

梨岁扭头看着走在旁边的檀野，他看起来很平静，黑白色校服外套敞开着，露出里面白色居多的翻领短袖，两只手分别揣在运动裤口袋里。哪怕是穿着校服，檀野也自带一种痞帅感。

檀野的视线从前方转移到梨岁的脸上，他说道："你再这么看下去，哥哥可要收钱了。"

梨岁无语。这么好看的男生，说的话却让人不舒服。

梨岁提醒檀野："校长就在前面，你还不快点儿把外套整理好，松松垮垮的，待会儿指定要被校长说两句。"

檀野看了一眼站在不远处等候的校领导。

梨岁看着檀野将矜贵的手从兜里拿出来，他把外套领口往上提了提。

两个人走过去，校长欣慰地看着变老实的檀野："这就对了，穿上这身校服拍视频，你就是学校的形象代表。"

梨岁看向檀野的眼神中带着笑意，仿佛在说：看吧看吧，还不是我提醒你，你被夸了吧！

正式进入拍摄阶段。图书馆内，摄影师看着眼前捧着书的两位学生，感叹道："你们俩上镜可真和谐。"

摄影师从镜头里看着画面，抬手指挥道："那个，梨岁同学，你坐过去点儿，隔那么远干什么？"

第八章 成绩飞跃

还没等梨岁挪过去,旁边的檀野就拿着书往梨岁这边坐过来一大截。

摄影师盯着镜头说道:"对对对!你们俩该看书看书,坐着别动就行。"

辗转几个地方拍摄完,体育课也过去了大半,摄影师很是满意地看着录像说道:"你们先回教室吧,到时候视频剪出来了,会在学校官网和各大宣传平台发布的。"

确认拍摄完成,檀野立马把热死人的校服外套脱掉,抛给梨岁。

梨岁看着朝自己飞过来的外套,下意识地接住,看清是檀野的校服后,攥紧拳头控诉:"你没手吗?!"

檀野两手空空地走着:"我很懒的。"

梨岁无语。

梨岁转而想到拍摄宣传片的事情,顿时对檀野的怨念一扫而空,欣喜地走在回教室的路上。

"没想到有一天,我还能给学校做宣传。"梨岁说道。

一旁的檀野笑着说:"这么说,我还是托梨岁学姐的福。"

梨岁听出檀野故意开玩笑,直接把手里的校服外套丢到檀野的脸上,然后头也不回地跑了。

檀野扯下挡住视线的外套,看着已经跑远了的纤瘦身影,失笑。

临南一中的宣传视频一经发布,备受好评,官方账号下有数万条网友的留言:

"高中很残酷,但青春很美好。"

"视频中的这两位同学得是多少人的初恋啊!"

"哇!这不比招生简章管用?!"

"有这样的同桌,我也玩儿命地学!"

在众多美好的评论中,夹杂着一条格格不入的评论:"梨岁这种人也能拍学校宣传片?她是复读生,你们不知道吗?高三成绩差得要死,不得已才复读的。檀野成绩那么好,要是到时候高考没发挥好,那肯定就是被梨岁影响的!"

下面紧跟着许多针对那条评论的回复:

"啊?学习这么差一定是有原因的吧。那确实不太适合做学校的形象代表。"

"你好酸啊!你是不是忌妒人家美女妹妹啊?!"

还有棠稚用美妆博主账号的回复:

"我是梨岁现在的同班同学,人家明明就很努力、很优秀,复读只是因为偏科!你们不要胡乱揣测别人!"

看到这些评论的时候,梨岁正在文身店。趁着刷题之后的休息时间,梨岁才打开手机看了看,第一眼就看见了这条评论。

梨岁沉默地看着这条恶意揣测自己的评论,对方对她这么了解,想必是以前的同班同学,只不过梨岁不理解,为什么对方对她的恶意这么大?

"看什么呢?"檀野带着一小袋零食走过来,随手往桌上一丢,敞开的透明袋子里露出各色各样的水果软糖。

檀野顺势坐下，见梨岁没反应，疑惑地看着她："怎么了？我可没欺负你啊！"

梨岁不说话，继续盯着手机，查看下面的评论，虽然明知道有许多评论是跟风回复的，但就是想看，陷入一个死胡同，走不出来。

檀野见她一直在翻手机，说道："已经过去15分钟了，你玩起劲了？不打算学习了？"

檀野好奇梨岁看什么看得这么入迷，但是又不好直接窥探他人的隐私，只能干着急。又沉默了片刻之后，他开口："你再不说话，不给我一个理由，我会生气的。"

檀野好心给梨岁补习，现在她理都不理他，这不是冷暴力吗？

梨岁的视线可算是从手机评论上移开了，她说话时声音有些哽咽："他们说我……"

檀野皱着眉把梨岁手里的手机抽了过来，看完评论，然后把手机还给梨岁："不许哭！那不是还有好多夸你好看的，你怎么不多看看，盯着一条充满酸味的评论干什么？"

梨岁吸了吸鼻子："主要是……是他说的，我没办法反驳啊！我本来就学习不好，也是在机缘巧合下才能帮学校做宣传。"

檀野从袋子里拿出一包软糖，递到她面前："这种人活着，只是在有限的生命里创造无限的恶意。所以，你想让他得逞？"

梨岁撕开软糖的包装，抓出好几只色彩不一的水果软糖塞进嘴里，狠狠地咀嚼："不想！"

梨岁要努力配得上宣传的身份，回击这些质疑！

梨岁吃完一包软糖，心情好了很多，提起笔做题。

在充实的校园生活中，日子渐渐过去。

梨岁的高四好像也没有她想象中的那么难熬，一转眼，大家即将迎来期末考试。

考试的前一天，班主任李兰花在讲台上说道："这个学期，我要特别表扬一下梨岁同学！你每天的努力，老师和同学都看在眼里，成绩一直稳步上升，对檀野也起到了督促作用，自从你坐过去，他睡觉都少了。

这压箱底的校服也知道偶尔掏出来穿两天。"

李兰花发自内心地祝福梨岁:"老师真心希望你考试顺利!加油!"

身为人师,李老师很清楚高四的压力不是一般人能够承受的。上次期中考试,梨岁的成绩已经冲到全班中游,她还能够继续坚持下来,已经很成功了。

整个学校的人都关注着梨岁的成绩,她不可思议地逆流而上,之前网络上的那些质疑声也渐渐消失了。

梨岁眼眶泛红,起身鞠了个躬:"谢谢老师。"

考试前一晚,梨岁睡不着,再三检查好需要带的东西,之后躺到床上,准备给檀野发个温馨提醒,毕竟檀野平常考试是从来都不带东西的。

梨岁还在编辑着消息,檀野的消息就先跳了出来。白色的信息条瞬间霸占了她整个手机屏幕。

梨岁顺着文字认真地往下看,檀野将所有考试要用到的东西一一列出来,并且旁边还有括号备注。

"1. 准考证!(放好!不准丢了!)

"2. 中性笔+2B铅笔!(多带几根笔芯,记得检查笔有没有墨水!)

"3. 工具类:尺子、橡皮……"

…………

梨岁看着眼前的一大段文字。这是檀野给她发过的最长的一条信息。没想到学霸竟然这么有心,还担心她考试出问题,梨岁心里有些感动。

直到她看见最后一条:"20.记得带脑子!"

梨岁哭笑不得,一想到檀野说这句话时高傲的样子,就想给屏幕另一边的他一拳头。

梨岁回道:"遵命!"

檀野又发过来一条语音:"什么遵命,本少爷给你发这么多消息,你就用两个字打发我?"

梨岁也笑着回了条语音："那我该说什么，谢谢檀少爷？"

梨岁和檀野相处得久了，慢慢适应了这位学霸阴晴不定的情绪。

檀野的声音依旧带着些许不满之意："你得说谢谢哥哥，哥哥打字辛苦了。"

梨岁吼道："滚！"

他声音明明很好听，怎么说出来的话一句比一句欠揍？！

檀野也不逗她了："你赶紧把我发过去的东西都准备好，拍照给我看看，不要到时候忘了带东西，在考场哭鼻子。"

"哼！"梨岁冲着屏幕扬了扬拳头，然后还是乖乖地又去仔细检查了一遍，结果还真发现有一支笔芯写不出来，虽然她带得多，但是万一那一批次的笔芯都不好用就糟糕了。

梨岁检查完之后，拍照发给檀野。

梨岁："打卡！完成任务！"

檀野："收拾好早点儿睡觉！"

梨岁："好的，哥！"

长夜，美梦。

为时两天的期末考试结束，梨岁第一次体会到走出考场后的轻松感。

棠稚跑过来抱住梨岁："怎么样？怎么样？"

"嗯……"梨岁回忆着说道，"应该比上次好，反正我都写完了，但愿不是自我感觉良好。大概多少分，我还得找檀野对答案。"

等梨岁和棠稚几个人走出校门的时候，檀野已经早早地在路边等着了，拿着手机，正在打游戏，一看就是提前交卷的人。

梨岁赶紧跑过去："学霸，学霸，数学选择题！选择题！"

檀野打着游戏，丝毫不影响他报答案："A、B、A、C。"

"多选题！多选题！"梨岁说道。

檀野回答："AB、ACD、AD、ABC。"

梨岁激动地跳起来："哇！全部拿下！"

之前还没有全部考完的时候，檀野都拒绝和梨岁对答案，担心会影响到她接下来的考试心态，直到现在所有考试结束，檀野才肯把答案告诉梨岁。

棠稚惊喜地看着她:"天哪!岁岁,你现在真是太厉害了!"棠稚可是亲眼看着梨岁的成绩一步步上升,跻身到中上游的。这次考试结束,梨岁的排名必然再次发生变化。

张瑞在旁边听得一头雾水:"我完全不记得自己在卷子上都写了啥。"

梨岁跟着檀野一路走一路问,连饭都不打算吃了,直接去店里和檀野继续对答案。

最后,檀野把她这次考试的大概分数告诉她:"你的总分应该在520分左右。"

梨岁整个人愣在原地。

这个分数,连京北市的学校,梨岁都可以选了。

梨岁难以置信地看着檀野:"那……那个,你确定你做的都是对的?"

檀野歪头看着梨岁:"我做的都是错的,你零分。"

这句玩笑话像是一颗定心丸,梨岁的眼泪顿时夺眶而出,她抱住身前的书包,蹲在檀野面前大哭起来。

檀野有些慌乱地拿过纸巾:"喂,我开玩笑的,你哭什么?"

梨岁还是哭个没完,檀野无奈地蹲下来:"我错了,和你道歉行不行,对不……"

檀野的话还没说完,梨岁就抬起哭红的小脸打断他:"不用道歉,不是你的错。我就是不敢相信。"

经过半年争分夺秒的努力,梨岁的成绩终于有了质的飞跃。

檀野佯装嫌弃地把抽纸塞给梨岁:"小哭包。"

梨岁把脸上的泪珠擦干净,站起身问道:"那是不是我也可以考去京北了?"

"嗯。"檀野在电竞椅上应声道,"前提是你后半年的成绩稳住。"

梨岁跑到檀野面前:"我不仅要稳住,还要考得更好!"

檀野看着梨岁冲劲十足的样子,不由得笑道:"要不高考第一名给你得了?"

梨岁坐到檀野旁边的椅子上,很是认真地说道:"一是我没那个实力;二是我觉得还是你拿第一名,我会更高兴。"

梨岁虽然平时会和檀野斗嘴,但是心里一直感谢他。从梨岁决定复读到现在成绩提升，是檀野扭转着她的人生轨迹，一直到她现在走上正轨。

檀野瞥了一眼电脑上的游戏页面，申请道："梨岁学姐，考完试了，今天总可以让我娱乐一天了吧？"

这段时间，梨岁就像打了鸡血一样，连带着檀野也没空打游戏，老师还担心他会懈怠，只有他自己知道，他现在也被带成了"刷题狂魔"。

梨岁很不好意思地笑着说道："你玩你玩，我绝对不拉着你讲题。"

其实现在梨岁也能够独立高效地自习了，但是已经习惯了和檀野一起刷题，总觉得有人一起学比较有动力。再加上檀野是要冲刺高考状元的，虽然拿下临南市的状元不在话下，但是在全国赛道上，檀野还是需要更加稳扎稳打，这也是顺带着督促檀野学习。

听见外面有叫卖豆花儿的，没吃饭的梨岁跑去买了两碗，还有两根玉米。

梨岁把檀野的那份放在桌子一边，然后自顾自地啃着玉米，突然听见耳边传来檀野的声音："梨岁，你现在有想考的大学吗？"

梨岁停下啃玉米的动作，看向还在旁边打游戏的檀野。檀野目不转睛地盯着屏幕，还带着游戏耳机，但是梨岁确定檀野刚才真的问了她。

没听见梨岁回答的声音，檀野以为是游戏的声音调太大了，干脆把耳机摘下来挂在脖子上，瞥了梨岁一眼。

梨岁拿着啃到一半的玉米，笑了一下："其实……我还不知道。"

檀野轻笑："你是不知道该怎么选了吧？"

梨岁轻轻抿唇："我是不知道自己能不能考上。"

梨岁的这个回答显然是檀野没有想到的，他调侃道："你的理想这么远大啊，500分都不够了？"

梨岁没说话，只看着正在打游戏的少年，黑色的毛衣穿在他身上丝毫不显得沉重，反倒是衬得他颈部更加修长白皙，脖子上挂着电竞耳机，五官清秀又不失帅气。

檀野的坐姿懒散放松，手腕处的衣袖被挽上去一截，青绿色的菩提手串显得格外漂亮。他那双骨节分明的手在鼠标键盘上随意地搭着，时不时点动几下。见梨岁不说话，檀野问道："你怎么了，预估500分，还黯然神伤了起来？"

檀野看着梨岁忧心忡忡的样子，在她面前打了个响指："喂，你不会真想把哥哥的第一抢走吧？"

之前考到400分，梨岁都能高兴好几天。可现在，她好不容易学通了，成绩上来了，反倒苦恼起来。

梨岁被檀野逗得"扑哧"一笑："我哪敢啊？！"

檀野边打游戏边说道："那你说，什么学校还考不上了？"

梨岁盯着手中的玉米："京北那么大，名校那么多，考不上的很多啊。"

比如，京航。

想到京航，梨岁尽可能地隐藏住自己的心事。这个想法对于现在的梨岁来说，似乎有些异想天开。

梨岁已经偷偷查过了，600多分都不一定稳上京航，更别说她现在才500分出头。梨岁想起之前檀野说过她会在学习中找到自己的理想和光明大道。现在，她好像找到了。不是一件事，一个兴趣爱好，而是一个人。

檀野见梨岁不想说，也没继续揪着不放，又说道："反正不管你想考哪里，本少爷都要在京北市看见你的人！"

梨岁用力地点头："没问题！"

梨岁简单地吃完晚饭之后，一刻也不敢停歇。她最近刷题刷得太多了，所以把注意力暂时转到了英语上面。

檀野打完游戏就坐在旁边，吃着梨岁刚买回来的玉米和甜豆花儿。

寒假来临。

出成绩的那一天，梨岁536分的成绩传遍了整个学校。

虽然之前檀野已经帮她预估了分数，她心里已经有了底，可当梨岁站在公告栏前，真正看见分数的那一刻，还是瞬间热泪盈眶。

梨岁抬头往上看去，檀野的名字赫然排在全校第一，736分。

周围的同学都在不停地惊叹：

"天哪，檀野这成绩也太离谱儿了，到底是谁说他上课都不学的？！"

"这分数，做梦我都不敢相信！"

"天哪,你们看,更离谱儿的难道不是梨岁吗?!她从 300 多分飙升到 500 多分了!她脑子是到高四才开窍吗?!"

梨岁从人群中挤出来,跑去和站在树底下的檀野几人会合。

"学霸!我看了你的成绩,你又是第一!"梨岁说道。

檀野漫不经心地回答:"那还用看吗?"

众人觉得檀野好跩,但是无法反驳。

张瑞看着围满人的公告区,说道:"听说 B 班的连景承又是第二,他那成绩放在其他学校或者市里,都稳坐第一了,奈何碰上了咱们野哥。自从野哥回来参加考试,他都成万年老二了。"

话音刚落,张瑞就看见棠稚在拼命地给自己使眼色。梨岁几人注意到了从张瑞身后走过来的男生。

刚才张瑞说的话应该全部被连景承听得清清楚楚,连景承却看都没看张瑞一眼,而是在檀野面前站定,说道:"恭喜你啊,又是第一名。"

檀野:"谢谢。"

梨岁对连景承这个人也有点儿印象,他是学生会会长,查班级纪律的时候,记过不少次檀野的名字,每到此时,梨岁就在旁边偷笑。

梨岁正回想着之前的事情,却发现连景承的视线停在自己的脸上。

"梨岁,也恭喜你,进步很大。"

陌生人突如其来的赞扬让梨岁有些不知所措,她诧异地说道:"谢谢,谢谢。"

连景承说完之后就和同学离开了。棠稚看着梨岁,好奇地问道:"岁岁,你认识他啊?"

"啊?我不认识啊。"

今天要不是连景承主动过来打招呼,可能他们这辈子都说不上一句话。

张瑞调侃道:"我跟你说,这连景承在学校高傲着呢,不认识你还找你说话,这……哎哟!"张瑞还没说完,就被檀野踹了一脚。

檀野往教室走,几个人就一起跟着。刘义俊问道:"哎,明天就放寒假了,你们想没想过去哪儿玩啊?"

张瑞抱怨着:"还去哪儿玩呢,我爸回来要是不把我打几顿,我都出

不了家门，没准儿还要给我报一堆补习班。"

刘义俊又看向其他人："那你们呢？反正除了张瑞，大家都考得还挺不错的，我们要不出去玩几天吧？再说，咱们不是都想考去京北吗？要不这次就一起先去京北看看？我真的好想去啊！"

"好啊，好啊，我也是！"棠稚第一个附和道，"岁岁，你去不去啊？咱们都学大半年了，稍微放松一下也不过分。实在不行，你就把你的试卷什么的都带上！"

听棠稚这么说着，梨岁也有些心动，问道："檀野，你去不去啊？"

檀野："我都可以。"

刘义俊激动地说道："太好了！那就这么说定了，拿到钱之后，咱们就出发！瘦子，你要是去不了，可别怪我们几个抛弃你！"

张瑞绝望地看着天空："钱我还是有的，就怕我爸不放我出去，你们不准不带我！等我消息啊！我肯定想办法得到批准！"

五个人就这样约定好了寒假一起去京北旅游。

梨岁回到家时，表姑张梅也在，一见到梨岁就高兴地说道："姑姑听说岁岁的成绩了，岁岁真厉害啊！"

谁能想到半年前还是个只能考偏远三本的人，现在成绩竟然靠近优等生了。

"谢谢姑姑。"梨岁坐到表姑旁边，"姑姑，晓涵姐寒假不回来吗？"

梨岁问完，看着表姑笑得合不拢嘴的样子，就知道自己问到点上了。

"你姐她现在在京北忙着拍戏呢，平时忙得连电话都没空往家里打一个。她说不回来过年，我也不管她了，总不能耽误她的前途，是不是？"

梨岁点头："那这是好事啊，到时候等晓涵姐演的剧播出了，就真是演员出道了，能赚不少钱呢！"

"话是这么说。"张梅叹气，"你也知道艺术生都烧钱。晓涵到了大城市，前前后后找我要了10万块钱，说是拍戏要请客什么的。我总怕委屈了晓涵，但是她这大学毕竟还要上三四年，要是一直这样下去，我和你姑父真得再找些事情做。"

"现在就希望她拍戏能出人头地吧，这样家里花再多钱也是值得的。"

杨柳端着零食出来，放到茶几上："哎哟，你就别想那么多了，多少学表演的学生毕业了都没戏拍。只要晓涵努力,赚钱是迟早的事。来,先吃点儿零食、砂糖橘,岁岁你也吃。今年的年货,我买得早,不想到时候紧赶慢赶地跑去街上买。"

梨岁拿起一个砂糖橘,试探地问:"妈,我寒假想去京北玩几天,可以吗?"

杨柳愣了一下,说道:"可以啊!当然可以!你这段时间忙着考试,爸爸妈妈都觉得你太累了,是要好好放松放松。"

临近考试的这一个月,梨岁的刷题量暴增,基本每天从店里回来之后还要学到三四点钟,有些时候她甚至不回来,直接睡在店里的沙发上。

女儿一直都憋着一股劲儿,他们作为父母,虽然心疼,也不好一直劝,所以听梨岁说打算出去玩,杨柳是非常高兴的。

张梅跟着说道:"你要去京北啊,那好啊,姑姑到时候和你晓涵姐说一声,她有空的话,没准儿你们还能见上一面。"

梨岁应道:"可以啊。"

忙完事情的杨柳也坐下来:"岁岁,你去京北和谁一起啊?"

梨岁掰着手指逐一报名字:"檀野、棠稚、刘义俊他们几个,张瑞应该也能去。"

听到第一个名字,杨柳就放心了。

"成,你想什么时候去都行,爸爸妈妈出钱,在外面想买什么就买,想吃什么就吃,知道没?你这次考得这么好,要不是你爸拦着我,说要低调,别给你制造压力,我都想办个酒席,哈哈哈……"

大家欢声笑语地聊着家常,这时张梅接到一通电话,挂断后脸色有些凝重。

梨岁问道:"怎么了?"

张梅脸色为难地说道:"岁岁啊,有件事情,姑姑想麻烦你。是这样的,你姑父的夜宵店现在客人天天爆满,我下班都要过去帮忙。招的阿姨说老家那边出事了,要回去,你现在在放寒假,去临时帮两天忙可以吗?姑姑这两天马上招人。就晚上8点到11点,总共3个小时,姑姑也知道耽误你学习了,姑姑一天给你100块钱。你帮忙收收钱、点点餐就行,过两天不管招不招得到人,姑姑都不耽误你。"

"没问题啊。"表姑都把话说到这份儿上了,梨岁自然答应下来,"钱就不用了,几个小时的事。"

张梅硬是要给钱,梨岁拗不过她,也就同意了。

晚上,梨岁去夜宵店帮忙,因为不熟悉菜品,刚开始难免有些手忙脚乱,收钱都要确认好一会儿。

事情也并不多,没人点单的时候,梨岁就去帮忙收收盘子、上上菜。

梨岁一直没注意放在兜里的手机,直到电话铃声响起来,才拿出来接听。

"喂,檀少爷有什么事啊?"

檀野听到梨岁那边声音嘈杂,还有男人划拳的声音,便问道:"你在哪儿呢?说好的学不死就往死里学,你现在自己跑去潇洒了?"

梨岁这才想到她忘记和檀野说了,估计他现在还等着自己过去刷题呢。

梨岁刚想解释,店里吃夜宵喝了酒的青年就喊道:"小妹妹,你刚才不是说没手机吗?你这样骗人,我可不付钱了啊,过来坐下认识认识嘛!"

梨岁赶紧捂着手机听筒,但是奈何对方嗓门儿太大,话一字不漏地传到了檀野的耳朵里。

檀野立马放下还没结束的电脑游戏,拿起放在一旁开着免提功能的手机严肃地问道:"你现在在哪儿?"

梨岁:"我在我姑姑家的夜宵店帮忙,就在我家这条巷子边上,先不说了,我这边还有些事。"

梨岁匆匆地挂掉电话之后,跑进去喊表姑来解决这件事情。

果不其然,家里大人一出面,那些人就收敛了不少。

梨岁忙前忙后地回到收银台,看见面前多了一道黑影,下意识地问候道:"您好。"

"不好。"熟悉的少年音有些低沉,传到了梨岁的耳朵里。

梨岁抬头看去,檀野不知道什么时候出现在她面前。

"你怎么来啦?"

檀野不答反问:"你来这里打工干什么?"

梨岁解释道:"忘了和你说了,我姑姑这边出了状况,要我帮两天忙。"

檀野在店里环视了一圈,一下就听出刚才是哪一桌在梨岁打电话时故意恶趣味地逗梨岁。

那几个男的见檀野往这边看,很不爽,你一言我一语地笑道:

"看什么看?"

"哟,小姑娘长得就是水灵,小跟班儿都找上门来了。"

"一看就是不会读书的。"

…………

檀野眯着眼睛,拳头攥紧。梨岁挡在他面前:"那些人喝了酒,你别听他们瞎说,你先回去吧,到 11 点我就收工了。"

"不。"檀野朝门外看了一眼,"我坐在外面等你。"

刚才说话的那些人分明吃完了,很明显是想等梨岁走的时候再走,谁知道他们有什么企图?檀野并不放心。

临近 11 点,张梅见不忙了,让梨岁早点儿回去:"岁岁,谢谢你啊,姑姑还有事情要忙,你回去路上小心点儿。"

"好。"

梨岁解下围裙往外走,一出店门就看见檀野坐在旁边的台阶上,无聊地把玩着手中黑色的打火机。

见梨岁出来,檀野把打火机塞进口袋起身,突然看见了什么,急忙冲过去,一把将梨岁拽到身边。

第九章 飞行员梦

梨岁被檀野猛地拽过去，不明所以的她抬头只看见檀野阴沉的脸色。她转过头才发现，刚才试图调戏她的几个醉酒男子现在就出现在他们面前，有一个男子的咸猪手还没来得及收回去。如果不是檀野把梨岁拉过去，那个人就要得逞了。

梨岁下意识地往檀野身后躲了躲，甚至忘记了自己好像才是比较能打的那一个。

对方看见檀野，不满地说道："怎么哪儿都有你？！你小子别多管闲事，给老子滚一边去！"

檀野微微歪着头，不屑地嗤笑："你有没有新鲜的台词啊？"

被嘲讽的男子举着手冲上去，要甩到檀野的脸上，檀野抬手抓住男子的手腕，狠狠地掰着他的胳膊往后拧。

"啊——"

骨头脱臼的声音格外清晰，男子愤怒地喊着他那些兄弟："你们都给我上啊！"

剩下几个喝醉酒的男子也直接冲上来。梨岁刚准备出手，就见在她前方的檀野直接一脚踢开冲上来的人。檀野面对即将被四个人围攻的情况,还不忘扫梨岁一眼。檀野飞快地摘下手中的菩提珠串,塞进梨岁的手中,对她说:"躲远些。"

梨岁拿着檀野的菩提手串,想上去帮忙,却不知道该如何插手。任何一个人想动手的时候,檀野都在梨岁之前就做出了反应,檀野的拳脚次次落在狠处。

梨岁在旁边帮不上忙,索性停下来,看着眼前的场面,愣了一下:学霸之前竟是装柔弱?!檀野这……这像是需要她保护的样子?

梨岁又看了看手中的青色菩提,上面似乎还有檀野的手腕上的余温。这是梨岁第一次摸到檀野的手串,是很漂亮的青绿色,每颗珠子都十分圆润饱满。她几乎从来没见他把手串从手上取下来过。

很快,姑姑、姑父从店里跑出来劝架,但是此时的檀野已经停手,只剩下躺在地上一声接一声哀号着的几个人。

檀野双手插在裤子口袋里,在那些人面前站定,身上的白衬衫因为打架而起了些褶皱,装饰用的长领带松散地系着,短发被晚风吹得有些凌乱,轻蔑的表情丝毫不掩饰。

"垃圾有垃圾的去处,而我就是负责让你们各归各位的。"檀野说道。

围观的人指指点点,数落着倒地不起的几个人。

"你们都多大年纪了,还欺负学生!活该被打!"

"就是!下次别到咱们这条街来!传出去了,不知道的还以为你是我们这儿的,丢死人了!"

檀野则走到梨岁面前,下颌微仰:"走吧,回家。"

梨岁还没从刚才的惊叹中缓过来,问道:"你打架这么厉害?"

之前檀野说让梨岁考去京北市保护他,梨岁还以为檀野是说真的,没想到学霸深藏不露啊!

檀野倒是一点儿也不客气地说道:"哥哥我什么时候不厉害了?"

梨岁撇了撇嘴:"刚才那些人就应该抓几只小虫子来。"

毕竟檀野是个遇到小虫子就害怕的家伙。梨岁一想到檀野被虫子吓得到处躲的画面,就忍不住笑出声来。

130

檀野沉着脸说道："我好心帮你，你不感谢我就算了，还取笑我，合适吗？"

梨岁立马抿起唇，把手中的菩提手串递给檀野。檀野刚一抬手，梨岁就注意到了他的手背上的血迹，瞬间紧张了起来。

"你受伤了？"

檀野抬起手看了看："不是我的。"

梨岁每次看见檀野身上有小伤口，都会想到飞行员招飞的严格要求。

梨岁比檀野更希望他能够实现梦想，不仅是因为檀野对她的帮助，还因为她心里有一个念头：要是檀野实现了梦想，他妈妈应该就会回来见他了吧？

"没受伤就好。"

梨岁侧身想把手上的菩提手串还给檀野，忽然看见空中飞过来一个东西，她来不及多想，飞快地张开手挡在檀野背后。

"砰！"

远处飞来的玻璃酒瓶砸在梨岁的脚边，深绿色的瓶子瞬间炸开。

檀野反应过来，慌乱地看着她："梨岁！"

少年的心里燃起怒火，他没想到那些人走了之后，竟然又跑回来找麻烦。

檀野顾不上去追那些人，仔细地打量着梨岁："你没受伤吧？你挡在我身后干什么？万一酒瓶子砸到你，你不要命了？！"

梨岁摇了摇头："没事。"

那一刹那，梨岁根本来不及多想，她的潜意识告诉她，檀野不能受伤，不能留疤，更不能出事。

梨岁将招飞的要求背得滚瓜烂熟，熟悉到身体替她做出了刚才的反应。

说完，梨岁正要往前走，脚腕处传来的一阵剧痛让她忍不住倒吸了一口凉气。

檀野着急地看着她："你伤到哪里了？"

这时，梨岁才看到她的脚腕处被碎玻璃划出了一道口子，正在往外冒着鲜血。

檀野慌了神儿，扯下身前的领带，绕着梨岁不停流血的脚踝绑了好几圈，随后蹲在梨岁跟前："上来，我背你去医院。"

他们到了最近的医院，医生给梨岁处理了伤口，本来可以走了，但檀野硬是让梨岁再打一针消炎针，于是梨岁的手上没能幸免地被扎了一针。

梨岁坐在打针的椅子上，幽幽地看着旁边的檀野："你是故意的吧？！害我被扎了一针！不对！护士姐姐第一下还没扎上，你害我挨了两针！"

檀野闲散地靠在椅子上，双手叠在脑后："谁让你喜欢逞英雄，不多被扎两下，你怎么会长记性？"

"你！"梨岁这会儿已经感觉不到疼痛了，被檀野气到不行。

于是梨岁也开始毫不客气地反击："我都说不用来医院了，就这点儿小伤，要不是我们来得快，伤口都愈合了。大晚上的，又不好找医院，你怕黑，还要我给你开手电筒照着。"

檀野咳嗽了一声："行了，这件事情可以不用提了！"

见梨岁还有心思说笑，檀野立刻转移话题："别人丢东西过来，你也不躲，还冲上去。万一丢过来的是把刀呢？你也要替我挨刀子吗？"

梨岁小声地辩解道："那也不是刀啊……"

檀野一听这话，气得抓了抓头发，说道："酒瓶就不危险了？非要是刀子你才躲？我背上挨一下无所谓，这高度，你要是被砸到了，脑子出问题了怎么办？那岂不是雪上加霜。"

梨岁咬着牙说道："你怎么还带人身攻击的？！再说了，你也没有很高好不好！"

梨岁一米七四的身高在班上也算很高了，棠稚经常说她"看脸一米六，看腿两米八"。

檀野不以为然地撇了撇嘴："那是本少爷不想长太高。"

梨岁忽然觉得她不该这么说，之前檀野为了更符合招飞条件，就为不断增长的身高感到焦虑。

身高太高的话，极大概率会因为不符合要求而被刷下来。

而檀野现在恰好卡在一米八四，非常怕高三再长高一些，所以基本

不做任何运动，好在目前维持住了身高。

只要高考毕业，各项指标符合招飞条件，檀野离他的梦想就更近了。

想到这里，梨岁忽然有些担心，万一她不符合标准怎么办？

梨岁到现在才意识到这一点，心里忐忑极了。

女飞行员本来就屈指可数，梨岁如果视力等各方面达不到要求，希望就很渺茫。她只能从事空乘、制造或者科研类的工作。

梨岁决定回去之后立刻和妈妈说要体检和测视力，正想着，妈妈的电话就打了过来："喂，岁岁啊，这么晚了，你怎么还没回来啊？是不是跑去找檀野刷题了？"

梨岁把情况避重就轻地和妈妈说了一下："我的脚踝不小心被玻璃划了一下，在医院打针呢，打完了我就回去。"

杨柳担心地说道："好端端的，怎么让玻璃划了呢？你在哪个医院？妈妈现在过去接你。"

没过多久，杨柳就赶来了医院。檀野第一时间起身道歉："对不起，阿姨，梨岁是因为我才被玻璃划伤的。"

杨柳反过来安慰檀野："你这是说的哪里的话啊？不小心就是不小心，好在岁岁现在也没事。小野，你别自责，阿姨知道你是个什么样的孩子。"

檀野让杨柳打破了很多刻板想法。因为梨岁在文身店补习，偶尔接送女儿的时候，杨柳时不时会看见一些社会上的青年在店里，有的甚至文着大花臂，也见过那些人管檀野叫"野哥"，他们一群人打成一片。

杨柳一向对这样的少年的印象不太好。

杨柳真真切切地感觉到檀野是谦逊上进的。他学习成绩优异，乐于助人，就连把文身的兴趣爱好都可以发展到自食其力。

檀野点了点头："阿姨，我先走了。"

见檀野要走，梨岁赶忙说道："妈妈，太晚了，你先送檀野回去，他……"

后面"怕黑"两个字，梨岁还没发出声音，就被檀野瞪了一眼，梨岁硬生生地把话咽了回去。

杨柳早就有这个想法，便说道："我正是这么想的呢，岁岁，你先待在医院等我,别乱跑啊,我送完檀野就回来接你。"

家里的车时常是老公梨远出差用,杨柳平时则是骑电动车,只能带一个人。

最后檀野没继续推托,坐上了杨柳的电动车上。路上,杨柳和檀野聊天儿,她问道:"小野,你这次考得这么好,你爸妈肯定很骄傲吧?"

檀野在后面沉沉地应声:"还好。"

"你爸是开手机店的,这个我知道,你妈是做什么的啊?应该不像我这个家庭主妇吧?你都不用她操心。"

檀野沉默了一下,说道:"她在国外做生意,不经常回来。"

短短几句话,杨柳就细心地察觉到檀野心情有些不好,便没再多问。

到了文身店门口,杨柳嘱咐道:"小野,你早点儿休息!恭喜你考了第一名!"

昏暗中,檀野的眼睛泛起酸意,他说道:"谢谢。"

梨岁见妈妈送完檀野回来,就立刻说道:"妈妈,我想去做体检还有视力测试。"

"可以啊!"杨柳坐在旁边问她,"检查一下身体也好,不过你怎么突然想到要做这个?"

梨岁撒了个小谎:"也没什么,我就是忽然想到了。"

杨柳怎么会看不出女儿的脸上的别扭?但是也没有过多地逼问。

"行,检查身体也不是什么坏事,这大半年你常常熬夜,做个检查,我和你爸也放心些。"

回到家,梨岁洗漱完,躺在床上,想到今天晚上的惊险画面,给檀野发消息:"学霸,我觉得还是不要用打架来解决事情比较好。"

虽然檀野打架打赢了,但是这种解决事情的方式难免有些偏激,万一人再受伤了,那更是不值得。

梨岁正在编辑第二条消息,没想到檀野也没有睡觉,很快就回了过来:"第一,本少爷这叫见义勇为;第二,你说不要用打架解决事情,那你之前是……?"

梨岁知道檀野是在说她前两次在小巷子碰到小流氓的事情。

梨岁尴尬地回道:"那情况不一样啊。"

檀野:"怎么不一样,我们性别不一样?"

梨岁:"好冷的笑话。我的意思是,招飞要求那么严格,你要尽量保护好自己,不要受伤,我又不当飞行员。况且,你打架也是在拉伸身体,要是长太高了怎么办,你说是吧?"

梨岁越说越觉得自己言之有理。

檀野:"姐姐说得对。所以你打算考京北的哪所学校来保护我?"

檀野坐在床头盯着手机,即便梨岁没有回消息,他依旧停留在和她的聊天页面。

梨岁看见这条消息,在手机上仅仅打出了"京北"两个字,下面的自动选择框立马跳出了"京北航空航天大学"的名称。

那是梨岁独自输入过多遍的大学名称,此时她却不敢点。

梨岁把打出来的字全部删掉,正想着怎么回答,屏幕那边的檀野再次发消息过来,是一张特制的图片。

梨岁点开檀野发来的图片,上面是一众大学的名称,后面还有近年来的录取分数线。

檀野:"这些学校的分数线是你能达到的,可以看看有没有你喜欢的学校和专业。"

梨岁看完整个名单,其中没有京航,瞬间失去了兴趣。

梨岁:"离高考不是还早吗?我的成绩应该还有上升的空间。"

梨岁和檀野相差了200分左右,她离京航的分数线还差100多分。梨岁知道这对于她来说有多恐怖,但是距离高考还有100多天,既然下定了决心,她是不会轻易放弃的,一定要把分数提上去。

在高考冲刺100天里成绩飞速提升的人不是没有,梨岁选择相信自己。

檀野看见她自信的回复,不由得扬起嘴角。

檀野:"你干脆考来京航好了。"

虽然听起来有点儿不可思议,但是放在梨岁身上,檀野愿意相信。

梨岁一直是一个充满能量的女孩儿。从一开始她做数学题会急得掉眼泪,到现在学通了,能够自己分析问题所在,檀野觉得,他看到的梨岁的付出可能只是冰山一角。

看见檀野发来的消息,梨岁激动地从床上跳了起来。

梨岁害怕吵到家人,握着手机惊喜地说:"檀野居然真的鼓励我去考京航?!"

之前檀野也说过类似的话,但是梨岁明显知道那是玩笑。因为当时的她成绩还很差,能考上个一线城市的三本就谢天谢地了。但是现在不一样了,对于檀野的话,她有了接这话的底气。

梨岁:"好嘞!"

聊完之后,梨岁兴奋得睡不着觉,坐到书桌前,开始制订寒假的学习计划。

这次查成绩的时候,梨岁的英语成绩下降了不少,所以她打算寒假分出一半时间刷英语题、背单词。如果英语能够达到 130 分,她在春考过后就不用在英语上花费太多时间了,二模前能专注于其他学科。

梨岁这一忙活,到凌晨 4 点才睡,做完计划还怒刷了几套卷子。她睡到早上 8 点多就起床了,和妈妈一同去医院体检。

等待结果的时候,梨岁很忐忑,妈妈拉着她的手坐在诊断室内。年迈的医生扶着眼镜查看梨岁的检查结果。

老医生眉心紧蹙,这让母女俩提心吊胆。

"小孩儿这个血压吧……"老医生一开口,梨岁瞬间无比紧张。

一听到"血压"这两个字,杨柳也有点儿害怕:"医生,怎么样?"

医生抬起头:"还是很正常的。"

这医生怎么说话还带大喘气的?梨岁的血压真的要被吓上来了。

医生放下检查结果:"挺好的啊,就是有点儿偏瘦了,饮食上要注

意，其他方面没什么问题。"

离开诊断室后，杨柳说道："岁岁，学习再忙也要吃饭。你看医生都说你太瘦了，你又熬夜刷题，再过半年，那不得瘦成杆子了？"

梨岁认真地点点头："我肯定按时吃饭。"

母女二人又去测视力的地方，梨岁刚放下的心又提了起来。

梨岁做完机器测试，到了人工测试的时候，医生就站在她旁边，看着她准确地说出视力表上 E 字母的方向，医生抱着手臂一边点头，一边和年纪相仿的杨柳说："你家孩子视力很不错啊，在高三学生里面很难得了，要赶上飞行员的视力水平了。我家孩子小小年纪就玩手机玩得近视了。"

杨柳高兴地说道："是吗？谢谢医生！"

最后检测结果出来，梨岁的视力没问题。

得知结果的时候，梨岁深吸了一口气，眼睛亮了起来。

在各种因素的作用下，全国的女飞行员占比极低。这依旧不足以动摇梨岁报考飞行员的信念。

梨岁具备当飞行员的生理条件，现在只差分数。即便被成功招飞的希望渺茫，她也要奋力一搏。

梨岁要乘风踏上奔赴京航的云彩，靠近她的那片蓝天。

从医院出来，梨岁直接让妈妈把她送去了文身店，她现在基本走到哪儿都背着书包。

到了店门口，张瑞他们几个纷纷和梨岁的妈妈打招呼。

梨岁没想到他们都在，和妈妈挥手后，赶紧小跑进去。

"你们今天怎么都来店里了？张瑞，你那成绩，你家人居然会放你出来？"

张瑞被戳到痛处，叹了口气，说道："别提了，挨了顿'竹笋炒肉'，我现在还疼着呢。我爸说这成绩再掉下去，他该考虑和我妈再生一个了。"

梨岁"扑哧"一笑："你这个号算是练废了。"

张瑞一想到对父母的承诺就难受，说道："这次咱不是说要去京北玩吗？我跟我爸写了保证书，说回来之后一定好好学习，保个三本线，他这才让我出来的。"

檀野摆弄着桌上的台球，说："保证书对你来说还不就是几个字的事情？"

整个高中，檀野已经不知道这是第几次听见张瑞说写保证书了，反正就是一纸空话，他根本不会做出任何实质性的改变。

"这次真不一样！"张瑞有些着急地说道，"这次我爸给我签的保证书还带协议的！上面写着要是我没考上大学，他就和我断绝关系，让我别想分到他的任何财产，你说我能不急吗？"

很有可能张瑞就要变成穷光蛋了，能不着急吗？

大家听了，很不厚道地笑出声。

张瑞有些急眼："哎，你们都别笑了，想好什么时候去京北了吗？我现在压力巨大，必须好好放松放松。"

檀野擦着台球杆："你再放松下去，你的成绩都可以和梨岁当年的成绩媲美了。"

莫名其妙中枪的梨岁无语。檀野说张瑞就算了，能不能别提她的痛处啊？！

棠稚骄傲地揽着梨岁的肩膀："我们岁岁现在可是跻身中上游了！"

张瑞有些扎心地捂着胸口："哎呀，你们放心好了，我肯定加油考上，要不然到时候就我一个人在其他城市，那我该多寂寞啊！"

忽然，张瑞开玩笑地问道："京北有没有大专啊？"

张瑞的成绩真的太差了，这次他的考试成绩出来，也只能去上大专了。

梨岁走到收银区，放下身上的书包，打趣道："刚才还说准备继承千万家产呢，你现在就放弃了？别呀，张瑞，我们可都希望到时候混不下去了，就去你家的厂里打工，你这样还怎么带我们？"

被围攻的张瑞举手投降："好好好！我一定加油！"

刘义俊丢了一球，现在只能拿着杆子在旁边看着檀野打球。他说道："要不就这两天去吧？听说京北最近可能会下雪。"

"哇，真的吗？"梨岁惊讶地说道："我好想去古城里看初雪啊！"

作为一个南方的孩子，她对雪的向往是毋庸置疑的。梨岁一直有一个愿望，就是穿汉服去古城看雪。

梨岁兴奋地说道："那我们就这两天出发吧，你们抓紧收拾一下东西。棠稚，你借着寒假，是不是还要更新一下账号的视频？到时候要是东西多，不好带，我帮你一起拿。"

棠稚扑过去抱住她："还是你懂我，我打算拍个 Vlog（视频网络日志），到时候请你们都出镜啊！"

檀野收杆，直起身："现在买后天的票不知道还来不来得及，你们先把个人信息给我，我一起买。"

聊完之后，梨岁就回到位子上，准备开始刷今天的题；棠稚在忙着写拍视频的脚本；刘义俊也把题带来了，就放在台球桌上写。整个店内瞬间安静了下来。

张瑞本想打游戏，看见这一个两个都闷头儿努力，也不玩手机了，向檀野叫喊着："野哥！给我也来一套题呗！"

檀野定好机票，便坐在梨岁旁边的游戏电脑前，准备开始玩游戏。

檀野戴上耳机之前看向梨岁，问道："今天晚上你还要去你姑姑店里？"

梨岁点了点头："说好的两天，也不知道姑姑有没有找到人。"

"知道了。"檀野没再说什么，戴上耳机开始玩他的游戏。

到了晚上，梨岁直接从文身店这边去夜宵店，走的时候和檀野打了声招呼，然后一路小跑着过去。

夜宵摊有几张桌子摆在外面，梨岁时常要去外面送个菜。见有一桌客人坐下，梨岁便带上菜单，过去给客人点单。点着点着，她余光就看见旁边的台阶上坐着一个穿黑衣服的男生，梨岁感觉眼熟，又瞥了一眼，发现竟然是檀野。檀野穿着一身黑色冲锋衣，耳朵上带着白色有线耳机，腿边趴着一只附近跑过来的流浪猫。

小猫全身都是黑色，那双眼睛在黑夜中泛着绿光。它看起来和檀野很亲近，一直在他的腿边打转。檀野白皙的手时不时地帮它顺顺毛。

檀野感觉到梨岁的目光之后，只和她对视了一下，而后又低头继续撸猫。

梨岁紧接着去忙店里的事情，夜宵摊很快就迎来了高峰期。特别是放寒假后，附近来吃的人很多，梨岁根本抽不出时间去找檀野。

但是梨岁每次去外面送饮料或者点单的时候,她的余光都能够扫到檀野坐在那边。这时,梨岁再面对一些喝醉酒的人,好像也无所畏惧了。

忙完之后,梨岁已经累得想原地倒下了。毕竟她昨天没睡几个小时就跑去医院做检查,又去文身店刷了一天的题。

梨岁脱下围裙,第一时间往台阶那边跑去,明知故问道:"少爷,您怎么在这儿坐了一晚上?"

檀野摘下耳机,塞进口袋,捡起地上被吃得一干二净的火腿肠的包装,说道:"喂猫。"

他走到路边的垃圾桶旁,把手上的垃圾丢掉,回来时和梨岁说:"我看了你发给我的学习计划,你这种学习强度,看起来野心不小啊?"

梨岁和他一起走在回家的路上,说道:"你不是说让我加油考京航吗?到时候我做空中交通管制员,你当我的飞行员怎么样?"

檀野轻声笑道:"你还想管我?"

梨岁撇撇嘴,说道:"我不是怕自己招飞失败吗?那就只能从事其他相关的工作了。"

每年招飞可能就几个名额,要从上万人中脱颖而出,这可不是一件容易的事情。比起她的情况,檀野招飞基本是没问题的。

檀野听见梨岁这么说,侧过脸,眼神有些讶异,他说道:"你真打算和我考一个学校?"

虽然梨岁和檀野聊天儿的时候是那么说的,但是檀野想过梨岁未必会喜欢从事航空航天事业,所以根本没想到梨岁已经下定决心。

话都说到这个份儿上了,梨岁点头承认:"对啊,以后的发展前景也挺好的,家人又喜欢,为什么不考?"

要是梨岁能考上京航,爸爸妈妈也一定会很开心的,如果她能够成为飞行员,那就更不用说了。

檀野:"那你还有第二志愿吗?"

梨岁不答反问:"你有吗?"

"没有。"

"我也没有。"

…………

隔天，梨岁收拾好行李，杨柳依依不舍地抱了抱她："你去京北好好玩啊！不要给家里省钱。"

旁边拿着车钥匙的爸爸梨远附和道："你弟弟现在在网上搞了个什么配音，赚了不少钱，家里的钱，你就大胆花。"

梨岁两眼放光，说道："真的？！"梨岁看着在沙发上打游戏的弟弟，跑过去惊讶地看着他，"你小子还会配音？说几句给姐姐听听！"梨岁说道。

"玩你的去吧！"梨隽说道。

梨隽小时候哭着说长大后钱都给姐姐花的画面还历历在目，现在让他在家里当着姐姐和爸妈的面搞这些，尴尬程度可想而知。

梨岁嫌梨隽无趣，哼了一声。

已经在机场等候的檀野拿起手机，刚想问梨岁到哪儿了，弹出的一条消息让他脸色突变。

第十章 假期同游

梨岁被爸爸送去了机场，爸爸帮她把行李拿下车之后，将一个信封塞到她的手中。

"岁岁，这些钱你拿去花，千万别委屈自己，和同学好好玩儿啊！"

梨岁惊讶地看着手中的信封，拿在手里沉甸甸的，绝对不是一笔小数目。

"爸，你哪儿来的钱啊？"

梨远小声说道："别和你妈说啊，这些都是爸爸下半年跑业务，单位发的绩效奖金，你妈不知道，你拿去花。"

梨岁赶紧还给爸爸："妈妈已经给我很多钱了。"

梨远根本不接她还回去的信封，直接钻进车里："爸爸先走了啊，玩得开心！"

梨远开着车，往后视镜里看了一眼，其实知道老婆给钱了，也交代了要多给点儿，毕竟京北的物价很高，但是他心里还是有些担忧。

因为梨远知道一同去的那些孩子家里蛮有钱的，再加上大城市的环境，他怕女儿走出去不自信，所以决定再给女儿一些钱。

梨岁把爸爸给的信封放在书包里，然后去找檀野他们会合。

找到组织后，梨岁推着行李箱小跑过去："檀野呢？还没来吗？"

其他人都到齐了，唯独差檀野。

张瑞奇怪地说道："不知道啊，给他发消息也不回。可是他行李怎么都丢这儿了？要不是我来得早，都被人拿走了。梨岁，你给他打个电话吧？"

梨岁看了一眼航班的时间，急忙给檀野打电话。

第一个电话打过去并没有人接，梨岁挂断之后，候机大厅已经开始播报登机信息。

"前往京北的旅客请注意：您乘坐的C100次航班现在开始登机。请带好您的随身物品……"

梨岁又试着给檀野打了个电话过去，依旧没有人接。她失落地挂断电话，抬头却看见远处有一个熟悉的身影。

"我好像看见他了！"梨岁说着，立马朝自己看到的方向跑了过去。

张瑞几个人一脸蒙，互相问着。

"你看到了吗？"

棠稚和刘义俊摇头："没有。"

"梨岁不会是搞错了吧，这么多人，她是怎么看到的？"

梨岁跑了好一会儿，才气喘吁吁地停下来，在另外一头的登机口找到了躲在角落里的檀野。

"檀野！"

听到梨岁的声音，原本低着头的少年怔了怔，快速地背过身去。

梨岁意识到有些不对——檀野是不是哭了？

一时间，梨岁的脑袋是空白的，她也不知道该说些什么。

这不是梨岁第一次见檀野情绪低落。梨岁在文身店待了半年，很多时候，梨岁都能够发现蛛丝马迹，但是檀野从来没提过，她也假装不知道，可现在，情况显然不一样。

"你……"

梨岁小心地开口。檀野转过身来，冷白的皮肤让他的眼眶显得格外红，连带着眼尾的那颗小痣都被染红了，他说话时的声音明显变得沙哑："走吧。"

梨岁翻出随身小包里的纸巾递给他:"快擦擦,我就当没看见。"

檀野接过纸巾,平复好情绪后,两个人快步往登机口走,梨岁有些担心,时不时地仰头看看檀野。

看见檀野准备说话时,梨岁预判了他的话,两个人异口同声地说道:"不许说出去!"

檀野瞥了她一眼:"你还挺上道。"

梨岁嘿嘿一笑:"学霸,你穿这么少,不冷吗?"

梨岁都已经穿上保暖衣加毛衣,戴上围巾了,檀野却只有一件黑色卫衣,还是灌风的大领口,整个颈部和锁骨都露在外面,梨岁看着都替他冷。

虽然现在临南的气温不算特别低,但是京北的温度已经降下来了。

檀野嘴角扬起:"年轻。"

梨岁心想:檀野不就比我小两个半月?!他到底有什么好得意的?!

看见梨岁把檀野找回来之后,其他人都松了一口气。

"快快快,广播上都念我们的名字了。"

大家忙着登机,坐上飞机后,张瑞想问问檀野发生了什么事情,但是他们的座位都在过道的另一边,只有梨岁坐在檀野那边,张瑞怕吵到其他旅客,只好放弃了交谈。

飞机起飞后,梨岁看着机舱外的景色,赶紧拿出手机拍照,兴奋地和檀野说道:"我感觉好神奇啊,特别是想到之后我可能会以其他的身份坐在飞机上。"

檀野想到刚才梨岁那看起来小但是十分沉重的行李箱,说道:"你该不会为了上京航,把所有试题都带到京北去吧?"

梨岁笑眯眯地比了个手势:"就带了一点点。"

忽然,梨岁发现檀野另外一侧的镜头,连忙说道:"快看那边。"

檀野顺着梨岁的视线,往张瑞、棠稚他们坐的位置看去,就见棠稚正举着手机录 Vlog。

梨岁很是开心地比了个剪刀手,旁边的檀野则神色平淡,他没表情的时候,轻微眯起的眸子显得又跩又冷。

拍完他们,棠稚又把镜头转向离得比较近的张瑞和刘义俊,对比之下，棠稚不禁感叹了一句刚才镜头里的画面。

"好完美的两张脸。"

张瑞自信地往后摸了摸自己的短寸："是在说哥吗？"

棠稚"哕"了一声："好油。"

张瑞控诉道："怎么檀野天天自称'哥哥''少爷'的，你们都不觉得他油？"

刘义俊忍不住点醒他："首先，你得有那张脸；其次，你得有那张脸；最后——你要点儿脸吧！"

棠稚在旁边疯狂点头，安慰地鼓励道："瑞哥，你要是不丑的话，还是挺帅的。"

张瑞咬牙切齿地说道："谢谢，有被伤害到。"

去京北坐飞机也需要较长时间，不少人都开始睡觉。檀野拿出随身携带的有线耳机，不紧不慢地拆着打结的耳机线，把其中一只递到梨岁眼前。

"听吗？"

梨岁接过耳机，戴在右耳上，舒缓的音乐渐渐地传入耳朵，当歌词唱到第三句"记得带着玫瑰"时，梨岁忍不住问道："这是什么歌啊？"

檀野看着她，薄唇微动，说道："《你最珍贵》。"

"嗯？"梨岁不解地看着他。

檀野却没有回答她的疑问，直到梨岁在歌声里听到那句"你最珍贵"，她才明白檀野说的是歌名。

之后，这首歌就在耳机里单曲循环着。梨岁闭上眼睛，小声地问道："学霸，我帮你保守了那么多秘密，今天的事情，你可不可以告诉我一点点？"

梨岁认识檀野这么久，之前出于尊重，一直没有过多地去问。但是久而久之，她觉得自己好像从来都没有踏入过檀野的内心世界。

过了一会儿，没听到檀野的声音，梨岁以为他睡着了，睁开眼睛看过去，但是他并没有。

这时，檀野才缓缓说道："有邻居在机场碰到我妈妈了……就在你找到我的那个登机口。"

檀野的眼睑很快泛起了红，他仰着头，闭上眼睛："我看见了吸烟室那根抽到一半的女士香烟，甚至闻到了她身上的香水味，可就是没有见到她。我好像差一点儿就见到她了。我不明白她为什么不见我，我从来都没有怪过她提离婚……"

从小时候记事起，檀野就知道爸妈的感情有问题，两个人都是强势的性格，一点儿鸡毛蒜皮的事情都能吵起来。

爸爸觉得妈妈文身师的职业会接触太多异性，而妈妈又觉得爸爸出差应酬，环境也好不到哪儿去。他们之间的问题越来越大，但是为了檀野，即便是一天一小吵，三天一大吵，他们也尽量努力地维持着那个家。

直到檀野考上临南一中后，一切都变了。

那个暑假，家里闹得天翻地覆，妈妈让檀野住在文身店，不要回家。没过多久，他们就离婚了，檀野甚至不知道发生了什么。

檀野把能够阐述清楚的事情向梨岁娓娓道来，这也是他近三年来第一次说起这些。

梨岁抿了抿唇："所以，你上一次见你妈妈，还是在中考的时候？"

檀野默认，随后又说道："其实也不完全是，在一些文身相关的公众号上也能看到她，只不过都是照片。"

梨岁很理想化地说道："没准儿那些公众号上的照片就是她专门发给你看的；你妈妈今天到机场，说不定也是为了见你。"

檀野的嘴角扬起一抹笑，他说道："你是懂得自我安慰的。"

梨岁信誓旦旦地说道："你高考时她一定会出现的！"

檀野没说话，显然是不敢轻易相信这件事情。可事实就是，即便没有期待，也会有失落。

下飞机后，所有人都异常兴奋。

呼吸到京北的空气时，张瑞恨不得跳起来："呜呼！"

檀野嫌张瑞丢人，脚步加快了些。棠稚则直接拿着录Vlog的相机把这一幕拍了下来。

偌大的机场，幸亏有檀野这个方向感好的人在。

一出机场，梨岁才全方位地感受到京北的温度，裹紧了脖子上的围巾。

到了酒店，接待的工作人员介绍道："你们好，我们酒店现在推出特色主题套房,有盲盒拼团优惠,刚好是第三间房半价,都是双人房间,这样订的话,比订普通的两个双人间加一个单人间还要便宜些。"

檀野看着价目表,瞬间算了出来:"折合下来,整体便宜九毛九。"

接待的男士憋不住笑:"喀喀,是的。"

檀野转而看着梨岁和棠稚说道:"这种主题房,你们女生应该会喜欢。有复古国风的、浪漫复式的、花园落地窗的,来玩的话,比较推荐,比普通的房间要有意思,蛮适合拍照录像的。"

张瑞兴奋地说道:"我们男生也喜欢!有没有电竞主题的?"

接待的男士回答:"有的有的,等会儿咱们就是随机从幸运箱里抽房卡,一共三张,开到什么主题,房间就是什么主题。最后,抽中的三间房你们可以协商互换。"

听到有这么多类型,大家都很心动。梨岁激动地说道:"盲盒好啊,不知道我们会抽到什么样的房间!"

虽然他们都清楚,订这种六人套餐房,对方的提成肯定会多一点儿,但是听起来确实很不错。

檀野直接把卡拿出来,递给收银员。

"就订这个。"

梨岁看着檀野利落地刷卡的样子,他整个人仿佛发着光。

"学霸,你付钱的样子真帅!"

这次来京北旅游,本来的计划是玩三天,檀野为了让大家负担小一点儿,多玩几天,就承包了他们所有人的住宿费。

檀野目光瞥向她:"帅吗?记得还钱。"

梨岁可欠着他800块啊!他真是哪壶不开提哪壶。

"等我拿到压岁钱,肯定还你钱!"

檀野被梨岁认真的样子逗笑了。

最后订下三个房间,檀野拿着房卡,用手推着梨岁的行李箱往电梯走去。

张瑞看向自己手边的檀野的黑色行李箱,赶紧带上自己的,两手各推着一个箱子追上檀野的步伐。

"哎哎哎,野哥,你什么意思啊?!帮梨岁推行李箱,把你自己的丢给我？！"

刘义俊则推着棠稚和自己的行李箱跟在后面："你就别抱怨了，你是不知道女生的行李箱能有多重！"

棠稚这个粉色大箱子里面装的全部都是彩妆和摄影设备；梨岁的则全是书本，整个箱子被塞得满满当当。而他们男生的箱子就是看起来大，实际上里面根本就没塞几件衣服。

听到这儿，檀野很是乐意地停下脚步，向张瑞示意着手中的箱子。

"要不你来？箱子谁拿的谁负责，到时候去机场打车，要搬来搬去的情况下，你别装死。"

这不由得让张瑞想起刚才取行李的时候，他以为梨岁的箱子很轻，结果一提，根本没搬起来，最后还是檀野顺手搬的。

张瑞干笑着说道："还是你拿吧。"

之后，张瑞再次看向自己手下的两个箱子——"不对啊！野哥为什么不能拿两个呢？"

本就因为考试没发挥好没要到多少钱的张瑞，为了檀野赞助的住宿费，只能忍了！

张瑞发出"啧啧"的声音，看向檀野："有钱就是不一样，野哥这半年没少赚吧？办完展览之后，预约都预约不上了。这么一来二去，野哥的老婆本儿都攒够了吧？"

檀野语气淡淡地回答："不够。"

"怎么可能？"张瑞吃惊地看着他，"你要娶什么千金小姐啊？这么烧钱。"

檀野："关你什么事？"

刘义俊好奇地问道："那野哥咋不继续开放预约名额了？多好的赚钱机会啊！如果不是因为野哥还在上学，应该都赚得盆满钵满了吧？"

毕竟檀野的妈妈在文身界可是领军人物般的存在，而檀野的天赋并不输给他妈妈。他要是选择走这条路，不仅有捷径，也不一定会比飞行员赚得少。

但是文身不是檀野的理想，他只是为妈妈守着那家店而已。

梨岁在旁边解释道："高三开学后就基本没再接单了。现在文的还是在暑假那会儿接的,都排到明年4月份了,接下来,6月临近高考,檀少爷可是要拿百万奖学金的人!"

市里给的奖金只有二三十万元,而檀野要是真拿了全省高考第一名,其影响力就远远不止于此了。

张瑞说道:"你还真别说,自从你的成绩突飞猛进,野哥越来越上进了。"

檀野的视线扫过梨岁,他说道:"那还不是因为某人天天给本少爷压力,张口闭口都是剑指全省高考状元。"

梨岁讪讪地笑道:"那奖金多啊!"

既然市状元已经对檀野没有挑战性了,梨岁当然要为他扩大赛道。其实主要还是跟檀野一起学习,她在那种氛围下比较有冲劲。

闲聊着,大家就到了房间所在楼层的走廊。

因为抽到的房间主题都不一样,大家决定一起看看对方的房间。

张瑞和梨岁他们开出来的分别是科技感十足的电竞房和阳光江景复式楼,最后大家去到檀野的房间前。

刘义俊站在旁边说道:"这不得给我们野哥开出个豪华落地窗?!"

紧接着,檀野一推开门,所有人都掉进了一片粉色海洋。

檀野瞬间沉默。

看清楚后,大家很不厚道地笑出声。刘义俊摸着墙边的装饰:"这不是个粉色魔仙堡吗?"

梨岁生怕檀野盯上她的房间,赶紧拉着棠稚跑:"学霸!我觉得这个房间很符合你的气质!"

喜欢打游戏的张瑞也立马溜之大吉。最后,檀野一个人住进了"粉色魔仙堡"。

大家回到自己的房间,打算先休息一下,然后晚上去逛夜市。

棠稚开心地四处端详着房间,然后找光线拍照,站在阳光照进来的窗户边。

"岁岁,这边拍出来好好看啊,你快过来!"

梨岁过去一起拍了几张,然后说道:"你先拍吧,我还有点儿事。"

"什么事啊?"棠稚看着手机和相机里的自己,随口问道。

"我们不是明年6月份就要高考了吗?我想试试看能不能联系到檀野

的妈妈为他送考。"

棠稚放下手中的手机:"他妈妈高考都不来吗?"

梨岁摇了摇头:"不知道,所以我想找阿姨商量一下。毕竟可不是谁的高考都像我一样有两次。"

棠稚叹了口气,说道:"不过檀野保送的时候,他妈妈都没出面,各种家长会更是见不到人,高考还真不一定会来。"

梨岁坐到沙发上,从手机中翻出之前关注的文身账号,找出了檀野妈妈的相关帖子,到檀野妈妈各个平台的账号点关注。梨岁字字斟酌地打出每一个字,然后发布私信留言:

"梁阿姨,您好!我是檀野的同桌,梨岁。全国高考将于6月7日至8日举行,檀野放弃了保送机会,选择奔赴考场。在这几年间,他一直非常想念您,到时您可以抽空来为檀野送考吗?他真的真的很想见您。盼复。"

在对方回复私信之前,梨岁只能发出一条消息,所以尽可能地把话说清楚。

或许是她有些心急,看着消息发出去几分钟没有回复就有些失落。梨岁不禁想到檀野两三年的等待,退出消息页面。

表姑张梅发来语音消息:"岁岁啊,你到京北了吧?要是见到你姐了,记得帮姑姑拍几张照片。这孩子总是联系不上人,也不爱和我们打视频电话。"

"好啊。"梨岁答应下来,"等我问问她什么时候有空一起玩儿。"

梨岁找到和张晓涵的聊天框,发消息给她:

"姐,我来京北旅游了,你这周什么时候有空,我们一起吃顿饭吧?"

消息发过去,张晓涵很快给梨岁回了电话过来。

"你来京北了?!我妈她们来了没?"

"对啊,我和同学一起来的。"梨岁听着她激动的语气,以为她是太高兴了,"你想见姑姑了吗?那和她说就好了,你不方便回去,她肯定愿意过来的!"

张晓涵语气有些着急地说道:"我没说要见她,你别乱传话!"

梨岁微微皱眉:"你心情不好吗?"

梨岁感觉张晓涵现在说话怪怪的,一点儿亲和力都没有,也没有要和她见面的意思。

张晓涵意识到自己说话太大声,缓了缓,解释道:"我现在拍戏加学业,忙死了,哪儿有空出去玩什么的。你让我妈千万别过来,我没空见她。等忙完之后,我会回临南的。"

梨岁在她看不到的屏幕前点头说道:"知道了,那你有空发照片和视频给姑姑吧,也好让他们放心。"

张晓涵敷衍地说道:"知道了,知道了。先不说了,我还要去背台词。"

没等梨岁再开口,电话就被张晓涵挂断了。

梨岁摇摇头,虽无奈,也没有办法。

收拾好东西后,梨岁睡了几个小时。她起来后,棠稚翻出带来的化妆品:"岁岁,快来快来,我帮你化个妆!"

梨岁洗好脸,忐忑地坐在梳妆镜前,面前是棠稚摆放的化妆品。

"别化太浓啊。"

棠稚帮梨岁涂着妆前乳:"不浓,但是我感觉你还挺适合有攻击性的妆容的。自从你头发长了,把刘海儿去掉之后,真是越长越有御姐范儿了。"

梨岁摸了摸自己已经到肩下的中长发:"我忙着刷题没管它,都这么长了。"

棠稚给梨岁化好妆之后,把她的头发全部盘起来了,再揪出些许碎发。棠稚退远了些,看着打扮好的梨岁,满意地笑道:"你快照照镜子!好有公主气质呀!要不还是让檀野把城堡让给你住吧!哈哈哈……"

梨岁很是惊喜地看着镜子中的自己,这是她除了小时候和家长拍纪念照以外,第一次化妆。

梨岁凑近镜子看了看自己的眼尾上挑的眼线,然后看向棠稚,自恋地说道:"完了,这么一看,感觉没人配得上我。"

梨岁这眼睛被棠稚化完,她谁都看不上了。

其实这个妆并不厚重,甚至眼影都只是简单地打底,但是眼线和口红一画上去,梨岁整个人的气场都不一样了。

"就得这么化,出去不会受欺负。等等啊,我再给你找一套衣服。"

两个女生在房间里,又是化妆,又是搭配衣服,时不时还要拍照片,成功地让坐在外面休闲区的几位男生等急了。

张瑞又打完了一把游戏,看向不远处紧闭的房门:"这俩祖宗不是早就开始化妆了吗?说什么半个小时就好了,这都一个半小时了。"

刘义俊看着刚睡醒不久的檀野从房间出来,在他们面前坐下,一副丝毫不着急的样子,后悔地拍了拍脑袋。

"早知道我们也晚些起来了。"

当时听到梨岁她们还有半个小时就收拾好了,刘义俊和张瑞赶紧起床,总不能让女孩子久等。但是当他们去敲檀野的门时,檀野一听到还有半个小时,直接定了一个半小时的闹钟,倒头回去睡了。

当时檀野还被张瑞和刘义俊谴责,说他丢男孩子的脸,谁知道真的需要这么久!

听到那边传来开门声,几个人立马看过去。

张瑞傻眼了,说道:"是那间房吗?怎么看着不像啊?"

棠稚挽着梨岁走过去:"走吧!"

她们一走近,张瑞张大了嘴巴:"我去!你们这一个半小时在大变活人啊?!"

棠稚穿着白色长毛衣,头发做了羊毛卷。旁边的梨岁则是一身轻熟装,高高的丸子头,让她更显得高挑儿,配上不好惹的上扬眼线,甚至带有些压迫感,让人眼前一亮。

刘义俊笑道:"梨岁这气场,野哥来了都要挨两巴掌。"

梨岁看着站在侧边的檀野,故意走到他面前,意气风发地扬了扬下巴:"你看我现在是不是快比你高了?"

一米七四的净身高加上丸子头和鞋底,梨岁的身高直逼一米八,她站在檀野的面前也基本能和他平视。

檀野轻声笑道:"所以呢,这影响你欠我 800 块吗?"

梨岁咬牙说道:"我不和你玩了!"

梨岁被气得拉着棠稚加快脚步往电梯口走去,檀野双手插在黑色冲锋衣下的裤子口袋里,看着前面气呼呼地暴走的梨岁,笑意染上眉眼。

梨岁站在走廊等电梯,正好看见电梯门是镜面的,拿出手机和棠稚

一起拍全身照。拍着拍着,梨岁就见镜头里,在她们的背后又出现了一道身影。

檀野站在侧后方,填补了将近三分之一的镜头,梨岁发现的时候,手已经不自觉地按下了拍照按键。

棠稚往后看去:"你们快都站过来,我们拍合照呀!"

随后,张瑞几人都被拉了过来,在电梯上来之前,他们匆匆忙忙地拍了几张。

张瑞看了直言:"这标题那不得是'两位公主和她们的三大保镖'。你看看这张,野哥站在梨岁身后动都不动,我都快被挤出框了!"

檀野垂眼看着张瑞:"你这身高,站在人家背后,恐怕被挡得只能看见几根头发丝。"

张瑞仿佛听见了刀子扎进心脏的声音。他随即确认了一眼,还真是那样。

"梨岁,你要是天天这么打扮,按你这身高,以后不得找个一米九的男朋友?"

檀野直接踢了张瑞一脚。

"哎哟!"张瑞痛得跳起来,"野哥,你干吗?!我这也没说错啊,女生以后还要穿高跟鞋的嘛。"

檀野声音没什么温度地说道:"这不是我们高中生该考虑的事情。"

出了酒店,几个人步行去附近的夜市。

梨岁走在街上,觉得想要拍的地方真的太多了,一直是走走停停,不断拍照。

梨岁的余光看见后面的檀野,她问道:"学霸,你不拍照片吗?"

张瑞他们都到处跑去买小吃,就檀野一直跟在她们的身后,只看不拍。

檀野薄唇微动:"我不喜欢拍照。"

比起拍照片,檀野更想一心一意地沉下心来感受眼前的这一切。这些景,只要有钱能来京北,都能看到,眼下的却不一定。

梨岁把她手上的奶茶和糖葫芦递给檀野:"那你帮我拿东西吧!谢谢!"

拿着这些东西，梨岁根本不好发挥，既然檀野不拍照，那就当个工具人好了。

檀野接过奶茶和没吃完的糖葫芦，垂眸看了看。糖葫芦吃不完，她还买了两串山楂的和草莓的。喝到一半的奶茶吸管上沾了一圈口红印。

紧接着，檀野手中又多了京戏剪纸、糖人儿、小红灯笼。梨岁和棠稚在前面买买买，他就在后面接着。

晚上，街上的人很多，路过的人看见檀野手上拿着这么多小玩意儿，都会瞥上几眼。

梨岁和棠稚又去饰品店选东西了，里面太挤，基本都是女生，檀野站在门店正对面的道路指示牌下没进去。

周边许多女生在偷偷往那边看，和同行的朋友小声议论着。

"你看清那个男生没，是不是好帅？"

"我不敢看啊，你偷偷拍一张，我看看。"

"他手上拿的东西好可爱啊，怎么我们都没看到哪儿有卖？"

"你有没有觉得他眼熟啊，这不是上次在网上很火的那个文身师吗？就那个背花女生的同桌啊！"

"啊！我记得我记得！檀野！听说他还在读高中，是个学霸。"

"本人也太帅了！"

"他在等谁啊？"

檀野的视线看着饰品店里还在试发箍、帽子的两个人，即便他知道有人在偷拍也不想去管。

见檀野一直没走，很快就有女生鼓起勇气，拿着手机走过来。

"你好，可以加个好友认识一下吗？"

女生有些羞涩地看着眼前的少年，走近之后才发现对方有多高，檀野整个人的气场淡漠冷傲，她甚至不敢多看檀野的眼睛。

檀野手上拿着的那些花花绿绿的可爱东西，和他 All Black（以黑色为主调的极简穿搭风格）的打扮对比，反差感极强，让人移不开眼。

檀野看了一眼双手满满的东西，礼貌地说道："不好意思，不太方便。"

檀野手上拿的全是梨岁塞给他的小零食和玩具，根本腾不出手去拿口袋里的手机,也正好用这个理由婉拒对方。

女生知道这是婉拒,虽然对方的手中确实拿着东西,不方便,但很显然,他并不想加,不然报手机号也行啊!

下一秒,女生就发现了奶茶吸管上的口红印,立马会意。

梨岁在饰品店试着发箍,棠稚瞥见外面的情况,赶紧拉着梨岁看热闹。

"岁岁,你快看!有人和檀野搭讪了!"

棠稚笑着说道:"檀野还真是走到哪儿都受小女生欢迎啊!那女孩子还挺好看的,也不知道檀野同没同意?"

梨岁戴着小兔子发箍,顺着她的视线往外看去,将一切收入眼中。

"是挺好看的。"

与此同时,檀野的视线扫了过来,他面前要联系方式的女生一脸失落地离开。

棠稚遗憾地摇摇头:"看来咱们临南一中颜霸的联系方式还是一如既往地难加。别说陌生人了,我和檀野认识这么久了,也只是有两个共同群聊而已。"

一个是班级群,一个就是他们五个人的聊天儿小群。

两个人排队付完钱,走出去,就见檀野依旧被人围着,只不过这次不是上来搭讪的,而是一位奶奶抱着一个三四岁的小男孩儿。

小男孩儿看见檀野手中的小玩意儿格外新奇,从奶奶的怀中伸手上去扒拉,嘴里还不忘奶声奶气地说着:"我要小玩具……"

他的普通话逗得周边几个人都笑了,看见大家在笑,小男孩儿就开始假哭模式:"呜呜,我要玩……"

檀野把拿着剪纸的手放远了些,柔声解释道:"不好意思呀,这是哥哥同学的,没了玩具,她也会哭的。"

梨岁一过来就听见檀野揭她的老底。

梨岁咬咬牙走过去,从檀野的手上拿过她买的剪纸,递给假哭都能掉眼泪的小男孩儿。

"姐姐送给你玩,姐姐才不爱哭呢,你也不要哭了,好不好呀?"

小男孩儿用肉乎乎的小手从梨岁的手上抓过剪纸,很快就开心地笑了起来。

抱着小孩儿的奶奶连忙感激地说道:"真是谢谢你们这对小情侣啊!多少钱?我给你们,刚才那边排队的人实在是太多了,我这一把年纪带孩子出来,怕磕着碰着,就没敢过去,他看见这东西就欢喜。"

听到"情侣"两个字,梨岁连忙摆摆手:"不不不,奶奶,你误会了,我们只是同学,同学而已!"

这话可不兴乱说啊!

本来梨岁和檀野在网络上就小有讨论度,要是被人误会,传到网上,让学校知道了,他们是要被叫去谈话的啊,恐怕到时候都没办法再做同桌了。

檀野跟着点头:"我们还是高中生。"

"哦。"奶奶意味深长地笑着,"同学好啊,知根知底。"

梨岁心想:奶奶你真是执着啊!

道别之后,梨岁从檀野手上拿过自己的奶茶喝了两口,目光寻找着张瑞他们。

等在路边看檀野的小女生看见梨岁从他的手中拿奶茶,小声和朋友感慨着:

"好羡慕啊!"

"原来他是在等这个女生买东西出来啊,难怪站在门口不走。"

"手上那些玩具和零食也是帮女生拿的吧?"

"拜托,没听到人家刚才说吗?他们还是高中生,别乱说,什么都支持只会害了你!"

"你不懂,那样只会营养均衡!"

…………

梨岁环视了一圈,还是没找到张瑞他们的身影,棠稚说道:"哎呀!别管他们了,这两个人丢不了的,我先去拍美食素材,你们先玩啊!一会儿电话联系!"

檀野看着巷子岔道的深处:"那边有几个酒吧,他们两个没准儿溜进去玩了。"

梨岁顺着檀野的视线看过去,酒吧门口的招牌边站着一个身材高挑儿的美艳女人,她正在打电话。

梨岁看着看着，却忽然感觉那人有些眼熟。

"我怎么感觉刚才看见我表姐了。"

梨岁快速地往酒吧走去，檀野跟在后面，或许是感觉到了他们的目光，打电话的女人抬头往这边看了一眼。

女人对上他们的视线后，先愣了一秒，之后迅速转身回酒吧里面。

正是因为这一眼，梨岁惊讶得说不出话来。

梨岁停下脚步，缓了好一会儿才开口："檀野……你……你看清楚了吗？那是晓涵姐吧？她怎么好像变样子了？"

梨岁回想着刚才看到的张晓涵，对比记忆中半年前她的样子。她鼻子变高了，下巴也尖了不少，感觉哪儿哪儿都和她以前有所出入，要不是靠着相识多年的熟悉感，梨岁都未必能认出来。

檀野语气平淡地开口："我不记得她长什么样。"

梨岁有些担心地说道："晓涵姐好像是看见我们了才进的酒吧，不行，我得过去看看！"

到了酒吧门口，梨岁还没说需要帮忙找人的事，门口接待的男士误以为他们要进去，直接伸手将人拦下来，说道："不好意思，我们这里未成年不让进。"

檀野幽深的目光看向对方，他说道："你就这么肯定我们是未成年？"

分明他们没有暴露出任何特征，再加上他和梨岁两个人都比较高，在没穿校服的情况下，被认成大学生的概率都比认成高中生的概率更大。

这个男人却直接拦下了他们，说明一定是有人和他交代了什么。

梨岁显然也明白了，反向证明没看错，那个女人就是张晓涵，只不过她怎么会变成这样？姑姑知道了该是什么样的心情？梨岁不敢继续往下想。

檀野带着她离开，说道："跟我来。"

梨岁不停地回头看那家酒吧，回过神儿才发现，檀野竟然把她带到了酒吧后门所在的巷子。

"哇！这都能找到，你也太厉害了！"

这一整条后巷里都是各个酒吧的后门，墙边有不少闲聊的青年，也有暧昧的男女，梨岁尽量地控制住自己的视线，不乱看。

可即便梨岁和檀野旁若无人地找入口，依旧有许多目光投向他们。

两个人越往里面走，人越少，周边零散站着的几个人看他们的眼神越发奇怪。

看见简约的招牌之后，檀野停下脚步："这家。"

酒吧不能进去，他们只能选择在外面堵人，张晓涵多半会从后门出来，只要静静地守着就行。

梨岁把檀野手中帮她拿的东西全部接过来："谢谢。"

安静下来，旁边转角的死胡同里传出一些奇奇怪怪的声音，梨岁疑惑地皱着眉，想过去看看。

下一秒，梨岁的耳朵就被檀野微凉的双手从后面捂住，檀野的声音十分凌厉："别听！往回跑！"

檀野拎着梨岁的衣领，将人转过身来，拽着她的衣袖，直接飞快地把她带出了后巷。

一路被拉出来，梨岁还是蒙的，捂着心口处大口喘着气："怎……怎么了？走错了吗？"

檀野神色有些别扭，生硬地回答："不是。"

梨岁往巷子里看去："那是什么啊？我们不等她出来了吗？"

檀野捻着逐渐发热的手指，不知道该怎么解释。

"知道那些对你没什么好处，今天应该是找不到你表姐了，还是先回去吧，离得太远，到时候他们几个找不到我们。"

梨岁想想也是，也不能逼得太狠了，回去之后再找晓涵姐好好聊聊也行。

两个人往热闹的巷子走，刚才的疑惑始终在梨岁的心里，过了好一会儿她才忽然反应过来，檀野捂着她的耳朵不让听的可能是什么声音。

两个人各怀心思地走着。

棠稚看见他们回来，连忙跑过来轻快地说道："岁岁，我找到一家汉服店，你不是说想穿去古城看雪吗？我们进去看看吧？"

"好啊，好啊！"梨岁一口就答应下来，快速脱离檀野这边，上前挽着棠稚。

她们走进一家古风古韵的门店，檀野几人会合后，也没看见什么想玩的，就一起跟了进去。

一进店,梨岁就被里面挂着的一套套汉服吸引了目光。老板娘穿着一袭白色汉服,很热情地向她们介绍着汉服文化:"喜欢的话,我可以帮你们拿下来试试,还可以免费做发型!这边也有男孩子穿的,也可以看看。"

进了这样一家店,连张瑞这种平时大大咧咧的人都收敛了许多,问道:"我们也可以试吗?"

接待的阿姨说道:"当然可以啊,我让我老公帮你们穿。"

很快,叔叔就被她从仓库里叫了出来,身上穿的也是汉服,仿佛这已经是他们生活中习以为常的一部分。

阿姨见梨岁一直盯着挂在最上方的那套马面裙,便将那身汉服拿下来,放到梨岁面前:"这套名叫'红妆',你喜欢的话,阿姨带你去试试吧?"

梨岁点头,接过汉服。这身汉服比平常她们穿的衣物要重一些,上衣下裙是白红配色,面料纹路摸起来格外有质感,调色充满古韵。

拿到手中之后,梨岁越发喜欢。在阿姨的帮助下,梨岁换好了汉服,也整理完了发型。阿姨很满意地点头:"好啦,去外面的全身镜照照,你看看喜不喜欢。"

棠稚几人等在外面,梨岁和檀野试衣间的帘子先后被拉开……

瞬间,大家有种穿越的感觉,惊讶地张大了嘴巴。

梨岁穿着"红妆"走出来,改低的头发用两根简单的金色发簪交叉固定,简单的白色上衣搭配微暗的胭脂红马面裙,裙摆下方一圈布满了传统金丝线刺绣,裙中间垂下金灿灿的流苏禁步,衣服的图案、纹路、色彩显得矜贵典雅。

与此同时,穿着一身藏青黑长袍的檀野揭开帘子,从衣帽间出来,短发已然被全部梳到了后面,头上戴着一顶黑色发冠,英气的五官呼应着华贵的服饰。

张瑞几人看得甚至有点儿不敢呼吸。

"那个……你……你们这放在古时候,怎么也得是个名门吧。"

大家一人跑去挑了一套:"我也要试,我也要试……"

梨岁在全身镜前走不动步子,而檀野很利索地把账结了,见檀野买下之后,梨岁走过去小声问檀野那身衣服的价钱。

"你说出价格,让我死心。"

檀野把手机屏幕给她看:"3300元。"

梨岁的心顿时寒了大半,她咽了咽口水:"我还是赶紧去换掉吧。"

这不是要她命吗?她还是去看看有没有稍微平价的店吧。

檀野补充道:"两套。"

梨岁停下脚步,回头:"你说什么?"

檀野下颌微扬:"加你那套,一共3300块。现在你一共欠我2450块,都是同学,你还我2400块就行了。"

"等等……"梨岁难以置信地瞪大了眼睛,"你把我这身也买了?让你花钱也不是这么花的啊!"

檀野打量着梨岁:"你不喜欢?"

"喜欢啊。"梨岁干笑着,"不要钱我会更喜欢的。"

梨岁迅速地接受了这个事实,在心中记上一笔2400元的账,心想:买就买了吧,好歹檀野还帮她抹了个零头,没白吃她大半年的零食。

梨岁在镜子前反复地欣赏着自己,拍照瘾上来了,可惜手机已经没电关机。

见檀野准备去衣帽间把衣服换回来,梨岁小跑过去,双手摊开,放在檀野面前:"学霸,你把手机借我拍拍照呗。"

她们的手机都没什么电了,只有檀野的手机几乎没怎么拿出来用过,她当然不能放过。

檀野拿起旁边搭着的外套,摸出手机递了过去。

"密码是579946。"

梨岁低头解锁,说:"你等会儿再换呗,等张瑞他们都出来,我们一起拍张照。"

"你的手机不是没怎么用吗?怎么就只剩一半的电量了?我还是少拍几张呢,拍照太费电了。"

梨岁找到手机应用里的相机,正打算点开,往衣帽间走的檀野听到她说拍照的事,脑海中闪过一丝画面。

檀野突然意识到了什么,大步上前,试图把梨岁的手中的手机拿回来。

"等等……"

第十一章 初雪愿望

还没等梨岁反应过来,她的双手就已经空了。

刚到手的手机被檀野拿了回去,梨岁不解地看着眼前脸色紧张的少年。

"怎么了?"

只见檀野快速地在手机上操作着什么,然后才把手机重新递给她:"有条重要消息没回。"

梨岁半信半疑地接过手机,也没多想,毕竟不管是谁的手机,应该都不希望别人动。

"你放心好了,除了拍照,我不会乱动其他的软件,之后你再把照片传给我就行。"

梨岁刚拍了一张照片,这时,张瑞他们几人都出来了,换上汉服之后,所有人的气质瞬间都变得不一样了。

梨岁眼前一亮,说道:"我们一起拍照吧!"

原本打算去换衣服的檀野被张瑞一把拉了回来:"野哥,你着啥急啊!"

大家其乐融融地用檀野的手机拍了许多照片,最后人手买了一套汉服才走出门店。

张瑞捂着滴血的心："好贵啊！"

梨岁嘲笑他："矿主的儿子，说这些。"

几个人往出口走，小广场上有许多套圈和打气球的摊子。正在吆喝的老板见他们走近，主动把玩具长枪递到他们面前。

"帅哥、美女，要不要试试？20元一次，10发子弹，打中8个以上有奖。"

"我来我来。"梨岁跃跃欲试地接过枪，其他人也各自玩了起来，紧接着听见梨岁这边"砰砰"数十声，而挂在几米开外的小气球，可以说是纹丝不动。

旁边传来少年的低笑，梨岁气鼓鼓地转过头，瞪着还没收起笑容的檀野："你行你上！"

梨岁拿过棠稚的相机："我倒要看看你有多么'出神入化'的枪法。"

檀野竟然敢笑话她，那她说什么也要把檀野的黑历史拍下来！

气球棚子前，檀野拿起桌子上装满子弹的长枪，用修长有力的手托着，放在与肩膀近乎水平的位置，他微微侧着脸，看向梨岁的镜头。

"你要哪个？"

梨岁愣了一下，才反应过来檀野是在问她奖品。梨岁指着展示区放得最高的玩偶："我要那个大兔子！"

梨岁说完看了一眼兑换条件，兑换兔子必须10发全中才行。

檀野目光回到瞄准器上，微扬的眸眯起，脸上没有多余的表情。随着塑料子弹"砰砰"响，一个个气球在墙上炸开。

围观的人兴奋地鼓着掌。

在梨岁的视线里，镜头和眼前的画面模糊又重叠，檀野打出去的每一颗子弹快、准、狠，似乎什么都掩盖不住少年的意气风发。

随着一声声枪响，仿佛被击中的不止墙上的气球。

不出一分钟，檀野打空了所有子弹，同时，挂着气球的墙也干干净净。他放下枪，接过老板手上的兔子，走向梨岁。

梨岁透过镜头看着一点儿一点儿靠近的俊容，拿着相机的手有些晃动。

檀野将兔子塞到她的怀里。

"哥哥还行吗？"

梨岁不稳地举着相机，单手抱住怀中的大兔子："行！谢谢同桌！"

檀野指尖在梨岁手上的相机上点了点："既然录下来了，建议你反复观看。"

梨岁无语，檀野还真是自恋！

套完圈的棠稚拿着自己的战利品小挂件凑过来，惊讶地看着梨岁怀里的大兔子："哇！你们好厉害啊！"

梨岁把相机递回棠稚的手上，不知为何，像是松了一口气。从放大的镜头里看檀野，距离近得竟然让梨岁有种说不出来的压力。

打闹了一圈回来的刘义俊跑到檀野面前说道："野哥！你帮我也赢一个呗？"

檀野双手插进口袋："你没有自己的同桌吗？"

"靠他？"刘义俊不屑地瞥了一眼张瑞，无奈地摇头，"那恐怕化身善财童子都赢不到一个奖品。"

"哎！你小子怎么说话的？！"

张瑞一听，两个人又打打闹闹地掰扯了起来。

大家玩到很晚，直到走不动了才打车回酒店。

梨岁回房间前向檀野交代道："学霸，你等会儿记得把我们的照片都发到群里啊！"

檀野："知道了。"

刚准备关上门的梨岁又探出个脑袋："你记得发原图！"

"嗯。"檀野应声。

洗漱完，梨岁拔下在充电的手机，然后和棠稚两个人躺在沙发上，开始一张张地筛选图片。

翻到在电梯镜子前拍的那些照片时，梨岁看见其中唯一一张她和檀野的合照。那是梨岁在电梯前举着手机自恋，檀野恰好无意中走过来时她慌张地拍下的。

檀野穿着一身黑，线条感利落的冲锋衣衬得他的五官冷傲英气，黑色的瞳孔在灯光的反射下显得灼灼逼人，而梨岁则拿着手机，挡住小半边脸，比着万年不变的剪刀手。

这张照片只有梨岁一个人知道。

坐在旁边的棠稚突然把头探过来:"岁岁,你留了多少张啊?我挑得眼睛都花了。"

梨岁赶紧把那张照片滑过去:"我……我都传到企鹅空间去了,手机留不了太多,内存不够。等到毕业,我肯定要换个手机。"

棠稚疑惑地说道:"你也不打游戏,怎么手机内存还不够了?"

梨岁查看着剩下的照片,回答道:"这半年,光是录檀野的解析视频都不知道占了多少内存。"

那些视频,梨岁每天晚上睡觉、早上刷牙的时候,都要翻出来循环听。

棠稚累得倒在沙发上,听到她提起学习视频,还笑道:"也是,你那些视频可不比网上的学习博主教得差,你可千万要留好,没准儿以后还能传给你的孩子。"

梨岁笑了笑,收起手机,坐到书桌前,决定刷几道题再睡,否则实在不安心。

"对了,棠稚,你到时候把 Vlog 的原片拷贝一份给我吧。"

"好啊。"棠稚爬到复式楼的床上,"那我先休息咯!你刷题别刷太晚了,明天我们还要大清早起来去看雪呢!也不知道天气预报准不准……"

深夜,如此静谧。

梨岁坐在靠窗台的桌子前开着小灯刷题,看到卷子上的某个字,忽然想起之前给檀野妈妈发的消息。

梨岁拿起手机,打开社交软件查看有没有回复,点开后又失落地退出,紧接着打开另外一个软件,还是没有消息。

但是一个小小的细节让梨岁无比激动——已读!

梨岁兴奋地握紧了手机,把自己的昵称修改成了"檀野同桌",然后去给梁阿姨发布的动态点赞。

梨岁看了一下梁阿姨近年来发布的图文动态,有一百多个,她决定一天点赞一个动态,点到高考结束为止。这样既不会引起梁阿姨的反感,她又能天天刷点儿存在感。

希望阿姨最后能去给檀野送考,哪怕是在高考前回来鼓励鼓励他

也好。

檀野不顾爸爸的反对，替妈妈守住了那家文身店，梨岁希望在他的蓝天梦中，梁阿姨能成为他一往无前的力量。

梨岁把未读的手机消息点开，是张晓涵发来的。

张晓涵："你要是敢在我爸妈面前乱说，我就跟你绝交！"

这句话毫无疑问地印证了梨岁在酒吧外碰见的那个人就是张晓涵。

张晓涵去整容了？

梨岁被张晓涵发的这句话气笑了，原来从小到大的友谊，也能够被一句话否定。

梨岁："我没什么可说的。"

对人，对事，梨岁都无话可说。

如果梨岁真要告诉姑姑的话，这么大一件事情，姑姑早就打电话过去了。梨岁却一直想着先见张晓涵一面，不就是希望能了解她的想法或者苦衷，避免误会吗？

现在看来，梨岁是自讨没趣。

张晓涵自从来京北后，再也没有联系过梨岁。其实在来京北之前，梨岁还是很期待两个人碰面的，还想让张晓涵带她参观参观电影学院。如今确实碰面了，但已找不回当初的感觉。

梨岁关掉手机，继续刷题。她现在不到三四点是睡不着的。

寂静的房间，月光从窗帘的一丝缝隙中偷偷溜进来，微弱的光晕照在书桌的边角，逐渐变得模糊。

放在旁边的手机振动了起来，备注上赫然显示着"檀少爷"。檀野这么晚给她打电话干什么？梨岁不明所以地接起电话。

刚接通，檀野兴奋的声音很快从电话听筒里传来：

"梨岁！外面下雪了！"

梨岁激动地从椅子上起身："真的？！"

梨岁飞快地拉开落地窗帘，打开玻璃门往阳台上跑。

漫天的雪花飘下来，在月色中起舞。

梨岁转头看去,穿着黑毛衣的少年站在旁边的阳台上,手里接着她的电话,洁白的雪花落在他的发丝、肩头上。

雪越下越大,片片雪花飘落在梨岁的睫毛上,却好似感受到她的眼睑的温度,眨眼间化为水雾。

梨岁转过身,挂断电话前急促地说道:"你记得许愿!"

雪,对于梨岁这个南方人意义重大,初雪,更甚。

梨岁收起手机,在紧张的心跳下闭上眼睛许愿。

她希望……梁阿姨能为檀野送考。

檀野伸手接住飘下的雪花,盯着手心,将愿望深深寄托在雪花上。

许完愿,梨岁跑去叫棠稚,还让檀野打电话联系了张瑞他们,可惜一个人都没叫醒。

外面的雪下了一夜,第二天清早才停。睡得早起得晚的张瑞几人只能看见雪后的"成品"。

棠稚遗憾地说道:"今天的雪不会已经下完了吧!别啊,早知道我昨天就不贪睡了。"

梨岁拿着纸巾打了个喷嚏,把围巾围上的檀野也在一旁轻声咳嗽。他们成功地诠释了什么是半夜看雪的代价。

张瑞嘴欠地说道:"看到没,看到没,这就是你们看雪的人应得的!"但一想到错过的初雪,他就抓狂地摇着头,"可是我也好想看啊啊啊……"

经过的酒店服务员看着张瑞这懊恼的样子,没忍住笑出了声。

梨岁叫住服务员:"姐姐,可以帮我们拍个视频吗?"

"可以啊!"

很幸运,他们在坐车去紫禁城时,外面又下起了雪。

众人纷纷拿起手机拍照,梨岁一行人身着汉服下车,引来齐刷刷的目光。

宏伟华丽、金碧辉煌的古代建筑让人叹为观止。

梨岁又邀请路人帮他们拍了一段视频,然后将之前在酒店大家穿

着睡衣的画面和在紫禁城拍摄的穿汉服赏雪的画面剪成了一个完美的转场。

视频一经发布，竟然成了全网的热点新闻。这让梨岁始料未及，也让他们一路上都备受瞩目，他们基本是在路人的镜头和注视下回到酒店里的公共休闲区的。

棠稚羡慕地翻出那条流量极高的视频："岁岁，你这简直就是互联网追着喂饭吃，露脸即出圈。你以后要不去当个大明星吧！"

梨岁"扑哧"一笑："我可真没什么才艺，散打黑带七段算吗？"

棠稚很捧场地说道："算啊！怎么不算？多么别具一格！"

梨岁拍视频的初衷只是想记录一下生活，顺便希望能让梁阿姨看到。现在她为了联系梁阿姨特地注册的账号也彻底藏不住了。

视频下面有数十万条评论。

"我也好想有这样一群朋友啊！"

"为什么不带我拍，是因为我们不认识吗？"

"大家不用羡慕，这样的朋友没什么稀罕的，因为我没有。"

"记得之前他们学校拍宣传片时，还有不少人质疑梨岁，你们能想到她现在考五百多分了吗？！"

"大家就没注意到梨岁的网名吗？！"

"她是不是暗恋那个……喀喀！"

"我赌十包辣条！"

看到这几条高赞评论的时候，梨岁下意识地看向檀野，他正在下载这款软件。等会儿她要怎么解释用这个昵称的事情呢？

梨岁想把评论删掉，但是讨论的人实在是太多了，治标不治本，现在她只希望檀野不要翻看评论。毕竟她改这个名字，真的只是想让梁阿姨记住她啊！但是私下联系梁阿姨的事情，她又没办法和檀野说。现在临时改网名未免太欲盖弥彰了吧？

正在梨岁担心之际，张瑞举起显示着梨岁主页的手机发笑："梨岁，你这网名有猫儿腻啊！"

提到这个，梨岁的心瞬间提了起来，檀野的目光也随之看过来。

梨岁机灵又自豪地说道："等什么时候有个学霸同桌，就知道我为什么把檀野的名字挂上去了，多有面子啊！"

作为张瑞同桌的刘义俊感觉自己被狠狠地扎了一刀。

这件事情算是糊弄过去了。他们在京北玩了四五天之后，明显发现京北涌入的游客越来越多。最后一天，大家决定一起去看一场电影，然后回酒店收拾行李。

几个男生负责排队买零食和爆米花，梨岁和棠稚就去另一边取票，刚把票拿到手，梨岁想回去找檀野他们，扭头就看见几张面孔盯着自己看。

见梨岁转过头，那几个装扮精致的女生笑道："这不是我们的老同学梨岁吗？半年不见，还真是大变样，都认不出来了。"

"岁岁，你怎么在京北啊？来打寒假工吗？"

"你知道你姐姐张晓涵在酒吧陪酒吗？你该不会是过来投奔她的吧？"

"难怪我说这几天怎么好像在酒吧里面看见你了。别什么男人都往上凑，你现在可是大网红，以后还怕找不到男朋友吗？"

周围正在等电影开场的人不约而同地往这边看过来。

棠稚气冲冲挡在梨岁前面，就要把带头的那个人推远："你们瞎说什么呢？！最烦假惺惺的人！滚开！"

这些哪里是同学啊，分明就是故意找机会恶心人的。

梨岁见状，赶紧拉住棠稚，免得到时候有人断章取义。

原本在排队买零食的檀野几人，看见梨岁她们被人围着，立马跑了过来。

檀野走到那些人面前，沉声问道："你说你们在酒吧里面看见梨岁了？"

带头的女生点头："对啊！就是她！学弟，你干吗和这种人一起玩？她会影响你学习的！"

檀野冷冷地勾唇："哪家酒吧？"

对方脱口而出："金山！"

檀野拿出手机准备拨打报警电话。女生见他打电话报警，有些心慌地说道："你管这些事干什么？这是我们和梨岁之间的事情！"

檀野居高临下地开口："我们是未成年兼高中生，如果你真的在酒吧看见梨岁了，那么这家酒吧需要接受调查且停业整顿，接受处罚。另外，梨岁这几天都和我们待在一起，会突然出现在酒吧肯定是遭人陷害，等会儿警察来了，你可一定要帮她做证。若是诽谤损害了他人名誉权，据刑法规定，情节严重的，处3年以下有期徒刑、拘役、管制等。还有你后面那几位，在未经过同意的情况下，擅自对我们进行视频拍摄，已经严重侵犯了我们的肖像权，我觉得很有必要报警处理。"

檀野说完这些，那几个女生顿时慌了，说道："你神经病吧！"

檀野微微点头："好的，外加一条公然辱骂，精神损失费看来是已经准备好了。"

几个女生没想到踢到铁板了，收起手机就想溜之大吉。梨岁直接伸手将人拦住。

"不好意思，我们已经报警了。"

张瑞几人齐力堵住电影院的出口，不让她们走，场面一度有些混乱。很快警察就赶过来了，在周围的人提供证据后，那些女生全部被带走。

大家电影也没看成，一起去派出所配合做笔录，直到最后的结果出来，外面甚至有不少记者等着。

最后，带头的那个女生被罚款，其他人则被要求公开道歉。

檀野一行人从派出所出来，记者立马围了上去："你好，同学，可以采访一下你们吗？网友都说两位同学面对冲突应对得非常好，想问一下你们是如何在混乱的情况下保证逻辑清晰的？"

檀野："多读书。"

梨岁跟着点头，在镜头下摊开手掌介绍着檀野："我的嘴替。"

如果不是因为有檀野在，梨岁必定要和那些人争执一番，没准儿回去之后，半夜她还会爬起来懊恼地想着：没发挥好！

檀野一出马，直接秒杀，把人送进了派出所。

记者和善地问道："听说你们已经高三了，方便透露一下想考哪所大学吗?"

檀野惜字如金地回答:"京航。"

梨岁附和道:"一样。"

说完,梨岁就反应过来,怎么被檀野给带偏了?不知道的还以为他们这一群人都很跩,于是她赶紧补充道:"希望我们这届的分数线不要太高,实在不行,把他的分数分我一点儿也行!"

忽然,记者把话筒递到张瑞面前,问他想考什么学校,张瑞面露难色,蹦出几个字:"家里蹲。"

他话音刚落,梨岁几人毫不留情地大笑起来。

此事一出,连带着梨岁几人都上了非娱乐新闻报道,檀野的做法更是被新闻称为"教科书级别式应对"。

回到酒店,张瑞回放着那段新闻:"天哪!我们真的上电视了!"

梨岁笑道:"这下好了,你丢人丢到全国人面前了。不过这电影确实值回票价啊!"

梨岁看到大步走在最前面的檀野,赶紧追了上去:"学霸,谢谢你!"

檀野漫不经心地瞥了她一眼:"就这?"

梨岁咬咬牙,说道:"是呢,就这就这!你还想怎样?"

梨岁就是过来客气一下,檀野是真不客气啊!

檀野轻声笑了笑,忽然停下脚步,用墨眸上下打量着她。

梨岁捂紧了自己的小钱包:"我可真没钱了!"

檀野笑了一下:"哥哥像是缺钱的人吗?"

檀野语气散漫:"当然,别的也不缺。"他这慵懒的痞样,欠扁的语气,听得梨岁想打他。

檀野画了个大饼,说道:"先欠着吧,永久有效吗?"

梨岁呵呵一笑:"有效有效,力所能及,在所不辞!"

大家都回各自的房间开始收拾行李,网上不少人都在讨论"檀野梨岁理想大学京航"的话题。

"以檀野那分数,他进京航是板上钉钉了,简直是降维打击啊!"

"天!是她疯了还是我疯了?!梨岁的分数距离京航还差一大截啊!"

"你别说,你还真别说!谁敢信啊!"

"半年前也没人敢信她可以考 500 多分啊!"

…………

几个人坐上回临南的飞机。梨岁看着机舱外,仿佛大梦初醒,极致的快乐过后,失落感席卷而来。她是该回到原来的地方面对现实了。

梨岁被爸爸接回家,刚进门,妈妈似乎有很多话和她说:"岁岁啊,在京北玩得开心吗?你是不知道,你姑姑看见新闻,听到晓涵可能在酒吧陪酒,连夜赶去京北找人了。你说她这孩子怎么转眼就变了呢……"

和家人寒暄过后,梨岁敲了敲弟弟的房门:"喂!你姐回来了都不出来迎接一下啊?"

梨隽打开门,可以看见他的房间里面多了很多录音设备,梨隽直接伸手:"你带礼物了吗?"

梨岁直接把门关上:"你还是回去待着吧!"

别人的寒假狂欢才开始,梨岁已经进入疯狂补习、朝九晚二的打卡学习阶段,只不过这个"晚二"指的是半夜 2 点。

由于棠稚几人也偶尔会去文身店刷题,檀野干脆在台球桌上安上木板,改成了中岛区域的学习长桌,放再多资料也丝毫不拥挤。

梨岁正忙着刷题,门口的帘子传来动静,张瑞竟然也背着书包来了。

张瑞放下书包,坐到梨岁对面,深深地叹气。

梨岁停下手中的笔:"你不是说和我们一起学习太受打击了,要在家学吗?"

张瑞绝望地摇着头:"家里那些亲戚的小孩儿来做客,可把我吵死了,本来就学不进去,还烦。还是在野哥店里待着舒服,不会有亲戚什么的……"

檀野手中的笔一顿,笔墨在纸上晕染开。

梨岁朝着张瑞一脚踢了过去,张瑞这才意识到自己又说错话了!

张瑞结巴地说道:"我……我没别的意思啊,野哥。"

檀野抬眸,冷冷地说道:"那就闭嘴。"

晚上11点，梨岁收拾着桌子上的教辅书，张瑞他们都已经先回去了，而檀野一个小时前洗完澡之后就开始打游戏了。

梨岁拎着书包小跑到檀野旁边。檀野余光瞥见她的身影，单手摘下耳机："11点了吗？等我打完游戏送你，等我3分钟。"

梨岁摆摆手："我不是这个意思。"

梨岁攥了攥拳头，朝着他的耳边大喊道："我明天要回奶奶家过年了！"

檀野眼神一沉，停下了手中的游戏："你明天不来了？"

檀野这才想到，明天都已经除夕了啊。

梨岁点头，说道："奶奶家在乡下，比较远，我要过完年才回来。"

这是她们家的传统，基本除夕清早出发，赶去奶奶家吃午饭，然后在乡下过两夜才回来。

檀野面无表情地退出电脑上的游戏："知道了。"

梨岁能够感觉到檀野的低落情绪，问道："你不和你爸爸一起过年吗？"

"嗯。"檀野应声。

梨岁说道："那……那我看看能不能提前回来。"

檀野没接话，而是起身拿过梨岁手中沉重的书包："走吧。"

两个人一路无言，到梨岁家楼下后，一句提前的新年祝福就卡在梨岁的喉咙，她怎么也说不出口。

檀野见她还不上去，沉声说道："新年快乐。"

梨岁抿着唇："新年快乐。"

杨柳还在检查明早要带去奶奶家的东西："岁岁回来了，快过来帮我点一下，看看少没少东西。"

"你这次考得这么好，奶奶见到你肯定很高兴！"

梨岁走过去小声说："妈妈，我能不能先不去？"

杨柳愣了一下，问道："怎么了？"

杨柳看见梨岁身上的书包就明白了，问道："啊，你是担心小野一个人在临南过年是吧？"

梨岁点了点头。

杨柳："那把他也一起带去不就行了！"

"啊?"梨岁愣住,恍然大悟,"我怎么没想到!我去和他说!"

梨岁丢下书包,赶紧跑下楼,本以为自己要跑着去追檀野,没想到冲下楼就见檀野坐在她家楼下没走,修长的手把玩着打火机,火焰亮了又灭。

"玩火会尿床的!"

火焰的光映入檀野的眼中,他抬头看向她。

"怎么下来了?"

梨岁把他手上的打火机没收:"我妈邀请你和我们一起去奶奶家过年。去不去?!"

梨岁自导自演地说道:"三、二、一,好,时间到!你这就是答应咯!"

檀野"扑哧"轻笑:"姐姐,你好霸道。"

梨岁不以为意地抱着手臂:"那我不管啊,你就是答应了,我都和我妈妈信誓旦旦地说你一定会去。她还特地让奶奶准备你爱吃的排骨糯米饭,你可不能辜负她老人家的一片心意啊!"

梨岁的这番说辞主打的就是一个道德绑架,她还是希望能有人陪檀野一起过年。

檀野从台阶上起身:"明早出发?"

"嗯!"梨岁应声,"坐我爸的车去。你记得回去收拾东西啊,我们要住一晚上。"

第二天,他们一同坐上了开往村庄的车。

杨柳坐在副驾驶座,梨岁、檀野还有梨隽三人坐在后座,坐在中间的梨岁在车上说道:"梨隽,奶奶家的床不够,檀野应该也没兴趣和你睡一张床,到时候你打地铺好了!"

梨隽幽幽的眼神瞥向她,仿佛在说:你看我开心吗?

梨隽傲气地说道:"檀野还没说什么呢,他和我睡,又不是和你睡。"

梨岁直接往梨隽的脑袋上拍了一巴掌:"你在口出什么狂言?!"

梨隽立马和檀野告状:"你看看我姐,她平时就这样,你以后找女朋友可千万要避雷!"

檀野笑而不语。

不服气的梨岁也开始告状:"妈妈!你看他!他嘴好欠!他这样以后肯定找不到女朋友!"

　　杨柳在前面笑得合不拢嘴,还不忘拍视频发到"相亲相爱一家人"的家族群当中。

　　到了奶奶家,一群人进门,住得较近的姑姑、大伯都已经到了,正聊得热火朝天。

　　每年家族都会有一些健忘的亲戚,他们每年都夸梨岁长高了,每年都以为她已经成年了。亲戚一看见檀野,头脑一热,说道:"哇!岁岁带男朋友回来啦?!"

　　大伯拍着檀野的肩膀说:"小伙子,挺俊啊!"

第十二章 你是我的

梨岁赶紧冲上前拦着大伯,说道:"大伯,他不抽烟。"

在场的亲戚顺着聊道:"不抽烟好啊,这男孩子看着真不错,谈多久了?"

"这么快就带回家过年了,看来进展不错嘛!"

"哎哟,我家那个就一点儿觉悟都没有,二十好几了也没谈一个回来,以后估计只有等着相亲的份儿了。"

大伯拍了拍檀野的肩膀:"我们家岁岁可是顶呱呱的女孩子,小时候就有人排着队追她呢,你小子要懂得珍惜啊!"

梨岁看着这混乱的场面,感觉自己一张嘴根本解释不过来,转而向家长求助,却发现自己的妈妈爸爸光顾着笑了。

关键是,檀野怎么也跟哑巴了一样啊?!

梨岁挡在檀野前面,急忙说道:"家人们!他不是我男朋友!我们是同学!"

大姑姑笑道:"同学好啊,知根知底,可以发展发展嘛!"

梨岁觉得这话怎么听着这么耳熟?

檀野礼貌斯文地解释道:"叔叔、阿姨,我们还是高中生,以学业为主。"

众人一脸震惊地看着梨岁，直到见她无奈地点了点头，才肯罢休。梨岁终于有机会说："你们忘啦？我复读了，还是高三呢。"

大家瞬间恍然大悟："哦，对对对！岁岁还是高中生啊！我们可真是老糊涂了！"

梨岁松了一口气，大家终于意识到问题所在了。

杨柳笑着看向檀野，但话是对亲戚们说的："你们还真是替我家梨岁想得美，她以后要是能谈个这么优秀的男朋友，那我高低得拉个横幅上街。"

大姑姑打趣道："我儿子上大学两年了也没谈个女朋友。"

大伯问道："那岁岁这个男朋……男性朋友，他家里是和咱们一个村的吗？"

杨柳解释道："不是，小野是我硬要岁岁叫来的。岁岁现在能考这么好，他可没少帮忙。以小野那成绩，明年就是咱们省第一呢！"

亲戚纷纷夸赞道：

"哎哟！那真是优秀啊！"

"才子啊！爸妈教得真好啊！"

梨岁赶紧拽着檀野的衣袖，拉着他溜走。

他们到了一间客房，梨岁才把他松开。

檀野看着自己被扯过的衣袖："怎么了？我倒也没有那么脆弱。"

现在对于其他人谈及父母，檀野多少也免疫了。

梨岁义正词严地说道："也不是脆弱不脆弱的问题，再听我家那些亲戚聊下去，结婚生子什么的都要出来了。毕竟大人之间嘛，什么都聊，自己家的、别人家的，狗进来都要被盘问两句。"

檀野失笑："原来是这样啊。"

"对啊！"梨岁认真地点头，"不然你以为呢？"

檀野笑而不语，可惜这样的氛围他还是第一次感受到。

梨岁看了一圈这个房间："你今天晚上就睡这间，床比较小，等会儿让梨隽自己准备地铺。有什么事情，你问他或者我都可以。"

到了年夜饭时间，天微微暗下来，老房子里的餐桌都是几张桌子拼在一起的，桌上摆满了丰盛的菜肴。

大家围成一圈，十几个位置都留给了长辈和小孩儿，像梨岁这种不上不下的，就自觉地站着。

象征新年的爆竹声响起，所有人一同举着各色的玻璃杯，大声庆祝道："新年快乐——"

到了敬酒环节，梨岁举着自己杯中的饮料，把毕生所学的祝福类四字成语都说了出来，最后加上一句："恭喜发财！"

大家笑个不停，梨岁红包收了一个又一个，梨爸爸还特意给檀野准备了新年红包。

"小野啊，谢谢你在学校还有校外对岁岁的照顾，这个红包是我和她妈妈的心意，你必须收下啊！"

檀野大大方方地接过："谢谢梨叔叔。叔叔新年快乐，万事如意。"

梨远激动地举着手中的酒杯："孩子们！金榜题名！"

所有人也开心地举着酒杯跟着喊道："金榜题名！"

大家高高兴兴地吃完年夜饭，一会儿梨岁和檀野就被小孩子团团围住，他们俩只好带着孩子们一起放烟火。

檀野就像是个孩子王，小朋友都把要点的烟火伸到他面前，他就一个个地帮忙点燃，时不时抓两个小孩儿抱起来玩，也不怕弄脏衣服，成功地征服了那群调皮鬼。

梨岁拿着自己的烟火伸到檀野面前，让他帮忙点。

乡村的夜色中，梨岁的手上的烟火被点燃，天空也不断有绚烂的烟火炸开。梨岁背在身后的手忽然拿出一个兔年红包，上面还绑着迷你小白兔的钥匙挂坠，她递到檀野眼前。

"檀野，新年快乐！"

梨岁见檀野垂眼看着，迟迟没反应，继续说道："这挂坠可是我亲手准备的诚意巨作，你不喜欢？"

檀野平复好翻涌的情绪，快速接过梨岁的手中的东西，看向她时，他漆黑的眸子深不见底。

"喜欢。"

梨岁玩着手中的烟火，试探地问道："那你有给我准备新年礼物吗？"

提到这个，檀野轻轻勾唇："嗯。等我一下。"

梨岁看着檀野回房间的背影，更加期待了，小声呢喃着："什么礼物啊，还藏在房间里？"

没一会儿，檀野就背着双手走过来，在梨岁面前反手掏出六套书本样的东西，用宽大的手掌将它们展开成扑克状。

梨岁定睛一看，上面赫然印着"高考试题升级版"几个大字，六个科目，六套书。

檀野薄唇微扬："新年快乐。"

梨岁看着面前如此实在的礼物，傻眼了。

檀野认真地解释道："里面的题我都给你筛选过了，另外还打印了很多新题型在里面。"

梨岁深呼吸后看向檀野："我知道你的出发点是好的，但你先别出发。"

谁新年礼物送试题啊？！

檀野看着手中的试题："你确定不要？"

梨岁含泪接过："我真的谢谢你！"

在梨岁伸手去拿的时候，檀野突然缩回拿着试题的手，从口袋里摸出一根编织的红色手绳："逗你的，这才是给你的礼物。"

梨岁拿过那根简单的手绳往手上戴，凑近仔细看着上面的编织纹路："这不会是你亲手编的吧？"

檀野笑着说："你想得美。"

檀野随即把六套试题塞进梨岁的怀里："不用谢。"

说完，檀野就去陪小孩子玩了。梨岁愣怔地看着怀中的六套题，抓狂地在原地跳脚。

"啊啊啊，我做不完！我根本做不完！"

新年过去，意味着开学的日子也不远了。

梨岁照常待在文身店刷题，檀野在一旁画素描。他画的是一架直升机，黑白的色调看起来压迫感十足。檀野画过的各种飞机数不胜数，可见他有多么渴望飞向蓝天。

或许是梨岁觉得自己没有特别热爱的事情，总是为檀野的热爱而动容。

文身店走进来一个中年男人，梨岁对上他的视线，那个叔叔朝她点了点头，说道："我找檀野。"

正在画画的檀野听到声音后，没抬头看就猜到是谁了，丢下手中的笔，冷眼直起身说道："出去。"

男人反而走过来："檀野，我不是来找你吵架的，你现在马上就要高考了，必须好好规划一下才行。京航不去也好，以你的成绩，国内华清计算机，或者国外麻省理工金融都是更好的选择，以后都有百万年薪的发展前景……"

檀野沉声打断他的话："我让你出去！你无权干涉我的决定！"

檀父紧皱着眉："我是在和你商量，你的考试成绩近740分，学校任你挑，你为什么选择去一个600分的学校？等你以后看着那些成绩不如你的同学拿着比你高十几倍的年薪，你就会后悔的！理想不代表一切！"

"哼！"檀野冷笑一声，"你这种人当然不会明白理想的意义，就像你永远都无法接受妈妈文身师的职业一样！现在请你离开妈妈的店！"

"你！"檀父气得握紧了拳，转而看向梨岁，"你是不是因为这个小姑娘才一心想去京航的？"

梨岁蒙了，连忙解释道："不是，叔叔，我还考不上京航，你误会了……"

梨岁因为檀野想去京航还差不多，怎么事情变成现在这样了？

檀野挡在梨岁面前，声音毫无温度地警告着父亲："你别往别人身上泼脏水，我要去京航是高一就决定的事情！"

"我再说最后一遍，带着你的傲慢和偏见离开妈妈的店！你不配踏进来！"

檀父无奈，正要离开时，看向梨岁："对于刚才的误会，叔叔非常抱歉，希望你能帮忙劝劝檀野，他应该有更好的前途。"

等到檀父离开之后，檀野怒气冲冲地坐到沙发上，低着头，一言不发。梨岁挪开椅子，走过去坐到檀野对面。

梨岁把纸巾递过去："你想哭就哭吧，我不会笑话你的。"

檀野微微抬头盯着她手中的纸，接过来，在手中揉成一团。早在高一的时候，檀野就已经差不多把眼泪流够了。

梨岁等檀野情绪稳定些，才笨拙地开口："你别想那么多，李老师、刘主任也觉得你的分数这么高，去京航可惜了。我妈也经常说，18岁的人谈理想，38岁的人谈现实。"

檀野的眼睛红红的，他声音有些颤抖地说道："所以，你也觉得我应该放弃成为飞行员？"

梨岁摇摇头，认真地盯着檀野说："我觉得，檀野不管在人生的哪个阶段，都会是很优秀的人。因为你是檀野，超级无敌厉害的檀野！"

檀野看着梨岁越说越明亮的眼神，听着她那天真又坚定的语气，"扑哧"一笑。

梨岁认真地说道："我是说真的啊，你看，你会文身、修手机、讲题、画画，理科全满分，打游戏还那么厉害，主要是，还长得跟女娲毕业设计似的……"

檀野静静地听着她夸奖，脸上的阴霾一扫而空，他勾唇笑道："梨同学，原来这些才是你的真心话啊。"

平时梨岁总是吐槽他高傲、不可一世。

"我这是为了安慰你。"梨岁撇嘴，说，"如果我刚才劝你放弃，你是不是就不和我玩了？"

檀野语气平淡地开口："不会。"

"啊？"梨岁有些错愕。

檀野瞥了一眼她背后放着课本的台球桌："背你的单词去，春考不能考到570分，后面就难了。"

提到成绩，梨岁像是被毒哑了，撇撇嘴，老老实实地回去背单词。

梨岁要在半年内将成绩提高100分，谈何容易？

之前梨岁分数低，进步空间较大，可越到后面，提升分数就越难，毕竟高考差1分就能甩开全国几万人。

同学们很快迎来新的学期。

李老师在讲台上说道："同学们！寒假过了，春考还会远吗？春考过了，二模还会远吗？二模结束，你们就踏上高考之旅了。希望大家能深刻地认识到，高考在即，留给你们的时间不多了，接下来的每一天都更加关键，大家一起攒足劲儿冲过去好不好！"

教室里的男生和女生齐声应道："好！"

李老师看向后排趴在桌子上的檀野，梨岁赶紧用脚踢了他一下。李老师见檀野抬起头："我给大家喂的是心灵鸡汤，给你喂的是催眠药呗？这都到什么时候了，你还睡呢！"

"老李，你就让他睡吧，你是不知道他这个寒假有多努力！他和梨岁两个人刷的题都能绕教室三圈了！"张瑞说道。

张瑞每天看着这两个人在文身店不要命地刷题，把他这个摆烂王都看得焦虑了。

檀野偶尔会放松一下，梨岁就像个机器人，只知道刷题、背单词。

李老师看着周围的学生，说道："听到没？檀野都那么努力，看来百万奖金的确比我的课堂要吸引人！"

大家不约而同地笑出声。

李老师突然意识到了什么，看向张瑞："你是说檀野和梨岁经常一起学习？"

梨岁此时心里一惊，老师该不会是误会什么了吧？

班上的其他人也纷纷投来好奇的目光，同班这么久，好像确实只有梨岁一个女生和檀野关系还算不错。

紧接着，李老师说道："难怪我觉得梨岁的解题思路和檀野的那么像。"

要不是知道梨岁努力，她都要以为梨岁抄了檀野的作业，还"抄"得挺高级。原来梨岁是"师从"檀野。

听到这里，梨岁暗自松了一口气。

李老师走到教室中间："还有一件值得高兴的事，咱们班的檀野同学再次被校长点名邀请，明天上台做新学期典礼的演讲。"

台下响起了一片掌声。

檀野瞥了一眼梨岁，微笑着说道："荣幸之至。"

梨岁在旁边看着檀野的笑脸，心想：你感到荣幸！我心情不好啊！

我又要帮你写稿子了!

李老师继续宣布道:"檀野的同桌梨岁也被学校老师们看到了啊!逆风翻盘,向阳而生!你记得也准备一份演讲稿,明天檀野讲完,下一个就是你。到时候咱们班的同学一定要掌声鼓励啊!"

梨岁直接愣住——两份演讲稿!

梨岁万万没想到,自己还能站在台上给全校同学演讲。

放学后,梨岁成功背负了两份演讲稿的重任,关键是还要写得不一样。

梨岁在电脑前写着演讲稿子,忽然想到老师今天的通知,她看向檀野:"明天学校教室和图书馆正式修改开放时间,特地为咱们高三调整到了晚上11:30关闭,老师也会去义务讲课,我们去上晚自习吗?"

檀野:"你想去?"

梨岁点点头:"要是老师划重点什么的,我感觉还是去上课比较好。"

梨岁担心檀野误会,急忙补充道:"我没有说你补习不好的意思啊!毕竟是高考嘛,我们学校老师押题还是挺准的。"

檀野被梨岁这小心翼翼的样子逗笑了,说道:"去就去呗。"

梨岁抿了抿唇,说道:"我这不是问你去不去?"

檀野转着手中的钢笔:"你还真是不放过一丝压榨哥哥的机会。"

梨岁很是冠冕堂皇地说道:"学霸,我这也是为了你的成绩着想啊!咱们主打一个稳中求胜。我觉得吧,736分还是有点儿危险,成为百万富翁的机会可不能就这么错过。"

其实梨岁就是想两手抓!谁能拒绝老师划重点和学霸补习呢?!

檀野:"看情况。"

听到这个回答,梨岁心里已经十拿九稳了,意味深长地笑着看檀野:你装任你装,来了是小狗!

檀野抬眸看着梨岁:"学姐,请控制一下你的眼神,我害怕。"

梨岁哼了一声,不以为然地说道:"反正你要是不来,那就是怕黑不敢回家,我能理解的。实在不行的话,姐姐我送你。"

檀野咬着牙说道:"梨……岁!"

梨岁用完激将法,转头继续写演讲稿。她还没打几个字,手机就在

旁边不停地响,打开一看,都是以前班级微信群里的消息,而那些在微信群里发消息的正是在京北被抓进派出所的几个人。

"梨岁都能上台演讲了,她的成绩在班里不是倒数第几吗?"
"哎哟,早知道复读有这么好的待遇,大家还上什么大学啊!大家都学她呗,考得不好也有个努力奖。网友还真把她当我们学校的代表呢!"
"每次别人问我从哪儿考上来的,我说临南一中,他们都说是不是梨岁在的那个学校,真让人无语!"
"梨岁,你现在一定很得意吧,报警抓自己的同学,真是为了出名不要脸!"

几个人一唱一和,把梨岁推到风口浪尖。
在旁边的檀野听到消息声不停,看向梨岁,问道:"聊什么呢?"
梨岁默默地把手机屏幕给檀野看。
"没聊什么,我是被骂的那个人。"
檀野看见上面的内容后,夺过她的手机,三下五除二地发了条消息,然后直接退出微信群了。
梨岁被他果断的操作震惊了:"大哥,就……就这么退群了?"
檀野把手机还给她:"你现在不退微信群,打算留到过年再退吗?你该不会指望那些看不起你的人因为你复读就对你改观吧?"
这已经不是檀野第一次发现梨岁在微信群里碰到这种问题。微信群里的人哪个看起来像同学?
梨岁沉默了一会儿,留着微信群确实是有这个想法的。梨岁想让其他人都知道,她也可以考上很好的大学。
檀野直言:"你错了,他们只会找更多的理由来证明你比他们差,仅此而已。你留着这种微信群就像留着一根刺,它时不时就会刺你一下,当断则断,连根拔起后,也就那么回事。"
梨岁把他的话听进去了,十分认可地点头。
"不过,梨同学的心态似乎好了不少。"
梨岁:"嗯?"

檀野看着梨岁的眼睛说道:"至少没哭。"

梨岁轻哼一声,皱了皱鼻子:"现在我可是钮祜禄·梨岁。"

梨岁回想起刚才檀野的操作,便问道:"你退出微信群之前发什么了?"

檀野没具体说,只说道:"脏话。"

梨岁:"哥!你是真不顾我的死活啊!"

檀野一边看试题一边说道:"我和这种人怎么讲道理?"

梨岁想想也是。

那个微信群留着完全是给自己找罪受。梨岁之前其实也想过退出微信群,但是又觉得都是同学,退出微信群是不是显得自己太小气了?她现在发现,自己早该那么做了!

次日,在开学典礼上,梨岁紧张地拿着话筒,缓缓开口:"大家好,我是高四A班的梨岁。"

既然那些人一个劲儿地抓着她复读的事儿不放,那她就公开面对这件事情。

复读怎么了?心存偏见的人都戴着有色眼镜看待他人和事情。

站在演讲台上的梨岁看着自己班级的区域。原来,舞台上的视野这么宽阔,甚至能够看到刚走下台的檀野,他正回到班级的最后一排。

半年前,梨岁也站在那里,只不过台上站着的是檀野,她觉得自己和少年隔了一个操场的距离。现在,她也站到这个位置了。

演讲还算顺利,梨岁只有几句话说得不够流畅,李老师带头和班上的同学一起鼓掌鼓励她。

梨岁平复好心情,说道:"最后,高中很累,但沿途有风景,希望大家都有一个很棒的青春!"

典礼结束,整个高三班级都被校长留了下来,又接受了一遍教育洗礼。

班级逐个开始撤退的时候,校长走到檀野身边,笑眯眯地说道:"小野,学校对你的期望很大,晚自习你会来参加吧?"

校长也知道一些檀野家里的情况,檀野没人管,在这关键的几个月,校长可得好好盯紧这个好苗子,让他把心思放在学习上,免得他一不小心学坏了。再加上檀野来上晚自习也能在无形中提高其他班的学生的出勤率。

檀野听到校长的称呼，鸡皮疙瘩都起来了，回答道："我知道了。"

梨岁排队离开之前，听见校长又问道："华清、京大都通过学校联系你好几次了，檀野，你真的不再考虑考虑？"

梨岁心一揪，意识到两个人之间的距离犹如鸿沟。

华清、北大，梨岁现在拿命学也考不上啊！

梨岁没走几步，檀野就快步追了上来。梨岁瞥向他："你怎么和校长说的啊？"

檀野悠闲地走着："我说，让他在我的校优秀生简介中加上一句——多次婉拒华清、北大。"

梨岁心想：好欠揍的人！

高三冲刺，光阴荏苒。

连檀野也不再上课睡觉和逃课，整个备考氛围无比紧张。

中午放学，梨岁他们一群人都不打算回家，而是选择直接在食堂吃饭，然后去图书馆学习。

大家迅速在走廊上围成一圈，梨岁举起手："老规矩，剪刀石头布，谁输了，谁先跑去图书馆帮忙占座位。"虽然梨岁已经连输好几天了，但是并不影响她玩这个游戏的热情。

"剪刀、石头、布！"

三个出剪刀，两个出布，出"布"的分别是檀野和梨岁。

张瑞笑嘻嘻地说道："梨岁，我们都摸清楚你的习惯了。"

接下来就是檀野和梨岁两个人重来一局。随着音落，梨岁依旧是布，檀野却改成了石头。

梨岁开心地跳起来："哇！我终于赢一回了！"再输下去，她真的要怀疑人生了。

"啊？"张瑞错愕地看着这个结果，难以置信地看向输了的檀野。

"野哥！你在这种情况下也能输？隔壁班的同学都知道梨岁喜欢一出布，二出剪刀，三出石头！送分题啊！

"我算是体会到了，原来恨铁不成钢是这种感受！"

檀野轻扫了张瑞一眼："今天图书馆没你的位置。"

说完，檀野一声不吭地下楼。

张瑞赶紧上去巴结："野哥，帮我占一个座位，我帮你打好饭，等你来食堂！"

梨岁和棠稚开心地挽着手去食堂排队。食堂队伍分男女两列，前前后后的人都在聊天儿。

棠稚激动地说道："岁岁，今天是情人节！"

"真的啊？！"梨岁也被她感染了，"不过，情人节和咱们好像没啥关系。"

棠稚接着说道："听说有好几个公开表白的学生被校领导抓到了。"

说到这个，梨岁就有了兴致，说道："这么大胆？！"

临南市一中属于地方名校，抓学生早恋出了名严格，情节较轻的，要写检讨记过；严重影响学习的学生甚至会被劝退。

棠稚用眼神示意梨岁，说道："听说有好几个女生向连景承表白，都被学校警告了。现在的学生敢和学生会会长表白，也真是胆大。"

梨岁顺着棠稚的视线看过去，对方似乎知道她们在聊他，也同时看过来，梨岁尴尬地低下头："咱们好像被发现了。"

棠稚无所谓地说道："我们又不向他表白，听见就听见呗。现在的班级从高一开始就不让男女同桌了，你和檀野高三还能做同桌，放眼整个学校，那也是相当特殊了。老师和学校可真是太放心你们两个人了。"

梨岁笑着耸耸肩："谈恋爱不如好好学习。"

打好饭，梨岁几人坐到一张八人长桌边，边吃边等着檀野从图书馆回来。

梨岁低头喝汤时，眼前突然出现一片阴影，她以为是檀野，刚要开口："檀……"

此时，三位隔壁班的男同学站在梨岁面前，略微眼熟的连景承问道："不好意思，没有多余的三人位置了，我们可以拼桌吗？"

看清眼前的人后，梨岁放下手中的勺子，看了看八人桌刚好还剩的三个位置，说道："可……可以啊。"食堂又不是她家开的。

连景承在梨岁旁边坐下，把对面的位置留给了檀野。

张瑞和刘义俊瞬间尴尬了起来。张瑞他们经常将 B 班的连景承和野哥比较，再加上学生会的一些做法，张瑞他们更不喜欢连景承，估计连景承也讨厌张瑞他们。

梨岁看着张瑞给檀野打的饭菜："你死定了，檀野不吃辣椒，你还盛了好几个带辣椒的菜，等下他让你挑干净。"

此时，从图书馆回来的檀野走进食堂，往长桌这边看了一眼，发现自己的位置正坐着别的男生，没有作声，而是直接走过去。看到张瑞打的一盘饭菜，檀野面无表情地在梨岁对面坐下，没动筷子。

梨岁疑惑地问道："你不吃吗？"

"不饿。"檀野沉声说道。

张瑞把檀野的那份饭菜端到自己面前："野哥，对不起啊！打饭的时候太挤了，我没多想。我帮你把辣椒挑掉。"

檀野靠在椅子上，垂眸看着那份饭菜，说："我又不是巨婴，要吃的话我会自己挑，单纯没胃口。"

最后，那份饭菜被张瑞和刘义俊分吃了。

吃完饭，大家从教室拿着复习资料准备去图书馆，走到半路，梨岁突然想起什么，便和大家说："我的尺子好像掉了。你们先去吧，位置空太久不合适，我找到后马上过去。"

梨岁一个人又折了回去。

路过小树林，梨岁却感觉好像有人跟着她，转过身，发现刚才拼桌的连景承就站在不远处。连景承见她停下脚步，小跑过来，有些紧张地捏着手心的字条。

梨岁看着站在面前的连景承："那个……你找我有什么事吗？"

梨岁低头看去，只见男生的手中握着她丢失的那把尺子。梨岁有些惊喜，没想到是被连景承捡到了。梨岁正这么想着，连景承拿着尺子的手伸到她面前，她定睛一看，上面还有一张折叠起来的小字条。

"梨岁，你的东西。"

梨岁没多想，伸手就要接过，忽然不远处传来一声厉喝："你们在干什么？！"

梨岁被吓得一下没拿稳，只有尺子抓在手中，上面附带的小字条却掉在了地上。

梨岁闻声往后看去，檀野不知什么时候也折了回来，脸色冰冷地朝这边走过来。

檀野站在两个人旁边，双手插在黑色校裤口袋里，眼睛眨也不眨地看着连景承："会长啊？"

没等连景承回应，檀野垂眸看去，弯腰捡起掉在地上的字条，轻蔑地勾了勾唇。

檀野用长指捏着字条，伸到连景承面前："尊重我们会长的隐私，这张字条我就不打开看了，但是，这里面写了什么……连会长应该比我更清楚吧？"

梨岁看着这两个人，闻到一股莫名其妙的火药味，不由得感慨：全校第一和第二果然不和。

连景承面色苍白，看着檀野手上的字条："你想怎么样？"

檀野笑了笑，说道："别紧张。"

檀野把字条递给连景承："我没别的意思，就是想提醒连会长，校规校纪是不是太久没背了？高三这么重要的阶段，可别忘了什么事情该想，什么事情不该想。你应该也不想在最后的几个月给自己的高中生涯留下不光彩的记录吧？"

连景承拿回他手上的字条："谢谢檀同学提醒。"

刚开始梨岁还在想着，檀野这位从来没把校规校纪放在眼里的大爷，怎么还提醒别人遵守校规校纪啊？

听到后面，梨岁似乎明白了什么，尴尬地握着手中的尺子，心想：刚才连景承不会是打算跟我表白吧？还特地选在情人节，早上那些表白被抓的同学都要通报受处分，连景承是想不开了吗？

连景承将字条收回口袋，深深地看了梨岁一眼，转头离开。

檀野见梨岁还盯着人走的方向，便直接站到她面前挡住她："怎么？你还真打算收情书？"

发呆的梨岁瞬间回过神儿，说道："啊？你瞎说什么呢？！我可不想被记过！"

两个人往图书馆走,檀野瞥了一眼她的手中的尺子,随口说道:"尺子在哪儿找到的?"

梨岁边走边说道:"不知道,是连景承捡到后还给我的。"

下一秒,梨岁手中的尺子直接被檀野抽出。

梨岁反应过来时,在半空中看见一道抛物线,尺子被檀野抬手丢进了几米开外的垃圾桶内。

梨岁瞬间瞪大了眼睛,莫名其妙地看着檀野。

"喂!你把我的尺子丢了干吗?!"

梨岁赶紧小跑到垃圾桶旁边,看看能不能把尺子捡回来,洗洗还能用。

但是学校的垃圾桶中午刚换过新的袋子,尺子掉在最底下,半人高的垃圾桶让梨岁看傻眼了。

面对这个又大又沉的垃圾桶,梨岁沉默了。

她总不能钻进去吧?

梨岁转头瞪着慢悠悠地走过来的檀野:"檀野!你赔我尺子!"

檀野剑眉一挑,说道:"十把尺子够不够?"

见檀野把自己的东西乱丢,还说得这么云淡风轻,梨岁咬着牙:"你……有钱了不起啊?!好好的一把尺子,哪里惹到你了?!小小年纪就知道拿钱解决问题,你知不知道这有一个很大的坏处?!"

檀野以一副无所谓的样子看着梨岁:"什么坏处?"

梨岁握紧拳头,愤愤不平地说道:"坏处就是……钱不是我的!"

檀野嗤笑:"我还以为你要说我耽误你的学习进度了。"

"难道没有吗?"梨岁幽幽地说道,"我不管,把你的尺子借我用用,反正你的尺子也是我买的。"

檀野笑容不减,说道:"我又没说不让你用。"

梨岁继续说道:"我买的,我当然能用!别说你的尺子了,你的笔也是我的,橡皮也是我的,圆规也是我的,什么都是我的!"

梨岁说的每一句话都让檀野笑得肩膀轻颤。

说到最后,梨岁轻轻摇头:"可惜你的分数不是我的。"

到图书馆后,两个人瞬间安静下来,小心翼翼地坐到位置上复习。

午休时间，大家在图书馆复习，却不知道外面的世界已经沸腾了。

校园论坛上有同学发出一张图片，并配文："两大男神同框！"

这是一张在高楼上俯拍的照片，有些模糊，但是不难看出两位男生高挑儿的身材。

楼主的本意是想讨论一下校园男神同框，但是很快就有人注意到旁边还有个女生。

"天哪！天哪！这个女生是不是梨岁啊？"

对方把图片放大截图，用醒目的红线圈起来。

"楼主！你好像拍到了什么不得了的事情！"

"这三个人站在一起的画面，怎么越看越像修罗场？今天可是情人节啊！"

"不会吧？这三个不像是会谈情说爱的人啊！毕竟学习都够忙了。"

"大家还是别脑补过度了，连景承是学生会会长，檀野是我省预备第一名，再加上梨岁一个走火入魔的复读生，他们眼里根本就没有七情六欲！"

"连景承是学习狂魔啊！他都不认识梨岁，他们之间要是有猫儿腻，我直接把楼主吃了！"

"楼主：你最好有事。"

…………

午休时间结束，梨岁一行人回教学楼上下午的课，路上引来不少目光。

棠稚把自己的手机给梨岁看："你看，学校论坛发新公告了！"

最新公告："禁止议论高三届学生，以免影响到同学们的备考心态。如有违规者，直接送上禁言9999天套餐，加检讨警告。严重引发网络暴力者，开除学籍。"

"太好了，我就说论坛环境该整改整改了，天天开局一张图，内容全靠编。"棠稚说道。

梨岁赞同地说道："要不是有些时候需要搜资料，我都卸载 App 了。不过这次是什么事情引起的啊？"

棠稚把别人截图的帖子图片给她看："有人拍了你们仨的合照，又因为今天是情人节，流言越传越离谱儿。这些人的想象力也太丰富了，不知道咱们学校很忌讳这种言论吗？他们还不停地往表白的方向揣测，要不是论坛管理员及时控制，指定要被叫去谈话。"

梨岁摸了摸鼻尖，虽然这件事情和檀野关系不大，但是连景承好像确实和那些人猜的一样。

不过幸好事情没有闹大，连景承不仅是全校第二，还是学生会会长，要是学校去查监控，事情绝对不好收场。

高三是关键时期，梨岁可不想让自己陷入早恋风波。

随着时间推移，事情渐渐平息，论坛上再也看不到高三学生的话题，梨岁也没碰到过隔壁班的连景承。

盛春，雨后。

22：30，从校外看去，整个高三楼层灯火通明。

学校每周都会有心理辅导老师单独找同学谈心，梨岁成了重点关注对象。

晚自习，檀野见梨岁又从办公室回来，手上还拎着一袋零食。

"你这是去做心理辅导还是去逛超市了？"檀野问道。

梨岁哭笑不得地举着手中的零食袋："我和心理辅导老师说我真的压力不大，她不信，带我去买了一堆小零食开导我。"

老师们都担心梨岁学习太累了再出现心理问题。毕竟是高三阶段，心理辅导还是很有必要的，梨岁也不好拒绝。

檀野毫不客气地接过梨岁手中的零食。

"上次老李问大家志愿，你张口就是京航，差了近100分，老师能不担心你吗？"

梨岁伸手要把零食夺回来，在教室又不敢大声，只能小声地说道："喂，别拿完了！我要是心态出问题了，肯定是你害的。"

檀野拿了两包水果糖，把剩下的零食连袋子一起塞回她的抽屉里："本少爷每天这么辛苦，吃你几包零食怎么了？你忘了你春考573分的成绩是怎么来的了？"

梨岁撇嘴："是你是你是你，行了吧？"

教室门口，李老师背着酒红色大皮包走了进来："大家先停一下啊，老师说件事情。"

梨岁聚精会神地看过去,李老师从万能大皮包里拿出日历和红色横幅。

"今天是高考倒计时第100天!"

李老师将横幅在讲台上展开,上面印着八个烫金大字——只争今朝,不负韶华。

"大家可以排队过来在横幅上写下自己的名字、理想或者想说的话。"李老师话音刚落,前排的同学就迫不及待地上去签上第一笔。

梨岁和檀野两个人是最后一排的,排在最后,等前面的同学发挥完,靠近烫金大字的区域已经没有太多的空白。

梨岁拿着金色马克笔,在"韶华"二字周围的空白处签上了自己的名字。梨岁见别人还写了很多话,她不知道写什么,就在旁边画了小爱心和小飞机图案。

轮到檀野时,梨岁把笔递给他,还好奇地瞄了一眼他打算写什么。

檀野潇洒地甩了甩手中的马克笔,飞快地在横幅上签下"檀野"两个字。

梨岁看见自己画了半天的小飞机,一眨眼就被檀野的名字覆盖。她难以置信地抿着唇。此刻,他们毕竟是在课堂讲台上,梨岁只好默默地回到座位上。

李老师说道:"好了,檀野顺便把横幅带下去吧,等下挂到教室后面。"

梨岁回到座位上,攥着拳头,看向檀野,小声地从牙缝里挤出控诉的话:"檀野!你的名字把我的小飞机都盖住了!"

檀野满不在乎地瞥了一眼桌子上叠着的横幅:"我没注意。"

梨岁:"你不会找个其他地方写吗,为什么学我写那里?"

檀野轻笑道:"你这么激动干什么,不是还给你留了个爱心吗?"

梨岁嫌弃地说道:"你刚才不是还说没注意?"

李老师拍了拍讲桌,同学们瞬间安静,梨岁也没再说话。

"上次叫大家制订的百日冲刺计划,老师已经全部看过了。点到名字的同学,现在跟我去办公室谈谈。"李老师说道。

"张瑞……"

这次梨岁没有被点到名字。此前各科老师都担心她因学习过度,物极必反。春考成绩一出来,老师们发现这个孩子真不是闹着玩的,刷的题都转换成了有效成绩。

老师刚走没多久,忽然整栋教学楼的灯不亮了!

教室内安静了一瞬,随后,刚才还在复习的学生全部起身欢呼。

"哈哈哈……停电啦!"

高三教学楼欢呼声不停,仿佛在黑夜中,大家的学习压力得到了释放。

梨岁感觉到自己的袖子被拽了一下,赶紧拿出手机,打开手电筒。灯亮的瞬间,檀野立刻松开了她的校服衣袖。

檀野抢先说道:"不许说话!"

梨岁看着自己被扯皱的衣袖,脸上的笑容实在是控制不住,内心嘲笑道:檀野是怕黑的小弟弟呀!

檀野懊恼地趴回课桌上,内心已经完全抓狂,他觉得自己刚才太丢脸了!

因为突然断电,加上离晚自习结束的时间也不久了,学校通知大家提前收拾东西回家。

学生都冲到教学楼的走廊上,不知是谁先唱了句"原谅我这一生不羁放纵爱自由",许多人不约而同地接唱下一句。大家合唱的 Beyond 的《海阔天空》响彻整个临南一中。

被气氛带动的梨岁就在教室,举着手机,用她那不标准的粤语欢乐地绕着檀野唱。

原本还在郁闷的檀野听到梨岁那走调的粤语歌,不由得笑出声。

见檀野终于肯正眼看她了,梨岁笑道:"别趴着了,都放学了,你不走,我可就把你丢在这儿了!"

檀野起身,拿起桌上的横幅:"我把横幅挂上就走。"

说着,檀野就往教室后墙走去,凭借记忆,很快找到最右边的钉子,把横幅的一角挂上去。檀野却没摸到左边的钉子,梨岁拿着手机,打开手电筒给他照着。

灯光扫到横幅的瞬间,映入眼帘的画面让她一怔。

第十三章 学霸演唱

手机灯光往檀野牵着的横幅上一扫,正好落在梨岁画着小爱心的那片区域,而旁边就是檀野的名字。

烫金色的字泛着耀眼的光芒。

梨岁急忙移开手机。她不确定檀野有没有看见,只能若无其事地装作不知道,然后看着他把横幅挂好。

这时,学校的灯都亮了,外面的学生又重新往教室跑,准备收拾书包回家。

檀野往后退了两步,看了看挂好的横幅,然后转身看着梨岁:"收东西,准备走了。"

梨岁也跟着往横幅上看了一眼,好在横幅挂得比较高,他们的名字比大多数人的写得小,不仔细看的话也看不出什么。

放学后,一行人说说笑笑地结伴回家,梨岁还戴着耳机听英语,张瑞跑到她面前,好奇地看着她:"梨岁!你这也太走火入魔了吧?我要是有你一半努力,也不至于被老师叫去谈话。"

梨岁摘下一只耳机,兴奋地握着拳头说道:"今天努力拼搏!明天一定考上!"

走在旁边的檀野笑着扫了她一眼:"梨同学口气还不小。"

"你这要是再复读一年,剑指华清、北大真不是问题!"张瑞说道。

听到这儿,梨岁赶紧摆摆手:"那还是别了,我真扛不住。保佑我摸底考试能考 630 分,高考一次就中,我可不想再复读了。"

棠稚旁敲侧击地说道:"岁岁,你也别想太多了,以你目前的分数来说,还是有很多好学校可以选择的,不用一直盯着京航。"

棠稚虽然相信梨岁,但是京航在临南市的分数线每年都有变化,一般在 630 分到 650 分。如果恰好今年定得比较高,梨岁就很有可能会与京航失之交臂,期待越高,反而可能会导致心态失衡。

梨岁坚定地挽着棠稚的手:"我可以的! 630 分不够,我就争取考到 640 分、650 分。你们说我努力,其实我真的差很多分啊!天知道我看着檀野那用不到的 100 分有多眼馋。"

檀野轻笑道:"你确定只是眼馋我的分数吗?"

也不知道是谁成天比檀野还要着急,生怕檀野拿不到第一名,仿佛那 100 万元是她的一样。

梨岁打了个响指:"当然还有百万奖金!"

过了岔路口,只剩檀野和梨岁两个人,檀野住得最远,每次到最后都是他一个人回去。檀野还死要面子,不管路有多黑,绝对见不到他用手机灯照路。

梨岁调侃道:"叫声姐姐,我就送你回去,怎么样?"

檀野凶巴巴地眯着眸子:"你想挨揍是不是?快上去!"

梨岁在心里默默地补充他未说完的话:快上楼,本少爷怕黑还死要面子,得抓紧时间跑路了。

"明天见!"

檀野:"明天见。"

见梨岁上楼之后,檀野将脖子上挂着的耳机戴上,放了首歌就径直往巷子出口走。

檀野到了红绿灯路口,忽然冲过来一个女生,在他面前质问道:"你和那个叫梨岁的女生在谈恋爱,是不是?!"

檀野看都没看她一眼,直接抬脚绕过她离开。

林欣月跑到前面，拦着檀野不让走，手上还夹着一根点燃的烟。林欣月说道："你聋了还是哑巴了，我和你说话呢？！"

高中生早出晚归，林欣月今天就是特意守在这里等着檀野。果不其然，看见檀野又是从梨岁家的巷子回来，去文身店明明有更近更宽的大路，他非要走这条破巷子。

檀野有些恶心地扇了扇弥漫在周围的烟味："关你什么事？"

林欣月把烟往地上一丢，趾高气扬地说道："怎么不关我的事了？我追你那么久，街坊邻居谁不知道？本以为你只是顾着学习才不谈恋爱，原来只是个幌子！大家都说你和她去京北玩了一个礼拜，在那儿干了什么，只有你们自己知道吧？！"

林欣月心里认定梨岁肯定是偷偷用了什么下三烂的手段和檀野在一起的，否则檀野怎么可能看上她？

檀野拽下耳机，狠狠地摔在她的脚边，力气大到耳机瞬间四分五裂，他厉声吼道："你敢再说一遍！"

檀野握紧拳头，青筋从白皙的手背拱起，他目光阴沉地逼近她。

林欣月被檀野的样子吓得退了退，说道："你干什么？大晚上的，你还想打我不成？这里可都是有监控的！"

檀野嗤笑："我不打女人，但你，还不算人。"

"你！"林欣月整张脸都气红了，"我要投诉到你们学校去！我不好过，你们谁都别想好过！"

林欣月丢下狠话就跑。她经过檀野身边时，檀野不动声色地伸出脚，林欣月向前一扑，摔倒在地，撑在地上的手掌被水泥马路擦出血痕。

林欣月的眼泪瞬间掉了下来，她说道："你……你！檀野，我跟你没完！"

檀野不屑地勾唇："不好意思啊。"

说完，檀野拾起地上的耳机碎片，丢进垃圾桶，头也不回地离开。

翌日，学校里到处是火红的横幅。每一栋教学楼的每一层都挂上了巨大的横幅，上面印着的句句激励人心的话语都在提醒着梨岁：高考即将来临。

预备铃响起,李老师在台上宣布:"下周4月16日是咱们临南一中建校60周年纪念日,学校要举办校园晚会,需要征集表演节目,全年级都可以报名参加,一共有三个奖项。但是咱们高三还是以学业为重,不建议啊,不建议!"

李老师就差没把"大家都给我好好复习,都别报名"这句话写在脸上了。

看见没人举手,李老师非常满意地拍手:"好!既然没人愿意参加,我们就继续讲……"

话还没说完,李老师恍惚间看见后排举起一只手。

李老师正打算教训此人一番——坐在后面还不好好学习,关键时候敢报名参加这种活动,可她定睛一看,发现举手的人是檀野,就把话又咽了回去。李老师纳闷儿,这孩子的集体荣誉感什么时候这么强了?

李老师再次确认道:"檀野啊,你要上去表演?"

同桌的梨岁也惊呆了,这哥们儿什么时候还有才艺了?

檀野微微颔首:"唱首歌而已,不耽误我学习。"

李老师想了想,把他的名字记了上去。

"对了,檀野,你记得再写一份演讲稿,主题就是60周年校庆,还有学校的发展史之类的。"

梨岁的心态崩了——演讲稿,演讲稿,又是演讲稿!

檀野倒是爽快地答应道:"没问题。"

李老师欣慰地看着他,现在的檀野可真是越来越服管了。不像以前,让他写份演讲稿跟要他的命一样。学校只能把很多演讲的机会给了隔壁班的连景承。作为A班的班主任,李老师自然希望自己班的学生能多给她争争光。

梨岁默默地用手挡着靠近檀野的半边脸,心里反复祈祷着:"别指望我,别指望我,别指望我……"

梨岁却听见了檀野无耻的声音,他直接说道:"谢谢同桌。"

课后,梨岁好奇地问道:"学霸,校庆你打算唱什么啊?"

想不到这桀骜不驯的家伙还会表演节目呢。

檀野惜字如金地回答:"歌。"

梨岁被噎得手好痒，想揍人！

梨岁咬了咬牙："我是说歌名！"

张瑞也扭过头来，说道："野哥，还有不到两个月就要毕业了，你还不忘散发一下你那该死的魅力，打算毕业后收多少情书啊？"

"我知道了，你肯定是想一毕业就找女朋友，现在先撒网对不对？我懂你的！"

"都被你懂完了。"檀野瞥了他一眼，"你是懂哥，但哥不懂你。"

梨岁"扑哧"一笑："我觉得张瑞说得没错啊！要不然你怎么突然要参加什么校庆表演，这可不太符合你的作风。"

梨岁上下打量着檀野，一套黑色配荧光绿的连帽卫衣又跩又酷。她试探地问道："你该不会是想上去唱rap（说唱音乐）吧？"

檀野撑着下巴，漫不经心地看向梨岁："你想听啊？"

张瑞激动地说道："我想听！我想听！"

听到檀野这么问，梨岁惊讶地捂着嘴，不可思议地看着檀野："天啊，你真会唱啊？"

下一秒，檀野扯了扯嘴角："不会。"

白兴奋一场的梨岁扫兴地扯出一抹假笑。

梨岁倒也不是多想听rap，只是感觉檀野会唱歌这件事情本身就很神奇。

檀野准备参加校庆的事情很快就传遍了整个临南一中。论坛上不允许讨论，大家就只能私下里聊，不过传播速度丝毫不减。

"天哪天哪，我男神要唱歌，想不到快毕业了还能等来一份大礼啊！"

"感谢校庆！我爱学校！"

晚上放学，城南巷子里原本该到点熄灭的灯却依旧亮着，一路都有灯光直通巷子口。

梨岁故意说道："你看，连街道处都知道有人怕黑了，特地把熄灯时间改了。"

檀野嘴硬地说道："本少爷早就不怕黑了。"

梨岁忽然伸出两只手，扑过去吓唬道："嗷！"

檀野瞬间退了两步，霎时，女孩儿的笑声传来。

见檀野在有灯的情况下还被吓成这样，梨岁笑得直不起腰。

檀野怒目圆睁，瞪着她："梨岁！"

被吼了一声的梨岁捂着肚子起身，她笑出来的眼泪都打湿了睫毛，两只眼睛在路灯下显得又大又亮。她说道："不好意思啊，学霸，我专治嘴硬。"

檀野气沉丹田，装成戴上耳机故意不理她的高傲样子，试图挽回自己刚才的形象。

梨岁这才注意到他的新耳机，问道："你换耳机啦？"

"嗯。"檀野应声，"之前的坏了。"

"你真的不透露一下校庆唱什么歌吗？"梨岁期待地看着他，"我肯定不外传！"

檀野把耳机的音量调小了些："原本定的是《你最珍贵》，现在换了。"

梨岁边走边思索了一下："听君一席话，如听一席话。"

听出檀野要保密的决心后，梨岁也没再问。

殊不知，此时檀野的耳机里一直在循环播放着他决定要在校庆上演唱的曲目，心里默默地练着前半部分的 rap。

回到家的梨岁照常趴到窗口看檀野。巷子被昏黄的路灯照亮，檀野的身影逐渐被拉长，渐行渐远。

只是一个背影，梨岁却明显能够感觉到檀野在回家的路上是心安的。

巷子里路灯的熄灭时间并不是管理人员主动修改的，而是梨岁特地发邮件到街道建议后才改了的。

梨岁以高三学生下晚自习时间晚为理由，写了一份长达 600 字的建议，最后得到了管理人员的认可，将熄灯时间延长到了凌晨 1 点。

自从檀野报名校庆唱歌之后，梨岁下课后时不时就会听到他嘴里哼着什么调调，有这句没那句的，完全听不清。

梨岁评论："人长得帅也就算了，唱歌还这么好听。"

在座位上哼着歌的檀野说道："你不会夸可以不夸。"

梨岁好奇地问道："除非你告诉我是什么曲目。"

因为檀野偶尔要去录音室那边彩排，负责活动的音乐老师不断地传出消息，说檀野唱得有多好，夸他都快夸到天上去了。而梨岁作为同桌，每天只能听到一些调调。

檀野见梨岁这么想知道，正打算说，梨岁忽然又反悔了，说道："算了算了，明天就是校庆了，你还是别和我说了。"都这时候了，梨岁再知道已经意义不大了，还不如当个惊喜。

上午最后一节课，同学们都在聚精会神地听课，外面突然传来刺耳的录音喇叭声。

"檀野梨岁早恋！檀野梨岁早恋！檀野梨岁早恋！檀野梨岁……"

不知道是谁拿着录音喇叭，在教学楼的墙外循环播放着这句话，扰乱了整栋教学楼的课堂秩序。

班上的人不约而同地往最后一排看过来。

面对突如其来的目光，梨岁整个人都蒙了。檀野几乎瞬间就想到了是谁干的。

很快，教导主任就找到班上来："檀野和梨岁出来一下。"

檀野和梨岁两个人在全班人的注视下，一前一后地出了教室，跟教导主任去了办公室。

而校外放喇叭的人显然还不知道檀野已经报警，喇叭还在不停地播放着。

整栋教学楼的人都听到了喇叭播放，事情很快就在学校里引发了讨论。

"天哪！是不是真的啊？不过他们两个人确实走得挺近的。"

"全校唯一一对男女同桌的含金量，你说呢？"

"如果这是真的话，檀野和梨岁都要被记过了。这可是很严重的事情。"

"有没有谁认识放喇叭的那个人啊？"

"苍蝇不叮无缝的蛋，他们肯定有问题！"

棠稚在走廊上听到之后，直接跑过去大声说道："你这就是受害者有罪论呗！那我们班好多人都和梨岁走近呢！你们怎么不说？该不会是眼里只有什么男神吧！你看不到他们的成绩吗？"

隔壁班的几个女生被棠稚的大嗓门儿吓到，被她这么一喊，经过的人都看过来，几个女生顿时感觉有些丢脸。

"那你去和老师说呗！凶我们干什么？"

"就是啊，又不是我们放的喇叭！"

棠稚以一敌三，丝毫不输，说道："学校这不是在调查吗？要你们这些人操什么心？知不知道什么叫'谣言止于智者'，不知道的话，还不赶紧多读书！"

几个女生气愤地瞪着棠稚："到时候学校调查出真相，你就等着被打脸吧！"

棠稚不屑地哼了一声："打的就是你们的脸！"

棠稚整天和梨岁待在一起，谈没谈，她还能不知道吗？岁岁绝不会在高三的紧要关头傻傻地干这种事情的。

毕业后的话……没准儿。

办公室。

梨岁双手放在身前，紧张地捏着手心。

反观檀野，像是回家了一般，直接坐到沙发上，娴熟地打开了空调，还不忘拧开茶几上放着的矿泉水，仰头喝了一口。

主任"罚站"，他就坐；主任训话，他喝水，不知道的还以为这是檀野的办公室。

刘主任夺过檀野的手中的水："都什么时候了，你给我站起来好好解释解释！"

檀野不情愿地起身："没有的事，我解释什么？"

刘主任看向旁边因为热和紧张而脸红的梨岁："你说说？"

檀野站过去："她知道什么？人是我惹的。有个人半夜在我回家的路上堵我，非要在我面前闹事，最后恼羞成怒，干出这种事，奇怪吗？"

对于这件事情，梨岁丝毫不知情，还在想是不是横幅上的字被人注意到，然后误会了什么。

刘主任着急地拍手问道："那你倒是说那个傻……不，那个人是谁？叫什么？哪个学校，哪个班的？"

檀野作为学校的重点培养对象，出了这种影响声誉的事情，校领导是绝对不愿意看到的。不管如何，学校都要尽快调查出真相，然后通报澄清。

檀野丢出几个字："不知道。"

刘主任："我暂且相信你说的话，等警察过来调监控，必须把校外的造谣者抓到！行了，放学了，你们先去吃饭吧。"

等檀野和梨岁正打算走的时候，刘主任看着他们略显登对的背影，又小步跑过去确认："你们真没谈？"

梨岁惊慌地赶紧摇头。

檀野蹙眉："你们有空不如好好抓抓那些偷偷摸摸递情书的学生。"

看他们态度坚决，刘主任点头："好好好，马上高考了，你们俩千万不能糊涂啊。"得到他们的肯定回答，刘主任才更有底气和上面的领导汇报。

从办公室出来，梨岁依旧提心吊胆，觉得必须找个机会把教室后面的横幅上的爱心涂掉，避免引起误会。

檀野走到她旁边，用只有两个人能听到的声音笑道："不会吧，学姐，你这么心虚？"

梨岁握紧拳头："我才没有！你遇到这种事不觉得糟心吗？要不是你得罪人了，我至于被拖下水吗！"说着，梨岁还故意走快些，像要和他刻意保持距离一样。

檀野看着梨岁别扭的背影，眼里藏笑，跟在她后面。

没过一会儿，檀野快步追了上去："你这样，看起来我们像是在避嫌，很容易让人误会的。"

梨岁张了张嘴，无法反驳。

两个人照常一路走去食堂，甚至少了张瑞他们几个人。

不少路过的同学都小声地和旁边的人惊叹道：

"这两个人疯了吧，还敢走这么近？"

"人家问心无愧呗，不然铁定要避嫌。"

"说得也是，你看梨岁的春考成绩，二模估计更离谱儿，她眼里只有刷不完的题。每次在图书馆碰到她，看得我都想发愤图强了。"

到了食堂，梨岁和檀野的饭菜已经被张瑞几人打好了。

棠稚担心地问道："岁岁，主任没为难你们吧？"

"没有。"

已经吃饱了的张瑞擦了擦嘴巴，兴奋地说道："你们俩是不知道，刚才在食堂乱议论的人全部被我们说了一顿，我们仨简直是老大妈附体，直接上去一顿批评。瞧瞧现在多么太平！"

"还有还有，没想到那个连景承还挺热心的，帮着我们一起讲道理，他当会长，可算是干了件正事。"

"该说不说，连景承一开口，学生会会长的身份往那儿一摆，八卦的人都消停了。"

檀野拿筷子的动作顿住，他把自己餐盘里的一个小碗推到张瑞面前："你吃饱了闲的，挑下菜。"

张瑞看着面前的一小碗彩椒肉丝："野哥，你不是吃彩椒的吗？"

檀野："现在不吃。"

"真难伺候！"张瑞只好从旁边抽过一双新筷子，开始埋头挑彩椒丝。

中午在图书馆学习的时候，檀野就接到消息，说故意放喇叭的林欣月已经被找到了。林欣月非说她没造谣。

梨岁和檀野被叫到办公室对质。林欣月见到他们一起进来，用手指着他们，激动地说道："你看他们这副样子，哪里像正常学生？！"

梨岁看着对方顶着大浓妆嚣张跋扈的样子，再加上那"非主流"的衣服和干枯的黄毛发型，她可算是记起来了——这个人去年暑假的时候就找过她麻烦。

檀野忍无可忍，厉声说道："你都不像个正常人，凭什么说我们没有学生样？"

冲上去想打人的林欣月被李老师控制住了。

"大家都冷静下来好好说话，别指指点点的。"

林欣月发疯一样拿指甲抓李老师的手，喊道："你给我放开！他们俩就是有关系！要不然檀野怎么会一直不理我？"

负责调查的警察快速从休息室冲出来，将人控制住带走，林欣月还在不停地骂骂咧咧。

刘主任和校长一时无语。

这可能已经不是警察能解决的事情了，得叫精神科医生来。

梨岁走到李老师面前，看着她被抓出好几条划痕的手："老师，你没事吧？我陪你去医务室吧。"

李兰花摇摇头："老师没事，你们俩赶紧回去准备上课吧，别因为这种事情耽误学习，学校会帮你们澄清的。"

在警方和学校的配合下，事情很快得到了澄清。同时，林欣月当小混混儿的更多所作所为也被曝光，掀起轩然大波。她的事情受到社会的广泛关注，林欣月也被多个被她欺负过的孩子的家长告上法庭，依法追究其刑事责任。

下了晚自习，梨岁一心想着要把横幅上容易引起误会的爱心涂掉，但是这件事情又好似只有她知道。

于是在放学的时候，梨岁一直没收拾东西。

"你们先回去吧，我想再学一会儿，我已经和班长说了，今天我锁门。"

檀野听着梨岁这拙劣的谎言，没说什么，起身跟张瑞他们一起走了。

梨岁暗自松了口气，刚好棠稚今天身体不舒服，请假回去了。一会儿等教室的人走完，她就可以开始行动了。

等到教室空无一人，梨岁先跑去关掉灯，然后用手机照着。

梨岁快速地把自己的椅子搬到后面靠墙的位置，翻出口袋里的金色马克笔，准备站上凳子，把中间的爱心涂掉。

"啪嗒"一声。

教室里的灯忽然重新亮了起来！

梨岁手中的笔被吓得掉了，她惊慌地捂着心口处，回身看见檀野出现在教室门口。

"天哪，你吓死我了！"

檀野不紧不慢地走过来："小贼。"还有半句"还敢偷心"他未说出口。檀野晚上的声音别有韵味。

梨岁一时没反应过来，疑惑地说道："嗯？"

檀野捡起梨岁掉在地上的马克笔，转了转，目光瞥向挂着的横幅，说道："你是懂得欲盖弥彰的。"

梨岁知道事情暴露了，解释道："那确实容易被误会啊，再加上今天又出了那件事，不然我吃饱了撑的啊？这都怪你，你不写我旁边不就没事了。"

檀野把笔丢回抽屉里："你自己看看哪对同桌不是写在一片区域的？还是说梨同学打算单方面孤立我？"

听到这话，梨岁又仔细地看了一遍横幅，好像确实是那样……

只不过檀野写得也太巧了，但凡写歪一点儿都不至于那么容易让人误会。

"好吧。"梨岁妥协，把凳子搬回去，"你不会是专门回来抓我的吧？我又没偷东西，什么小贼？"

檀野嗤笑："某人的谎言太拙劣了，我是想看看你要干什么。"

被中伤的梨岁气愤地背着书包往外走："走了走了！放学不要逗留！"

檀野跟在后面，随手关掉电源开关。熄灯的瞬间，月光显得特别亮，透过窗户照在部分课桌和墙面上。

关门前，檀野扭头看了一眼高高挂起的横幅，月光下，金色的字体熠熠生辉。

次日，60周年校庆拉开帷幕，由学生会代表连景承主持，首先由校领导和檀野换着演讲了一轮，之后节目正式开始。

轮到檀野候场的时候，台下传来一片惊呼声。

报幕员声情并茂地说道："接下来让我们掌声有请高三A班的檀野，为老师和同学献上一首《她的睫毛》！"

操场上掌声如雷，舞台上甚至有架子鼓乐队。

听到歌名，梨岁震惊地看着台上手握话筒的少年，有rap的歌，檀野是真唱啊！

张瑞傻眼，说道："野哥啥时候还偷偷请了乐队？"

音乐的前奏响起，伴随着架子鼓的节奏，整个校园被檀野冷然中透着慵懒的rap环绕：

亲爱的总有些事没办法教。
表错情的感觉有一点儿糟。
…………

台下的人无不震惊，学校实时直播的平台更是热议不断，直播间涌入大量的用户发弹幕。

"啊啊……"
"天哪天哪天哪！开口就是'亲爱的'！好心动啊！"
"学霸唱歌这么好听吗？上帝到底给他关了哪扇窗啊？！"
"甜歌 rap！爱了！"
"没谈个十年恋爱，唱不出这感觉。"
"弟弟什么时候毕业？"

唱完一曲，檀野说完"谢谢"，把话筒递给主持人，然后直接单手撑着舞台，从上面跳了下来，奔向高三 A 班的区域。

檀野回到座位上，偷偷带了手机的张瑞急忙说道："天哪，野哥！你上热搜了！"

梨岁也忍不住凑过去："天哪！厉害啊！檀野，我原谅你不透露曲目了！太好听了！"

几个人不约而同地围着张瑞，想看热搜，刚点开，张瑞的手机就被老师没收了……

直到中午放学，大家拿出手机，檀野的名字已经在热搜上挂了一上午。

梨岁看着这满屏的热搜："这……这也太夸张了吧，学霸，你红了啊！你没做过什么不好的事吧？要是被查出来就不好了。"

檀野笑出声："有啊。"

梨岁心里"咯噔"一下，随后听见檀野慵懒地说道："你啊，我带过最差的一个同桌。"

梨岁气呼呼地握着手机："那是因为你之前都没有同桌好吗？！孤家寡人一个！"

旁边的棠稚在手机上看到什么后，着急地跑过来："岁岁，不好了！"

第十四章 冲刺高考

　　梨岁扭头看向棠稚:"出什么事了?檀野做过的坏事被查出来啦?"

　　棠稚把手机页面给梨岁看:"是你!你也被别人刷上热搜了,上面有人爆料8岁的你打哭小男孩儿,说你有欺凌行为!"

　　梨岁愣住:"啊?我以前除了学习不好,还能有什么啊?"

　　梨岁接过棠稚递来的手机,点开热搜中的视频,刚播放,手机听筒就传出小男孩儿"哇哇"的哭声。

　　画面中年仅8岁的梨岁穿着一身练功服,气势汹汹地站在小男孩儿面前说:"别哭了,站起来。"

　　下面的评价两极分化。

　　"这种人学武术就是坏!8岁就学会欺负人了!"

　　"很明显就是切磋好吗?"

　　"这小男孩儿一看就是新人啊!切磋的人难道还看不出来吗?非得把别人打哭才行??"

　　"有没有完整视频啊!我不差流量!"

　　…………

张瑞惊讶地说道:"梨岁,想不到你还会打架啊?"

棠稚瞪了张瑞一眼:"这是重点吗?重点是现在岁岁要赶紧澄清,都上热搜了,对她的名誉影响可是很大的。特别是现在有一帮看热闹不嫌事大的闲人,在网上叫嚣着,说让学校取消梨岁的高考资格。"

热搜上的舆论发酵得很快,事情不得不被重视起来。澄清晚了,又会有各种人恶意揣测。

梨岁把手机还给棠稚:"要不是这段视频被发出来,我都完全不记得了。但是我敢肯定,当时就是那个小男孩儿看我厉害,非要堵着我,和我切磋。谁知道他一下子就哭了,他的哭声好烦人,我怕我爸知道后怪我,就叫他站起来。"

棠稚蹙眉:"那现在怎么办?咱们也没有公关团队啊,这样解释的话完全没有任何说服力。你有办法让你爸爸找到当年那个小男孩儿吗?"

梨岁摇摇头:"我爸都不当教练好多年了。"

正当大家苦恼时,檀野薄唇轻启:"我有办法。"

梨岁的眼睛瞬间亮了起来,她问道:"什么办法?!"

檀野看向不远处的食堂,没什么表情地说道:"打完饭你就知道了。"

梨岁见他这副跩样,阴阳怪气地说道:"学霸好帅好高傲!"

原本已经拿出手机打算解决问题的檀野看见梨岁欠扁又过分可爱的小表情,顿时把手机又塞回裤子口袋。

"算了,让你多被骂两句。"

梨岁赶紧小跑着追上檀野的步伐:"别嘛别嘛,我'玻璃心',不经骂。"

檀野露出若有似无的笑意:"那你把本少爷的午饭打了。"

梨岁的心开始滴血,她还要故作轻松地说道:"行!本小姐请客!"

梨岁去排队打饭的时候,拿着两个餐盘,小声地暗骂着:"你吃我的!用我的!还真把自己当少爷了!你是少爷,我就是你姑奶奶!"

下一秒,梨岁就听见身后传来檀野清亮又戏谑的声音:"姑奶奶,本少爷今天只吃荤菜!"

梨岁回头看向已经懒散地靠坐在椅子上,等着投喂的檀少爷。

梨岁指不定半夜都要坐起来想:"不是,他怎么听见的?!还荤菜!

他搞得跟没吃过一样！"

打完饭回来，梨岁把丰盛的荤菜放到檀野面前。

"我倒要看看你怎么解决我上热搜的事情！你要是敢骗吃骗喝就死定了，檀野！"

檀野扬了扬下巴："我已经搞定了。"

"这么快？！"

梨岁儿人赶紧拿手机翻出热搜，头条上的视频赫然变成了一条澄清，看完之后，所有人大为震惊。

上面写着"@檀野：被打哭的人是我。"

几个人惊呼道："你被梨岁打哭了？！"

整个食堂的人都朝他们看了过来。

檀野："闭嘴！"

连当事人梨岁自己都不敢相信，放低了声音："天哪，当年那个小哭包是你？"

檀野咬着牙说道："是……呢！"

梨岁实在忍不住，笑出声："不会吧，我记得当时是你赖着我要切磋的，结果一招都接不下来，痛哭流涕。你还害我挨了一顿骂，我想着第二天去找你道歉，结果你就没再来场馆了。"

檀野拿着筷子的手握紧，用眼神威胁她并说道："再笑就把你叉出去！"

檀野早知道这小白眼儿狼会笑得这么欢，就该让她多被骂几句，省得梨岁把他忘得一干二净。

梨岁皱着脸，调皮地吐了吐舌头。

那天切磋完，檀野直接被打得"退役"。从入门到转行只需梨岁一招。

这件事情给檀野留下了很深的印象。檀野向来什么事情都要强，于是10岁那年，他又去报了另外的武术馆。在学武术这条道路上，梨岁是他偶像般的存在。但此时檀野可不想说出来，免得梨岁得意。

梨岁自从成绩越来越好，在檀野面前变得丝毫不客气。

张瑞立马举手说道："我宣布，梨岁才是我的偶像！"

檀野睨了他一眼:"二模前,你别找我给你划重点。"

见自己"唯一"的粉丝要被逼走,梨岁愤愤不平地说道:"你还不允许我有粉丝了?"

檀野的目光看向梨岁,他说道:"看来学姐是有信心明天把他能力范围内的二模六科的复习重点全部整理出来。"

梨岁讪讪地看着张瑞:"你别来沾边。"

吃会儿午饭的工夫,热搜上很快就出现了"檀野被梨岁打哭"的话题。

去图书馆的路上,很多人都在各大平台上凑热闹。

檀野走在最前面,一想到这件事情以后会时不时地被拿出来就太阳穴痛。

立夏。

李老师挂在教室黑板旁边的日历逐渐变薄,梨岁走上去,撕掉昨天的倒计时,新的一页上印着加粗的数字"30"。

梨岁只是盯着日历多看了一秒,眼泪顿时掉了下来。

早读,班上所有人都在谈论着昨晚查的二模成绩,梨岁却仿佛听不到周围的声音,泪眼模糊。

坐在后排的檀野见梨岁站着不动,眉心一紧,起身快步走了过去。

"梨岁。"

听到耳边传来熟悉的声音,梨岁瞬间崩溃,她的眼泪不受控制地夺眶而出。

梨岁低着头,肩膀都在发抖,轻微的哭声让檀野不知所措。

檀野弯腰低头,想要看清梨岁,紧张得手有些颤抖,不敢去触碰她。

"你哭什么?"

不少同学也都注意到了,纷纷看过来,想着怎么安慰梨岁。梨岁今天一大清早就哭,想都不用想,肯定是二模成绩不理想。

梨岁哭红了脸,说话都断断续续的,哽咽着说道:"我……我模拟考,就……就考了605分……"

这是高考前最重要的一次模拟考试,也是最接近高考模式的,成绩出来却离她预想的630分差了不少。梨岁知道成绩的时候,只觉得世界都要崩塌了。

在临南市，这分数是绝对上不了京航的。

班上本来打算安慰她的同学面面相觑："你听听，你听听，这是人话吗？什么叫就考了605分？"

梨岁垂着头，檀野只能把头垂得更低，深呼吸，说道："不是还有一个月吗，你现在就投降了？"

梨岁这时什么也听不进去，沉浸在沮丧的情绪中，连檀野递给她的纸都不接。

见心灵鸡汤没效果，檀野又说："隔壁班的人都来看你哭了。"

果不其然，梨岁听了，快速地从檀野的手上扯过纸，三两下把自己的脸上的泪擦掉。

梨岁瞥向空无一人的窗外，红着眼瞪檀野："外面哪儿来的人？！"

檀野失笑："那你想哭到什么时候？"

"你别管！"

檀野善意地提醒道："老师来了。"

梨岁这次压根儿不信，开始发疯："我就哭，我就哭，你就是骗子——"

梨岁抬脸时，她的余光扫到门口，李老师尴尬地站在门口，不敢进来。

"那个，梨岁啊，你先哭，不用管老师。老师理解的，有些时候还是需要发泄一下情绪，不要一直压在心里，对身体不好。"

梨岁尴尬得想要找个地缝钻进去，急忙跑回座位上坐好，用哭哑了的声音说："老师，我没事。"

备考的人哪儿有不疯的？

上课铃一响，教室快速地恢复了紧张的氛围。梨岁也没时间多去纠结成绩，得抓紧每分每秒，全神贯注地复习错题。

下课了，梨岁也仿佛听不到铃声，埋头苦学。

檀野移开她眼前的书，梨岁皱着眉看向他："你干吗？把书还我。"

檀野单手撑着脑袋，另一只手按着梨岁的书，不让她拿回去。

"我说了，最后一个月，你一定可以的。"

梨岁握紧了手中的笔："那也不是我天天喝心灵鸡汤就可以的吧，我得学啊！我差那三四十分，排名早就不知道被甩到哪里去了。"

檀野认真地看着她："你之前都会想到求助我这个同桌，怎么现在反倒不愿开口了？"

梨岁抿了抿唇，说道："我也不能完全依赖你，你也要复习啊。"

在梨岁看来，檀野是要拿第一名的。如果檀野把大部分的精力都放在帮梨岁复习上面，那他的成绩若是出了问题，谁来承担？

梨岁会因此愧疚一辈子的。

檀野轻笑，没想到梨岁在担心这个。

刘义俊转过头来说道："梨岁，你好像对野哥这个天才名号有什么误解？天才之所以是天才，就是因为思维的不可取代性。更别说野哥还在你的影响下努力刷了一年的题，可以说，胜势已定。"

梨岁怯怯地问檀野："你二模考了多少分？"

"744分。"

梨岁倒吸了一口凉气，说道："你要是高考时能考到这样的分数，不会要破全国纪录了吧？学霸！求带！"

之后的冲刺阶段，梨岁不敢浪费下课的时间，檀野在学校基本成了她的"移动工具人"。就连他们去食堂吃饭，梨岁都要问檀野两道题。

下了课，看见檀野疑似要跑路，梨岁赶紧追上去："学霸，你去哪儿？"

檀野："方便。"

"啊？"

檀野无奈地笑道："我上厕所。"

"哦哦。"梨岁退了退，尴尬地胡言乱语，"那……那你记得洗手。"

檀野的笑意更浓了。

回来后，檀野拿着笔帮梨岁分析道："上次二模的题出得比较刁钻，有很多反套路的，虽然题型简单，但是蛮具有欺骗性的。对于那些似乎一眼就能看出答案的选择题，一定要再仔细读一遍题。你失分就是小错误太多了。"

见梨岁一个劲儿地点头，檀野说道："别光顾着点头，要听进去。"

梨岁下意识地又想点头，反应过来后，垂下去的脑袋缓缓抬起，她嘿嘿一笑，说道："知道了。"

五月底，高考的氛围越来越浓。

梨岁回到家，电视上的新闻也在播报着："全国高考将于 6 月 7 日开考，今年全国高考报名人数高达 1286 万人，相较于去年，增加了 89 万人……"

梨岁的爸妈见她回来，赶紧把电视换成另一个频道，生怕女儿看见这些关于高考的新闻变得更加紧张。

梨岁蹦蹦跳跳地过来："爸爸、妈妈，准考证和考点出来啦！就是我和檀野的考场稍微远一些，他在厢坛，我在艺昌，地铁转公交过去要大半个小时呢。"

梨远说道："没事，爸爸请好假了，到时候开车送你们去，咱们提前出发。"

梨岁惊喜地问道："檀野可以和我们一起？"

杨柳看着女儿高兴的样子，说道："可以呀，怎么不可以？厢坛考点不就在艺昌后面，到时候爸爸、妈妈、弟弟都去给你们送考！"

提到送考，梨岁就想起檀野的妈妈梁阿姨，她好像还是没有任何回复。

梨岁睡觉之前，照常拿出手机给梁阿姨的动态点赞，把网名由"檀野同桌"修改成了"檀野 6 月 7 日厢坛考点"。

梨岁试着评论了几句招呼语，来增强自己的存在感。

第二天。

梨岁在上学的路上碰到檀野，她隔着一段距离就调侃道："野哥今天心情不错啊！校服都掏出来了？"

檀野慢悠悠地走过来，垂眸示意道："你把手伸出来。"

梨岁应声道："嗯？"

梨岁疑惑地把手伸出来，檀野把手中握着的东西放到她的手心，落下的时候很轻。

等檀野把手收回后，梨岁定睛看着手心里多出来的黑白色的校名牌，上面印着临南一中的校徽还有檀野的名字。

梨岁不解地抬头看着檀野，他不紧不慢地说道："我送你的，赞助一下梨同学高考。"

梨岁惊喜地拿着檀野的名牌，像是表演魔法一样高高地举起来，说道："考神附体！"

见梨岁心态还算不错，檀野跟着笑了笑："加油。"

考试前的最后一次升国旗，檀野和梨岁作为优秀学生代表，上台在国旗下致辞。

这天的太阳依旧很烈，但梨岁不觉得刺眼，因为曾经需要抬头仰望的少年，此时就在她的身边。

校广播里传出两个人的高考致辞。

"笔锋所至，心之所向！祝大家得偿所愿！——高三 A 班梨岁。"

"但行此路，莫问前程，祝大家心想事成！——高三 A 班檀野。"

高考前，他们放了三天假。

去考场踩完点，大家回到檀野的文身店。这次，大家并不是埋头学习，而是放松心情。

梨岁第一次打台球，第一次接过檀野玩到一半的游戏，第一次晚上10点前睡觉，也是第一次对高考充满信心。

考前最后一个夜晚，梨岁坐在书桌前查看各个平台上檀野的妈妈有没有回消息。

依旧没有任何惊喜，梨岁的愿望好像无法实现了……

清早，梨远开车接上檀野，驶向考场。

檀野正检查着梨岁的文具袋，梨岁看向坐在副驾驶座的杨柳："妈妈，梨隽那小子呢？"

杨柳回头说道："你弟弟已经去考场等你了，不知道他在搞什么鬼，早上6点钟就出门了。"

车子在艺昌考点停下，还没等梨岁下车，就看见一只一米八的"绿色大青蛙"举着红色横幅挪了过来。

梨岁一下车就看见横幅上印着金灿灿的大字："梨岁！你是我的神！冲呀！"

"救命!"

梨岁用文具袋捂着脑袋,穿着青蛙服的梨隽就不停地在梨岁周围打转。青蛙肚子里的手机有节奏地播放着:"姐姐!加——油!姐姐!加——油!姐姐!加——油!……"

梨隽有股不顾人死活地放飞自我的架势。周围的人笑得不得了,纷纷拿出手机录像。

梨岁被梨隽举着横幅追得到处跑,直呼:"救命!你不要过来啊!"

车上的檀野看着考场外被家人包围的梨岁,手心微微冒出汗。

梨岁趴在车窗前,看着里面的檀野:"学霸!加油!"

檀野失笑,点点头:"加油。"

考场附近采访的记者找到机会上前采访梨岁:"同学,请问你现在心态如何?"

画面中,穿白衬衫的女孩儿双手抱着透明的文件袋,手腕上戴着寓意"幸运"的红绳。她身后是她那备受瞩目的"青蛙弟弟"和父母,旁边的车里坐着一位同样身着白衬衫的少年。

梨岁看着镜头,笑道:"说起来可能难以置信,我现在并不感到紧张。我很有信心!"

说着,梨岁看向车内的檀野:"我想借此机会说一句,祝我超级无敌厉害的同桌檀野高考顺利!不要担心,不要失落,永远都会有人为你而来!"

檀野心情复杂地看着车窗外的女生,认真地应声:"嗯。"

大家相继抵达考场,全国高考正式开始。

整座城市似乎都慢下来、静下来,大家都在为奔赴考场的考生尽着绵薄之力。

第一天考试结束,临南下起了大暴雨,梨远开车接上梨岁,再去厢坛考点把檀野接上车。

梨岁迫不及待地问道:"学霸,学霸,你考得怎么样?"

檀野见梨岁脸上的笑容都压不住,问道:"看来你考得很不错?"

梨岁扬着下巴:"也就……还行。今年的数学好像没那么难,你觉得呢？"

"我也就提前30分钟交了卷。"檀野说道。

"什么？"梨岁叉着腰看他，"不是说好不提前交卷吗？！"

檀野被梨岁生气的样子逗笑了："骗你的，学姐都发话了，我哪敢交？"

檀野连睡觉的习惯都改了，多出来的时间，他甚至反复做起了检查。

回到家，梨岁逮到弟弟梨隽就要一顿暴打。

梨隽一边跑一边嗷嗷叫："梨岁！我这么辛辛苦苦地给你加油，热得全身都起疹子了，你别不识好歹！"

追不动的梨岁停下来，气喘吁吁地坐到沙发上，爸爸妈妈正在旁边看今日新闻："6月7日晚10点12分，台风'栗珠'即将登陆我国沿海城市，全国多地或将出现超强降雨，专家建议离考场较远的考生就近入住，次日提前抵达考场……"

外面已然开始打雷下雨，梨远担忧地说道："岁岁啊，明天和你同桌说一下，让他再提前半小时起床，雨天，咱们得早些出发，这样比较稳妥。"

梨岁点头应道："好，我和他说。"

次日，清晨的天空仿佛世界末日般呈烟灰色，暴雨不停，深巷路面的积水淹过脚踝。

檀野撑着黑伞，和梨岁站在楼下屋檐边窄小的避雨处，等着梨远把车开过来。

路上，梨远减缓了开车速度，暴雨打在车前，雨刮器都来不及刮，眼前模糊一片。

梨岁有些紧张地坐在后座。下这么大的雨，为了安全，她也不好催促爸爸，但是檀野的考点比她的远一段路程，这样堵下去，她担心会影响到檀野考试。

檀野看出了梨岁的担心，说道："没事的，就快到了。"

在家的杨柳看到新闻之后，赶紧打电话给丈夫："老梨啊，别走桥上那条路！绕到旁边的岔道，宁可多开一段路，都说桥下涨水了，桥上堵得水泄不通。"

梨远皱着眉说道："糟了，我已经开上来了。"

杨柳在家干着急："前面的路涨水了，你的车子千万不能熄火，看着点儿时间啊，不行的话，咱们打电话求助警察。"

此时，车内的实事新闻播报着："临南市直通艺昌、厢坛考点的延西大桥在持续11个小时的强降雨下，两端的积水近半米深。多辆车子下桥后熄火，导致延西路段出现拥堵现象，近千名考生被困，当地消防、民警正在全力疏导交通，协助考生抵达考场……求助热线080-××××××××。"

听到这里，梨岁整颗心都揪了起来，梨远把手机递给梨岁："岁岁，你赶紧打热线，一时半会儿，车子肯定开不下去了。"

梨岁快速接过手机，拨打广播中的热线，连续打了三个电话都是占线中。梨岁看见车窗外不少车子都打开了车门，学生下车往考点跑去，她急得眼睛发酸。

檀野拿过梨岁手中的手机："别哭，我来打。"

自发上桥的热心外卖小哥挨个儿敲着车窗问道："车上有没有学生！有没有学生！"

檀野听到之后，迅速丢下手机，下车顶着暴雨找到声音来源。骑着摩托的外卖小哥向檀野吼道："快上来！"

檀野指着不远处的车："尾号030的黑车上有位赶考的女生！"

小哥急忙把车骑过去，檀野跟在后面跑，到了车前，檀野拉开车门喊道："岁岁，快！"

梨岁泪眼蒙眬地摇头："你快去！我没事，警察很快就到了！"

随即，梨岁又冲着热心小哥大喊："先送他，他比较远！"

谁知，话音还未落，梨岁就被檀野从车上拉了下来。檀野单手将梨岁抱上摩托车的后座，然后把文具袋塞到她的怀里，给她戴好头盔。檀野说道："我不会迟到的！快去！加油！"

外卖小哥一见有人上车，不敢耽误时间，直接发动车子将人接走。

檀野没有再上车，拿过黑伞和文具袋，顶着暴雨对梨远大声说道："叔叔！我跑过去，还来得及！"

梨远还来不及反应，少年已然冲进大雨中。

梨远看着赶来的交警,指着檀野跑去的方向着急地说道:"快!我家孩子往厢坛那条路跑去了,男生,一米八,黑色衣服!"

交警急忙骑着摩托追上去。

跑了近一半的路程时,檀野低头擦了擦手上沾水的腕表,距离开考只剩下5分钟。

开考后15分钟不得进入考场,檀野知道还来得及,他理综的答题速度很快。连续奔跑让檀野有些缺氧,他只能停下来喘气。

突然,路边一辆车在雨中打滑,车子飞速地旋转而来,檀野迅速翻身想躲过,可疲惫的身体已经让他来不及快速反应。汽车"嘭"的一声撞过来,少年滚到路边的积水中,雨伞被压弯在腰下。

檀野咬着牙,没发出任何声音。

一路追赶而来的交警见状,连忙下车,用力将人扶起来,一手捡起掉落在地的备考工具。

"同学!你没事吧?要不要先去医院?!"

檀野晃了晃昏沉的脑袋:"我没事,去考场,谢谢……"

交警仔细地检查了他的手脚,确认没有骨折之后,急忙说道:"你先上车!"

事态紧急,交警甚至没有注意到那摊在雨水当中逐渐弥漫开来的血……

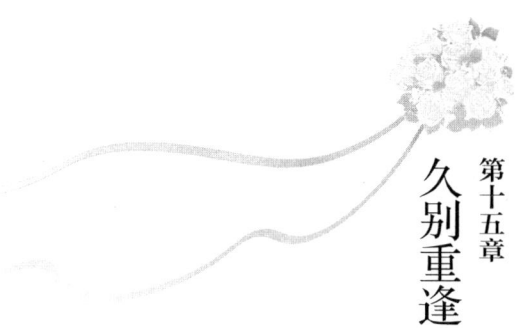

第十五章 久别重逢

六年后。

梨岁驾驶着京 C919 返航,温柔的声音传到管制中心。

"塔台,地面有位置降落吗?京 C919。"

很快,梨岁的耳机里传来管制员低沉沙哑的声音:"喀,京 C919,地面静风,跑道 06 左,可以落地,三号口脱离。"

被耳机过滤后的男低音更具有质感,听得梨岁顿时起了一身鸡皮疙瘩。

塔台怎么换成一个男的了?声音怎么还……还……

梨岁故作淡定地回答道:"跑道 06 左落地,三号口脱离,京 C919。"

下飞机后,梨岁结束了今天的任务,往换衣间走去。

白色的制服下,梨岁身材高挑儿,体态端正轻盈,脖子上挂着飞行员的工作证,落在身前的领带上。梨岁一头乌黑的秀发被高高地盘起,五官明艳夺目。

看见同行的同事,梨岁疑惑地问道:"公司什么时候来了个新空管啊?"

姜红红说道:"你也听说啦?他们传得神乎其神的,还不肯透露呢!"

听说人超帅！"

梨岁觉得对方的声音有一点儿耳熟，不禁怀疑自己是不是最近偶像剧看多了。

姜红红说道："今天浩哥约咱们聚餐，说是要介绍新同事！这回你总不能躲了吧？有帅哥肯定要去看看啊！"

梨岁轻笑道："只求不要搞什么相亲联谊，我真的怕了。"

此前，只要梨岁去参加聚会，就会在众目睽睽之下被表白，导致她现在碰到聚会就开始推托。

姜红红保证道："不会的，不会的，这次来的男同事都是已经被你拒绝过一遍的。对了，你同学还在休息室等你呢，他都追你好几年了吧？"

梨岁脸上笑容渐失，停下脚步："红红，麻烦你等下帮我跟他说一下，我已经离开了。"

梨岁话音刚落，身着西装的连景承从休息室走了出来。气氛瞬间变得尴尬起来。

梨岁整理了一下身上的制服，走上前说道："连景承，你这样让我觉得很困扰。我明确地说过很多遍，我不喜欢你，对你没有任何感觉。"

连景承麻木地听着这些话："我知道。我们做朋友也不行吗？"

梨岁抱歉地摇摇头。

在梨岁心里，她是不应该有这样的异性朋友的。

连景承叹了口气："檀野高考后都消失多少年了，高考之后一声不吭地出国，背弃你们一起去京航的约定，你为什么就那么喜欢他？"

梨岁沉着气，连礼貌的微笑都无法保持住，严肃地说道："连景承，我只是单纯地对你不感兴趣，请你不要再一次次地提到檀野。"

对梨岁来说，这无疑是在反复揭她的伤疤。

说完，梨岁就直接绕过连景承离开。

连景承不甘心地追上去，经过一道门时，他瞬间被一道力量拽住。

换衣间。

梨岁将换下来的制服挂好，站在镜子前，抬手把扎起来的头发放下，墨色的秀发被缠绕得有些弯曲，梨岁随手抓了抓，散开的头发就像是自然的微卷发，顺着脊背落到腰间。

同样换好衣服的姜红红抱着制服走来，看见梨岁白色紧身短衣下露出的一截冷白的软腰，忍不住伸手捏了捏。

姜红红激动地说道："我要是男的，也追你。人美又能力强，京遇航空唯一的女机长，谁不爱啊？！"

两个人边聊边往外走，她们和今晚组局的浩哥在走廊上碰到。于成浩看见梨岁，连忙快步走来，说道："梨岁，虽然那个人对你死缠烂打，的确有些烦人，但是暴力拒绝的方式不可取啊！"

梨岁听着于成浩说的这些话，疑惑地蹙眉："浩哥，你在说什么啊？"

于成浩见梨岁一无所知的样子，惊讶地说道："就是那个经常来公司找你的男人啊，好像是叫连景承吧？我刚才在洗手间碰到他清理伤口，他的嘴角都出血了。不是你把人打成那样的吗？"

梨岁一脸迷惑地说道："啊？我没动手啊！我哪儿有那么傻，好歹对方还是咱们公司的钻石卡会员呢，我打他？我不要命啦？"

于成浩奇怪地看着梨岁："那就怪了，总不可能是他自己摔的吧？不管了，只要他不找咱们公司的麻烦就行。"

姜红红凑上前八卦道："浩哥，新来的管制员叫什么啊？多大了？帅不帅？你有他的照片吗？"

梨岁始终忘不了今天在飞机上听到的那个声音，将好奇的目光投向于成浩。

"看什么照片啊，晚上直接见本人！"于成浩急忙看了一眼时间，"我还有个临时会议要开，先走了，晚上不见不散！"

梨岁回到公寓，还在玄关处换鞋，就听见棠稚的声音从客厅传来："岁岁，你回来啦？！我家空调坏了，热死我了，我先来你这儿避避暑。"

梨岁走过去："行啊，你想待多久都可以。我先去洗澡收拾一下，晚上同事组局出去聚会。"

棠稚丢掉手中的抱枕，激动地在沙发上坐正："你不是不打算参加同事聚会了吗？难道你有中意的人了？！"

梨岁无奈地耸耸肩："我换管制员了，迎新我总不能不去吧？就当搞搞关系了。"

"帅吗帅吗？"棠稚两眼放光地看着梨岁，"都说你们航空公司帅哥美女如云，我眼馋死了。"

"不知道。"梨岁想了想，"但听他那声音吧，感觉像个花心萝卜。不过这事和我也没什么关系，我又不和人家谈恋爱，同事关系过得去就行。"

棠稚纠结地说道："岁岁，你总不可能这辈子就吊死在檀……那谁身上吧？"

"怎么可能？"梨岁露出轻松的笑容。

"谁知道檀野这么多年是不是早就变样了，我眼光很高的。"梨岁说道。

等梨岁去洗澡之后，棠稚默默地扫了一眼沙发旁边相框里的一节横幅。

金灿灿的字体和图案十分耀眼。

夜幕降临，金山酒吧内热闹极了！

梨岁从出租车里下来，拨开挡住视线的长发。她穿着一身清爽的白色上衣和同色系帆布短裤，笔直的长腿惹人注目。整个人在路灯下白到发光。

在服务生的带领下，梨岁走进包间，已经到场的男女同事纷纷站起来。

"梨岁大美女来了啊！就差你了！我们刚才还在说呢，以为你又被人堵在门口要联系方式了。"

梨岁刚想开口，余光猛然瞥见包间角落里的一个身影。男人的黑衬衫敞开了几颗领扣，精致的侧脸微垂，他摁灭手中剩下的半根烟。

对方似乎察觉到了梨岁的目光，他的视线轻扫过来。

梨岁像是被雷劈中了一样，怔在原地。还没等她反应过来，男人已经朝她走了过来，将白皙修长的手伸到梨岁的面前。

"岁岁，好久不见。"

梨岁感觉自己的唇都有些颤，心里的酸意瞬间涌上眼眶。

梨岁难以置信地看着眼前等比例放大的清俊眉眼，他脸上桀骜的神情和六年前的如出一辙，但好像声音和喉结等细节显得他更成熟了些。

不知是不是她穿平底鞋的缘故，梨岁竟然觉得檀野好像比她高很多。

梨岁看着面前等待着自己握上去的手，却没有做出举动，只是尽量地控制好自己的面部表情，礼貌地鞠躬回了一句："你好，我叫梨岁。"

于成浩一边开着酒，一边说道："太有缘分了！你们俩之前就认识啊？"

檀野收回手，沉沉地应了一句："嗯，认识。"

听到檀野的回答之后，众人八卦的心思瞬间起来了。

大家围着他们两个人起哄。

"哇，檀野，你不是才回国吗？快说说，你们俩是怎么认识的？"

"好久不见？那你们应该认识很多年了吧？"

"不简单啊。"

这次，在檀野回答之前，梨岁轻抿嘴唇，说道："不熟。"

于成浩打着圆场："哎，大家这么客气干什么？这都在一个单位了，生米都能煮成熟饭。"

姜红红直接往于成浩的嘴边递了杯酒："你胡说什么呢？这还没喝，你就醉了？赶紧堵上你的嘴！"

"好好好，我自罚一杯！"

大家落座后，梨岁为了避免离那个男人太近，等到最后才坐在靠门口处的沙发边上。

姜红红挽着梨岁的手，把人往自己这边拉了些："岁岁，你坐那么远干吗？你都快掉到沙发下了。"

梨岁这时才发现，一个L形的长沙发，她和檀野隔了很远。她这才放心地往姜红红那边坐过去了些。

檀野眼睛一眨不眨地看着这一幕，摸起茶几上的烟，点燃一根，放到嘴边，深吸一口，烟雾在唇齿之间翻涌，他仔细回想着刚才女人嘴里的那句"不熟"。

梨岁坐在沙发上听姜红红唱歌，明显能够感觉到昏暗的灯光中看向她的灼热的目光，那人正死死地盯着她。

梨岁紧咬着牙，抬眼对上不远处男人的视线——强势而具有侵略性。

这个人往哪儿看呢？

梨岁顺着檀野的视线垂眼看了看自己的身前，意识到檀野在看什么之后，赶紧用手抱住自己的腰，暗骂："流氓！"

梨岁就没见过这么露骨的眼神！她连忙拿过姜红红搭在旁边的外套，盖到自己身上。

檀野见状，平静地移开目光，和其他人交谈着。

没一会儿，檀野就借着出去接电话的名义离开了。梨岁整个人瞬间放松下来，小声嘟囔：你不是喜欢玩消失吗？最好别回来了！

话音刚落，包间的门就被推开了，出去了不到30秒的檀野从外面回来，这次直接挨着梨岁坐下。

梨岁的大腿外侧被男人的西裤碰到，她瞬间坐直了身。

于成浩看见后，不由得说道："檀野，不带你这么逃酒的啊！这才喝几杯啊，就坐到女孩子堆里去了。对了，你可别小瞧咱们公司的女生，个个都是酒桶啊！我们都不一定喝得过她们。"

檀野轻笑着回道："我的同桌都跟我不熟了，我不得抓紧过来叙旧？"

同事们听到这句话，又开始起哄。

"你们俩是老同学啊？"

"哎呀！我说我怎么对檀野的名字好像有点儿印象呢？原来经常在网上刷到你们的！"

"这么说起来，我也刷到过！视频总是配那种伤感的背景音乐，好像生离死别似的。这两个人不是好好地在这儿吗？"

"我严重怀疑檀野对梨岁有意思，他那眼睛都快长到人家身上去了。"

梨岁放在身侧的手紧张地揪着外套，她心里已经骂了檀野不知道多少遍。

这家伙为什么非要把他们之前的关系搞得尽人皆知？好像生怕别人不会误会一样！还叙旧，他们之间到底有什么可叙的？

檀野明亮的眸子看着梨岁，他说道："你很紧张。"

男人说的是肯定句。

梨岁扯出一抹微笑，回答道："并没有。"

"是吗？"檀野微微垂下头，"可是你快把我的西裤抓破了。"

梨岁低头看去，这才发现她的小手指不知道什么时候勾着男人的西裤边缘,和外套一起抓在自己手里。

梨岁迅速缩回手:"抱歉。"

旁边的姜红红说道:"岁岁,我可算知道你为什么看不上公司这些男人了,原来你从小就和檀野大帅哥做同桌啊!"

梨岁急忙澄清:"和他没关系,我就是还没遇到喜欢的人而已。"

"那你的择偶标准是什么啊?"

周围的人听到姜红红这么问,注意力也被吸引了过来。

"对呀!梨岁,你的择偶标准稍微透露一下吧,也好让咱们公司追过你的男生'死'个明白!"

梨岁拿起手边的玻璃杯,抿了一口酒,笑眯眯地说道:"首先,排除身高一米八四的、皮肤太白的、抽烟喝酒的、名字两个字的。"

坐在旁边的檀野点烟的动作一顿,随后他将烟连同打火机一起丢回桌上。

姜红红笑道:"要不是身高没对上,我还以为你是说檀野呢。"

梨岁心里缓缓地蹦出一个问号:他的身高没对上?

梨岁转而瞥向檀野,他好像确实比六年前长高了不少。

于成浩故作生气地说道:"咱们一米八四的男生怎么惹到你了?"

梨岁心里的那句"一米八四容易出花心男"卡在嗓子眼儿。

梨岁好像没有什么资格指责檀野是不是花心男,毕竟他们根本都没有在一起过,不是吗?

梨岁该为自己的一厢情愿买单。

梨岁只好岔开话题:"你们就别再逮着我问了,我在感情方面已经有进展了。"

为了避免他们继续猜测下去,把她和檀野捆绑在一起,梨岁直接丢了个重磅炸弹。

没有男朋友,无所谓,梨岁会乱编。

"什么?"

大家震惊,谁都没有想到,被他们称为"高岭之花"的梨岁,竟然私底下在恋情方面已经有进展了。

"你不会是在秘密恋爱吧?"

梨岁不承认也不否认，只带着四分含蓄、三分娇羞、两分腼腆和一丝惭愧地笑了笑。

梨岁这个笑容意味深长，很难不让人多想。

说完，梨岁垂着头，根本不敢往左手边看。即便如此，梨岁也能感觉到男人周身骤然下降的气压。

檀野盯着梨岁的手中的酒杯，靠过来的时候仿佛带着温热的气息，吹到梨岁的耳边。

"梨小姐的暧昧对象会介意你这么喝我的酒吗？"檀野说道。

反应过来的梨岁错愕地看着自己的手中的酒杯，又扭头看向茶几上的另外一杯酒。同样的玻璃杯，上面有一抹口红印。

那杯酒才是梨岁的！梨岁把檀野的酒拿在手上喝了半天。

梨岁赶紧把手中的杯子放下，尴尬得想找个地缝钻进去。她干巴巴地说道："我……我给你重新倒一杯。"

梨岁赶紧俯身拿过茶几上崭新的玻璃杯，倒酒的时候，她的手都在微微发抖。

梨岁把酒倒好，摆到檀野的面前，她紧张的心才算放松了些。梨岁靠回沙发上，却感觉腰后压到一只手。

梨岁浑身一僵。

男人的手不知什么时候从她身后绕过去，随着梨岁往后一靠，檀野的手被压在梨岁的后腰和沙发之间。

梨岁察觉到自己的腰被轻轻地掐了一下，瞬间瞪大了眼睛，整个人从头到脚都绷着。

梨岁慌张地看着周围的同事，刚才喝错酒已经够尴尬了，此时的她不敢乱动，生怕被大家注意到。

檀野当着这么多同事的面，从背后揽她的腰？！

她不是刚说了她感情方面有进展了吗？

梨岁往男人那边侧过脸，在其他人以为他们在说话的时候，她恶狠狠地瞪着檀野，用眼神警告他立马把手收回去，檀野却不为所动。

被逼急了的梨岁伸手偷偷掐着男人的大腿，小声咬牙切齿地说道："你疯了，想干什么？"

梨岁的眼睛死死地瞪着檀野，她手上的力道不由得加重了些。

男人的腿部肌肉结实，梨岁掐檀野，反倒把她自己的手指掐疼了，檀野却没有把手收回的意思。他垂着脸，视线从梨岁的手上移到她那张微红的小脸上。

檀野的喉结轻轻地滚动着，他重复着梨岁刚才在众人面前说的那两个字："不熟？"他低沉微扬的语调给人一种压迫感。

梨岁揪着搭在腿上的外套往腰上拉了些，无时无刻不在害怕旁边的姜红红发现她的腰上多了一只男人的手。

梨岁红唇微动，声音却不敢太高。

"我说的有什么问题吗？把你的手给我拿开。"

檀野将梨岁的话自动在耳中过滤了一遍，用指尖轻轻地在梨岁柔软的腰间点了点。

"梨小姐觉得哪里不熟？我们现在可以好好培养一下。"

梨岁隔着外套抓住檀野乱动的手："痒……"

梨岁闭了闭眼眸，强迫自己保持冷静，再次睁开眼睛，对上男人的目光。

"檀野，我数到3，你把手拿开。"

檀野看着梨岁，显然读懂了梨岁眼里深藏的危险意味。仿佛檀野再敢把手搭在她的腰上一秒，梨岁握紧的拳头就要砸到他的脸上了。

檀野完全相信这个女人敢动手。

檀野坐正了些，面不改色地往梨岁身边靠了靠，轻声说道："你把哥哥的手夹得那么紧，我怎么拿出来？"

梨岁一时无语，立马把身子往前挪了些。檀野的手从梨岁背后抽离，指尖轻轻抚过她的后腰。

梨岁一怔，她的眼神刚准备杀过去，就看见檀野已经拿起玻璃杯，若无其事地抿着酒。

而檀野手中的酒杯是带着她的口红印的。

梨岁捏紧了手心，暗想："檀野现在到底是什么意思？和她玩暧昧吗？"

于成浩敬了檀野一杯酒，又惊喜又佩服地说道："我还是想不通啊，檀先生作为国外著名大学公共事务学和金融学的双学位硕士，怎么会想到来航空公司当空管？你们在国外搞金融的，那不是分分钟到手几百万？"

檀野笑道："主要是我女朋友在国内。"

众人一脸惊讶，更是有女生玩笑着埋怨于成浩：

"浩哥，你这消息不准啊，我们来的时候，你可是说檀野单身！"

"那也不对呀，女朋友在国内和你当空管有什么关系？难不成你女朋友也是我们公司的？"

"是谁啊？是谁啊？我们认识吗？"

梨岁一颗心吊在嗓子眼儿。

檀野的话里字字没有提她，她却无时无刻不在对号入座。

檀野抱歉地笑了一下："暂时还不方便透露。女朋友生气了，我还在哄。"

"啧啧。"于成浩不禁摇头，"英年早恋，你还是个妻管严啊！"

这时，梨岁的随身小包里面的手机响了起来，梨岁拿起来看了一眼备注，眉头微微蹙起。

梨岁拿掉身前的外套，起身越过檀野往外走。

"喂，连景承？"

梨岁接电话的声音不大，却恰好能让旁边的檀野听得一清二楚。

檀野看着梨岁拿着手机快步走出包间，看起来急不可耐。檀野握着酒杯的长指绷紧，炫目的灯光下，隐隐能看见男人的手背上的青筋。他深不见底的眸子盯着酒杯，不知此刻他在想些什么。

于成浩见檀野在那边发呆，喊道："檀野！快过来喝酒，今天你可是主角啊！一个人在那边喝算什么？不知道的还以为你喝闷酒呢！过来一起喝！不醉不归！"

檀野喝尽手中的那杯酒，起身把依稀还带着些口红印的玻璃杯放回茶几上："你们先玩，我出去打个电话就回。"

于成浩调侃道："一天天的，就你电话最多，和女朋友报备啊？"

檀野轻轻扯唇："家里的墙脚有些危险。"

听到这句话，众人倒吸一口凉气。这得是什么样的女人啊，能让檀野这种看起来桃花少不了的男人如此上心！

通常来说，不管谁当檀野的女朋友，遇到檀野聚会，都应该会查岗的。

毕竟檀野长着一张很不让人放心的花心脸，俊逸的眉眼和健壮的体形形成巨大的性张力，又纯又野。檀野看起来像前女友很多的样子。

檀野说完就走出了包间，外面早已看不见梨岁的身影，檀野凭感觉往右手边的安全通道走去。

梨岁的包还在包间里，她接电话应该不会走远。酒吧环境嘈杂，附近显然只有安全通道是较为隔音的。

果不其然，在檀野推开那扇安全门时，原本有些昏暗的楼梯间多了一束白光。梨岁正靠在墙角接电话，此时，她掀起眼帘朝檀野看过去。

两个人四目相对。

檀野带上门，走到梨岁面前站着，将梨岁堵在墙角，不过没有打断梨岁打电话，只是手插在西裤口袋里，静静地看着她，等待她和别的男人聊完。

梨岁被近在咫尺的男人盯得浑身不自在，想到连景承刚才说的事情，她看见檀野就没有好脸色。

梨岁不甘示弱地对上檀野的眸子。

"连会长，我觉得你被谁打的，就应该去找谁才对。"

到现在梨岁才搞清楚，原来连景承是被檀野打伤的。连景承直接找到梨岁头上，她不理也不对。

连景承的声音有些低落："岁岁，我不是那个意思，我是想让你看清楚檀野现在到底是个什么样的人。他在国外那么多年，早就变了，金融圈里的人社交应酬有多乱，你难道不清楚吗？"

梨岁看着檀野的脸色变得越来越黑，忽然觉得，连景承被打是迟早的事。

梨岁本以为檀野会直接反驳电话里的连景承，没想到檀野只是盯着她看。檀野好似在赌梨岁会不会维护他。

没听到回复的连景承问道："喂，岁岁，你有在听吗？"

"我还是那句话，檀野的事不归我管，你找他……"梨岁说道。

话音未落，梨岁的嘴唇就被死死地堵住，只留下模糊不清的声音。

梨岁看着眼前骤然放大的容颜，她的瞳孔瞬间放大，她握着电话的手一松，手机差点儿滑落。

檀野抬起手，顺势握紧梨岁的手，连带着手机一起按到女人身后的墙上。两个人的唇贴紧的同时，檀野整个人强势地逼近她。

连景承惊疑地从沙发上站起来，不确定地喊着她："岁岁？"

此时，连景承这般亲昵的称呼无疑是在火上浇油。

梨岁心里一惊，试图用一只手推开檀野，激烈推搡之下，唇齿一碰，两个人的唇瞬间被磕破，口腔中混着一丝血腥味。

檀野松开梨岁的唇，有些心疼地盯着那道冒血珠的伤口，转而扑到梨岁的怀里，埋在梨岁的颈间，声音很沙哑："老婆，我是不是弄疼你了？……"

梨岁一脸震惊。

连景承顿时听清了对方的声音，对着电话吼道："檀野！你给我放开岁岁！欺负、利用一个女生对你的感情，你无不无耻？！"

被搂住的梨岁用力地挣开檀野的手，把电话挂断，然后一拳头往檀野的脸上砸了过去。

拳头在即将落在他的脸上的那一瞬停住，梨岁咬着牙，强行收着力气。

檀野垂眼看着梨岁蓄力已满的拳头，说道："你怎么不打？"最好梨岁下手重点儿，方便他赖上她。

梨岁用两只手把檀野推开："檀野！你别在我这儿发疯！我承认你曾经帮过我，但你要是再敢挑战我的底线，我不会放过你的！还有，别再用你那狗啃的技术亲我！"

檀野用舌尖舔了舔嘴角，轻笑道："这只能证明我没亲过别人。"

檀野并不觉得这是什么丢人的事情。

梨岁敷衍地嗤笑："是吗？檀少爷在国外六年，想必经验丰富。"

这六年里，学校年年邀请优秀毕业生返校演讲，但梨岁都没见到檀野的身影。六年的时间，情绪管理似乎成了梨岁的精修课。

檀野见梨岁要走，将前方挡得牢牢的，示弱地轻声解释道："岁岁，我没有。我从头到脚、从里到外，都是干干净净的。我没碰过别的女人,更没做那些乱七八糟的事。我不是像你想的那样,你不要这样误会我……"

梨岁别扭地扭过脸:"你没必要向我解释这些,我也不想知道。同样,我现在的生活也和你没什么关系,希望你别纠缠我!"

只要一想到以后在执行飞行任务时,她都要和这个"起死回生"的同桌交流,平时在公司还抬头不见低头见,她就抓狂。

檀野认真地看着梨岁:"但这并不影响我追求你。"

梨岁听到"追"这个字眼,内心忍不住吐槽:这叫追吗?这分明就是强迫!

再这样下去,梨岁的生活会彻底被檀野搅得一团乱了。

梨岁只好又用她刚才在包间里的话术:"我不是都说了,我在感情方面有进展了,你打算当第三者吗?"

梨岁没有想好之后该怎么和檀野相处,心里更是没有任何奢望。

原本跟梨岁还隔着半臂距离的檀野脸色铁青,沉着脸将梨岁堵回楼梯间的墙角。

"你有男朋友了?嗯?"

被逼到墙角的梨岁用手撑着背后的墙,心虚地说道:"嗯……"

安静的楼梯间回响着一声低笑。

谁知,檀野竟然发疯似的低头在梨岁的唇上咬了一口,声音低沉沙哑地逼问:

"你们什么时候分手?"

梨岁疼得缩了一下身子。

梨岁再也忍不住,一拳头砸到檀野的身上,梨岁被逼得生气地说道:"你知不知道你在说什么?你疯了是不是?!"

且不说梨岁没有男朋友,就是真有,檀野怎么能把"你们什么时候分手"说得如此理直气壮?这是正常人说得出来的话吗?!

檀野扣着梨岁的下颌,将梨岁的脸抬起来:"是姓连的?"

檀野不是从来都说梨岁谎言拙劣,他现在智商也变低了吗?梨岁这么明显的谎话,他都看不出来。

过了两秒钟,见梨岁没说话,檀野忽然反应过来,说道:"你不会喜欢他的。"

梨岁哼了一声："反正不是姓檀的！"

檀野不怒反笑，梨岁嘴里戗人的话反倒证明她没有所谓的暧昧对象。

梨岁猜不透檀野在笑什么，很不爽地把人推开，她手中的手机响了起来，是姜红红打来的。

"岁儿，你该不会又半路逃跑了吧？你的包包还在这儿呢！"

梨岁绕过檀野，边往门口走边回答道："我刚才碰到朋友，聊了两句，马上就回去。"

檀野跟在梨岁后面往回走，倒是没想到自己这么快就成了梨岁口中的朋友，至少不是什么阿猫阿狗。

快到包间的时候，梨岁挂掉电话，发现檀野紧跟着她，于是停下脚步，说道："我先进去，你等五分钟再进来！"

本来大家就已经觉得梨岁和檀野之间的关系很奇怪了，再多些巧合就更说不过去了。

檀野有些不乐意，但不想在联系方式都还没加回来的第一天就把梨岁彻底惹毛。

檀野乖乖地停下脚步，站在包间门口，看着梨岁进去。他思索着该怎么顺理成章地把梨岁的联系方式要到手。

梨岁一进包间，大家都看过来："岁岁，你这电话可接得真够久的，我们都喝了好几轮酒了，姜红红急需你支援啊！"

梨岁坐过去："行！我明后天休假，今晚肯定奉陪到底！"

姜红红带着醉意，看着梨岁，眯着眼睛不确定地指了指梨岁的下唇："岁岁，你的嘴巴……怎么肿了？"

梨岁急忙抿着唇，垂着头假装找镜子："是吗？不知道是不是口红过敏。"

紧接着，檀野从外面进来。

其他人顾不上盯着梨岁的嘴唇多看，梨岁刚暗自松了一口气，抬眼就见于成浩冲着门口的檀野挑眉笑。

"檀少爷出去偷吃了啊？你看谁的嘴巴和你的一样？"

第十六章 你还喜欢我吗

梨岁瞬间绷紧了神经，急忙抿着唇，心虚地拿起桌上的酒杯挡在自己面前，遮住还未消下去的红肿的唇部。

面对大家的调侃，檀野浅笑着摸了摸嘴角："女朋友性子有些野，让大家见笑了。"

梨岁听着檀野一口一个"女朋友"，后槽牙都咬紧了。

六年过去，檀野还真是脸皮厚了不少。

姜红红有些醉了，笑嘻嘻地说道："真巧啊，岁岁的嘴巴也突然肿了一块。"

大家的目光顿时又再次移到梨岁的嘴唇上。梨岁半掩着自己的嘴唇："我是过敏，大家别开这种玩笑，我男朋友知道了会不高兴的。"

出门在外，身份都是自己给的，檀野会无中生有，难道她梨岁就不会吗？

于成浩附和着说道："对啊，对啊，虽然他们俩刚才一起出去，回来后嘴巴都肿了，但大家还是别乱猜了。"

梨岁很无语，心说：大哥，你不会帮忙解围其实可以不帮的！

于成浩幽怨地喊道:"天啊,咱们团队一时间脱单了两个,这让我们怎么活啊!"

在场的不少女生都抓住于成浩,晃着他的手臂:"啊啊啊……你要罚酒!欺骗我们感情!"

男生也纷纷把酒递到于成浩的嘴边:"于成浩!你还欺骗我们说有机会!你是故意叫我们来见证梨岁脱单的吧?!"

于成浩连忙举手投降:"好好好,我喝!我喝!"

于成浩一连干了两杯,拿起第三杯的时候,难以置信地看向檀野和梨岁两个人:"你们俩这是联合起来整我啊?……你们来之前可都说自己是单身,一眨眼,你们玩极速脱单啊?"

檀野走近,目光从梨岁的脸上滑过,带着笑意。

檀野倒是没有被梨岁说有男朋友的事情气到,转而想,这样反而是在间接帮他扫平那些不必要的麻烦。

梨岁似乎从檀野的眼中看出了什么,恍然大悟,她这不是在自断桃花运吗?她没事学檀野假装有对象干什么?搞得像是他们分手多年,现在相逢,开始攀比一样,生怕自己过得比对方差。

和梨岁相处比较多的姜红红不可思议地问道:"岁岁,你真有男朋友啦?"姜红红还在想,难道是爱情来得太快,真像龙卷风?

梨岁淡然地微笑,半真半假地说道:"嗯,感情不好就没声张。"

"噢……"

众人发出意味深长的起哄声。

于成浩喝完最后一杯酒,愤愤不平地说道:"你们俩赶紧坐过来喝酒,我一定要从你们身上赢回来!"

除了几个喝得有些醉的人,其余的人挨着桌子围成一圈。

于成浩拿起一个空酒瓶:"桌上的牌,大家都看见了吧?真心话大冒险,瓶口转到谁,谁就抽牌选择惩罚。先说好啊,必须按牌中的要求做,违规罚3杯。"

"某些非单身人士要是玩不起,就只能多喝酒咯!"

梨岁扬了扬下巴:"第一个倒的就是你。"

话刚说完,桌子中间转动的酒瓶子缓缓停下,指向梨岁。

梨岁毫不犹豫地从牌堆里抽了一张："真心话。"

于成浩接过梨岁的牌，将问题大声念出来："你的初吻是几岁被什么人在什么地方夺去的？"

霎时，梨岁的脑海里闪过刚才在酒吧楼梯间的画面，她主动拿起自己面前的3杯酒，接连饮尽。

一边旁观的姜红红说道："岁岁，你这也太见外了。这问题是里面最简单的了，你可别真让这些人灌醉了。"

梨岁默默地用手背擦了擦下巴上的酒滴。她当然知道这问题简单，可是再说下去就穿帮了，谁都会以为她和檀野有感情。

过了几轮，酒瓶转到檀野，他也选了真心话。

"你和女朋友进行到哪一步了？"

檀野嘴角勾起一抹弧度，说道："接吻。"

于成浩偷笑道："你吃得这么素啊？"

或许是真的有些偏见，他们都想当然地以为，檀野在国外留学多年，应该不可能这么洁身自好。

梨岁听得拳头都硬了，那分明就是强吻！

其他男生八卦地顺嘴问道："时间！地点！"

见檀野真打算说，梨岁在桌子底下的手拽了拽他衬衫的一角。

檀野安抚地抓住梨岁的手，表面上波澜不惊地微笑道："那是另外的问题。"

随后，檀野瞥见梨岁的小表情，用只有他们两个人能听到的声音耳语。

"姐姐，你这样，我会以为你是在自动对号入座——我的女朋友。"

梨岁费了好大劲儿，才把自己的手从檀野的手里抽出来。

这男人就不能多喝酒，少说话？怎么什么都说？！

瓶口再次转向梨岁，依旧是一张真心话卡片。

"上一次打听的关于初恋的消息是什么？"

梨岁毫不犹豫地说道："打听他死没死。"

负责转酒瓶的人轮完大半圈，终于又到了檀野，他将圆桌中心放倒的空酒瓶轻轻一转。

深绿色的酒瓶恰好转了一圈，然后指向檀野旁边的梨岁。

怎么世界上有这么巧的事?

于成浩十分热心地把大冒险的那一沓牌拿到梨岁面前:"老规矩啊,不能一直选真心话,第三次必须选大冒险!来吧,梨岁抽一张!"

梨岁抽了一张大冒险的牌,然后交给于成浩念出来。

"和你左手边的第一个异性互相说一句暧昧的悄悄话。"

大家迅速看向梨岁和檀野。还没等梨岁想好要不要选择喝酒,檀野就已经开始帮梨岁把面前的酒杯倒满,还温柔体贴地说道:"梨小姐看着就是被男朋友管得很严的样子,我们还是不要为难她玩这种游戏了,免得她男朋友提分手。岁岁,你说是不是?"

檀野的这番话瞬间把梨岁的胜负欲给激了起来。

梨岁皮笑肉不笑地说道:"檀少爷还是担心一下你女朋友玩不玩得起吧。"

于成浩晃了晃脑袋,还以为是自己喝醉了,怎么酒桌上有股火药味呢?

大家看热闹不嫌事大,情侣有一对拆一对,一下拆两对,那真是妙极了。

于成浩看着他们俩:"咦?你们俩嘴上肿起来的那块怎么完美对上了?……哈哈哈……"

梨岁瞬间僵住,完全笑不出来。

为了阻止这个话题继续下去,梨岁故作生气地说道:"于成浩!我要是分手了,指定有你一份责任!到时候你走在路上被人打了,你可别找我啊!"

于成浩赶紧扇了扇自己的嘴巴:"哎哟,我错了,我错了,再也不瞎说了。"

谁让檀野和梨岁看着这么般配呢。

梨岁虽然把这个话题含糊过去了,但还是明显感觉到有几个人精的目光一直停留在她和檀野身上,似乎看出些什么。

这该死的檀野,来公司的第一天就把他们两个人之间的关系搞得这么引人联想。

梨岁感觉她不能再待了,否则不知道檀野又会瞎说些什么。

梨岁有些抱歉地和大家说道:"我头晕,得先回去了。你们先玩,今天这场我请客。"

檀野看着梨岁,脸上依旧挂着浅笑,想不到梨岁还特地请客为他接风洗尘。

檀野自然地当着所有人的面说道:"都是自己人,那我就不和岁岁客气了,我们先留个联系方式吧?"

梨岁扶着额头,推托道:"不用了,之后再说吧,我头好晕,犯困。"

梨岁直接开始装傻,祈祷之后最好和这个男人少碰面,当然没什么必要留联系方式。

谁知檀野却借机说道:"我让司机送送你吧,这么晚了,女孩子一个人回家不安全。"

于成浩附和道:"对,对,梨岁之前好几次都在酒吧被人堵着要联系方式,今天又喝了蛮多酒的,一个人不太安全,你把她送上车吧。"

大家都把话说到这个份儿上了,梨岁根本没有办法推托,硬着头皮拿起包走了出去,檀野就紧跟在梨岁的旁边。

出了包间,梨岁头不晕了,也不犯困了,用凌厉的眼神瞪着跟出来的男人。

"不用你送了,我自己回去。"

檀野难得正经地说道:"司机就在门口,我不放心你一个人坐出租车。"

梨岁掐着手心:"你不放心关我什么事?再说了,坐你的车好像更不安全吧?"

梨岁决定回家后要好好洗个澡,把身上属于檀野的味道全部冲干净。

檀野没说话,但是依旧寸步不离地跟在梨岁身侧——梨岁余光能够看到的位置。

梨岁盯着自己的脚尖看了看,下意识地又偷偷瞥了一眼檀野,心想:檀野怎么长这么高了……

以前梨岁站在檀野面前,即便是穿平底鞋,也没有什么压力。如果她换一双 10 厘米的高跟鞋,应该和檀野齐平了。可现在,梨岁怎么好像只到檀野的肩膀?

梨岁不知道，在身高的差距下，她偷看的这一眼有多么明显。

檀野嘴角的弧度微扬，带着不可言说的惬意和慵懒，他故意将头伸到梨岁面前，笑起来，露出一排洁白而整齐的牙齿。

"梨岁，你还是很喜欢偷看我。"

梨岁被檀野突如其来的话吓了一跳，差点儿摔倒。檀野搂住她的腰，将人扶住。

梨岁站定后，急忙推开檀野："酒吧里有这么多人，你乱来什么？"

檀野松开梨岁："老婆，我没乱来。"

梨岁捂住自己的耳朵："你别跟我在这儿耍流氓，谁是你老婆？！"

檀野锲而不舍地在梨岁的耳边追着喊："老婆，老婆，老婆老婆老婆……"

在有些拥挤的酒吧通道里，梨岁捂着耳朵又跑不快，完全躲不过檀野在她的耳边念经。

梨岁气愤地停下脚步，伸手捂住檀野那张喋喋不休的嘴。

"你不许再喊了！"

檀野贪婪地闻着梨岁手心独有的香气，他的眸子渐渐垂下。

梨岁飞快地缩回手："我刚才看你，只是想知道你是不是垫了内增高而已。"

趁着这个机会，梨岁大胆地上下打量着檀野。

檀野"扑哧"笑出声："你觉得哥哥需要那种东西吗？"

梨岁轻哼了一声："谁知道呢，毕竟我要是穿个稍微高一些的鞋子，某人都该仰头看我了吧？"

檀野拽住梨岁的手腕，将人抵在旁边的吧台上，说道："岁岁，六年前的数据也该更新一下了。"

檀野修长的手揽着梨岁，往下移："哥哥增长的可不只有年龄和身高……"

随着檀野越靠越近，被逼得退无可退的梨岁一个抬腿，直接踢了他一下。

男人闷哼一声，瞬间疼得说不出话来，眉头紧皱着，隐隐渗出薄汗。檀野没想到梨岁会突然这样做，即便如此，他抓着梨岁的手还是没有放开。

看着在自己面前痛苦到低头蹙眉的男人，梨岁用力甩开他的手，咬牙说道："檀野，你再敢这么惹我，那就试试看你有多抗揍！"梨岁忽然觉得，爸爸让她从小学散打真是个明智的决定，防狼防的就是檀野！

梨岁丢下话，头也不回地往外走，还没走出两步，整个人忽然腾空，被檀野一手扛到宽肩上。

"啊！"

梨岁吓得乱抓，不小心抓到了檀野肩上的衬衫。

"你放我下来！浑蛋！"

不管梨岁怎么打，怎么踢，檀野像是感觉不到，另一只大手按着她，他扛着梨岁大步流星地往门口走去。

等待着檀野的司机看见这种场面，赶紧下了车，手足无措。司机以为是女孩子喝醉了，想搭把手帮忙，被檀野的眼神制止了。

司机急忙把后座的车门打开，檀野将人放到软座上，然后紧跟着坐了进去。"嘭"的一声，车门被关紧。

梨岁头晕目眩地用胳膊撑着坐起来，愤怒地瞪着檀野："檀野！你发什么疯？！"

檀野把梨岁揽到自己身边，身上还带着些许酒气，说道："岁岁，你欠我一个愿望，我现在要你兑现那个承诺。"

梨岁被檀野气笑了："你是小孩子吗？那都是多少年前的事情了，我不记得了。"

"可我记得！"檀野死死地盯着梨岁，"永久有效。"

"你是不是还要说我欠你钱？"梨岁快速从自己的包里翻出里面所有的现金，甩到檀野身上，"3000块，够不够？"

檀野将那些现金丢到旁边，扣着梨岁的肩膀，嗓音低沉沙哑地说道："我只要那个承诺。"

梨岁微侧着脸，嗤笑了声，又对上檀野的眸子，说道："说吧，你想怎样？"

看到梨岁这无所谓的态度，檀野心里像扎进了一根刺，隐隐作痛。

檀野低声问道："岁岁，你真的一点儿都不喜欢我了吗？"

"你要是再不肯说要什么承诺，就放我下车。"梨岁说道。

如果不喜欢，就凭檀野今天放肆的举动，现在他们就应该出现在警察局。可是梨岁拿什么来承认自己的喜欢？

从六年前檀野消失的那个夏天开始，喜欢就成了梨岁一个人的事情。

檀野不知道该怎么开口，若是用这个承诺让梨岁和他在一起，显然是不可能的。

檀野低着头，字字清晰地说道："岁岁，对不起。"

梨岁怔了怔，坦然地笑了一下，说道："你也没做什么对不起我的事情，不用感到抱歉。反倒是我要谢谢你，若不是有檀少爷的帮助，我恐怕连大学都考不上。"

梨岁伸手挑起檀野的脸："毕竟，长大了，你也不需要姐姐保护了，对吗？"

梨岁紧盯着檀野的眼睛，试图从里面窥探出什么。檀野漆黑的瞳孔映出梨岁的轮廓。

檀野和梨岁对视着，梨岁眼里带着质问之意，仿佛在对他说：檀野，是你说让我考去京航保护你的。

檀野却失信了。

梨岁等了3秒钟，每一秒都比上一秒要更加失望。

檀野好好解释一下高考后的事情，有那么难吗？难道非要等着她开口问吗？那他还指望她能有什么好脸色？！

失落的梨岁正要放下手，檀野却主动往梨岁眼前凑："老婆，我可以解释。"

梨岁期待着他的解释，但是这些年来的单相思让她咽不下那口气，她违心地说道："我不想听！谁是你老婆你找谁去！"

随即，梨岁扭过脸，檀野只能看见梨岁气鼓鼓的脸颊。

梨岁下意识地要起身，檀野一手按下她的腰，手疾眼快地挡住她头上的车顶，她这才没有磕碰到。

梨岁气得打了檀野一下："把手拿开！你去一趟国外，就学会对女生动手动脚了吗？"

檀野被戗得无奈地叹气说道："你别乱动，哥哥就不碰你。"

男人轻声解释道："岁岁，我在国外没有那些乱七八糟的私生活。我之所以在高考结束后离开,是因为当时我的身高已经不达标了。或许初心也变了,我觉得自己有更好的选择和未来,所以才会动摇。我不知道该怎么面对你,就怯懦地偷偷离开了。"

梨岁听完檀野漏洞百出的解释,扯了扯唇:"这个解释你自己信吗?不好意思,我还活在那个夏天,我认识的檀野不会轻易改变初心,更不会为名利折腰。"

檀野说的这些话,梨岁一个字也不信!

檀野没有继续解释,仿佛这就是他心中的标准答案。他眼中的深意无人读懂。

檀野环着梨岁的腰,将她搂得更近了些:"那你还喜欢我吗?"

梨岁的手撑在檀野两边的手臂上,她垂着头,眼神飘忽。

檀野的手顺着梨岁的后背逐渐往上,他恨不得将梨岁揉进胸膛,沉沉的声音传到梨岁的耳朵里。

"梨岁,我喜欢你。好多年了。"

紧密的拥抱甚至让她分不清听到的到底是谁的心跳声。

檀野低着头问梨岁:"你再喜欢上我一次好不好?"

梨岁被檀野抱得发热,用力地推着檀野:"你脑子里还有其他东西吗?张嘴闭嘴都是喜欢不喜欢的,你以为你是人民币啊,我能瞬间喜欢上你!"

檀野圈住梨岁:"你喜欢哥哥的钱也可以,哥哥多的是钱,都可以上交。"

梨岁生怕自己下一秒就不坚定了,扭过脸,快速地说道:"我才不是见钱眼开的人!你到底打不打算跟我说兑现承诺的事,不说就放开我,立刻让司机停车,我要回家!"

檀野根本没有松手的意思,说道:"去我家。"

梨岁生气地说:"你……你还真是不见外啊!"说完,梨岁的唇就被檀野的嘴唇堵住了。

这次的吻依旧很短暂。

梨岁发现檀野最后把目光停在她的手上,赶紧把手背到身后,脱离檀野的视线。

梨岁掐着檀野的腿上的肉："你到底让不让我下车？！"

看着外面已经非常陌生的路段，梨岁有些慌乱，车子再开下去，她就真的要被檀野拐去他家了！

檀野抚弄着梨岁的长发："你先熟悉一下以后要住的房子，有什么不好的？"

梨岁抓住檀野的手："我今天刚洗的头发，你别给我摸油了！你少在这里给我画大饼，我们八字还没一撇呢！吃饱了没事干，你就早些睡，梦里想去！"

檀野笑着说："哥哥家的床大，不多你一个人。"

梨岁推檀野已经推得身上没了力气，说道："我家也不是穷到没床！你把我当什么人了，随随便便就去你家。"

檀野不舍地抱着梨岁："老婆，我只是想和你多待一会儿。"

梨岁面无表情地看着檀野，言语犀利："那你尊重过我吗？"

听到这话，檀野明显僵住。

"在你看来，我接近你就是为了一己私欲？"

檀野从来都没有这么想过，只是控制不住地想去靠近梨岁。

这都是高中时只能出现在梦里的情景。

梨岁不说话，铁了心要回去住。

檀野按下车内与司机的通话键，生硬地吐出两个字："掉头。"

两个人沉默着，没过一分钟，檀野就忍不住说道："老婆，我真的没有那么想，只是想和你待在一起而已，是我太心急了，让你感觉到不舒服，对不起。"

梨岁冷冷地说道："你赶紧给我把你那乱称呼的毛病改掉！"

万一檀野真的叫顺嘴了，下次当着同事的面也这么喊她，怎么办？

檀野十分乖巧地点了点头："好的，老婆。"

梨岁已经懒得跟檀野争执，喝酒没把她喝倒，檀野倒是快把她折腾死了。

"放开我。"

檀野无奈地将梨岁放回旁边的座位上。

梨岁干脆直接把眼睛闭上，靠在车窗边休息。她报完地址后说道：

"到家了叫我。"

梨岁不坐过来,檀野就坐过去,小心地托着她的脑袋往自己的肩膀上靠。

"你怎么学会喝酒了?"

梨岁闭着眼睛回道:"檀少爷烟酒不离手,有什么资格说我?"

"不喜欢?"檀野垂头看着梨岁,"那我就不抽了。我没有这方面的瘾,基本是应酬需要。但今天有点儿不一样,知道要见你,我有些紧张,就多抽了两根烟。"

这些话梨岁听着都想笑。

紧张?梨岁只看见了檀野这游刃有余的撩拨手段。

檀野拾起车后座的那几千元,整理好,放回梨岁的包里。他刚拉开包,梨岁听到了拉链被拉开的声音,瞬间直起身,把自己的包夺了回来。

"你干吗?!"

檀野晃了晃手中的一沓钞票:"我帮你把钱放回去而已,包里有什么我不能看的?"

梨岁捂紧自己的小包,然后把檀野的手中的钱抽回来:"别管!"

梨岁毫不客气地把钱收回去,既然檀野不要,那她还有什么可说的?

至于梨岁包里的其他东西,当然不能让檀野看见。要是让檀野知道她随身带着他的校名牌,岂不是说不清了?!

可是梨岁不知道,她的手腕上常年戴着的红绳,早在他们见面的那一瞬就已经暴露无遗。

车子缓缓驶入梨岁住的小区楼下,檀野在放她下车前,拿出手机再次说道:"老婆,加个联系方式。"

梨岁拒绝道:"没必要。"

檀野看了一眼外面的单元楼:"那我们就在车里过夜好了。公司有几个人是不是就住在你家旁边的那栋楼?他们一会儿喝酒回来,我们一起和同事打个招呼也行。希望我们这样不会引起什么误会。"

檀野巴不得让全世界的人都知道梨岁是他的。

梨岁气愤地说道:"你还要不要脸啊?!你不想混了,我还想!"

檀野不紧不慢地说道:"于成浩的车是不是开过来了?我放下窗子打

个招呼。"

说着,檀野就打算降下车窗,他快要按到开关的手被梨岁抓住。

"加!"梨岁迅速地翻出自己的名片给他扫,"赶紧的!"

听到"滴"的一声,知道檀野扫上了之后,梨岁就飞速地逃下车。

回到家,梨岁直接忽略男人的那条好友验证消息。她卸完妆,洗澡前盘个头发的工夫,一个陌生电话就打了过来。

梨岁拿起手机接了起来,檀野的声音清晰入耳:"老婆,你是不是忘了什么?"

梨岁装作什么都不知道,回答道:"没有吧。"

檀野直言:"我的好友验证。"

本来檀野是要梨岁当面通过好友验证的,谁知道一不留心,她跑得那么快。

梨岁不以为然地勾唇:"我说了要通过吗?"

檀野坐在路边的车内,黑色汽车的车窗降下来,男人一边打着电话,一边往三楼亮灯的那个窗口看去。

路灯掺杂着月光,映出檀野分明的轮廓。

"姐姐,你现在都不来窗边看我了。"

快要走到阳台上的梨岁顿住脚步,反应过来,时隔六年,她竟然还保持着目送檀野回家的习惯。

"檀野,时间不早了,你快回去休息吧。"

檀野异常低落地说道:"好。"

梨岁见檀野还不打算挂断电话,只好狠心按下了"结束"按键。

等了好一会儿之后,梨岁小心翼翼地凑到阳台边往楼下看。明明是自己家,她却像做贼似的。

檀野正靠在车边吞云吐雾。虽然隔着三层楼的距离,但檀野几乎是在瞬间就感觉到了梨岁的视线,抬头看去。

梨岁直接对上了檀野的视线,为了掩盖自己的心虚,梨岁开始摆弄起阳台上种的玫瑰。

梨岁能够感觉到檀野目光灼灼地盯着她,夜色中虽然也看不清什么,可梨岁待不住,快步往屋里走去。

洗完澡,梨岁从冰箱里拿出一片冰凉的面膜敷在脸上,过了一会儿,门口就响起了敲门声。

梨岁疑惑地往玄关处走去。在猫眼中,她清晰地看到了檀野的脸,俊美英气。

梨岁没想到檀野这股执拗劲儿还挺强,打开门,正准备把人训一顿,檀野却摊开一只手,伸到梨岁面前,他的手心躺着一支黑色的小方管。

檀野说道:"老婆,你的口红落我车上了。"

梨岁的话都到嗓子眼儿了,她又硬生生地咽了回去。

梨岁尴尬地抚了抚脸上的面膜,被面膜围着的嘴巴有些含糊地说道:"给我吧……"

梨岁从檀野手中拿回口红:"赶紧回去吧,你不睡觉,司机还要睡觉呢。"

檀野看着梨岁在他面前毫无包袱的样子,轻声应道:"嗯。"

短而沉闷的声音不难让人感觉出檀野此时的心情,他黯淡的眼神让人心颤。

梨岁在内心不停地告诉自己:装的装的,檀野一定是装的!他表现得这么可怜,让人以为六年前被丢下的是他呢!他那样几句解释就想打发我吗?

梨岁作势要直接关门,谁知家里养的大金毛狗狗突然追了出来,一边"汪汪"地叫着,一边扒着檀野的裤腿不放,不停地摇尾巴。

已经好几天没出去的金毛,看见家里的门打开着,还有个陌生人,它像是发现了新大陆一样兴奋。

"汪汪!"

它不断地嗅着檀野身上的味道,对着檀野吐舌头。檀野竟然从一条狗的脸上看出了笑意。

檀野伸手摸了摸金毛的脑袋,给它顺毛,狗狗更加激动了,直接站到了檀野的身边,时不时地往他的腿上跳,想让檀野带它出去玩。

梨岁看着狗狗谄媚的样子,惊慌得连面膜都快掉了,索性用手扯下面膜,赶紧抓住自己家往外蹿的狗。

"小野,你给我回来!"

檀野听到狗狗的名字后，脸色一僵，说道："小……野……"

梨岁余光瞥见檀野的脸色，才意识到自己刚才喊了什么。

梨岁弯腰抓着狗，欲盖弥彰地说道："小……小夜！回家！"但是她这么喊，狗狗根本就不买账，一个劲儿地要往外跑。梨岁费劲地抓着狗，尴尬地抬头干笑着说："不好意思啊。"

狗狗大半夜突然抽什么风，见到檀野就跟见到它亲爹似的。

檀野忽然扭过头，语气有些生硬地吐出两个字："衣领。"

梨岁低头一看，急忙捂住因为弯腰而宽松到垂下来的领口。她这一松手，狗又趁机跑到檀野那边，怎么都不肯回来。

"汪汪汪！"

梨岁看着站在檀野身边的狗，累得直喘气，又不敢继续在檀野的面前喊狗狗的名字。要是被檀野知道这狗的名字就是取自他的小名，估计暗杀她的心都有了。

梨岁脸色严肃地指着自己的脚下，看着那只叛徒狗："过来！"

金毛抖了一下，仰起狗脸看着檀野，咬着他的裤腿不放，想把人也一起拖进屋内。

梨岁被气得七窍生烟，这到底是她的狗还是檀野的狗啊？！

之前看网上有人说自家的狗乖顺得跟谁走都可以，她还不相信，谁知道自家的狗狗真干得出这种事。

檀野蹲下身摸了摸狗狗的脑袋："乖，听妈妈的话。"

金毛眼巴巴地看着梨岁，又跑过去咬她身上的睡裙。它想和檀野出去玩的心思都写在脸上。

檀野起身说道："要不我带它下去遛一圈吧？"

梨岁看着那只不争气的狗，想到她最近任务确实比较多，也没什么时间遛狗，只好无奈地点点头。

"谢谢。"

梨岁进屋把遛狗的项圈绳子拿出来，蹲下给狗狗戴好。

看着狗狗脸上藏不住的笑，梨岁咬了咬牙，在心里暗骂。

梨岁从柜子上拿了口罩、帽子戴上，然后换鞋。

"我跟你一起去吧。"

总不能大半夜的，让檀野一个人在小区里帮她遛狗吧？

檀野见梨岁打算穿着吊带睡裙下楼，大片的皮肤都暴露着。

"你身上涂东西了吗？夏天蚊虫多，你再穿个外套吧。"

梨岁又折回去，往身上喷了一层防蚊喷雾，然后披了件薄薄的防晒衣。

梨岁摇了摇手上的喷雾，二话没说，直接往檀野挽起的衬衫袖口下露出的小臂上喷了喷。

冰凉的喷雾渗进檀野的皮肤，檀野不经意地勾了勾唇。

"走吧。"

梨岁把门关好，两个人没有等电梯，而是直接走楼梯下去遛狗。

被檀野牵着的金毛就像是没见过外面的世界一样，跑得特别欢。梨岁则懒散地跟着走在后面，看着檀野在前面牵着狗狗跑。

眼看檀野就要跑到人多的地方，梨岁赶紧追上去说道："我们走左边的小路！"

他们要是再顺着大路跑过去，碰到小区里的大爷大妈，明天关于她的八卦就会传遍整个小区乃至公司。

天和小区算是比较老的小区，但是地理位置好，还被称为"飞行员小区"，而女飞行员只有梨岁，大爷大妈们大多认识她。

有不少长辈都试图把家里的儿子、孙子介绍给梨岁，要是看见梨岁和别的男人一起遛狗，指不定会想到哪里去。

檀野看着梨岁指的那条幽暗小道，喉结滚了滚，没说话。

梨岁见檀野不走，"扑哧"一笑："你都多大了，该不会还怕黑吧？"

还没等男人说话，狗狗就按捺不住地往大道上跑，檀野只好先去追狗，梨岁压低帽檐，跟在后面。

檀野回头看着身后的梨岁，他是可以克服怕黑的，但就是想光明正大地遛狗。

路上只要看见行人或者车辆，梨岁就恨不得和檀野保持800米的距离。

走着走着，梨岁的手机响了一下——是棠稚发来了一张晚上居高临下拍的照片，看着挺模糊的，但是梨岁一眼就认出来了，是她的狗和檀野。

梨岁心里一惊,紧接着,棠稚的消息就发了过来:

"岁岁,这是不是你家的狗啊?你家狗不会是被人拐走了吧?"

梨岁:"不是我家的狗狗!"

这狗跟着檀野跑得那么欢,哪里像她家的了?!

棠稚:"吓死我了,我在阳台上看到,还以为你家狗被偷了。"

棠稚:"真的太像你家那只狗了!咱们小区居然有帅哥养金毛了吗?你们俩好有缘啊,要不要带着你的狗下去偶遇一下?你们加个联系方式,发展发展!"

梨岁:"算了吧!我准备睡觉了。"

发完这条消息,梨岁抬头就看见前面的檀野被人拦了下来。

梨岁收起手机,跑过去查看情况,小区值班的保安正在问檀野:"帅哥,这狗不是你的吧?我没见过你啊,新搬来的吗?"

檀野对于保安来说显然是小区里的陌生面孔,但是这只狗他可是眼熟得不得了。

梨岁急忙解释道:"叔叔,是我的,是我的,他帮我遛一下而已。"

保安盯着梨岁看了好一会儿,梨岁意识到自己包得太严实了,摘下口罩笑了笑:"叔叔,是我。"

"噢,是岁岁啊!"保安叔叔露出笑容,他的目光移到檀野的身上,"这位是……?"

梨岁快速解释道:"他是我花钱请来帮忙遛狗的!我最近工作太忙,实在是顾不上遛狗,狗狗都要拆家了。"

保安叔叔摸着檀野腿边的狗狗,唤着:"小野啊,小野……"

梨岁瞬间瞪大眼睛,咬紧了牙关。

檀野幽幽的眼神已然停在梨岁的脸上。

梨岁低头扶额,一边推着檀野往前走,一边说:"叔叔,太晚了,我们先回去了!叔叔再见!"

回去的路上,檀野牵着狗,一只手拿下梨岁挡住脸的手:"岁岁,不打算解释解释吗?"

梨岁紧咬着唇,"视死如归"地抬起脸:"我说是巧合,你信吗?"

檀野不语,等着梨岁继续往下说。

"就……刚开始养它的时候,我经常梦到你,可能梦里会喊你的名字吧,狗狗不知道怎么听着听着就以为檀野是它的名字……后来就改叫小野了……"梨岁一脸真诚地说着,"我真不是故意的!"

其实,这件事情梨岁有一点说反了,是因为她经常梦到檀野,醒来后怅然若失,才想养只狗陪在自己身边的。

檀野伸手将梨岁揽进怀里,手掌隔着发丝轻按着梨岁的脖颈儿:"对不起。"

这些年一个人生活在国外的檀野,又何尝没体会过午夜梦回的感受?面对檀野突然的道歉,梨岁不知所措地靠在他的肩头。

狗狗乖乖地坐在地上,吐着舌头,仰头看着面前相拥的两个人。

梨岁推着檀野:"檀野,你应该知道我想听什么,不是一味地道歉。"

梨岁想要一个毫无保留的解释,他为什么不告而别?他为什么丢下她?在不知道这些之前,梨岁不知道该怎么说服自己原谅檀野的所作所为。

檀野沉思了片刻后,说道:"给我一些时间好吗?"

梨岁抿着唇:"反正我的话已经说得很明白了,在你未解释之前,我们不可能发展同事以外的任何关系。"

即便梨岁再喜欢檀野又如何?这几年她都一个人熬过来了。

"嗯。"檀野的情绪有些低落。

两个人牵着狗回去,到了家门口,梨岁小声地说道:"我一会儿就给它想一个新名字。"

檀野失笑,说道:"不用了,也没人那么叫我。"

檀野低头摸了摸狗:"跟妈妈回家吧。"

狗狗不舍地扒着檀野的腿,梨岁拉了它好几下,它才肯回屋。

关门前,梨岁咽了咽口水,说道:"那你回去注意安全,早点儿休息。"

檀野点点头:"嗯。"

看着眼前的门关上，檀野低下头看了看空落落的手心、空落落的怀抱，他的气息都变得绵长。那些事，他到底该怎么和岁岁开口……

檀野回到车上，司机看着他失神的样子，开车前关切地问道："先生，您还好吗？"

那位想必就是檀先生一直惦记的女孩儿。

檀野往楼上的窗口处看了一眼："开车吧。"

直到听见车子启动的引擎声，梨岁才敢从窗台处探头看去。

想到檀野对自己说的抱歉，梨岁就有些心酸：到底是为什么啊？……真的是身高的原因吗？

梨岁知道，不能成为飞行员会让檀野产生很强的挫败感，但是也不至于这么多年都没有消息吧？

这一晚，梨岁做了很多没头没尾的梦，全部是关于檀野的，有好的，有坏的，有亲密无间的。

连休两天，梨岁起床先冲了个澡，然后去狗狗的小屋子里收拾，准备狗粮。

梨岁通常都是清早遛狗，但是狗狗好像昨晚被檀野遛累了，趴在沙发上发呆。

梨岁没多想，叫上棠稚一起出去买菜，准备一起在家里吃饭。

两个人拎着菜回到家，棠稚过去逗狗："小野，姨姨来啦！"

狗狗看了棠稚一眼，继续无力地趴着。

看它这般冷漠，棠稚感到奇怪，问道："岁宝儿，它是不是又看上谁家狗狗了？我怎么感觉它犯相思病了？"

第十七章 紧急迫降

梨岁走过去用手托起狗头看了看:"相思病?我最近也没带它出去啊,它能看上哪只狗?"

狗狗的眼神看起来比平时的添了几分忧郁,梨岁拿出撒手锏,说道:"出去玩?"

金毛依旧不为所动,就那么眼巴巴地看着她。梨岁嘀咕:它不会真的被檀野遛出毛病来了吧?

毕竟狗狗昨天晚上都还好好的,回来之后就变成这副样子了。

棠稚听到梨岁的嘀咕声,惊讶地问道:"你说什么啊?"

梨岁这才反应过来,自己不经意地把心里想的话说了出来,赶紧找补道:"没什么,它不是一只公狗吗,这也没到要找对象的时候吧?"

棠稚有些担心地看着狗狗:"要不要带它去宠物医院检查一下啊?"

这时狗狗却突然叫了两声,然后把沙发上的黑色薄毯叼了过来,示意梨岁看它叼来的东西。

梨岁看着那条黑毯子,几乎瞬间就联想到了檀野昨晚一身黑的装扮,转头对棠稚说道:"不用管它!"

檀野就带它下去遛了一会儿,它就六亲不认了!

棠稚摸着狗，说道："说！你是不是惹你妈妈生气了？"

狗狗委屈地"汪汪"叫，梨岁看着一人一狗在那儿沟通，忍不住笑出了声。

梨岁继续去厨房准备午餐，洗菜的时候又回头看了看沙发上的狗，它已经和棠稚玩起来了。但是一看见她的眼神，狗狗马上装回那副无精打采的样子。

刚吃完午餐，棠稚就接到了工作电话，烦躁地看着手机上的备注："岁岁，我得回公司一趟了，项目又出问题了，杀千刀的老板要开紧急会议。"

梨岁点了点头："你去吧，我来收拾就好。"

棠稚给了梨岁一个飞吻："等我拿到项目奖金，马上炒他鱿鱼，带你出去吃法式大餐！"

看着门被关上，梨岁收拾着碗筷，时不时地瞄着窝在沙发角落里的狗狗，和它四目相对。

清澈的狗眼每秒都在告诉梨岁：它想和檀野玩。

梨岁停下手上的动作，严肃地说道："你想都别想！"

难不成梨岁之后还真得让檀野特地过来帮她遛狗？这简直太不现实了。

收拾完厨房，梨岁看着没动的狗粮，又加了两盒罐头，把狗狗抱过去。

"你不吃饭，是打算不要狗命啦？！"

金毛看着面前可口的罐头，口水都要流出来了，可还试图等着梨岁松口答应它见檀野的事情。

梨岁就这么和它僵持着，今天可是加了狗狗最爱吃的罐头。

果不其然，狗狗没撑过10秒钟，开始认真干起了饭。

吃完罐头，狗狗照旧郁郁寡欢。

一人一狗僵持了3个小时之后，梨岁无奈地拿出手机，发消息给于成浩：

"浩哥，麻烦你把檀野的社交账号推给我一下，谢谢。"

梨岁刚才试着用昨天打来的手机号添加，但是檀野设置了权限，导致她根本加不上。

于成浩收到消息的那一刻，难以置信地揉了揉眼睛，飞快地回了条语音消息过去。

"不是吧？梨岁，你……你居然主动要男人的联系方式了？你看上他了？"

梨岁恨铁不成钢地看着自家狗。

是她家狗看上了！

"我找他有点儿事情而已，你别瞎想。"

于成浩打了个语音电话过来，开门见山地说道："不是我不给你啊，岁岁，檀野交代过，不能随便把他的联系方式给别人，要不我先帮你问问？"

于成浩询问的消息刚发出去，檀野那边很快回了两个字："速给。"

于成浩看见这两个字，愣了一下，给就给，怎么还速给？他也不好耽误事，先把名片给梨岁推了过去，才给檀野回消息。

于成浩："你不对劲啊，檀野！"

梨岁看着推荐过来的好友名片，还是那个熟悉的黑猫绿瞳头像和旧昵称，她一直以为这个号已经被身在国外的檀野弃用了，一气之下删了。

在这一瞬，梨岁感觉似乎回到了六年前。

梨岁点了"添加"之后，对方很快就通过了。梨岁却不知道该怎么说，打出来的字删删改改。

最后倒是檀野的消息先发了过来：

"你想我了？"

看见这句话，梨岁把原本编辑的内容迅速删干净，然后快速打了一行字出去：

"狗想你了！"

檀野坐在书房的椅子上,看见手机上的消息,轻笑出声,放下手上的书,直接拨通了电话。

梨岁怀里抱着狗,看着屏幕上的来电,按下了通话键。

檀野的声音缓缓传来:"老婆,找我有什么事?"

听到檀野的声音之后,狗狗变得格外激动,直接从梨岁怀里蹿了起来。

"汪汪!"

梨岁显然已经对檀野乱称呼的毛病免疫了,说道:"我不是说了吗?狗想你了。它看不到你就一副要死不活的样子。"

檀野问道:"那……你想让我怎么做?"

这个问题成功地把梨岁问住了。

对啊,梨岁就算联系檀野又有什么用呢?狗狗要是养成了这样的习惯,每天都闹着要见檀野怎么办?在梨岁还没想好怎么回答的时候,檀野的声音再次从电话里传来。

"我帮你遛狗的话,联系方式可以不删吗?"

梨岁听檀野还真有要长期遛狗的意思,说道:"我觉得还是算了吧,狗不能太惯着,过几天就没事了。你住那么远,也不太方便。"

这些话到了檀野的耳朵里,就只剩下后半段。

"没有不方便。你隔壁的房子我已经买下来了,家政阿姨还在打扫,我今晚可以先搬过去。"

梨岁眼睛顿时瞪大了,惊讶地问道:"你……你说什么?你买了隔壁的那套房子?"

这可是京北的房子,老城区比其他地方还要贵,没个千八百万绝对拿不下来,怎么到了檀野这儿,就好像在路边随手买了瓶水一样简单!

檀野轻轻应声:"我现在过去帮你遛狗。"

梨岁赶忙出声制止:"不用了!"

这会儿是午饭后,又逢周末,小区里正是人最多的时候,仅一楼树底下就坐着两桌人搓麻将,要是让檀野在这时候帮她遛狗,引起的反应,梨岁简直不敢想。

梨岁一拒绝,身边的狗就开始嗷嗷叫,梨岁只好说道:"晚上吧!晚

上比较凉快！"

"好。"

檀野很快就接受了他这见不得光的遛狗人身份，总比只能和梨岁当陌生人要好得多。况且，檀野晚上和梨岁独处，至少能证明梨岁没有去和别人约会，遛狗的同时还能守着老婆，他没理由不答应。

挂掉电话之后，梨岁抓狂地摇着自家笑嘻嘻的狗狗："你知不知道你妈做人有多难？！"要不是为了狗狗，梨岁是绝对不会主动联系檀野的。

当晚，梨岁约好的时间是10点，还没到时间，门铃就响了起来，她小步跑过去开门。

"你怎么来得这么早？"

出现在门口的人并非檀野，而是嘴角的伤口还没消肿的连景承。

梨岁的表情有些凝固，她说道："你……你找我有什么事吗？"

"没什么，就是突然想来看看你家的狗。"连景承回想着梨岁开门时说的话，"岁岁，你约了人吗？"

梨岁张了张嘴，还没说话，走廊的电梯就又开了。

一个熟悉的高大的黑色身影从电梯里走出来。

连景承见梨岁一直盯着后面，于是回过头去，发现把他打成这样的罪魁祸首出现在他面前。

"檀野！"

连景承咬着牙，每个字都说得格外用力。

被叫到名字的男人面不改色地走过来，还没等他说什么，屋内的金毛就冲了出来，扒着檀野的腿摇尾巴。

檀野低头伸手安抚着狗狗："爸爸一会儿就带你出去玩。"

连景承难以置信地看着眼前的这一幕。他花了大半年时间都培养不出和这只狗的感情，檀野现在却轻而易举地做到了。

瞬间直起身的檀野面对连景承自然没什么好脸色。

"连会长要是没什么事的话，请便，我们打算出门遛狗了。"

檀野直接下了逐客令，简直一秒都不想让这个男人出现在梨岁面前。

梨岁看着这场面，想解释什么，那些欲盖弥彰的话到了嘴边，一句都说不出口，她也就默认了檀野的话。

连景承沉默了一会儿，看向梨岁："岁岁，我可以单独和你说几句话吗？"

不知为何，梨岁下意识地看了一眼旁边等着的檀野。

连景承将这一瞬看在了眼里。仅此一眼，连景承就知道，无论多少个六年过去，他都无法取代檀野在梨岁心中的位置。

檀野不想让梨岁为难，主动牵着狗往楼梯间走，把时间、空间留给他们。

檀野靠在墙角和腿边坐着的狗对视着，心里却平静不下来。

没过多久，梨岁就过来了："走吧。"

檀野牵着狗，没忍住问道："你们说什么了？"

梨岁故作神秘地说道："我不告诉你。"必须给檀野制造危机感才行，不然檀野可真能藏得住事啊！

遛完狗，梨岁进门前说道："给你发的红包记得领。"这样梨岁就当是雇了个人遛狗好了，她也没有太多的亏欠感。

檀野把脸凑过来："哥哥不要钱，你每天亲我一下就行。"

梨岁直接一个巴掌贴了上去："你做梦呢！"

说完，梨岁就拽着眼里没家的狗狗进了门。

随着面前的门被关上，檀野用手背碰了碰刚才被梨岁"问候"过的左脸，他丝毫没感觉到疼。

梨岁回家看见那只狗就来气，厉声说道："你要不跟他过去吧？！"

梨岁打开音响放音乐，准备去洗澡，好巧不巧，播放的歌正是檀野高三时翻唱的那首《她的睫毛》。然后梨岁就看见自家的狗狗兴奋得上蹿下跳……她这才恍然大悟，肯定是因为她平时在家里经常听檀野的音频还有唱的歌，才让狗狗一听到檀野的声音就感到格外熟悉、亲切。

梨岁一伸手做出要切歌的动作，狗狗就咬住她的裤腿，谄媚地看着她。

工作日。

梨岁换好衣服，从休息室出来，随着机组一起去廊桥登机，经过另一侧时，两名穿着黑色制服的男人从里面出来。

其中那个尤为显眼的男人，他的制服左领口戴着银色的蜜蜂胸针，下方的长方形胸牌上显示着证件照和信息。

姓名：檀野

职位：塔台管制

檀野的目光落到梨岁身上，极其合身的白色制服搭配着高盘发，衬得梨岁气场强大，宛若高不可攀的白玫瑰。

梨岁工作牌上的"飞行员"三个字显然被檀野看到了。

檀野微微点了点头，上前按下电梯。

登机后，梨岁往机场的最高建筑控制塔看去。

一切准备就绪后，梨岁快速进入工作状态，调整了一下脸颊边别着的黑色小话筒，通过送受话器频道联系管制中心。

"塔台，京C919。"

檀野："请讲。"

梨岁："去沪城有没有流控？"

"C919，暂时没有，9：35分准时起飞。"

"好的，谢谢。"

檀野："京C919，跑道25左，可以起飞。"

梨岁复述："跑道25左，可以起飞，京C919。"

檀野声音沉沉地说道："京C919，起落平安。"

交接完一天的工作，檀野摘下耳机，从控制室出来。

于成浩在休息厅碰到檀野，跑过来说道："你那同桌拿到飞国际航线的资格了！她太牛了吧！

"我们还以为她说要飞M国是开玩笑的，谁知道她闷声干大事啊！等会儿她知道了肯定很开心！"

檀野听到"M国"时，眉心一蹙，惊讶地问道："什么？"

"哦，你来得晚，还不知道。"于成浩说道，"梨岁自从进了公司就一直想飞国际航线，现在考核通过了。不过国际航班三天两头倒时差，女孩子一般很难扛得住。但她好像对M国情有独钟，哈哈，我们只能祝福她得偿所愿了！"

说完，于成浩发现檀野闷不吭声。

"怎么了？这是好事啊，能飞国际航线的女机长在我国屈指可数。"

檀野垂着头，这分明是一件可喜可贺的事情，可是在他知道航线的终点在 M 国时，心像被掐着般难受。

飞行结束的梨岁进大厅后看着他们："聊我什么呢？"

看见梨岁过来，于成浩急忙把好消息告诉她："你可以飞 M 国了！"

梨岁脸上原本的笑容僵住了，她眼神飘忽地瞥了一眼于成浩旁边的檀野。

于成浩很不理解地看着面前这两个人："梨岁，怎么你听到这个消息也不开心啊？这难道不是好事吗？你不仅加了工资，还实现了一直以来的梦想。也不知道 M 国有什么让你心心念念的。"

梨岁恨不得去堵住于成浩的嘴。

"飞国际航班时长多、工资高啊，还能是为什么？"

显然，这个答案只有于成浩会相信，梨岁在檀野面前就是揣着明白装糊涂。

于成浩问道："那你是不是马上准备申请了？你飞国际航线，以后都不归咱们这边指挥了。"

梨岁有些心虚地说道："再说吧。"

于成浩碰了碰檀野的胳膊："檀野，你不是留过学吗？那些专业术语对你来说肯定不在话下，你也可以申请调过去啊！只不过你们俩要是双宿双飞了，咱们这儿一下就损失了两位'颜霸'啊！"

梨岁听着于成浩乱七八糟的用词，不小心被口水呛到，别过头咳了两声。

"那个，我还有事，你们聊。"

梨岁下班后打算坐地铁回家，刚走出公司几步，一辆黑色的汽车紧跟在她的身边。

梨岁察觉到之后，往马路边看去，降下的车窗将檀野的侧颜暴露无遗。

"上车。我顺路送你。"

梨岁假装没听到，继续往前走，本以为檀野还会死缠烂打，没想到车子直接快速地从她眼前开走了。

梨岁虽然不打算坐檀野的车，但是真的看见车子开走的时候，心里十分郁闷。

梨岁走着走着，看见路边的枯叶，忍不住踩了两脚，低声说道："臭男人！一点儿都不坚定！"

忽然，梨岁的肩膀被人从身后拍了一下，她扭头看清对方的脸后，吓了一大跳。

"你……你怎么……"

刚才开车走了的檀野现在赫然出现在她的面前。

檀野轻轻勾唇："来听听我的同桌是怎么偷偷骂我的。"

说坏话被抓的梨岁尴尬极了。

梨岁快步拉开两个人的距离，扯开话题，说道："你别离我太近，等下被公司的人看到了。"

檀野却紧追上梨岁："岁岁，我现在就住在你隔壁，一起回家也很正常吧？"

"哪里正常了？"梨岁拿起身上挎着的小包挡住半边脸，"你把房子买在我家隔壁就不正常好吗？！你是不是对普通男女关系有什么误解？"

"可能吧。"檀野倒是大方地承认，"毕竟我也没打算和你发展普通男女关系。"

梨岁不理檀野的撩拨，说道："你爱干吗干吗，别和我说话！"

檀野跟在梨岁的身边："我还没坐过京北的地铁。老婆，我们哪站下啊？"

梨岁不理檀野，但是丝毫不能减少檀野说话的欲望。

"老婆，你好高冷。"

"老婆，你穿制服好飒。"

"老婆，你晚餐吃什么啊？"

…………

檀野一路跟着走，想到什么就说什么，也不管梨岁理不理他。梨岁的耳朵都快被他念出茧子了。

上地铁后，梨岁捂上耳朵，小声警告："师父，别念了！"

人固有一死，但绝不能"社死"（在众人面前出丑）！

殊不知光是这两张脸，再加上身高，就让他们在人群中备受瞩目。甚至很快就有人认出了他们，立马发了一张模糊的地铁合照到网上。

"天哪！谁帮我看看这是不是檀野和梨岁！等比例长大的帅哥美女啊！不敢上去打招呼怎么办？！"

下面有人回复道：

"照片是合成的吧？他们都老死不相往来多少年了？"

"还真像啊！"

"身高对不上吧？檀野怎么一下长这么高了？"

梨岁一无所知地到站下车，还在上升的电梯里就接到了家里打来的电话。

梨岁接通电话，一边往小区的方向走，一边回道："哦，相亲啊？"

反应过来后，梨岁嗓门儿都大了些。

"什么？相亲？！"

梨岁赶紧捂住自己的小喇叭嘴，檀野已然看了过来。

电话里，母亲杨柳继续说道："岁岁，妈妈只是建议啊，你现在都24岁了，天天两点一线的，也不谈个男朋友。你们航空公司那么多个子高高的帅帅的男孩子，你就一个都看不上？"

梨岁顾及檀野在，捂着嘴巴小声说道："妈，这件事你就别操心了，梨隽不是也没谈吗？你催催他！"

杨柳被梨岁逗得哭笑不得："他几岁，你几岁？"

梨岁正打算说些什么，面前忽然冲过来一个小女生，对她和檀野说道："真的是你们啊！天哪！你们真的在一起了？我就说网上那些谣言不可信！"

梨岁急忙捂住手机听筒，疑惑地看向檀野。

檀野耸了耸肩，表示他也不清楚。

对方激动地说道："我能和你们合个影吗？我从你们高中的时候就在网上关注你们了！"

梨岁急忙对电话那边的杨柳说:"妈,我还有事,拜拜!"

面对突如其来的粉丝,梨岁摆手解释道:"你误会了,我和他真没关系!"

粉丝说道:"我懂我懂。漂亮姐姐,可不可以和你们合个影啊?我是因为你们才决定来京北读研的,真的非常喜欢你们!"

梨岁迟疑地说道:"这……"

见女生拿出手机,梨岁也没再拒绝,对方站在她和檀野的中间,因为手没那么长,女生说道:"姐姐,你站过来点儿。"

梨岁看了看和檀野中间空着的位置,计算着距离,往那边挪,保证自己连一丝头发都不碰到檀野。

因为身高,站在后面的檀野必须微微弯腰往前倾才能入框,檀野伸手揽过梨岁的腰,把人带过来些。

梨岁腰上一紧,侧脸仰头看向檀野的同时,照片定格下来。

拍完之后,梨岁火速地从檀野的"禁锢"中逃出来。

粉丝满意地看着这张合照,走的时候朝他们挥了挥手,激动地尖叫道:"好般配呀!"

檀野礼貌地点头并回以微笑。梨岁掐了一下檀野:"你倒是挺会对号入座的!进小区后保持距离!"

丢下话后,梨岁快步往前走,绝不给别人一丝八卦的机会。

停在原处的檀野垂眸看着刚才被梨岁掐过的腰,喉结轻轻滚动着。

进小区的这一路上,梨岁的手机响个不停,她头疼地看着那数十条未读消息,全部是妈妈发来的。

杨柳肯定听见那位粉丝开头说的话了,来询问梨岁现在的感情状况。

梨岁回到家,小心翼翼地点开消息,瞬间整个屏幕都被妈妈的消息霸占了。

妈妈:"谈了?"

妈妈:"谁啊?!"

…………

梨岁看着妈妈发来的这些连环问题,瘫倒在沙发上。她回了个电话过去:"妈,我们真没谈!是被路人误会了。"

杨柳快速地捕捉到了重点:"那你刚才和男生单独在一块儿是真的啊?刚才那姑娘说什么高中就关注你们了,你和人家是高中同学啊?谁啊?我见过吗?"

杨柳惊讶地猜测道:"不会还是连景承吧?你的'水泥心'解封了?"

梨岁失笑:"不是他。您见过啊,就是那个姓檀的。"

杨柳一听,瞬间从床上坐起身:"檀野?!"

不知为何,听到母亲没有半秒犹豫的反应,梨岁心里像是被扎了一下。"嗯……"

梨岁尽可能平静地说道:"他从 M 国留学回来了,现在在追我,我还没答应。"

杨柳皱着眉问道:"那你们两个说清楚了吗?这孩子是不是有什么苦衷啊?"

梨岁撑着下巴:"他不说,我上哪儿知道去?就说让我给他一些时间,那谁知道到底是多久?"

梨岁已经想清楚了,等到她真的等得不耐烦的时候,就算把人绑过来,她都要从檀野嘴里听到原因。

杨柳轻声叹气,说道:"先前你都不爱听他的事,所以有件事,妈妈一直没和你说。"

"什么?"梨岁握着手机的手一紧。

"岁岁,你还记得他家开的手机店吗?因为太久无人经营,被查封了。街坊邻居不知道从哪儿听来的消息,都传檀野的妈妈好像不在了。"

梨岁眉头紧皱,问道:"不知道原因吗?"

"这哪里知道?他们一家基本不出现在临南,都是听来的。"杨柳的心情有些沉重,"上次我去文身店打扫卫生,隔壁卖花的奶奶说他爸上山出家了。你说这,唉……"

梨岁紧咬着牙,眼眶顿时红了一圈,雾气遮住了她的视线。

格外了解她的母亲杨柳在电话里安慰道:"岁岁,你别难过,小野既然选择回来找你,想必也收拾好了心情。你们慢慢把话聊开,忘不掉就再赌一把。不管成功与否,都还有爸爸、妈妈、弟弟在你身边。"

安慰的话听到耳朵里,梨岁却止不住地掉眼泪。

杨柳问道:"小野现在回来了,文身店你是打算还给他吗?"

梨岁擦了擦眼泪,捏着纸团说道:"店先继续租着吧。"

"好。"杨柳应下,"你手头要是钱不够,一定要和家里说啊。"

杨柳知道自己的女儿,长这么大也没什么梦想,全是执念。

梨岁毕业后好不容易赚点儿钱,在京北要租房、养狗,剩下的钱,她还非要坚持把那家文身店盘下来。

梨岁哽咽道:"放心吧,我钱够用的。给你转的钱别再退回来了,你和爸爸两个人吃好点儿。"

挂断电话后,梨岁扑到沙发上,抱着狗狗大哭。狗狗不知所措地看着她,把肚子给她当枕头,也没闹腾着要出去玩。

这天,梨岁没有出门遛狗,怕自己做不到面对檀野只字不问。梨岁窝在沙发上,不停地看视频平息自己脑海中乱七八糟的猜想。突然看到一张有些眼熟的照片,梨岁迅速滑了回去,是路人在地铁上拍的梨岁和檀野的合照。

她点开评论区,几条关于身高的热门评论吸引了梨岁的注意。

"檀野没那么高吧,官方身高不是一米八四吗?"

"他早就不止那么高了,我朋友在国外偶遇他的时候,都说他快一米九了,他天天喝牛奶,打球锻炼。"

梨岁的目光停留在那段话上,她怔住了:檀野留学的时候一直在想办法增高吗?所以,他真的不是因为身高才放弃的……

身高只是檀野为了说服梨岁而大费周章地编造的谎言。

而后的大半个月,两个人就一直维持着上班同事、下班邻居的关系。

他们时不时会遛遛狗,不经意间透露出来的暧昧,大家看破不说破。

某晚。

"汪!汪汪!"

梨岁被自家狗狗吵醒,一开灯就看见狗狗焦躁不安地上蹿下跳,叫得一声比一声大。

梨岁怕吵到周边邻里，赶紧拿禁声嘴套想给它戴上，但是狗狗格外活跃，她根本抓不到。

"小野！"

狗狗依旧不为所动，甚至开始啃门，闹着要出去。

梨岁着急得不知道怎么办，以为是狗狗突然抽风，又要见檀野，只好硬着头皮半夜打了个电话过去。

"喂，檀野？"

"怎么了？……"男人嗓音沙哑，显然是刚被吵醒。

还没等梨岁说话，狗狗又叫了几声，她着急地说道："你能不能来我家帮忙看一下狗，它不知道怎么了，大半夜一直叫，好像很焦躁。"

檀野的声音低沉而急促："别怕，保护好自己，我马上过来。"

没一会儿，门铃就响了，梨岁赶紧过去开门。

狗狗一见到门开了，就要往外蹿，梨岁差点儿没拉住，檀野快速地抓住绳子。

梨岁担忧地说道："你快看看它。"

檀野看到狗狗反常的肢体表现，摸了摸梨岁的脑袋："没事，别担心。"

梨岁仰头看向檀野："它这都不正常了，我能不担心吗？"

檀野避开梨岁明亮的眼睛，别过脸轻咳了一声："它……只是发情期到了。"

梨岁听到檀野的解释后，感觉世界都安静了。

梨岁尴尬地看着檀野："那……那现在怎么办啊？"她第一次养狗，根本没经验啊！

檀野将狗绳在手心绕了两圈："我们去宠物医院。"

不得不说，当檀野展现出力量的时候，不怒自威的严肃脸真的吸引到梨岁了。

狗狗很快就不叫了，梨岁着急地准备出门，檀野却拽住她的胳膊："不急，你去换身衣服。"

梨岁这才想起自己身上穿的还是睡衣，急忙折回房间换了身衣服。

檀野开车到最近的宠物医院，医生看完狗狗的情况之后，问道："你们夫妻是打算给狗狗找配偶还是直接做绝育手术？"

梨岁顾不上解释称呼，犹豫不决地看了看狗狗，又看了看檀野。

狗狗肯定是不想被"刀"的，但要是之后再遇到这种情况，梨岁一个人处理不了怎么办？

檀野见梨岁不忍心开口，直接和医生说道："绝育。"

被套住嘴巴的狗狗想叫却叫不出声，只能跳起来扒着檀野的裤腿反抗，最后还是被医生无情地带走，做了绝育手术。

做完手术的狗狗生无可恋地隔着玻璃看着他们，狗脸上写满了怨气。

梨岁看向旁边的檀野："它不会怪我们吧？"

檀野："过几天就好了。"

事实证明，几天后，狗狗对梨岁的态度的确变好了，但是一见到檀野就开始怨气冲天地嗷嗷叫，连碰都不让他碰。

看着檀野再一次吃闭门羹，梨岁很不好意思地送檀野出门："要不你过几天再来看它吧？"

檀野站在门口，忽然把脸凑上前："坏人都让我做了，亲一下不过分吧？"

原本窝在沙发上不动弹的狗狗看见家门口的情况后，立马叫了两声。

梨岁把脸往后缩，憋着笑："它不让。"

檀野没想到他辛辛苦苦遛了那么久的狗说翻脸就翻脸了。

檀野看着梨岁近在咫尺的小脸，快速地凑上去亲了她一下。

当他的唇触碰到她的脸颊的时候，梨岁的脑袋近乎空白。

而后她听见檀野轻声道别："明天见。"

关上门之后，梨岁摸了一下自己的脸颊，烫得不像话。

梨岁走近狗狗，想看看它的情况，狗狗似乎闻到了她身上属于檀野的味道，把头扭到一边，连她也不理了。

次日，梨岁去赶地铁上班，还没出小区，就看见檀野被两个女孩子围住了。

梨岁快走近檀野的时候特意加快了脚步，免得波及她，但看见檀野一边看自己一边对那两个女孩子说："不好意思,我女朋友来了。"

檀野快速追上梨岁的脚步,歪着头看她："你今天怎么这么晚?"

梨岁四处张望着:"檀野,你能不能注意场合!刚才楼下阿姨都在议论了,你还跟着我!"

檀野看着梨岁心虚又脸红的样子,轻声笑了笑:"你这些天忙狗狗的事情,是不是累到了?现在小区里还有谁不知道我们天天晚上去小道遛狗?"

梨岁还真不知道这件事情已经传开了,在她看来,每次都把自己包裹得严严实实,绝对没人认得出她。殊不知老阿姨为了八卦,个个都练就了一双火眼金睛。

檀野靠近梨岁,说道:"知道外人是怎么议论我们的吗?"

梨岁疑惑地仰头,听见身旁的檀野低声说道:"很会玩的小情侣。"

梨岁直接给了他一拳头:"你少胡说!"

檀野很是冤枉地揉了揉被打的胳膊:"老婆,谁正常遛狗天天走昏暗的小道啊?"

梨岁语塞了,原本是怕被误会才走小道的,谁知道到头来适得其反,甚至被误会得更加离谱儿。

走在路上,梨岁兜里的手机响了起来,是高三班主任李老师打来的电话,她按下接通键。

"喂,李老师。"

李老师亲切地问道:"岁岁,你现在方便吗?耽误你几分钟说件事。"

"我有空的,老师您说。"

李老师说道:"是这样的,马上要开学了,今年学校又多了不少复读生,想问问你有没有时间回来参加开学典礼,给咱们这届高三的学生加油打气,车费什么的都报销。你要是不方便回来,录个视频也行。"

"可以啊!"梨岁几乎没有任何犹豫,"大概什么时间?我向公司提前申请调休。"

"9月1日。"李老师想了想,问道,"那个,不是老师八卦啊,听说你现在和檀野在一起?"

梨岁惊恐地看向身侧的男人,难不成老师在她身边装了监控吗?这

都能猜到。

"怎……怎么了？"梨岁给檀野使了个眼色，然后把手机改成了免提模式，示意他一起听。

李老师继续说道："学校这边也联系不上檀野，你要是和他有联系，帮忙问问他回不回来，开学典礼他不参加的话，那只能联系连景承了。还有之前檀野留你的奖金，你都分文未动，现在学校想还给他。"

梨岁看向檀野，无声地询问着他的意思。下一秒，檀野懒散地出声说道："老师，我和岁岁一起回去。"

梨岁惊慌地捂住听筒："谁让你直接说话了？"梨岁只是让檀野听一下而已！

檀野不解地瞥向梨岁，问道："那不然呢？"

李兰花完全没想到竟然能在电话里听到檀野的声音，惊呼道："你们俩真的在一块儿了啊？！"

梨岁百口莫辩，心虚地解释道："我们现在在一个公司。"

檀野补充道："是住一个小区，还是对门，晚上一起遛狗的关系，老师你别误会。"

梨岁一只手往檀野的腰上掐："老师，你别听他瞎扯，没有的事！"

檀野看着梨岁睁着眼睛说瞎话。他们两个到底是谁在瞎扯？

电话里传来李老师绷不住的笑声："那行，你们商量好，到时候回来了和老师打声招呼。"

檀野应声道："好的，谢谢李老师。"

李兰花听檀野竟然如此乖巧，没有贫嘴，不由得调侃道："有岁岁在旁边，你小子态度就是不一样啊。"

上学那会儿，李兰花怎么没发现不对劲儿呢？一碰到梨岁在场或者说什么，檀野立马就老实了。

檀野还几次三番地去办公室找李兰花要适合补习的辅导书，说是巩固基础，现在看来，从那么早的时候开始，他就已经花心思到梨岁身上了。

梨岁听着檀野和老师一唱一和的，拿他没办法。

恰好赶上早高峰，梨岁被檀野护着往地铁里走。她不知被谁挤了一下,直接撞进了檀野怀里。

檀野揽紧梨岁的肩膀,让梨岁整个人靠在角落里,而檀野就站在她面前,阻挡着拥挤的人群。

梨岁被檀野身上熟悉的气息包围,在两个人靠得足够近的情况下,她甚至不敢抬头看檀野,要不然她总感觉四目相对时,檀野会偷偷亲她。

仅仅是想,事情还没有发生,梨岁的脸就红了。

檀野轻声笑了一下,说道:"你怎么不敢看我?怕我亲你?"

梨岁尴尬地抿着唇:"我怕被别人误会而已。"

"这样啊——"檀野拖着尾音,明显带着逗梨岁的意味,"梨小姐觉得我们这样就不会有人误会了吗?"

梨岁被噎得说不出话。她承认很多事情和做法只是为了说服自己过心里那关而已。

檀野盯着梨岁,说道:"明天休假,你要带狗狗去拆线,我送你。"

"嗯。"

梨岁没拒绝,毕竟她在京北没有车,狗狗又做了手术,有时候需要人抱一下狗狗,她一个人带狗出门确实挺不方便的。

到公司后,梨岁照常换好制服,顺手将头发盘起来,挂上飞行员工作牌。坐进驾驶舱时,梨岁拿起工作牌在反面亲了一下。

那挂在梨岁身前,仅她可见的工作牌反面,贴着檀野高三时期意气风发的证件照。

梨岁顺利起飞,却在没多久后收到机组传来的客舱情况,立马联系管制中心。

"塔台,京C919。"

檀野迅速回应:"请讲。"

"这边机组出了一些状况,飞机上有位乘客突发急病,需要尽快就医,经多方协商,申请紧急备降海城。京C919。"

檀野快速冷静地协调好:"京C919,右转航向280,建立36左航道,保持速度。"

梨岁复述着指挥,冷静地进行操作,以最快、最安全的方式抵达海城上空。

梨岁快速联系海城机场进近："您好，进近，这里是京C919，听你指挥。"

传声器很快传来海城管制中心的指挥："京C919，左转航向180，联系塔台107.5，再见。"

海城机场塔台："京C919，跑道06右，可以落地。"

"京C919，一号口脱离。这边地服已经联系好医护人员了，再见。"

梨岁复述着指令，脱离后联系地面服务，成功滑行到停机位，然后表示感谢："京C919，到位。感谢指挥，再见。"

"再见。"

梨岁在海城机场滞留了近一个小时后，飞往目的地，再回到京北时已经是深夜，高强度地工作让她感觉头有些昏沉。

檀野将车停在梨岁面前的时候，梨岁毫不犹豫地拉开车门，坐了进去。

檀野替梨岁调整好车内的靠背："辛苦了。患者还好吗？"

梨岁抬手把檀野的脸推到一边："及时就医了。"

每次遇到这种紧急情况，梨岁即便当时是冷静的，过后的心情还是会有些沉重。

檀野揉了揉梨岁的脑袋："你明天可以晚些去宠物医院，我已经提前和医生说过了。"

梨岁轻轻应声，迷迷糊糊地在车上睡了过去，等到她醒来时，车已经停在小区许久了。

梨岁和檀野道了声谢，回到家倒头就睡。

第二天下午，梨岁的状态才调整过来。她牵着狗狗下楼，檀野已经把车开到了楼梯口旁。周围的大爷大妈显然都已经习惯了他们这样成双成对地进进出出。

檀野难得穿了一件白色T恤，看见梨岁把狗牵下来后，弯腰把狗抱起来逗了逗，然后放进车里，这时，梨岁突然瞥见檀野露出的侧腰上有一片水墨色。

檀野转头看向梨岁："上车。"

梨岁站在原地没动，目光还一直停留在檀野的侧腰上。

见梨岁一直盯着，檀野似乎意识到了什么，紧接着，梨岁直接问道："你腰上是什么？"

檀野也没打算说谎，回答道："文身。"

梨岁脸色有些严肃，伸手就要撩开他的T恤："我看看。"

檀野抓住梨岁已经碰到衣角的手，顺势将人拉近了一大截："你先告诉哥哥，看完负责吗？"

梨岁一听这话就知道檀野还没打算坦白，快速地抽回手："不看就不看！"

梨岁有些赌气地坐进后座，故意不坐副驾驶座。

又是文身，又是促进长高的，这都是过去檀野不可能会做的事情。他到底是为了隐瞒什么？难道是因为不当飞行员之后，他的想法变了？

梨岁没办法不好奇，檀野从腰到肋骨那一大片到底文了什么？

檀野无奈地叹了口气，上车往医院驶去："岁岁，等你近期任务结束，我们再好好谈谈可以吗？"

檀野若是现在说，无疑会影响梨岁后续几天的工作，他不希望梨岁飞行途中出现任何意外。

听到准确时间后，梨岁才算不再烦闷，但依旧没有表现出任何情绪。

到医院后，狗狗拆完线，还赖着不肯走。它拽着檀野的裤腿，把他往医院手术室那边拖，檀野不明所以地跟过去，就见狗狗对着医生叫唤着，似乎在表达些什么。

梨岁忽然懂了自家狗狗想表达的意思，垂着头偷偷地笑。

看见檀野疑惑的眼神后，梨岁笑着说道："它想让你也进去做个手术。"

第十八章 一触即燃

檀野目光幽幽地看向腿边的狗狗。

狗狗期待又带着笑意的眼神藏都藏不住,仿佛只要檀野受过同等"待遇",它就能立马原谅他给它做绝育手术的事情。

檀野二话不说,直接抱起狗狗,快步往医院外面走。

狗狗不停地汪汪叫,檀野把它抱上车,严肃地训斥道:"你不为了爸爸考虑,也要为妈妈以后的幸福考虑吧?"

狗狗甩着脑袋上的毛发汪汪地叫,控诉着他。

梨岁一过来就听见檀野在这儿说些有的没的,她的手直接往他的腰上掐去:"你不要乱说!"

檀野抓住梨岁的手:"老婆,以后要用到的,你仁慈点儿。"

梨岁非但不听,还掐了檀野一把:"好好开你的车。"

梨岁回到小区,刚出电梯准备进家门,迎面就看见棠稚站在她家门口,抱着手臂看好戏似的看着她和檀野牵着狗狗从电梯里出来。

梨岁快速地夺过男人的手中的狗绳:"棠棠,你怎么站在门口啊?"

棠稚有些吃醋地说道:"我说你怎么都不找我遛狗了,原来是外面有'狗'了!"

棠稚想：看来从我第一次拍到帅哥遛狗的时候，眼前这两个人就已经扯上关系了。

棠稚打量了一下眼前这个气质卓绝的男人："檀野学霸，你啥时候回来的啊？"

檀野不紧不慢地回答道："有段时间了，我就住隔壁。"

棠稚把梨岁往自己这边拉了拉，小声地试探道："他这是要追你的节奏啊！你不会'沦陷'了吧？"

梨岁不停地使眼色："回去再说。"

两个人和檀野礼貌地点头告别后，进了梨岁家。

门一关，棠稚迫不及待地拉着梨岁问道："说！你们啥时候在一起的？"

梨岁听着棠稚这不着边际的话，脸一红，说道："没……没在一起……"

棠稚看着梨岁的脸色，打趣道："那你这么心虚干吗？再说了，谁见过普通异性朋友天天黏在一起的？要不是我在小区楼下听到你们的八卦，还不知道你们在闷声干大事呢。"

"没有……"梨岁拖着棠稚坐到沙发上，"我也不知道我和他现在算什么关系，有点儿暧昧倒是真的。但檀野不把当年的事情说清楚，我总不可能自欺欺人地去倒贴他吧？"

就算梨岁骗得了自己一时，也骗不了那六年时间。

棠稚拉着梨岁的手分析道："你听姐跟你说啊，没准儿檀野就是吃定了你心里有他。你把连景承和周边的其他男生都拒绝得那么干净，他一点儿紧迫感都没有。要我说，你还是得给他来些猛的。"

梨岁眼睛一眨不眨地看着棠稚："什么猛的？"

梨岁忽然拎起自己的拳头，眯着眼睛在棠稚面前展示着。

"我给他两拳，够不够猛？"

棠稚被梨岁的想法惊到，说道："姐姐，你这太猛了！"

梨岁搂着抱枕轻声叹气，说道："那怎么办？"

棠稚拉起梨岁的手："男人不能惯着！从今天起，你就拒绝和他一起遛狗！下班把自己打扮得漂漂亮亮的，搭理谁都不要搭理他！"

梨岁不放心地看了一眼自家狗狗，幸好檀野送了它一个"绝育套餐"，狗狗再也不吵着闹着要见檀野了。

晚上，梨岁故意没回复檀野喊她去遛狗的消息，而是一个人牵着狗往楼下走。似乎是和檀野偷偷摸摸习惯了，梨岁基本都是走安全通道的楼梯。

梨岁走到一楼后，不远处一个穿着无袖黑白篮球服的男人映入眼帘。檀野靠在墙边，修长的手指像弹钢琴般翻转着一枚银亮的硬币。

见梨岁下来后，檀野收起硬币往这边跑了过来。

"老婆，你怎么不回消息？"

梨岁没想到檀野会在楼下等着，自顾自地牵着狗走："我为什么一定要回你消息？"

檀野听着这语气就猜到，梨岁是在因为文身的事情赌气。

檀野快速追上梨岁："别生气了，老婆。"

檀野带着梨岁的手缓缓地放到自己的腰侧："等你结束了这几天的任务，别说是腰，你想看哪里，我都给你看好不好？"

梨岁就知道檀野嘴里说不出半句正经话，赶忙抽回手："我才不感兴趣！"

到了岔路口，梨岁看见那条小道就想起街坊邻居的离谱儿的猜测，再也不想往那边走了。

当梨岁准备牵着狗走大路的时候，檀野扣住她的胳膊："我们走小路吧。"

梨岁疑惑地看着他。

梨岁想看檀野的腰上的文身，他都不让，凭什么檀野让她干吗她就要照做？梨岁没回答，牵着狗狗往大道上走。

梨岁还没走两步，檀野就直接小跑到她的前面，将她单手扛起，她手中遛狗的绳子也被他夺了过去，她被他扛着往小道走。

梨岁没想到檀野会直接来硬的，不停地打着他的肩背。

"檀野！你让我下来！"

"姐姐，你好好休息一下，狗我来遛就好。"

梨岁紧搂着檀野的脖颈儿："走小道，我走还不行吗？你先把我放下来……"

要是让别人撞见他们这样，她可就更说不清了！

檀野见梨岁不乱动了,把她放了下来,顺势抱住了她。

梨岁眼睛躲避着檀野的视线,低着头不说话。她抱着他的手逐渐攥紧。六年间,她不知道期待过多少次和檀野这样热烈地相拥。

现在真的抱住他了,梨岁有些舍不得松手了。

梨岁庆幸这是晚上,无人的小道,能让她可以不用面对男人的眼睛,不用顾忌他人的眼光,让她可以丢掉白天的理智,让感觉主宰一切。

檀野就这么抱着梨岁,两个人谁都没再说话,互相感受着对方的心跳,久久不能平静。

檀野的喉结缓缓地滚动着,他沉沉地叹了口气。

对于檀野来说,每一秒都挑战性十足,他眼睛一眨不眨地盯着梨岁,声音沙哑而低沉:"可以吗?"

梨岁抓着檀野的手臂,她的眼睛在月色下发着光,回答的话还没说出口,只是嘴唇颤了颤。

檀野重重地吻了下来。

狗狗围着柱子打转,时不时地咬咬檀野的裤腿,但是根本没有人理它。它只好蔫蔫地坐在一边,无聊地看着周围。

相比在酒吧楼梯间的那次亲吻,檀野这次明显温柔了不少,但对于平息两个人的心火没有起到任何作用,反而一触即燃。

梨岁神情恍惚,檀野的眉心也紧蹙着,他知道她在顾忌什么,在外面也就算了,身边还多了条狗。

忽然,一直安静的狗狗叫了一声,很快两个人就听见不远处有对老夫妻边聊天儿边往他们这边散步过来。

梨岁紧张得不知道往哪儿躲,檀野抱着她转到柱子的另外一边。

檀野亲了亲梨岁的眉眼,轻声说道:"我们先回家。"

"嗯。"

牵狗的绳子依旧握在檀野的手里,很明显,狗狗不想回去,小声地叫着。

平常都要遛大半个小时,它才算玩够,今天只是把它拴在旁边,待了半小时。

在狗狗的控诉下,梨岁打消了回家的念头,从檀野的手中拿过绳子:

"让它在外面玩一会儿吧,不然它回家又要造反了。"

檀野看了一眼腿边的金毛,很不情愿地答应了。

狗狗有些时候真的没有存在的必要。

遛狗的时候,梨岁什么话也没说,逐渐清醒的意识让她反复懊恼,刚才她怎么就没控制住呢?檀野说回家,她竟然答应了。

回谁家?去干吗?

梨岁垂头抿着唇,抓了抓头发,要不是小道里有人来了,还有狗狗在边上看着,这儿乌漆墨黑的,不知道他们会做出什么事来。

檀野看着一言不发的梨岁。梨岁察觉到檀野准备说话后,抢先说道:"我们都是成年人了,刚才的事情你情我愿,没什么好说的。"

要是因为一个吻,他们就确认恋爱关系,梨岁是不会同意的。亲都亲完了,反正檀野也拿她没办法。

檀野本来没打算说这件事,但是听到梨岁这么想要撇清关系,仿佛刚才亲了只忘性极大的鱼。

檀野拉住梨岁的手,紧紧地牵住:"既然亲那么久都没什么好说的,那再牵一下手应该也不过分。"

梨岁被檀野的话堵得无从反驳,说道:"你……你这是偷换概念!"

檀野慵懒地看着梨岁:"说说看,哥哥偷换什么概念了?"

"刚才是我默许的,现在不是!"梨岁说道。

梨岁承认刚才她的确没控制住,檀野给过她拒绝的机会,是她自己不要的。

"哦——"檀野意味深长地拖着尾音,"梨小姐这是'只许州官放火,不许百姓点灯'啊?你要拥抱的时候,哥哥无条件地给你抱,现在你都不让牵个手了?"

檀野揉着梨岁的手,靠近她耳语:"我没记错的话,刚才姐姐对这只手的态度可不是这样的。"

梨岁毫不留情地甩掉檀野的手:"你都说了,那是刚才!我现在不需要了,行了吧?"

檀野低声失笑,说道:"那……姐姐需要的时候记得和我说,我随时奉陪。"

梨岁捂着耳朵快步往前走。

回到家,梨岁把狗狗安顿好之后,立马去冲了个澡,躺在被窝里,她满脑子都是刚才发生的事情……

梨岁一脚踢掉被子,抱着枕头睡去。

清晨,梨岁看着新闻,坐在餐桌旁吃着早餐。

突然听到电视里报道着家乡的消息,梨岁立刻放下手中的三明治,跑到电视机前。

"8月28日凌晨4点,临南市局部发生4.8级地震,城郊、乡村因地震导致山体滑坡,当地展开24小时救援,山下有居民近500人,目前获救381人,死伤人数不明……"

梨岁急忙拿出手机往家里打电话,很快就接通了,她着急地问道:"妈妈,你和爸爸没事吧?"

杨柳在电话里回道:"没事,没事,咱们这一片震感比较弱,我和你爸都好好的呢。就是山脚下那些居民,听说情况不是很好……"

梨岁庆幸爸爸妈妈没事的同时,心情依旧沉痛。

天灾人祸是谁都不愿意看见的。

"妈妈,学校开学典礼邀请我回去,我后天到家,你和爸爸一定要注意身体啊。"

听见女儿要回来,杨柳非常欣喜:"好啊,好啊,妈妈给你做好吃的。"

和家人交代完之后,梨岁看了一眼时间:"妈妈,我还有工作,先这样。"

出门的时候,梨岁接到通知,她今天的飞行任务被调整了。

看见檀野停在面前的车,梨岁直接打开车门坐上去。

檀野第一时间俯身过来帮她系好安全带:"你接到通知了吗?"

梨岁点点头:"上午飞临南。"

檀野摸了摸梨岁的头发,亲吻着她的额头:"飞行平安。"

檀野比谁都清楚,如果临南发生余震,会对飞机的起飞降落造成多大的影响。但这一次,京C919搭乘的并不是普通乘客,而是援助临南灾区的医护人员和医疗设备。

梨岁小心地回抱了一下眼前的男人。

飞机准备进跑道时，梨岁的目光坚定而热烈。

塔台管制频道传来檀野熟悉的声音："京C919，可以进跑道17。"

梨岁："进跑道17，京C919。"

檀野沉声开口："京C919，我谨代表京北空管分局，向全体机组人员和支援临南的医护人员致以最崇高的敬意。有幸为你们保驾护航，是我们的责任，更是荣光。不畏艰险，大爱无疆，愿所有医护人员早日凯旋。祝你们飞行顺利，平安归来。"

梨岁："收到，非常感谢，我们会将此信息转达给所有机组人员和医护人员。临南加油！"

檀野："京C919，跑道17左，可以起飞。"

檀野看见那架洁白的飞机冲向蓝天的那一瞬，他的心揪了一下。

当年梨岁完全可以选择更适合她的专业，却义无反顾地实现了他的梦想，承担着这些本不该承担的风险。

机身冲进云层，消失在肉眼可见的高度，梨岁在高空看着一望无际的天空，神色温柔。

檀野，你心中的大爱、梦想和我，都在。

得知临南在不断发生余震，檀野担心地等待着消息。

因为余震，梨岁回京北的时间比计划时间晚了近一个小时。

梨岁回到基地的时候，同事纷纷前来祝贺。

一道高大的身影飞快地从休息室冲了出来，将梨岁紧紧地抱在怀里。

旁边的姜红红和于成浩惊讶地张着嘴，感觉这两个人关系不简单。

梨岁被檀野紧紧地搂着，觉得有些不能呼吸，小声地在他怀里说道："檀……檀野，这里是公司，你注意一些！"

姜红红见他们打算分开，转身离开时说道："你们抱，你们抱，不用管我们的死活。"

檀野松开手，梨岁直接在檀野身上掐了一把："你是不是就想断我桃花运？我这不是好好地回来了吗？"

檀野看着梨岁，二话没说，又俯身亲了她两口："回家！"

单身的于成浩忍不住吐槽："下班了也要注意影响！"

这下，梨岁的脸又红了。

姜红红很热心地把梨岁的包从休息室带了出来，递给檀野："得了，得了，你们俩赶紧回家亲热去！"

梨岁躲都躲不掉，身上的制服也没来得及换，就被檀野牵着往外走。

"哎……"梨岁还没组织好语言，抬眼就看见许久不见的连景承站在不远处。

连景承看着迎面而来的两个人，他们身上都穿着空航制服，梨岁是一身飞行员的白色制服，檀野则是黑色的制服。檀野单手牵着梨岁的手，另一只手上还拎着女士背包。

檀野完全当作没看见连景承，牵着梨岁往前走。

他们走近之后，连景承移步堵在前面，没打算让道。

檀野眯着眼睛，说道："你欠打？"

檀野刚说完，下一秒，连景承的拳头就直接挥到了他的脸上。

没腾出手的檀野就这么生生地挨了一拳。

梨岁惊呼，急忙护在檀野身前："连景承，你干什么？！"

莫名其妙被打的檀野攥着拳头，打算打回去，梨岁急忙按住檀野的手，不许他打架。

连景承咬牙看着檀野："檀野，你到底凭什么？想走就走，想回来就回来，你根本不值得岁岁喜欢！"

檀野看着挡在身前的梨岁，握着拳头，目光阴狠地对上连景承的视线，他说道："关你什么事？！"

连景承："我替岁岁感到不值！这六年来，她没有一件事是想着自己的。她因为你，成为你。你配不上她！"

忍无可忍的檀野一拳头打下去，巨大的动作带起他的衣角。

梨岁看清了那片文身。

梨岁飞快地跑上前，挡在他们中间："你们别逼我动手！都住手！我的事情，我自己会考虑清楚，不需要任何人指指点点！"

连景承放下手，看着挡在檀野身前的女人，失落地低下头。

"岁岁，我尊重你的选择。但是我真的不明白，究竟是为什么？"

梨岁看了一眼身边的檀野："你先去车上等我，我和他说句话，马上

就来。"

听到梨岁又要和连景承单独相处,檀野烦躁地薅了一把脑后的短发,但还是抵不住梨岁的一个眼神,乖乖地往车的方向走去。

等檀野走后,连景承皱着眉,不甘心地说道:"为什么你能够如此心平气和地对待一个伤你那么深的男人?他回国后什么也没做,不是吗?你们就已经要在一起了……岁岁,他以后不会珍惜你的……"

梨岁平静地看着连景承说道:"你只知道檀野离开了我六年,你不知道他默默地帮过我多少;不知道我为什么会决定复读;不知道我高考差点儿赶不上考试,是他让人先送我去的;不知道他为了给我编织一个听起来合理的谎言,刻意去增高;你不知道他文身的意义,你什么都不知道。所以我希望你不要随意地诋毁他,至少,我还在等他的答案。我只听他说。我很感谢你的欣赏,但也仅此而已。"

檀野对梨岁点点滴滴的好,她都清晰地记得。她喜欢的少年,绝不会是别人口中那般恶劣的存在。

连景承苦涩地笑了一下。连景承的眼里只有梨岁,记得的都是他心爱的女孩儿对别人的爱,而岁岁心里记着的人不是他。

"希望你赌对了。"

梨岁回想着刚才自己看见的那片文身,微微一笑。

"我一定赢。"

最后,梨岁说道:"连会长,你很优秀,多看看身边的人吧,找寻真正属于你的人生,再见。"

当这句"再见"从梨岁嘴里说出时,连景承就知道他们不可能再见了。他看着那个高挑儿的背影逐渐走远,随着黑色的汽车一起消失在车水马龙的城市里。

或许,这也是连景承喜欢梨岁的原因:她温柔、坚韧,从一而终。

开车的时候,檀野什么话都没说,一路上心情都很郁闷。车子在小区的地下车库停好。檀野见梨岁不说话,俯身圈住她。

"老婆,你不打算告诉我吗?"

这已经是梨岁第二次在檀野在场的情况下和连景承单独说话,他绝对不可能没有危机感的。

梨岁解开安全带："这句话应该是我问你吧？"

梨岁看着檀野身上的白衬衫，目光随之往下。

"你把衬衫解开。"

檀野眉心微蹙，当然知道梨岁现在打算干什么。

梨岁见檀野不为所动，直接开始口头倒计时："三！二！……"

刚要数到一的时候，梨岁包里的手机响了起来。

"大帅哥来电话了！大帅哥来电话了！大帅哥来电话了……"

这是弟弟梨隽不知什么时候在梨岁手机上偷偷设置的特别铃声。

檀野眼睛眨也不眨地看着梨岁，等待她接听这位"大帅哥"的电话。

梨岁接通之前强调了一遍："这是我弟！"

解释完之后，梨岁又在心里狠狠地后悔，到底为什么要莫名其妙地解释？

看来她真是被这个男人的一声声"老婆"给叫糊涂了，真的自动对号入座了。

接通电话，梨隽散漫的声音从电话听筒里传来。

"姐，你现在有空吗？"

梨岁听他这么问，就感觉没什么好事，问道："你先说找我干什么。"

根据梨岁的经验，梨隽找她要么是借钱花，要么是借狗玩，要么是去派出所里领人，偶尔还会碰到梨隽的几个同学要她联系方式的情况。

果不其然，电话那边，梨隽说道："我打架被抓了，过来领人。"

梨岁咬着牙："没空！"

梨隽可怜兮兮地说道："姐，你可是我在京北唯一的依靠啊！你不来救我，还有谁能来救我？"

听着如此惹人怜爱的语气，梨岁脑海中却自动配上了梨隽搭着腿坐在派出所椅子上的自在样子。

梨岁看向檀野，用眼神询问他有没有空，见檀野点头后，梨岁对梨隽说道："这次又进了哪个派出所？"

"城北。"

得知地址后，檀野在前面的路口掉头，往城北开去。

梨岁恨铁不成钢地说道："你怎么三天两头打架？上学的时候也没发

现你是个当混混儿的料啊？你是要把京北所有派出所的地板都踩烂，是不是？"

自从梨隽上了大学，各种幺蛾子层出不穷，他这个病秧子竟然还能打架。

梨隽漫不经心地说道："那总有不长眼的人动我东西，我能怎么办？行了，这硬板凳坐得我屁股都麻了，你赶紧过来吧。"

梨岁头痛地捂了一下额头："你老实等着吧！"

挂断电话，梨岁显然没心情再去问文身的事了，看到的那片图案，至少证明檀野绝对不是故意违背他们的约定的。

从梨岁刚才的举动，檀野很清楚地知道她看清了那片图案。至于檀野什么时候愿意主动在她面前揭开衣角，她希望在结束任务后，檀野能说到做到。

到了派出所，梨岁办好手续，看着站在自己面前的脸上受了伤的弟弟梨隽。

"你这到底是打架还是被打？"

这不管怎么看，都像是梨隽单方面被打。

梨隽扯着带伤的嘴角笑了笑："你猜。"

梨岁无语。

梨隽睨了一眼往这边走来的檀野："你也别说我了，那位檀某不也是刚跟人干完架过来？"

梨岁往檀野的脸上看过去，无法反驳。

梨隽看着梨岁，用只有两个人能听到的声音说道："也不知道是谁高考过后哭得稀里哗啦的，说这辈子再也不想见到他，没想到这么快就下辈子了？"

梨岁后槽牙都快咬碎了："你……能不能别提那些陈年旧事！"

梨隽凑到梨岁的耳边："那跟你说个新鲜的。你的心上人貌似腰不好。"

第十九章 收留过夜

被梨隽这么一说，梨岁下意识地往檀野的腰上看去，趁着檀野还没走过来，她把弟弟拉到一边小声问道："真的假的？"

不就是文了个身吗？不至于腰废了吧？

梨隽佯装不满地看着她："你对男人的腰可比对你弟弟的脸上的伤重视。"

梨岁看了梨隽一眼："不然呢？你有什么值得我关心的，关心你明天进哪个派出所吗？我告诉你，我马上就要回临南了，你要是再在京北惹是生非，就在派出所自生自灭吧！快说，你到底是从哪儿听到的消息？！"

"我们当着他的面议论他的腰，真的好吗？"梨隽说道。

"那不是你先提起的吗？"梨岁抓着他的胳膊，"什么好不好的，我现在只关心他的腰好不好，你少废话！"

不远处的檀野就这么靠在墙边看着他们你一言我一语，这姐弟俩时不时还要看看他，简直就是把"正在讨论他"写在脸上。

梨隽回想着说道："我有个朋友的妈妈之前在医院给他缝过针。当时缝的就是腰。"

听到缝针,梨岁心里一揪,都已经到需要缝针的地步了,肯定伤得不轻。

"你之前怎么不和我说这件事?"

梨隽说道:"前提是,我之前要认识这个朋友……"

换句话说,这位朋友是他最近才认识的。听说他是临南一中出来的,而檀野也算出名,两人聊着聊着,对方就提到了这件事。

梨岁追问道:"檀野什么时候缝的针?"

显然,檀野很有可能就是因为缝针的事情,才失去了当飞行员的资格。

这个时间线,梨岁必须搞清楚。

梨岁可以肯定的是,在高考结束前,檀野绝对没有受过这种重伤。而高考结束后,檀野就莫名其妙地失联了。

梨隽微微蹙眉:"不知道。我当时喝了酒,记不清了。更何况我又不喜欢他,问那么多干什么?"

梨岁越听越有一种要封住梨隽的嘴的冲动,说道:"不会说话就少说两句!我不管你想什么办法,找你的朋友帮我再问一问,檀野身上的伤是怎么来的?什么时候受伤缝针的?你听到没?"

梨隽见梨岁这么关心别的男人,有些烦躁地说道:"知道了,知道了,有等我消息那工夫,你还不如直接去撬开他的嘴。"

梨岁握着拳头:"你找打啊?这么多年,姐好不容易求你件事,好好去办就是了,有消息了跟我说。还有,你看看你,叛逆期来得晚是不是?你都快大三了,还是这副鬼样,人家都在备战考研,你在干什么?"

梨隽冷幽幽地扫了梨岁一眼:"我要说多少遍?我这是本硕博连读,八年博士毕业,你到底有没有关心过你弟啊?"

"哦……对不起!"

梨岁含蓄地笑着拍了拍梨隽的肩膀:"读!一读读到二十八,男人二十八一枝花,归来仍是男大学生。记得打钱。"

梨隽无言以对,直接把梨岁往檀野的方向推:"赶紧找你的同桌去。"

梨岁嘱咐道:"你身体不好就别老动不动打架了。大学里哪儿有那么多事?万一哪天真的留案底了,我看你怎么办!"

梨隽正打算接话，就听见自己的姐姐接着说道："哦，不对，是别老去人家面前找打。"

梨岁每次被通知到各个地方领人，梨隽没一次身上、脸上不受伤的，导致梨岁严重怀疑，连对手都知道他身体不好，没敢下重手，不然梨隽早就不知道去医院躺几回了。

病秧子还非要打架，真是鬼见愁。

交代完，梨岁往外走去，想起某件事情，又回眸说道："还有，奖学金发了记得打我卡上！"

其实每次拿弟弟的奖学金，那只能算是暂时保管，迟早都会被梨隽一点儿一点儿地要回去。

梨隽小跑过去："姐，你就不打算送弟弟一程吗？这边离我住的公寓太远了，我打车还要好一会儿呢。"

梨岁回道："我送你上路行不行？"

梨岁和梨隽住的根本就不是一个方向，再说了，又不是她的车。让梨岁为了弟弟欠檀野人情，那是绝对不可能的事情！

把车开过来的檀野降下车窗，忽然说道："一起上来吧。"

梨隽麻利地打开车门坐进去："谢谢姐夫。"

梨岁一怔，梨隽什么时候这么会做人了？

檀野嘴角上扬，说道："老婆，你不上车吗？"

梨岁捏了捏拳头，咬着后槽牙坐上车，狠狠地瞪了一眼后座的弟弟梨隽。看来还是梨隽小时候没被打够！

梨隽像是没看到似的，自顾自地给檀野报地址。

梨岁听到弟弟所住的小区名字之后，震惊地说道："住那么贵的房子，你这么有钱？！"

梨隽顺着说道："姐夫听见没，我姐在点你呢！"

檀野开着车，空闲之际看了一眼副驾驶座上的梨岁，说道："你喜欢的话，我给你买一套。"

梨岁怔了一下，说道："真的啊？！"

梨岁反应过来她表现得过于激动后，很是严肃地说道："我先声明啊，我可没说，我梨岁绝不是'见房眼开'的人！但要是檀少爷非要买，那……来一套就来一套吧！"

檀野笑着应下："嗯。"

把梨隽送到小区之后，梨岁想上车的时候却被檀野拉住手，继续往小区里走。

梨岁被迫跟上檀野的步伐，在旁边问道："你还有事？"

檀野把梨岁带到门口，从容地吐出两个字："看房。"

梨岁抬头看着前方的"售楼大厅"的招牌，瞪大了眼睛，说道："你来真的啊？！"

梨岁只是开个玩笑而已，檀野还真打算给她买房？

檀野很认真地分析道："这个小区的环境的确很好，之后长期在京北工作的话，买套房子也未尝不可。"

梨岁赶紧把檀野拉走："你疯了，有钱也不是这么花的吧？！"

檀野笑着看向梨岁："现在就知道帮哥哥省钱了？"

"才不是！"梨岁挑着眉逗檀野，"我那是替自己省钱，到时候你都是我的了，钱还能跑？"

真要说贵重的礼物，檀野高考后就把考到全国理科第一名拿到的奖金全部记到梨岁的名下了，只是她没敢收。

檀野帮梨岁打开车门，盯着她不放，说道："我现在就可以是你的。"

梨岁拉上车门，嘟囔：一天天的，就知道占我便宜！

梨岁顶多再给檀野几天好脸色，等回临南之后，檀野要是说话不算数，梨岁真的会给这男人几拳头！

檀野无奈地勾了勾唇，这次明明就是梨岁先占他便宜的。不过，檀野求之不得。

二人到小区后，梨岁进门前不放心地看了看檀野的嘴角的伤："你回家后记得处理一下，不然明天还是这么明显，同事问起来，你怎么解释？"

檀野碰了下嘴角："没事，我家没有医药箱。"

梨岁纠结地回头看了看自家客厅，一咬牙，把檀野拉进了门。

"你坐沙发上等我一下。"

看着梨岁去柜子里找医药箱的身影,檀野的嘴角缓缓上扬。

找到医药箱后,梨岁拿着消毒清洁棉签坐到沙发上,半侧着身子不方便,索性盘腿坐在檀野面前。

"把你的脸转过来一些。"

檀野调整了一下,听话地照做。

等到檀野的脸真的骤然靠近的时候,梨岁忽然又有些不习惯。他们的距离近到她几乎能数清檀野的睫毛有多少根。

梨岁小心地用棉签清理着檀野的嘴角已经结痂的伤口,然后扭头换了根干净的棉签涂药。梨岁回过头时,却忘了两个人之间的距离,檀野柔软的唇吻在了她的额头上。

梨岁手上拿着药膏和棉签,坐着尴尬地往后挪了挪,重心不稳,要往后倒,檀野快速地伸手托住了梨岁的腰,将人扶起。

"你小心点儿。"

梨岁点点头,认真地帮檀野涂药。

抹好了之后,梨岁将东西收回去:"尽量不要把涂的药碰掉,今晚睡一觉,明天应该就看不出什么了。要是有人问你,你就说上火。"

梨岁可不想檀野为她打架受伤这种狗血的事情传遍公司,况且他都多大的人了,还用打架来解决问题。

檀野忽然问道:"这药膏吃进嘴里会怎么样?"

梨岁看了一下药盒上的说明:"你这话问的,谁会拿来吃啊?"

下一秒,梨岁的肩膀就被檀野按下,整个人朝沙发上倒去,梨岁紧张地抓着药盒,几乎把药盒捏变形。

梨岁正要张嘴说话,檀野就吻了下来。

梨岁的眼睛瞬间瞪圆了,抓着药盒的手抵在檀野的肩膀处,她甚至忘了呼吸。

檀野微微抬起头,低声说道:"呼吸。"

头脑空白的梨岁下意识地照做。

梨岁视线慌张地在客厅里找狗,才想起来刚才翻医药箱的时候,狗狗被檀野哄回了宠物房,没放出来……一切都是他计划好的!

梨岁手中抓着的药盒被檀野抽走,随之缠绕上来的是男人修长有力

的手指。

梨岁紧张得有些发抖，轻声喊着男人的名字："檀野……"

此时，梨岁的声音已然发生了巨大的变化，连她自己都没发现，就已经逐渐沉溺于其中。

檀野的气息在梨岁的耳边，他的喉结滚动着："家里有吗？"

梨岁发丝凌乱，眯着眼眸说："还……没买……"

檀野吻了吻梨岁的额头，平息着心火，无奈地低笑着。

檀野整理着梨岁挡住眼睛的几根碎发，将人拥在怀里："你怎么这么傻，男人的什么话都接。"

檀野不过是试探性地逗梨岁，就算有那种欲望，也根本没有打算在还未确定关系之前就让梨岁和他发生什么。可他的傻姑娘竟然如此认真地回答他的问题。

"还没买"，那不就意味着她想过要买。倘若现在家里真的有，是岁岁买给他用的，他怎么能无动于衷？

梨岁哪里知道檀野在想什么。她隔着一层衬衫，触碰着檀野的腰上的那片文身。

自从看见文身图案之后，梨岁心里开始有一点点害怕，害怕檀野说出真正的原因。

梨岁看着趴在自己身上的男人，不知所措地咽了咽口水，小声喊他："檀野。"

"嗯。"

"你的呼吸好重。"

"嗯……"檀野埋在梨岁的颈窝，气氛静谧。

两个人呼吸缠绕呼吸，心跳干扰心跳。

梨岁碰上他的衣角的指尖有些颤抖。

檀野抓住她放在腰侧的手，抬眸时，眼眼里有着红血丝，似乎在极力地克制着那些现在不该有的想法。但是因为梨岁的一句话，檀野刚平静下来的心湖又起了波澜。

檀野低头在梨岁的唇上轻咬了一口："岁岁，你的想法有些危险。"

梨岁抽出被檀野抓住的手："我是说，你要不要去洗手间冷静一下？"

到底是谁的想法危险了？真不知道这男人脑袋里面已经想到哪里去了。

檀野听梨岁这么说，又亲了她一下："老婆，我要是这个时候依旧稳如泰山，你才应该要担心我的身体是不是出什么状况了。"

"我管你什么状况，你现在赶紧起来，我要被你压扁了！"

檀野的视线轻轻往下扫，他说道："不扁。"

梨岁直接抬腿给了他一下！

檀野痛苦得眉心紧蹙，一时疼得说不出话来。有个武力值太高的女朋友，某些时候好像也不是什么好事。

趁着檀野没什么力气，梨岁快速地把他推开，起身整理了一下身上凌乱的衣服。

"让你耍流氓，活该！"

檀野说道："老婆，你能不能不要动手。"

让梨岁养成这种习惯对他可不是什么好事，万一哪天真的出问题了，能要命。

梨岁"嗤"了一声："我没动手啊。"

梨岁忽然想到了什么，勾起檀野的下巴："顺便记住你今天说的话，不要我动手。那么，以后不管遇到什么情况，我可都不动手了啊。"

檀野眉心皱着，有些可怜地说道："老婆，你下次还是换个别的地方打吧，好疼……"

梨岁掐着檀野的脸颊："你还想有下次？你欺负我欺负上瘾了是不是？檀野，你搞清楚你现在的身份，要不是因为我没尝过谈恋爱的滋味，觉得挺新鲜的，你碰都别想碰我一下！"

檀野任由梨岁胡乱地捏着脸："想不到梨小姐这么不负责任。"

本以为是情到深处，梨岁才默许檀野亲吻，没想到是梨岁心里早有想法，只是没敢在他身上实行而已。

梨岁用力地推着檀野："那你也不是什么好东西。你赶紧回家洗澡去，嘴上的药膏都被你吃没了，也不怕中毒！"

梨岁拿起桌上的药膏，塞到檀野的手中："东西都送你了，该回哪儿去回哪儿去！"

檀野却赖着不走："老婆，你怎么知道我没带钥匙？"

这又是什么时候的事？

"你没带钥匙找物业工作人员啊，找我干什么？"

檀野这是打算赖在她家不走了？

檀野装模作样地看了一眼手机："物业工作人员现在已经下班了，要明天清早才能帮我解决。"

梨岁回答道："所以？"

檀野微微俯身，用迷离的眸子盯着梨岁，他说道："所以，你可以收留我吗？"

梨岁避开檀野的视线，后退了些。

"你想得美，哪儿有这么巧的事，你就偏偏今天没带钥匙？"

檀野倒是很坦荡，在梨岁面前张开手臂，一副任由她搜身的样子。

"老婆，你要是不信的话可以搜身，我真的没带，我要是骗你，就……"

见檀野马上要开始发誓，梨岁急忙按住他的唇："行了行了。你先去洗澡，晚上你要么睡沙发，要么睡狗窝，反正不准踏进我的房间半步，不然你就等着被打进医院吧！"

檀野很听话地答应下来，接过梨岁给他找的浴袍，往浴室走去。他只要能睡在梨岁家，睡沙发又怎么样？

梨岁不放心地跑到浴室前，隔着一道门说："开关在左边，你记得调一下温度，别直接往身上淋，冻感冒了我可不管！"

檀野回身看着玻璃门外的人影，嘴角扬起。

梨岁嘴上说着不管，却字字都在关心他。

檀野走过去打开门，站在门边的梨岁被吓了一跳，还以为他流氓到什么都不穿就跑出来见人。

檀野眉眼带笑，看着梨岁："老婆，你要是这么担心的话，可以进来和我一起洗。"

梨岁直接把檀野连人带门一起推回去："洗你的澡去！再胡说八道，你就等着露宿街头吧！"

檀野看着那道身影飞快地逃离，嘴角的笑意不减。檀野试好水温，让水从头顶淋下来，他将头发全部梳到脑后，露出饱满的额头，水珠从皮肤上流过，最后淌在白色的地砖上。

檀野脑海中不停地想着到时候和梨岁坦白的措辞，在内心组织了很久很久，还是怕到时候会说错话。

梨岁把狗狗从宠物房放出来之后，狗狗的眼神十分幽怨，仿佛他们做了什么背叛它的事情一样。

梨岁想牵它出去遛遛，狗狗汪汪地叫着，赖着不走，在她和檀野躺过的沙发上发疯一样地上蹿下跳。

梨岁一度怀疑自己养了一只哈士奇。

看见檀野从浴室出来，狗狗情绪更加激动了，一副被欺骗感情的样子，不停地扒拉着檀野。

檀野擦着头发，将毛巾搭在脖子上，蹲下身摸了摸狗狗："爸爸明天给你买一堆你爱吃的罐头。"

梨岁把狗抱过来："别听他的！你爸就是个坏蛋！"

说完，梨岁看到狗狗愣住了。

梨岁这才意识到自己刚才顺着檀野的话说了什么……

檀野笑道："是啊，爸爸是坏蛋，妈妈心地善良就好了。"

梨岁瞪着檀野说道："我那是口误！你别胡乱对号入座！"

成天听着檀野在狗狗面前自称"爸爸"，不光狗狗被洗脑了，她也被带偏了。

梨岁起身说道："你就睡在沙发上，记得定好闹钟，明天清早物业工作人员上班，你就联系他们！"

梨岁一秒钟都不想让檀野在家里多待下去。孤男寡女，她又自制力差，万一真要是顺了檀野的意思，她半夜都得爬起来骂自己没出息。

在把话说清之前，他们坚决不能再有任何过分的接触。

檀野看了一眼客厅的沙发："老婆，这沙发有点儿小。"

梨岁瞥了一眼："将就一下，不然你打算让我睡沙发？"

檀野眼巴巴地看着梨岁："就不能两个人挤挤？"

梨岁毫不留情地冷笑道："你和狗挤一下！"

听到这儿，狗狗就开始表示强烈的抗议。

梨岁"扑哧"一笑："看到没，狗都不想和你一起睡觉，你好自为之吧,檀少爷!"

檀野见她准备走,把人抓回来重重地亲了两口。

"明天见。"

梨岁抹了一下唇:"谁爱见谁见!"

次日,梨岁醒来的时候,本以为檀野应该已经离开了,她穿着睡衣到客厅,却闻到了一股焦香的味道。

顿时,梨岁脑子清醒了大半,赶紧拿着灭火器往厨房跑去,以为是那里着火了。

谁知道,她还在厨房外就看见檀野穿着白色的浴袍在烤箱前面操作着什么。

听到梨岁过来,檀野转过头看着梨岁的手中的灭火器,说道:"早啊,梨小姐。你去洗漱,准备吃早餐吧。"

梨岁拎着手中的灭火器,小心地靠近檀野,一脸疑惑地看着檀野烤得黢黑的面包,空气中隐约还有焦味。

"你确定这能吃?"

檀野看着盘中失败的实验品,接过梨岁的手中的灭火器并放下,说道:"放心吧,能吃的还在烤,这次肯定没问题。"

梨岁不放心地看着自家的烤箱:"你别把我的厨房炸了!"

这男人怎么看都不像是会做饭的样子。

梨岁干咳了一声,乖乖地去洗漱等着。

没想到檀野最后端到餐桌上的三明治看起来还有模有样的。

但梨岁还是对檀野的厨艺充满了质疑,说道:"你先吃一口。"

檀野拿起盘中的芝士鸡肉三明治咬了一口,很真诚地告诉她:"味道真的不错,你尝尝。"

梨岁半信半疑地咬下去,才算是消除顾虑。檀野做的三明治真的还行。

梨岁拿着三明治说道:"你联系物业了吗?等会儿都要去公司了,你总不能穿着浴袍去吧?"

"嗯。"男人回答道,"已经解决了。"

两个人吃完早餐，收拾好，檀野就回去换衣服了，梨岁已然习惯坐檀野的车去上班，反正他们避嫌已经避到尽人皆知的地步了。

出门的时候，梨岁看了一下檀野家的门，忽然注意到什么，拳头悄然攥紧。

接着，门被打开，梨岁挥着拳头上去追着走出门的檀野打。

"檀野！你这个骗子！说什么没带钥匙！你家是密码锁，要什么钥匙？！"

梨岁竟然就这么被檀野骗到了，还留他住了一夜！

理亏的檀野生生挨了拳头，抓住梨岁的小拳头，急忙扯开话题，说道："老婆，上班要迟到了。"

梨岁又往檀野的肚子上打了一拳，说道："要不是怕迟到，你死定了！"

檀野揉着腹部："老婆，我错了，可是我说了，我是真的没带钥匙，又没骗你。"

梨岁咬着牙："你就是模糊概念！我不和你说了，你把车开到楼下，万一害我迟到了，我是不会放过你的！"

理亏的檀野也不敢再说什么，老老实实地把车开过来。

檀野不敢想象，结婚之后如果有小矛盾，两个人不得在床上打起来？

梨岁提前结束任务，没等檀野下班，而是先回家安顿狗狗，毕竟她这次回临南要三五天，不放心狗狗自己在家。

梨岁给棠稚打了个电话："宝贝，我要回临南一趟，你有没有空帮我照看一下狗狗啊？"

棠稚在高铁上，捂着嘴巴小声地说道："哎呀，岁岁，我去海城出差了，刚上车。该死的老板，不给加工资，还安排挺多事。你要不找个宠物店照看？我要是提前回来，就帮你把狗狗接回来。"

"好，我先问问梨隽。"梨岁只好打电话给她那不靠谱儿的弟弟。

"梨隽，闲得没事，帮我照看一下狗狗！"

梨隽散漫慵懒的声音传来："姐，我们正儿八经的读书人很忙，你懂的。"

"忙着去干架吗？"梨岁挤出话来，"100块一天！不能再多了！"

梨隽答应下来："行，明天我去接狗。"

带薪养狗,不干白不干。

次日,梨岁收拾好行李,和檀野一同搭上了回临南的飞机。

檀野看着坐在自己身边闭眼休息的女人:"文身店还在?"

梨岁红唇微动:"一直都在。"

檀野神色复杂地盯着梨岁不放,说道:"我留给你的奖金为什么不用?"

一个女孩子想要维持一家完全不营业的门店,还要承担在京北的所有开销,谈何容易?

梨岁抿了抿唇,别过脸看向他,说道:"万一以后有什么纠纷怎么办?"

当时檀野无故地消失,万一有一天,檀野在国外需要那笔钱,又该怎么办?所以梨岁一直把钱留在学校。

檀野知道绝不是梨岁嘴上说的那样,紧紧地牵住梨岁的手:"今天晚上我们见一面吧。"

有些事情,是该好好解释一下了。

梨岁看着檀野,思索了好一会儿才点头。

"我从家里吃完饭出来了和你说。你今天晚上打算住哪儿?"

檀野平静地吐出两个字:"酒店。"

檀野在临南早就没有家了,或者说,他不管在哪儿都一样。

梨岁沉默了一下,说道:"你就回文身店住吧,我妈妈一直都有打扫卫生,给你换了床和新被子。"

檀野轻声答应下来:"好。"

下飞机后,两个人一同打车过去,刚上车没多久,两个人就发现司机一直不停地从车内的后视镜里看檀野。

司机发现他们察觉到后,笑着说道:"你们别误会啊,我就是看姑娘的男朋友有点儿眼熟,特别像我六年前执行任务时帮过的一个高中生。"

梨岁惊喜地问道:"是六年前的高考吗?"

司机发现对上了,情绪格外激动地说道:"是啊,是啊,那年刮台风,下大暴雨,各个部门都出动了,当时我还是在半路上接到这孩子的,他好像还出了车祸。"

路上的一声汽车鸣笛声掩盖了司机最后说的话。

檀野紧接着出声说道："谢谢叔叔当时的帮助，我成功地赶上了考试。"

梨岁开心地和司机叔叔分享道："叔叔，你帮的可是当年的高考第一名！他就是檀野，考743分的那个！"

在迟到十多分钟进考场的情况下，檀野还能完美地答完所有题。梨岁不敢想象，如果是她的话，在少了15分钟的情况下，她是否还能保持良好的心态，稳定发挥？

毕竟当年梨岁也是踩着分数线进的京航，要说那场大雨对她的心态没有任何影响是绝对不可能的。是檀野把到考场的先机给了她。

司机一听，完全忘了刚才的话茬儿，高兴得合不拢嘴，说道："真的啊？！小伙子可以啊，我以后可以在酒桌上吹牛了！"

檀野笑道："叔叔，我们留个联系方式，到时候我请你喝酒。"

司机叔叔跟着笑道："你小子说的不会是喜酒吧？"

"嗯。"

听到檀野顺着话答应下来，梨岁脸色通红，用手偷偷揪着他的大腿："你别见人就胡说八道！"

檀野凑近咬了一口梨岁的脸颊："你不嫁给我，嫁给谁？"

梨岁嫌弃地在檀野的肩膀上擦了擦脸上的口水："你果然和小野很像，喜欢乱啃！"

几个人说说笑笑，很快，车子就开到了巷子附近。六年的时间，巷子里整体变化不大，某些地方进行了简单的翻新，成了当地很有特色的老街。

到了岔路口，梨岁担心被邻居认出来，把钥匙交给檀野就赶紧赶他下车："你自己走过去。"

等檀野下车后，梨岁才算松了一口气，对司机说道："叔叔，再往旁边左拐，进后边那条巷子就到了，谢谢啊。"

司机接着刚才的话茬儿继续说道："那年高考的学生可真不简单啊，你男朋友也是，路上碰到那种情况还要坚持去考试，我到后来才反应过来，他身上可能受……"

梨岁认真地听着，包里的手机突然响了起来，是妈妈打来的。她不好意思地对司机叔叔笑了笑,接起电话。

"岁岁,你到哪儿了?要不要你爸爸去接你啊?"

梨岁看着车窗外回道:"不用了,我打车回来的,现在已经到巷子里了。"

到楼下,司机把车子停下,帮她把行李箱从后备厢里搬下来。

"姑娘,有缘再见啊!"

"谢谢叔叔,再见!"

下车后,梨远就已经在楼下等着了,急忙接过女儿的行李箱。

"快上楼,你妈妈都已经把菜做好了。"

杨柳开门迎接他们,往门外望了望,梨岁拉着妈妈往家里走:"别看了,没给您带女婿回来。"

杨柳无奈地笑道:"隽隽怎么没和你一起回来?"

梨岁说道:"他啊,现在在京北混得风生水起,我都不知道说他什么好。难道是他小时候打架没赢过我,所以长大了这么热衷于打架?或者说小时候被我打习惯了,长大了不找打心里不舒服?"

杨柳念叨:"那小子不让我和你爸操心,倒是整天让你操心,到时候我好好说说他!我看他是不是要我这一把年纪,去京北守着他上大学。"

餐桌上,一家人正吃饭时,梨隽难得打了个电话回来:"妈。"

杨柳故作严厉地说道:"妈什么妈,不打视频打语音,是见不了人吗?"

"哪儿有?"梨隽自恋地说道,"我这么英俊潇洒的帅气面容,怎么会见不了人?你们现在是三个人吃饭还是四个人啊?"

杨柳瞪大眼睛看着梨岁,对着电话里的儿子大声问道:"你说啥?"

电话那边的梨隽接着说道:"梨岁不是和檀野一起回临南的吗?狗还在我家呢。"

此话一出,爸爸妈妈的目光立马齐刷刷地投向梨岁。

梨岁暗自咬牙:"是呢。"

这弟弟还能不能要了?

说到梨岁的事情,杨柳着急忙慌地就要把儿子的电话挂掉:"行了,行了,你和狗玩去。"

梨岁看着父母微笑中带着关切的眼神，干笑着解释道："校方邀请了我们两个人回来演讲，所以就一起回来了。"

杨柳问道："那小野现在在哪儿呢？"

"住在文身店。"

杨柳若有所思地点点头："你也不知道叫他过来一起吃个饭，你们两个人现在谈得怎么样了？"

梨岁的脸莫名其妙地红了，她说道："就还是那样啊，他说今天晚上见面好好聊聊。"

杨柳咳嗽了两声，说道："聊归聊，可不准不回家住啊。"

梨岁脸色绯红，说道："妈——"

过了好一会儿，梨岁的手机响了两下，碍于和父母在餐桌上，她没打开看消息，被母亲调侃道："你小脑瓜儿里别惦记了，吃得差不多了就去吧。"

梨岁不好意思地笑着说："那我先出门啦。"

拿起手机走之前，梨岁还不忘强调一句："我晚点儿就回！"

在去见檀野的路上，梨岁内心雀跃又忐忑，快到了的时候，她是小跑着过去的。

檀野在门口敞开怀抱迎接她，周围的邻居都看着，梨岁捂着脸扑过去，把他往店里推。

"你站在门口干吗？"

檀野揉着梨岁的发丝："因为我想以最快的方式公开我们的关系。"

梨岁松开檀野："你就那么坚信我一定会原谅你？"

檀野一把将梨岁抱起，往二楼走去。

梨岁吓得抓住檀野后背的衬衫："你让我自己走……"

檀野用手托着梨岁，把她抱得更紧了些。

到了房间，檀野用脚抵上门，抱着梨岁在那张黑灰色的单人床上坐下。

梨岁垂着眼，盯着檀野身上有些凌乱的衬衫："我可以看了？"

对于檀野身上的文身，梨岁只记得大致图案，并没有完全看清细节。所有的疑虑，她都要在今天向檀野问清楚。

在梨岁说话之际，檀野一只手揽着她，另一只手已经开始解开衬衫的几颗扣子。

梨岁一秒都等不了，嫌檀野太慢了，干脆扑过去直接上手。

被压倒的檀野盯着天花板失笑："姐姐会不会太着急了些？"

好不容易等到这一天，梨岁管不了那么多，当然是先看清文身再说。

梨岁一路往下解，她的手忽然被檀野抓住，檀野无奈的声音传来："那是裤子扣……"

梨岁定睛一看，才发现自己着急得把那颗扣子和檀野身上的黑衬衫的扣子看混了，直接一起解开了。

梨岁急忙要给他扣上裤子的扣子，偏偏心急则乱，怎么都扣不好，檀野抓住她的手腕："别动了，老婆。"

很显然，檀野的声音已不像刚才的那般平静。梨岁咽了咽口水，不敢再乱动一下，等着他自己把扣子扣回去。

梨岁看着檀野，心想：怎么会有男人躺着的时候五官都没有死角？！他皮肤白净，脖子修长，衬衫下的锁骨隐约可见。

檀野见梨岁一直盯着不动，垂眼看着她："你不是要看吗？想什么呢？"

檀野顺势握着梨岁的手腕把她往下拉："岁岁，你这么盯着我，我会误会你想做什么的。嗯？"

梨岁看着檀野骤然变近的俊容，赶紧解释道："我没……就是欣赏一下檀少爷的美色。"

檀野笑起来，露出洁白整齐的牙齿，说道："包括但不限于欣赏，要是梨小姐有其他想法，我乐意之至。"

梨岁冷哼了一声："希望等会儿我盘问你的时候，檀少爷你还笑得出来。"

梨岁拨开檀野的手，撑起身，看着男人左腰侧的衬衫角，用指尖轻轻地触碰那里。梨岁在撩起他一边衬衫的瞬间，大片被文身覆盖的皮肤映入她的眼帘。随之出现的还有隐约透出来的疤痕。

在檀野的左腰侧到身前的肋骨处文着一架水墨色的歼-20战机，侧向上飞行的机身被一支灰色玫瑰花穿透，飞机和那支玫瑰花呈现"X"

形的交叉状。机翼上印着清晰的花体英文——My Echo-Li Sui,还有一组编号——579946。

　　梨岁一眼就看出了文身下掩盖的条形疤痕,颤着手触碰檀野腰侧的那片皮肤。

　　因为伤口增生,疤痕极不平整,几条疤痕像是被什么东西划进了肉里。

　　梨岁眼眶有些酸涩,小心地抚着那一道道疤痕,问道:"这……怎么伤的?"

　　檀野坐起身,握住梨岁的手:"没什么,摔跤被东西划到了而已,就文上了。"

　　梨岁抬起头看着檀野,打算刨根儿问底儿:"你什么时候摔的?好端端的,你为什么会摔跤?"

　　檀野淡然地回道:"高考后,没注意被车撞了一下。"檀野的眼神中再也找不出任何破绽,似乎对于毁掉他梦想的车祸早已释怀。

　　那个雨天,梨岁不需要知道。

　　"所以,你就是因为这个才不得不放弃当飞行员的?那你为什么不和我说一声呢,为什么丢下所有人一声不吭地出国?就算你决定去留学,也没有人会怪你啊。"梨岁说道。

　　檀野把梨岁抱入怀中,轻声说道:"岁岁,说实话,我当时真的无法接受这一切。我妈妈生病了,急性白血病,她在国外需要很多很多的钱,我没有时间去读航空类的学校。我到 M 国接触股市后,很快就有了经济来源,短时间内也无法脱身。"

　　高考那天,檀野的妈妈在所有医护人员的反对下,还是踏上了回国的飞机。

　　是在医院维持仅剩 3 个月的生命,还是出现在儿子人生中重要的时刻?檀妈妈选择了后者。

　　原本纠结的檀妈妈因为梨岁的消息做了这个决定后,不敢给梨岁回复。

　　檀妈妈很清楚自己的身体状况,离开医院只会加快病情恶化的速度,如果她出了什么问题,不希望牵扯到无辜好心的小女孩儿身上。

在飞行中途,檀妈妈的病情恶化,下飞机后,直接被送往了临南的医院。

如果不是檀野受伤后去医院处理伤口,在那里撞上了消失已久的母亲,恐怕直到母亲离世,他都没办法知道原因。

急性白血病耗光了檀野母亲所有的积蓄,父亲也偷偷欠下130万元的赌债,为了能让檀野安心上完高中,参加高考,父母什么也没告诉他。檀野也终于明白父亲希望他读金融专业的原因。

那段时间,檀野每天收到的都是坏消息和更坏的消息。檀野只想躲起来,躲得远远的,维护他在梨岁心目中的孤傲形象。

梨岁的手贴在檀野的腰上,摸着疤痕。

"都这样了,你还把奖学金留下来干什么?!"

檀野越是轻描淡写地说出原因,梨岁的内心就越难受。

那个时候檀野还未满18岁,他这个骄傲到连怕黑怕虫的小弱点都要掩盖的人,怎么会允许自己在梨岁面前一而再、再而三地受挫折?

檀野回想着当时推动自己做决定的幼稚念头,诚实地说道:"我就是觉得一定要留下些什么,我的老婆才不会被别人拐跑。"而那笔奖金,是檀野一早就想好要拿来当老婆本的。

檀野真的很害怕梨岁忘记他。他无助地看着母亲、父亲离他远去,同样害怕梨岁受不了充满负能量的阴郁的他。

檀野在国外时也一直在做心理斗争,却不知梨岁等他重新振作等得有多辛苦。

梨岁赌气地要从檀野怀里挣脱出来:"你倒是计划得周密,把我算计得死死的。檀野,你有没有良心?你觉得我没有和你一起抵御风险的能力,所以什么都不告诉我?"

檀野低笑着把梨岁禁锢住,吻了吻她的下唇,说道:"梨小姐还知道共同抵御风险,那么小就想嫁给我了?"

梨岁别开脸,不让檀野亲:"你别模糊重点,你就是不相信我,我已经看透了!"

檀野轻声地哄道:"岁岁,当时你还太小了。以你的性格,说不定你会直接放弃国内的大学，跟我去 M 国。老婆，你想想谁家的父母了解这种情况后能高兴得起来？我也不希望你因为我而吃苦。如果我们生活在国外，经济水平不高的情况下，比想象中要艰难得多。我不可能让你那样辛苦地待在我身边。"

梨岁轻哼道："我至少比你大！你现在口口声声都是为我考虑，这些话你明明就可以早点儿和我说，我哪儿有那么倔……"

檀野捧着梨岁的脸："所以如果我和梨小姐说了，梨小姐会直接送我离开，千里之外？"

梨岁抿着唇没说话，也不知道自己当年知道真相后会怎么选。摆在面前的事实就是，梨岁这六年对檀野念念不忘，还不算恋爱脑吗？

檀野揉着梨岁的脸颊："那哥哥会更伤心的。"

所以檀野不需要梨岁的答案，单方面做出了决定。

梨岁拿下檀野的手："你把衬衫扣起来，别耍流氓了。"

檀野不为所动地缠着梨岁："谁迫不及待地解开的，谁系回去。"

"我才不！"

梨岁急忙爬起身想逃跑，轻而易举地就被檀野的长手拉了回去。

两个人一同跌了下去，柔软的床陷下去一片。

梨岁惶恐地看着正在自己上方的男人，檀野目光炙热地看着她，喉结轻轻地滚动着。

"岁岁，做我的女朋友好不好？"

梨岁尽可能地控制自己的视线不往檀野身上看，皱着眉把头转到一边。

"你别想，解释了不代表我就全信了，信了也不代表我会马上原谅你！再说了……你现在表白，什么都没有准备！你想空手套白狼？！"

话音刚落，檀野伸手从裤子口袋里拿出一张黑卡："我的钱和人，现在都上交给老婆。"

梨岁看着那张黑金色的卡，不由得咽了咽口水："人就算了吧。"

"嗯？"

檀野危险的声音在梨岁的耳边响起，温热的气息吹到梨岁的耳骨处，她的耳后红了一片。

梨岁索性装死，闭着眼睛。檀野看着她这副摆烂的样子，似乎任由他处置了。

"老婆，你这样我会想亲你的。"

梨岁一听，赶紧把眼睛睁开："骗子！"她的话音刚落，檀野的唇还是随之吻了上来。

梨岁两只手紧紧抓着黑灰色的被褥，白色的长裙像花瓣，被随意地摊开。

这个吻，乱七八糟。

"不……不行……"梨岁保持着最后的理智，"我晚上要回家……"

梨岁忽然想起妈妈调侃她的话。

檀野抬起头，看着梨岁被亲得娇艳欲滴的唇："老婆，你小小的脑袋里一天天都在想什么啊？"

梨岁捂住檀野的嘴："你别把事情都赖我头上！明明是你先开始的！"

檀野轻啃着梨岁的手心，梨岁痒得缩回手："檀野，你干吗？你是属狗的吧？！"

檀野眉眼含情，笑道："那也是姐姐一个人的狗。"

见梨岁羞得说不出话，檀野被逗笑，用指腹轻抚着她的脸。

"在你眼里，我的自制力就那么差？"

梨岁没好意思承认，是她对自己没信心。

"你先起来。"

檀野赖着梨岁，把脸一埋。梨岁根本不敢再乱动。

只是，檀野的衬衫还是敞开的，就那么贴在梨岁的身前，隔着薄薄的裙子，这哪里是考验檀野，简直就是在挑战梨岁的心理底线。

梨岁轻轻闭上眼睛，当指尖碰到檀野身上的那疤时，那种和其他皮肤不一样的触感，总让她想怜惜地抚摩。

殊不知梨岁这一小小的举动让檀野多么难熬。

檀野皱着眉，几次想要去阻止梨岁的小动作，可是又爱惨了，舍不得。檀野好喜欢她主动触碰自己。

不知不觉，梨岁竟然就那么睡了过去，留下他一个人在叫醒她还是去冲冷水澡之间纠结。

檀野拿过枕头，小心地给梨岁调整好睡姿，然后轻手轻脚地起身去阳台冷静。

檀野站在阳台上点了根烟，从口中徐徐吐出烟雾，看着巷子里熟悉的场景，似乎一切都变好了。

只有檀野渐渐失去了归属感。檀野想结婚，很想很想。

手机的振动声打断了檀野的思绪，是国外打来的电话。

檀野接通电话，弗兰克用一口流利的中文问道："檀先生，请问您打算什么时候回 M 国？"

弗兰克是檀野在 M 国企业的合作伙伴，现在他回国了，那边的事情自然都是弗兰克接手。正在上升期的公司显然不能有"甩手掌柜"，檀野理解对方的顾虑。

檀野轻吐着烟雾，说道："我已经决定在国内定居，公司的职权，我可以都交出去，保留 50% 的原始股份即可。"

那些股份每年所拿到的分红，已经足以让他和岁岁过上富足的生活。只要梨岁在，他在京航的工作就不打算辞掉，投资倒是在考虑之中。

弗兰克讶异地说道："这可是你在 M 国来之不易的产业，我没有逼迫你退出的意思，只是询问你打算什么时候回来。"

檀野说道："我明白，这就是我的决定。我人生的意义在这儿，我只想追随她。"

檀野只有梨岁了。

挂断电话，檀野将指间燃尽的烟摁灭在烟灰缸中，又抽出一根准备点上，刚拿起打火机，一转念，又拿下了嘴里的烟。

檀野把烟丢在阳台角落，回到二楼的小客厅，拿出电脑，坐在沙发上处理弗兰克发来的邮件，对接公司的一些项目。

时间过得有些快，外面的天彻底暗了下来，街灯被点亮。

结束工作后，檀野合上电脑，起身往房间去。

昏暗的房间内，只有窗外透进来的街灯的微微亮光。

梨岁迷迷糊糊地睡着，缠着旁边的被子，白裙被翻上去一大片。

檀野无奈地扶额，这女人的心真不是一般的大，在他房间就敢睡过去。

檀野走上前，刚伸手，梨岁惺忪的眼睛半睁开来，檀野看着自己还垂在半空中的手，苦笑着解释道："是裙子自己翻上去了，老婆，你信吗？"

梨岁顺着檀野的手的方向往下看去，瞬间瞪大了眼睛，不管三七二十一，抓着他就打："我信你个头！天塌下来了你也是那种人！"

檀野一下将人扑了回去："既然如此，哥哥就证明一下了。"

梨岁两只手缩在身前，干巴巴地转移话题。

"几点了？"

檀野："十点半。"

"啊？"

听到这么晚了，梨岁抓起丢在枕头旁边的手机确认，上面还跳出几条家人发来的消息，她两眼一黑。

"完了完了，我怎么睡了这么久……"

檀野不解地问："你怎么了？"

梨岁让檀野看那些还没敢点开看的手机消息，说道："他们肯定误会我在外面干什么了！你为什么不提前叫醒我？"

檀野垂眸看着对话列表，不紧不慢地念着最后一条可以看见的消息："你妈妈说，记得做好安全措施。"

梨岁拿过手机一看，杨柳女士众多消息的最后一条发的还真是这个！

梨岁直接把手机丢到一边，捂着脸在被子上打滚："啊……疯了吧！"

檀野笑得十分灿烂："老婆，今天晚上别回去了好不好？"

梨岁用被子蒙住脸："不可能！"

梨岁不敢相信，她都还没答应呢，怎么家人就先站到檀野那边了？

檀野拉下梨岁捂得严严实实的被子："天气热，你别闷坏了。"

梨岁点开手机："我妈肯定还说了什么，才不是那样的人。我告诉你，你离开的那六年，我妈没少说你坏话呢！负心汉！"

檀野躺到梨岁的旁边，一只胳膊给她枕着，垂眼和她一起看着手机消息。

"阿姨同意的话，岁岁，你会住下来吗？"

梨岁装聋作哑，点开那些未读的手机消息，平均每条消息都间隔了半个小时左右。

梨岁能想象出来妈妈逐渐凝固的笑容。

妈妈:"宝贝女儿啥时候回来啊?"

妈妈:"要不要我去接你啊?"

妈妈:"别回来了。"

妈妈:"记得做好安全措施。"

梨岁把手机丢给檀野:"你看!我妈妈肯定误会了,我要赶紧回去了。"

檀野接过手机关上,把她抱起来:"等学校演讲结束了,我上门和阿姨道歉。"

想要娶到岁岁,叔叔阿姨那关肯定是必须过的。他们就算是谈恋爱,也要获得家人的认可才行。

真要起身的时候,梨岁看着窗外撇了撇嘴,小声说:"都这个点了,还回去干什么……"

檀野站在床边环着梨岁的腰:"岁岁,你学坏了。"

跪在被褥上的梨岁笑眯眯地叼着檀野身前的衬衫扣,仰着头,媚眼如丝地看着他。

"这么说,檀少爷是打算做君子咯?"

面对梨岁这般轻佻的眼神,檀野搂着她的腰的手不由得收紧了些。

檀野伸手抚了抚梨岁的嘴角:"我只想做你的裙下臣。"

檀野当然不想仅限于亲吻这个阶段,只不过他们的关系还没有正式地公开,目前一切不够顺理成章,有些事情不应该由着欲望发生。

梨岁看不透檀野眼中的深意,说道:"没想到檀少爷只敢撩。"

檀野微扬的眸子眯起,他抬着梨岁的下巴,让她正视自己,用低沉的声音清晰地告诉她:"岁岁,总会有你期待的那一天的,到时候……"

梨岁怔怔地看着檀野。

檀野将梨岁从床上揽起来,让她站着,整理好她身上的裙子,轻声细语地慢慢解释道:"岁岁,阿姨那么说,并不是真的希望你在外面过夜,即便阿姨真的误会了,没做就是没做,不是吗?我们不要抱着将错就错的心态，会有那一天的，来日方长。"

身为男人，他很清楚，面对一个喜欢了自己这么多年的女孩儿，想要得到她的心抑或身体，只要用点儿手段就行。

梨岁或许还没有想到这些，可是既然檀野已经想到了，就不能装作不知道。檀野的撩拨，只是为了让两个人的关系更加亲近，并不是一定要有其他行为。

等经过梨岁父母的同意，正式恋爱后，他们有很多时间可以亲密接触。

梨岁听着这些话，人也清醒了不少，抿着唇点了点头："我知道了。"

檀野轻笑着揉了揉梨岁的脑袋："你坐下把鞋穿上，哥哥送你回家。"

整理好之后，梨岁还不忘带上檀野上交给她的那张黑卡。

下楼的时候，因为梨岁身上的白裙过长，挡住了台阶，檀野一直在旁边护着她。

走在路上，檀野伸出右手摊在梨岁面前："老婆，可以牵一会儿吗？"

梨岁两只手一直局促地放在身前，虽然已经很晚了，但也难免会有眼熟的街坊邻居路过，她总觉得怪怪的。毕竟才把话说开，她还没有答应檀野要谈恋爱，虽说上交的工资卡都已经被她收到包里去了……

梨岁捏着手心，抬头看着檀野："那你先告诉我，以后万一要是再碰上不可抗力，你是继续选择丢下我自己躲起来，还是老老实实地和我一起面对？"

梨岁之所以没有立马接受檀野的表白，一是因为这些事情她还需要消化一下；二是对于檀野处理事情的做法，她心里还是有些不舒服。

虽然那个时候他们都没有成年，或许想法没有那么成熟，但是梨岁还是害怕重蹈覆辙，毕竟在一起之后，两个人需要面对的事情只会越来越多。

檀野停下脚步，牵起梨岁握紧的小手，眸色深沉。

"岁岁，我向你保证，类似的情况不会再出现第二次。我现在回想起我当时的做法，也很不满意。我当时太过自私，只想着如果那样离开，你就不会忘了我，却没有考虑到面对我的突然消失，你会有多么不知所措，长久等待会让你多么惶恐和不安……"

梨岁眼睛一下子就红了，惹得檀野恨不得抽自己两巴掌，他心疼地抚着女人的眉眼："别哭，老婆，对不起，我以后不会这样了。"

梨岁睁大眼睛眨了眨，把眼泪收了回去，高傲地把手往檀野的手上一搭。

"看在钱的面子上，你想牵手就牵一下吧。"

檀野紧扣着梨岁的手，心里瞬间产生强烈的满足感，仿佛整个世界都被他握在手中。

梨岁晃着两个人牵着的手，想起刚才在文身店房间内差点儿越界的事情，不由得感叹道："在檀少爷的坚定意志的衬托下，我好像个色鬼……"

檀野笑而不语，过了一会儿才开口。

"希望等我正式追到梨小姐后，你还这么觉得。"

如果不想，檀野也没有必要这么迫切地要一个名分。

等学校演讲结束，檀野觉得很有必要正式上门见一见梨岁的父母，然后安安心心地谈恋爱。

但愿与她父母见面顺利。

梨岁低头盯着路面，十分小声地问出了她在心底埋藏已久的问题。

"那个……檀先生。"

"嗯？"

檀野不解地看向梨岁，对她口中的新称呼倒是觉得挺新奇的。

梨岁怯生生地用手指戳了戳他的腰侧："你……你的腰应该没问题吧？"

问完这句话之后，梨岁感觉整个世界都寂静了。她心中不由得冒出许多想法，小心地抬头看去，对上了檀野犹如深渊般的黑眸。

他难道真有后遗症？

檀野不知是该气还是该笑，说道："老婆，你怎么会这么想？"

梨岁轻咬着唇，正思索着要不要把锅甩到弟弟身上。要不是梨隽提那个话题，她也不会忽然把注意力放到这件事情上面。

檀野眼睛一眨不眨地紧盯着梨岁，声音低沉地说道："早知道姐姐对我有这么大的误会，今天就应该好好证明这件事情。"

檀野的指尖点了点梨岁盈盈一握的软腰，他说道："我看看到底是我的腰先出问题，还是姐姐你的腰先被废掉。"

梨岁缩了一下:"没问题就没问题,你倒也不用过度证明。"

不得不说,梨岁是会说话的,"过度证明"几个字精准地踩中了檀野的雷区。

檀野俯身轻轻咬住梨岁的唇:"老婆,正常发挥和过度证明还是有区别的。当然,我希望你都能陪我一起好好感受。"

梨岁似乎察觉到了危险的气息,讪讪地笑了笑。

梨岁摸了一把檀野的腰:"飞机上的编号是什么意思啊?我记得你的手机密码也是这个。"

檀野直接把自己的手机调到打字输入页面,递给梨岁:"你用九宫格字母键分词试一下那六位数。"

梨岁两只手接过男人的手机,一个数字一个数字地输入。

"579946"在分词下,逐渐变成 L、S、W、X、H、N。

打出来的字母代表一句话——梨岁我喜欢你。

梨岁张了张嘴,讶异地看着手机上显现出来的那句话。

"檀野,我没记错的话,这个密码你从高三就开始用了吧?"

难道不是她先盯上檀野的吗?

真要算起来,梨岁还不知道檀野是什么时候喜欢上她的,只是随着时间到高考结束,那种感觉就莫名其妙地变得坚定,可是等梨岁想表白的时候,檀野却不见了。

檀野淡定地说道:"高二。"

梨岁疑惑地看着檀野:"你那么早就看上本小姐了?"

到了巷子深处,檀野笑着睨了一眼楼上:"岁岁,很晚了。"

梨岁抓住檀野的手臂不停地晃,开始撒娇:"高二?高二什么时候?你快说!你不说清楚,别想回去!"

那年夏天。

梨岁在图书馆仅仅说了一句"男人只会影响我刷题的速度",从那之后,檀野的视线里就莫名其妙地多了一个眼里只有各科教辅书的女生。

檀野收到保送通知的时候,梨岁正因为临近高考,焦虑得经常偷偷掉眼泪。

　　檀野开始热衷于参加学校的一些公开活动，好像就是为了吸引梨岁的注意力。

　　可是，檀野的球赛，她从来没有来看过；檀野的演讲，她也从来没抬过头，高三的梨岁，眼里从来都没有过他。

　　在一次午休时，檀野故意去图书馆霸占了梨岁放好书本的位置。本以为梨岁会叫醒他或者在旁边坐下，檀野趴着装了半天，把她的书压得死死的，却只感觉梨岁莫名其妙地把他身上的衬衫往下扯了扯，就直接走了。

　　过了好一会儿，檀野偷偷抬眼，发现学姐已经坐在离他十米开外的地方……并且在他手边贴了一张便利贴，上面写着："同学，你压着我借的书了。不过这本书我已经看完了，麻烦你睡醒后顺便帮我把书放回去。"

　　从那之后，檀野就开始魂不守舍。

　　高二下半学期，因为被保送，檀野对学习的兴趣也下降了不少，偶尔因为想见见梨岁才跑去学校，还得精心计划怎么恰到好处地出现。

　　最后的结果就是，不论檀野打架、逃课、被训，还是占座位，再怎么做出"显眼包"的举动，梨岁从来都没有正眼看过他。

　　他们之间算得上有交集的唯一证明，就是那张便利贴。

　　那时，有段时间，檀野刻意接近梨岁的行为在他人眼中过于明显，张瑞逮着他嘲笑："那姑娘一句话就把你得罪到现在啊？人家图书馆占好的座位你非得坐，那妹子高三啊，野哥，咱积点儿德吧！"

　　张瑞显然没有意识到事情正在朝另外的方向发展，檀野同样也没有意识到，属于他的暗恋独角戏已然开始。但是张瑞的话点醒了他，他的做法过于肆无忌惮了。

　　梨岁不争不抢，从来不会指责檀野霸占位置，每次都是默默地换个座位，然后继续刷题。而后，檀野又开始三天两头不来学校的日子。似乎这样就能让他内心的情愫消散。

　　檀野会忍不住关注梨岁的学习情况，却不知道该怎么帮她。

檀野开始匿名在学校论坛发布各科学习资料，在看见梨岁的主页收藏了他发的资料后，他会激动得整夜睡不好。

当初，檀野甚至不知道这是暗恋，只觉得自己在某一瞬有过征服那个嫌他影响刷题速度的女生的想法。

后来梨岁高考。

数学卷的难度当天就上了各大平台热搜，看着公布出来的部分题目，檀野从来都不知道自己有一天会如此揪心。

考理综的那个下午，檀野戴着黑色口罩和鸭舌帽，和众多家长一样守在考场外。

檀野看见她哭了。好在她的爸爸妈妈在拥抱她。

暑假来临，没了学校促成的自然的见面环境，梨岁消失在他的视野当中。檀野没有梨岁的联系方式，也不知道该怎么去认识这个女生。

家里的破事让檀野和爸爸在巷子角起了争执，他跑回手机店，恨不得把店砸了。

就那样，梨岁出现了。

檀野咬着牙说："我就差没在你面前孔雀开屏了，你就一点儿都没注意到我？我都不上四楼的男厕所，因为想着能经过你们班，天天跑去五楼上厕所。"

听见檀野如此认真地说起这些，梨岁都快笑死了。

"哈哈！我没听错吧，檀野，你别太荒谬了，哈哈哈……"

檀野不甘心地堵住她的唇。

檀野说话时故作凶狠的语气，让梨岁笑得实在停不下来，最后她笑到肚子疼得站不直腰，才撑着檀野的胳膊停下来。

"我费尽心思大半年，到头来存在感还是靠如此别致的方式获得的。"檀野说道。

在学校叱咤风云的他，唯独引起不了梨岁的注意。

"啊……"梨岁绞尽脑汁地回想着，最后发现还是只有帮他扯衬衫的那段记忆，"怎么不算注意呢？"

见檀野真的闷闷不乐，梨岁晃了晃他的手臂。

"我当时在搞学习嘛！"

檀野有苦说不出。梨岁踮起脚尖勾了勾他的西裤口袋。

檀野仰着头,忽然笑了:"别回家了吧。"他也不是很想做君子了。

梨岁下意识地往楼上看了一眼,这不看还好,一看,梨岁瞬间吓得扑进了檀野怀里。

"啊……"

檀野紧抱着梨岁:"你怎么了?"

檀野往梨岁刚才的视线方向看去,只见三楼梨岁家的窗口多了两道人影,叔叔阿姨正趴在窗台上,津津有味地往下看。

梨岁刚才忽然抬头,被吓到了,再次看过去,发现是自己父母后,又害羞地躲在檀野怀里,没脸见人。

"怎么办?怎么办?"

檀野失笑,抱着梨岁:"叔叔阿姨早晚都要知道的,你害羞了?你刚才撩拨我的那股劲儿呢?"

梨岁顿时厌得不敢说话。

没一会儿就看见楼道的灯亮起,妈妈杨柳下来说道:"你们俩啊,是打算大半夜在楼下喂蚊子吗?"

杨柳和梨远站在楼上看得脖子都快酸了,小两口儿还黏黏糊糊个没完。杨柳也没想着打扰,但是既然被发现了,就下来提醒一句。

梨岁赶紧和檀野分开些,黑夜中,她的脸发烫。

在这样的情形下被妈妈撞见,梨岁急忙地挥了挥手,甚至没敢多看檀野一眼就走到妈妈旁边。

"我先上楼了。你快回去休息吧。"

杨柳本想直接带女儿上去,心里过意不去,转头看了一眼檀野,说道:"这么晚了,你留下来住吧。"

梨岁难以置信地看着自己的母亲,檀野内心也十分讶异。

檀野开口想拒绝,杨柳却再次说道:"上来吧。反正你明天大概也是要来的。"

檀野没再推托,跟着一起上去了。

梨岁时不时地回头震惊地看着檀野。

回到家,梨远已经给檀野拿好了拖鞋:"这是隽隽以前穿的,尺码应该差不太多,都是洗过的。你就睡梨隽房间吧。"

檀野礼貌地颔首接过:"谢谢叔叔。"

即便是突然住在一个屋檐下,梨岁也不敢当着父母的面看檀野,生怕爸爸妈妈觉得她不争气,这么快就被人家追到手了。

梨岁洗漱完就躲回房间了,然后抱着枕头在床上来回滚了好几圈,还是不敢相信爸爸妈妈竟然会同意檀野在她家住。

檀野收拾完,身上换洗的衣物都是梨隽以前没穿过的,他想出去倒杯水,刚拧开门,还没走出去,客厅到走廊上的灯就全黑了下来。

杨阿姨进卧室前和梨叔叔说的话传到他的耳朵里:"他也是才二十几岁的孩子,一个人住旧店铺,要是想到离世的妈妈,会害怕的。老梨,你把灯都关了干什么?留两盏。"

檀野低着头,看着自己握在门把上的手,骨节因为用力而逐渐泛白,有丝丝裂纹的心好像在愈合。

次日,梨岁很早就醒了,不仅是因为要去学校演讲,还有檀野在她家住下这件事让她没怎么睡好。

结果梨岁一到客厅,发现檀野比她醒得还早,正在帮妈妈一起包饺子。

梨岁看檀野那笨手笨脚的样子,担心地走过去:"我来包吧。"

杨柳看着自己"没出息"的女儿,笑道:"怎么?还怕我为难你男朋友啊?"

梨岁红了脸,说道:"妈妈,他这不是不会嘛……"

此时檀野手心托着一个还算完美的饺子,放到梨岁面前:"老婆,你看,我已经出师了。"

听到檀野的称呼,梨岁眼睛都瞪大了三圈,急忙说道:"你……你……别乱喊!"

杨柳低头无奈地笑着,丢下手中的饺子皮:"我去看下汤熬得怎么样了,你们小两口儿包吧。"

梨岁开始怀疑自己是不是没有睡醒,伸手揪了一把檀野的腰。

檀野很快皱起了眉头:"老婆,疼。"

听到檀野说疼,梨岁才敢相信这不是梦。

妈妈居然称呼他们为"小两口儿"?!

梨岁吃惊地看着檀野，小声且快速地问道："你对我爸妈做什么了？"

檀野托着手中的饺子皮，认认真真地把馅料放上去，说道："我早上陪阿姨去买了菜，然后好好解释了一下，顺便把工资卡上交的事情也说了，结婚的想法也说了，写了婚后保证书，申请了财产公证，还发了不少毒誓。"

梨岁嘴巴越张越大，檀野放下筷子，抬手帮她把快要脱臼的下巴收回去。

下一秒，梨岁又重新张大了嘴巴："不……不是，这……这也太魔幻了吧？"

梨岁还没同意在一起呢，檀野就已经以迅雷不及掩耳之势把她爸爸妈妈都搞定了？

梨岁跑到厨房围着母亲，左右确认这是不是亲妈。

杨柳放下汤勺，看向梨岁："得了，你喜欢，人家小野有诚意，我和你爸还能拦着不让你们在一起？这可是我恨不得挂横幅宣传的女婿！"

梨岁哭笑不得地说道："母亲大人，有没有可能我还没松口？"这样显得她很被动啊！

杨柳一脸不信地看着梨岁："就你？昨天晚上就差不回家了吧？这么热的天，两个人能在楼底下抱着亲热一两个小时，我怕再不让你们在一起，你都要憋坏了。"

要不是亲眼见到女儿那般主动地往人家怀里扑的画面，杨柳都不敢相信。

杨柳用手肘碰了碰梨岁："你别大眼瞪小眼了，快去把你男朋友包的饺子端来，我用高汤煮更好吃。"

梨岁扭头看向厨房外，檀野正在收拾包完饺子的残局。他认真的样子更加赏心悦目了。

梨岁抿着唇，认命地出去端饺子。

他们吃完早餐，准备收拾一下去学校。

檀野从门口的送货员手上接过一个纸袋，梨岁瞄了一眼："什么啊？"

檀野将里面的衣服拿了出来："校服。"

梨岁看着檀野手中六年前黑白款式的校服，没想到檀野还留着。

在檀野摊开的手心里，还有两个校名牌，上面都印着她的名字，一个是高三的，一个是高四的。

檀野走到梨岁面前："老婆，我们穿校服去吧？"

梨岁拿起那个当初抵押给檀野的旧名牌："你还骗我说不知道丢哪儿去了。"

檀野勾着唇："我的名牌，梨岁小姐收在哪里了？"

梨岁高傲地冷哼一声："不告诉你。"

话音才落，梨岁的腰就猝不及防地被檀野挠了一下。

梨岁痒得缩起来，檀野就追着她挠："老婆，真的不说吗？"

梨岁边笑边往房间躲，用檀野曾经的说辞回击道："我就不说，你的名牌早不知道丢哪儿了。"

梨岁正要飞快地合上门，檀野直接伸手挡在门边，梨岁下意识地松开手，担心门夹着他的手。

檀野趁机毫不客气地抓住梨岁的手腕，步步逼近。

"岁岁，你确定我的名牌真的丢了？"

梨岁卖乖地笑道："好说好说，我现在就给你把名牌找出来。你先出去……"

檀野将人揽近，眉眼带笑地盯着梨岁："梨小姐，你的床软不软啊？"

梨岁慌张地往后看，不知什么时候，她的小腿已经退到了床边。

梨岁急忙出声道："我妈还在！"

檀野嘴角微弯，说道："阿姨出门买菜了。"

梨岁疑惑地说道："她不是买过菜了？"

檀野挑了挑眉，不答反问："那谁知道呢？"

在梨岁刚要说话的瞬间，檀野的唇就压了下来。梨岁的紧张感在檀野的轻抚下一点点消失。

恍惚间，梨岁听见檀野贴着她的唇轻声说道："好软。"

不知是在说她，还是在说床。

直到闹钟响起，两个人才被迫冷静下来，匆忙地换衣服准备出门。

时隔六年，重新换上当年的校服，梨岁还有些不习惯。

他们牵手走出门的那一刻，当年的情愫窥见了天日。

两个人走在路上的回头率出奇地高，毕竟谁都不敢想，有男女生会穿着校服牵手。再加上两个人的高挑儿身材和高颜值，想不引人注意都难。

刚到校门口，一个年迈的男人大老远地拿着保温杯指着他们，扯着嗓门儿训斥道："你们两个人怎么回事？！男女同学竟然还敢公然牵手！你们……"

一走近，校长才发现这是他们学校请回来的毕业生。

檀野一只手牵着梨岁，一只手插在校裤口袋里，桀骜不驯地说道："好久不见啊，小老头儿。"

老校长看着他们紧紧牵着的手，忍不住跳脚："我就说当初看你们俩不对劲！"

梨岁赶忙解释道："校长，当年真没谈！现在也没……"

说到最后，梨岁自己都没底气了。

看见梨岁，老校长顿时喜笑颜开地说道："我就知道，岁岁这么懂事，不会让学校操心的。"

老校长转而瞪了檀野一眼："倒是你这臭小子，肯定没少耍滑头！考完消失这么多年，媒体采访什么的你都不来，学校宣传经费都多了一半！到时候从你奖金里扣啊！"

檀野笑道："那还不是因为我看你当年给我拟的高考第一名的通告不怎么样，让你加的梨岁同桌的头衔、多次婉拒华清北大你也没加上。"

老校长又气又喜地看着檀野说道："回来就好，你赶紧去准备一下演讲，别又给我胡乱发挥！"

因为典礼时长，梨岁和檀野的演讲被整合在一起，进行双人演讲。

他们站在永远热烈的舞台上，异口同声地说出最后的致辞。

"少年意气风发，乾坤未定，你我皆是黑马！"

"祝大家金榜题名！"

演讲结束，梨岁侧过身，把话筒交给主持的学生，台下突然响起一片起哄声和惊呼声。

梨岁怔住，她被人从背后轻轻拍了一下肩膀。

第二十章 所向披靡

梨岁转过身看去,穿着黑白色校服的檀野手捧着一大束红色玫瑰,在她面前单膝跪地,一只手拿着放着硕大钻戒的方盒,目光坚定炽热地看着她。

"梨岁,你愿意做我的女朋友吗?"

伴随着台下学生争先恐后的祝福声,梨岁的眼泪瞬间掉了下来。

梨岁想象过很多个檀野正式向她表白的画面,他或是穿着西装,或是穿着睡衣,可现实是他偏偏穿着校服。这承载着她年少的悸动。

面对如此大的场面,梨岁又羞涩又惊喜,点头时眼泪跟着掉落。

"我愿意。"

梨岁接过檀野手中的花,抱在怀里,看着檀野把戒指拿出来,托着她的右手单膝跪地,然后将那枚精心准备的钻戒缓缓地戴到她的无名指上。

檀野牵着梨岁的手起身,然后激动地抱着梨岁在舞台上转了一大圈,像个无往不胜的战士,当着所有人的面,高高地举起两个人相牵的手。

檀野的声音赤诚、热烈、铿锵有力:

"很荣幸能和梨岁小姐携手前行,共同抵御未来的风险!梨岁!我爱你！"

梨岁捧着鲜花扑到檀野的怀里："我也爱你！"

夜晚。

梨岁得到家人批准，住在文身店没回家。

房间昏暗，月光下，梨岁透亮的眸子蒙上一层水雾，喉咙涩得发疼。

梨岁终究没撑住，趴在床边难受得作呕，却什么都吐不出来。

檀野心疼地把梨岁抱进怀里："对不起，对不起。"

梨岁抱着檀野，她哭的时候嗓子都是哑的："呜呜呜……我再也不学你说那些话了，呜呜……"到最后只有她受苦。

檀野摸着她的脑袋："你嗓子都哑了，喝点儿水，宝贝。"

檀野一只手将梨岁托起，单手握着矿泉水瓶，用拇指和食指发力，将瓶盖拧开，小心翼翼地喂到她的唇边。

梨岁却被檀野单手拧瓶盖的操作看傻眼了，吸了吸鼻子，评价道："手长就是好。"

檀野失笑，回想着十几分钟前的情境。

"喀喀喀……"梨岁用脚踢他，"就因为你老在我面前胡说八道，我妈妈都以为是我不想回家，分明就是你缠着我，不让我走。我这个人很矜持的！"

檀野染上笑意的嘴角勾起，他说道："是，都是我不好，是我故意缠着你，岁岁是没办法才配合我的，我下次见到阿姨一定好好反思。"

他这些话说得梨岁自己都开始不信了，她低声骂道："虚伪！"

等梨岁喝够水，檀野瞬间就亲上那红润的唇。

檀野额头抵着她的下巴，低声轻哄着："试试，好不好？"

梨岁怯怯地看着他，内心做着最后的挣扎。

期待，害怕，期待……

檀野把梨岁轻轻放倒，他的薄唇轻轻地吻下去。

"别怕，交给我。"檀野说道。

…………

番外

余生皆欢喜

相恋的第六个月,冬。

檀野和梨岁选择了旅行结婚,直升机把他们带到冰岛上空。

打开的机舱下方是美到令人窒息的仿若世界尽头的奇观——蓝绿色的冰川、瀑布,还有闪烁的极光。

检查好一切安全设备后,他们即将跳伞抵达安营扎寨的木屋和帐篷。

穿着婚服的两个人坐在机舱边缘相拥,洁白的纱裙随风缠上檀野的西装。飘扬的黑色领带时不时地触及梨岁的心口,好似亲吻。

檀野用他宽大的臂膀将她紧紧地揽在怀里,低头吻着她的额头:"你会害怕吗?"

"不怕。"梨岁脸上的笑温柔而坚定,"我为你所向披靡。我爱你。"

檀野紧紧地拥抱着梨岁,恨不得将她揉进骨子里。他说道:"我也爱你。"

无论何时,他们的爱永不落空。

为了这一天,在专业人员的指导下,他们已经训练了无数遍。早已做好准备的檀野紧紧抱着梨岁,从直升机往下纵身一跃。

盛装摇曳。
在降落的过程中,他们肆意地欣赏、享受、接吻、示爱。
海水为他们汹涌,极光为他们起舞。
两颗心疯狂地跳动着。

檀野,世界尽头的浪漫、自由和我,都在你身边。
玫瑰奔赴山海,我会为你而来。

此生,檀野撒了一个永久的谎。梨岁永远都不会知道,真正毁掉檀野梦想的车祸,是高考那天,她间接造成的。